HEYNE <

TERESA SIMON

Die Lilienbraut

ROMAN

März 2021
gel. [illegible]

Inhalt: unterhaltsam –
einigermaßen o.k. [illegible]

WILHELM HEYNE VERLAG
MÜNCHEN

MIX
Papier aus verantwortungsvollen Quellen
FSC® C014496

Verlagsgruppe Random House FSC® N001967

Originalausgabe 06/2020

Neumarkter Straße 28, 81673 München
Redaktion: Katja Bendels
Printed in Germany
Umschlaggestaltung: Nele Schütz Design unter Verwendung von
Arcangel Images (Lee Avison) und Shutterstock (kosam, Subbotina Anna,
Sergio33, Tom Gowanlock, Le Do, yegorovnick)
Satz: GGP Media GmbH, Pößneck
Druck und Bindung: GGP Media GmbH, Pößneck
978-3-453-42244-5

www.heyne.de

Für Babsi

Mein Duft ist wie ein italienischer Frühlingsmorgen nach dem Regen, Orangen, Pampelmusen, Citronen, Bergamotte, Cedrat, Limone und die Blüten und Kräuter meiner Heimat. Er erfrischt mich, stärkt meine Sinne und Phantasie.

Giovanni Maria Farina, Köln, um 1714

Du kannst nicht tiefer fallen als nur in Gottes Hand.

Arno Pötzsch, *1900–1956*

Prolog

Diese Zeilen sind für dich, geliebtes Herz, und ich habe sie in mein Tagebuch gelegt, damit du später einmal erfährst, warum alles so geschehen musste. Bitte sei nicht schockiert, wenn du das liest. Und lass dir vor allem keine Schuld einreden.

Du bist ein Geschenk Gottes – mein Geschenk.

Dabei dürfte es dich eigentlich gar nicht geben, hätten wir auf jene zornigen alten Männer gehört, die das Verbot schon vor langer Zeit festgelegt haben.

Ein Verbot gegen die Liebe.

Ein Verbot gegen die menschliche Natur.

Ein Verbot, das wir gebrochen haben, weil wir es brechen mussten.

Eine andere Zeit, eine andere Epoche wird uns vielleicht einmal verstehen …

Ich bringe dich weg von hier, damit du sicher aufwachsen kannst, bei einem Menschen, der mein Lehrer war, in so vielen Dingen. Er hat Erfahrung damit, ein Vater zu sein, und liebt dich von Herzen wie sein eigenes Kind. Und er ist so nobel, uns beiden seinen Namen zu schenken.

Kann die Zeit Wunden wirklich heilen?

Der Volksmund behauptet es, doch ich spüre, eine tiefe Wunde wird für immer in mir zurückbleiben. Deinen wahren Vater werde ich bis zum Ende meiner Tage im Herzen tragen. Zu stark war das Band zwischen uns, zu groß die Gefahr, die wir gemeinsam meistern mussten, zu bitter der Schmerz, als ich ihn für immer verloren habe. Dieser Verlust hat sich für mich angefühlt, als würde ich sterben, und hätte ich dich nicht schon als zartes Flattern in mir gespürt, wäre ich daran wohl zugrunde gegangen.

So aber musste ich weiterleben, um dir das Leben zu schenken, und jedes Mal, wenn ich dich ansehe oder berühre, weiß ich, dass es keine andere Entscheidung geben konnte. Ganz einfach ist es dennoch nicht, denn du bist so sehr sein Ebenbild, dass es mich manchmal wie ein Schlag trifft. Dann kehrt alles wieder zurück, mein Sehnen, mein Bangen, und ich durchlebe erneut jene aufreibenden letzten Monate zwischen Hoffen und Verzweiflung.

Ich bete, dass du niemals erleben musst, was uns beinahe zerbrochen hätte – deinen Onkel, deine Großmutter, meine beste Freundin, die niemals deine Patin werden konnte, und auch mich, deine Mutter. Deinen Vater hat der Krieg dir genommen, just in jenem Moment, in dem er bereit gewesen wäre, sich zu uns zu bekennen, und dafür hasse ich das sinnlose Töten umso mehr, das so viele Leben gekostet hat.

Aber nun ist das Schlimmste überstanden. Wir haben Frieden, und ich hoffe auf einen Neuanfang jenseits der Grenze. Mögest du glücklich aufwachsen in diesem Land; unser neuer Name soll dir dabei helfen. Meine Aufzeichnungen werden dir eines Tages beweisen, dass es im Land deiner Mutter nicht nur Fanatiker und Mitläufer gab, sondern auch Menschen, die tapferen Widerstand gegen ein unmenschliches Regime geleistet haben.

Dieses Erbe schlummert in dir, und das zu wissen macht mich froh. Wenn du alt genug bist, um es zu verstehen, sollst du alles erfahren. Einstweilen verbleibt das Tagebuch in sicherer Obhut.

Gott sei mit dir.

Kinder wie du stehen unter seinem ganz besonderen Schutz, das weiß ich, auch wenn die Kirche anderes behauptet. Möge er dich führen und behüten. Möge er dich glücklich machen und zu einem so tapferen Menschen heranwachsen lassen wie deine beiden Väter es waren.

Köln, im Frühling 1945

1

Köln, Mai 2019

Gleich mussten sie kommen.

Livs Herz schlug bis zum Hals, und ihre Hände waren trotz des sonnigen Spätfrühlingstags eiskalt, so aufgeregt war sie. War es wirklich eine gute Idee gewesen, ausgerechnet damit zu starten, noch vor der offiziellen Eröffnung?

Doch jetzt gab es ohnehin kein Zurück mehr.

Alle Karten waren verkauft; die Kundinnen wollten etwas erleben für ihre vierzig Euro, die sie im Voraus für das Duftseminar bezahlt hatten. Kein geringer Betrag für Ehrenfeld, das Kölner Stadtviertel, in dem ihr neuer Laden lag. Die nächste Idiotie, die sie begangen hatte, würde manch einer vielleicht sagen. Wer brauchte an der verkehrsreichen und alles andere als noblen Venloer Straße schon ein Geschäft, das sich *Göttliches Düftchen* nannte?

Und doch hatte sie gerade das an diesem Veedel, wie die Kölner ihre Stadtviertel nannten, gereizt: das Miteinander der Kulturen, eine friedliche Koexistenz von hip und schäbig, von gestern und übermorgen, von gut betucht und eher ärmlich. Es war laut, es war bunt, es war dreckig – und ungemein lebendig. Im Vergleich dazu wirkte ihre alte Wohngegend in der Maastrichter Innenstadt geradezu museal, und obwohl sie ihre niederländische Heimat manchmal vermisste, hatte Liv ihren kühnen Entschluss, nicht nur einen Neuanfang in Köln zu wagen, sondern auch noch ihr Hobby zum Beruf zu machen, bislang noch nicht bereut.

Genau genommen, hatte sie gar keine andere Wahl gehabt.

In ihrem Testament hatte Tante Wimmi Livs Umzug nach Köln, genauer gesagt nach Köln-Ehrenfeld, als Bedingung genannt, um das Erbe anzutreten. Ohne diese Verfügung, die Liv zwar band, ihr gleichzeitig aber auch einen unerwarteten finanziellen Spielraum eröffnete, hätte der Abschied von Maastricht wohl ein Traum bleiben müssen. So aber konnte sie sich von all jenem trennen, das sie nur noch belastet hatte: die gemeinsame Wohnung mit Hendrik, die nach dessen überstürztem Auszug zu groß und vor allem zu teuer für sie und Thijs geworden war. Die Stammkneipen, in denen sie oft Freunde getroffen hatten, bevor der Kleine sich angemeldet hatte. Ihren Job als Biologin in einem mittelständischen Pharmaunternehmen, der in seiner Eintönigkeit für sie nach der Zeit des Mutterschutzes jegliche Attraktivität verloren hatte. Vor allem aber der Anblick des Standesamts, in dem bereits das Aufgebot gehangen hatte, bevor der untreue Verlobte im letzten Augenblick die Flucht ergriff …

Wie wohl ihr kleiner Sohn das alles verarbeitete?

Manchmal wünschte sie sich, Thijs könne es ihr erzählen, doch dazu reichte sein Wortschatz noch nicht aus. So blieb ihr nur, ihn liebevoll zu beobachten und darauf zu hoffen, dass er mit der neuen Situation zurechtkam. Einiges sprach dafür. Mit seinen zweieinhalb Jahren war Thijs nach wie vor ein fröhliches Kind, das wenig Scheu vor Fremden zeigte und begeistert auf alles zurannte, das vier Beine, einen Schwanz und eine Schnauze hatte. Nicht einmal beim Essen war er heikel wie viele andere seines Alters, abgesehen von Brokkoli, von ihm als *Kokko* bezeichnet, den er zutiefst verabscheute. Beim Schlafengehen machte er in der Regel kein Tamtam, sondern schlummerte meist schon, bevor Liv das erste Schlaflied zu Ende gesungen hatte.

Doch es gab auch andere Zeichen.

So legte er jetzt manchmal das Köpfchen schief, wenn er müde wurde, und fragte »Pa?«, und zwar in einem so anrührenden Tonfall, dass Liv sich jedes Mal zusammenreißen musste, um nicht auf der Stelle in Tränen auszubrechen. Thijs vermisste also seinen Vater und verstand nicht, warum der auf einmal aus dem gemeinsamen Leben verschwunden war.

Genau besehen, verstand sie selbst es bis heute nicht …

Liv zwang sich in die Gegenwart zurück.

Zu viel Grübeln würde sie doch nur wieder traurig machen, und genau das konnte sie jetzt nicht gebrauchen. Lieber ging sie noch einmal durch den angrenzenden Ladenraum, wo der große Tisch und die Klappstühle aufgebaut waren, und kontrollierte, ob dort auch alles an seinem Platz war: die einundzwanzig Duft-Facticen, wie man in der Parfümeursprache die braunen Glasgefäße mit natürlichen Ingredienzien nannte. Die ausgedruckten Blätter mit den Stichwort-Erklärungen. Die kleinen Sprühflakons, in denen die Kundinnen ihr eigenes Parfüm kreieren durften, das sie dann mit nach Hause nahmen. Die schmalen weißen Papierstreifen, dazu gedacht, in die Facticen getaucht zu werden, nachdem Liv ihre, wie sie nur hoffen konnte, kurzweilige Einführung gegeben hatte. Und Namensschilder, die waren besonders wichtig! Sobald alle sich beim Vornamen nannten, kam jedes Mal Schwung in die Runde.

Hoffentlich lief alles glatt …

Man konnte im Vorfeld nie wissen, wie ein Seminar ausgehen würde, denn Düfte führten ihre eigene Regie. Von hässlichen Migräneattacken über halbe Veitstänze bis hin zu bestürzenden Lebensbeichten war ihr schon alles begegnet. Besonders gefährlich waren Erinnerungen, die durch einen Duft ausgelöst werden konnten. Aus gutem Grund standen daher auch zwei Glasgefäße mit frisch gerösteten Kaffeebohnen auf dem Tisch, auf die die Teilnehmer beißen sollten, falls unerwünschte Gefühle und Empfindungen sie zu überwältigen drohten.

Manchmal waren die begeisterten Teilnehmer in der Mehrzahl und übertrugen ihren Enthusiasmus rasch auf die anderen. Dann wieder überwogen Skeptiker oder sogar Nörgler, und Liv ahnte bereits nach wenigen Minuten, wenn ihr ein schwieriger Nachmittag bevorstand. Meistens jedoch gelang es ihr, die Stimmung mit Scherzen, historischen Anekdoten oder Tipps zur Verfeinerung der Mischungen herumzureißen. Es hatte aber auch schon Veranstaltungen gegeben, bei denen das leider nicht so gut geglückt war. Am unerträglichsten fand sie jedes Mal die Unentschlossenen, die so lange herummixten, bis schließlich alles verdorben war, weil sie bis dahin längst wieder vergessen hatten, was Liv ihnen anfangs eingeschärft hatte.

Trotzdem durfte sie niemals schimpfen, so genervt sie innerlich auch sein mochte, sondern musste stets locker und positiv bleiben, um die Kunden nicht zu vergrätzen.

Und das alles jetzt auch noch auf Deutsch!

Ihr Vater war zwar der Ansicht, sie sei absolut zweisprachig, doch Liv hatte seine Muttersprache in den letzten Jahren leider ein wenig vernachlässigt. Niederländisch ging ihr leichter über die Lippen; auf Niederländisch träumte, rechnete und fluchte sie, und sie musste sich zusammennehmen, um nicht auch in Köln unwillkürlich in dieser Sprache zu antworten, wenn jemand sie anredete.

Sie sah auf die Armbanduhr.

Nur noch wenige Minuten, bis sie den Laden aufschließen musste. Gute zwei Stunden würden sie dann hier zusammen mischen.

Ob Thijs so lange bei Frau Esser im zweiten Stock durchhalten würde?

Liv war der alten Dame sehr dankbar, dass sie auf den Kleinen aufpasste. Ab Montag hatte er dann einen Platz in der St.-Joseph-Kita und war dort hoffentlich bestens versorgt. Ein bisschen störte sich Liv daran, dass es ein katholischer Kindergarten war, eine Einrichtung, mit der sie unwillkürlich Strenge, Ordnung und Gebetspflicht verband. Dafür lag er nur zwei Ecken weiter, war kindgerecht ausgestattet und nicht allzu teuer. Und Hanne Niedeck, die freundliche junge Erzieherin, die Thijs' Gruppe leiten würde, hatte Mutter und Söhnchen auf Anhieb gefallen.

Ungeduldiges Klopfen an der Schaufensterscheibe riss sie endgültig aus ihren Grübeleien. Sie eilte nach vorne und öffnete die Tür. Die Teilnehmerinnen, die nun hereinströmten, waren alle zwischen dreißig und sechzig, wie sie auf den ersten Blick schätzte, also die übliche Altersgruppe. Zu Livs Überraschung befand sich darunter auch ein jüngerer Mann mit dunklen, schulterlangen Haaren und Stirnband, der sie angrinste, nachdem er sich prüfend umgesehen hatte.

»Cooler Laden«, sagte er anerkennend. »Passt in unsere Gegend.«

Livs Blick flog über Theke und Regale, streifte die indirekte Beleuchtung, die so schlicht wirkte und doch so teuer gewesen war, weil sie das Wesentliche raffiniert in Szene setzte, um schließlich auf dem dunklen Holzboden zu landen, der einen ruhigen Gegenpol zum Glas und den bunten Ingredienzien bildete. *Cool* war wahrlich nicht das Adjektiv, das ihr dabei in den Sinn gekommen wäre, doch wenn es bedeutete, dass ihm Einrichtung und Warenpräsentation zusagten, sollte es ihr recht sein.

Oder hatte er sich gerade über sie lustig gemacht?

Für einen Moment wurde sie unsicher, aber sein Lachen wirkte offen und freundlich.

»Ganz im Ernst«, bekräftigte er. »Keine anonyme Markenkette, nichts zu übertrieben Alternatives mit Schlamm und Heublütenaroma – wobei ich nichts gegen Heublüten an sich habe. Aber Sie wissen schon, was ich meine.«

Liv nickte und platzierte ihn vorsichtshalber am anderen Ende des Tisches, damit er ihr bei ihrem Vortrag nicht dauernd reinreden konnte. So hielt sie es immer, wenn jemand ihr gleich anfangs besonders redselig vorkam, und meistens funktionierte diese Methode.

Heute jedoch leider nicht.

Sie hatte noch nicht einmal richtig mit ihrer Einführung begonnen, als schon seine erste Frage kam.

»Gibt es eigentlich auch Parfümöle nur für Männer?«

Die Frauen grinsten.

»Zu jedem Duft gehen wir eine sehr persönliche Beziehung ein«, erwiderte Liv diplomatisch. »Der eine liebt ihn, der andere findet das gleiche Aroma fürchterlich, weil er damit vielleicht etwas Unangenehmes verbindet. Rein biologisch betrachtet, ist der Riechkolben der Männer eine Spur schwerer als der der Frauen, aber das heißt nicht, dass sie besser riechen könnten. Denn die weibliche Variante besitzt 16,2 Millionen Zellen pro Riechkolben, und zwar von Geburt an, wogegen Männern im Schnitt nur 9,2 Millionen Zellen zur Verfügung stehen.« Sie lächelte. »Männer und Frauen sollen ja in so einigen Dingen grundverschieden sein, wie man hört.«

Jetzt lachte die gesamte Runde.

»Das war keine Antwort auf meine Frage.« Der Mann runzelte die Stirn. Mit seinem Stirnband passte er wirklich so ganz und gar nicht zu den eher bieder wirkenden Frauen der Runde. Wenigstens trug er keinen dieser lächerlichen Samuraiknoten, mit denen jetzt so viele junge Männer herumliefen, die wohl nicht ahnten, wie sehr sie sich damit entstellten.

»Gut erkannt. Weil es nämlich keine allgemeine Antwort auf diese Frage gibt. Lassen Sie sich von den Düften finden, vielleicht erhalten Sie dann Ihre ganz persönliche Antwort. Und jetzt ein Vorschlag, damit es einfacher für uns alle wird.« Sie deutete auf das Namensschild, das sie sich ans Shirt geklebt hatte. »Ich bin Liv, komme aus Maastricht, lebe jetzt hier in Ehrenfeld und habe, wie man so schön sagt, eine sehr feine Nase. Ich darf euch heute in die Welt der Düfte entführen und schlage vor, dass wir uns duzen, das macht es gleich mal lockerer.«

Alle waren einverstanden, beschrifteten ihre Schilder und klebten sie sich an die Kleidung. Man konnte förmlich spüren, wie erste Entspannung eintrat.

»Ich könnte euch jetzt stundenlang etwas über das Riechen erzählen«, sagte Liv, »eines meiner Lieblingsthemen seit vielen Jahren. Aber ich will versuchen, mich auf das Wesentliche zu beschränken, denn ihr seid ja schließlich nicht zu einem wissenschaftlichen Vortrag hier, sondern um euren eigenen Duft zu kreieren.«

Allgemeines Nicken.

»Und dennoch kann es ganz interessant sein, vorab ein wenig an Theorie zu erfahren: Bei jedem Atemzug erreicht eine Fülle von Informationen das Limbische System in unserem Gehirn. Der Nase kommt dabei nur eine Teilfunktion zu. Zunächst erfolgt die Geruchswahrnehmung über die Flimmerhärchen, die in gebündelter Form zu jeweils sechs oder acht Härchen auf einer Zelle der Riechschleimhaut sitzen. Diese wiederum befindet sich rechts und links in der Kuppel der Nasenhöhle etwa auf Augenhöhe; sie ist die einzige Stelle des Organismus, an der das Zentralnervensystem mit der Außenwelt in Kontakt tritt. Treffen nun Duftmoleküle auf die an den Flimmerhärchen sitzenden Eiweißrezeptoren, erfolgt eine Kopplung, und ein elektrischer Impuls wird an das Gehirn gesendet.«

Sie schaute in die Runde. »Seid ihr alle noch bei mir?«

Die Teilnehmerinnen nickten wieder. Der Mann mit dem Stirnband ebenso.

»Gut. Dann weiter: Im Gehirn werden diese Informationen zu einem Geruchsbild verarbeitet. Je nach Training und Sensibilität kann der Mensch zwischen viertausend und zehntausend Gerüche unterscheiden. Da die neuronale Vernetzung zum Erinnerungszentrum ausgeprägter ist als zum Sprachzentrum, sind Gerüche oft schwer zu beschreiben, lösen aber sofort Erinnerungen positiver oder negativer Art aus …«

»Das stimmt!«, kam der Zwischenruf einer Dame namens Helga. »Bei mir ist das Kamillentee. Musste ich als Kind immer trinken, wenn ich krank war. Heute brauche ich ihn nur von fern zu riechen, und schon …«

Ihre Geste war eindeutig.

»Kamillenblüten haben wir heute garantiert nicht dabei«, versprach Liv. »Aber dein Beispiel demonstriert anschaulich, was ich gemeint habe. Die subjektive Geruchsempfindung ist also, wie wir gerade gehört haben, bei jedem von uns von Erfahrungswerten bestimmt und daher individuell verschieden. Das werdet ihr gleich merken, wenn es ans Mischen geht.«

Die leicht entrückten Mienen der Teilnehmerinnen verrieten ihr, dass sie den theoretischen Teil zügig abschließen sollte.

»Nur noch eins«, fügte sie lächelnd hinzu. »Das Riechen ist entwicklungsgeschichtlich betrachtet erheblich älter als das Hören oder Sehen, was an seiner engen Anbindung an das Limbische System im Stammhirn liegt. Deshalb wirkt es auch direkter als die anderen Sinnesreize auf das Unterbewusstsein und lässt sich sehr viel weniger steuern oder kontrollieren. Gerüche treffen uns, ohne dass wir uns dagegen wehren können …«

»Ich kann dich nicht riechen.« Das kam von Dorle mit der herausgewachsenen Dauerwelle. »Sagt man doch so.«

»Richtig«, bestätigte Liv. »Und diese olfaktorische Wahrnehmung, um es einmal so richtig schön wissenschaftlich auszudrücken, vollzieht sich im Bruchteil von Sekunden. Übrigens nicht ganz unwesentlich für die Fortpflanzung. Ungeeignete Partner werden sozusagen schon im Vorfeld aussortiert.«

»Klappt aber leider nicht immer«, kommentierte Carmen seufzend. »Sonst hätte ich doch meinen Hajo und seine Schweißfüße niemals geheiratet!«

Abermals Gelächter. Jede der anwesenden Frauen hatte eine Anekdote dazu beizutragen, nur Jan, der Mann mit dem Stirnband, blieb stumm.

Liv kam nun zu den Inhalten der braunen Glasflaschen, erläuterte Bergamotte, Zitrone, Orange, Grapefruit, Vanille, Grünen Tee, Holz und Blumen, also all das, was die Basis eines Dufts darstellen konnte. Anschließend waren die sogenannten »Störer« an der Reihe, Essenzen wie Petitgrain, Lavendel, Rosmarin, Rosa Pfeffer, Basilikum, Ingwer, Früchte und Gewürze.

»Jetzt wird es spannend«, versprach sie. »Ihr ›baut‹ sozusagen zunächst die Basis eures neuen Dufts. Mittels der Pipette könnt ihr euer Glasfläschchen bis zu zwei Dritteln füllen, ich empfehle allerdings nicht mehr als maximal vier verschiedene Ingredienzien. Taucht zuerst die schmalen Streifen ein, und riecht dann daran, bevor ihr euch entscheidet. Sobald ihr fertig seid, könnt ihr mich nach Wunsch zurate ziehen, ob der neue Duft bis hierher auch funktioniert. Und falls die Düfte euch zu überwältigen drohen: einfach zwei Kaffeebohnen in den Mund stecken und draufbeißen, dann wird alles wieder neutral.«

Emsiges Werkeln am Tisch.

Einige sprachen sich eng mit der Nachbarin ab, andere waren vollkommen ins eigene Werk versunken. Nach und nach wurde Liv zu allen gerufen, gab ihren Kommentar ab und machte Verbesserungsvorschläge. Nur Jan hatte sich noch nicht gerührt.

»Du kommst zurecht?«, fragte sie ihn im Vorbeigehen.

Er zuckte die Achseln.

»Eigentlich ganz okay. Aber irgendwas fehlt.« Er hielt ihr seinen kleinen Flakon unter die Nase. »Keine Ahnung, was. Eventuell etwas …«

»Holz!« Liv und er hatten es im gleichen Augenblick gesagt.

»Funktioniert ja großartig«, sagte sie lächelnd und nutzte die Gelegenheit, um noch einmal auf die »Störer« einzugehen.

»Hier nur tropfenweise arbeiten. Weniger ist mehr, bitte vergesst das nicht! Maximal drei Störer, oft sind zwei verschiedene schon genug. Denn ist ein Duft erst einmal gekippt, kann ihn nichts mehr retten.«

»Was macht man dann?«, fragte Thea mit der randlosen Brille.

»Wegschütten.«

Wieder hatten Liv und Jan wie aus einem Mund geantwortet.

Unwillkürlich sah sie ihn genauer an.

Braune Augen, dunkle Haare von der Farbe nasser Erde, die schon lange keinen Schnitt mehr gesehen hatten, die Nase gerade, fast aristokratisch, ein markantes Kinn, das Entschlossenheit verhieß, und als Gegensatz dazu freche, sinnliche Lippen. Sie schätzte ihn auf Anfang dreißig, was bedeuten würde, dass er ein wenig jünger war als sie.

Womit dieser Jan wohl sein Geld verdiente?

Immerhin hatte er Zeit für einen Kurs am Freitagnachmittag unter lauter Hausfrauen und Rentnerinnen. Oder er nahm sie sich.

Gefühl besaß er auch. Als er ihr etwas später seine fertige Duftkreation zum Proberiechen reichte, war Liv beeindruckt.

»Frisch, mit feiner Holznote, Spuren von Grünem Tee und genau dem richtigen Hauch Petitgrain plus Rosa Pfeffer – an deiner Stelle würde ich es genau so belassen.«

»Meinst du?« Seine Nase kräuselte sich leicht. »Eigentlich bin ich ja nie ganz zufrieden …«

»Damit kannst du es sein. Wirklich gut gelungen als erster Wurf«, sagte sie.

Nicht alle Parfüms in der Runde waren so geglückt.

Manche Kompositionen waren für Livs Geschmack viel zu blumig ausgefallen, andere wiederum hatten eine zu bittere Note, und sie gab sich Mühe, durch den jeweils richtigen Tipp ihre Teilnehmerinnen im Nachklang doch noch zufriedenzustellen. Bei Dorle allerdings ging leider gar nichts mehr: zwei Tropfen Lavendelöl zu viel hatten ihr

Gemisch in etwas verwandelt, das wie die übelste Möbelpolitur stank. Weil sie gar so betrübt war, schenkte Liv ihr zum Abschied einen Gutschein für den nächsten Kurs, damit sie ihr Glück noch einmal versuchen konnte.

Als schließlich alle gegangen waren und sie sich ans Aufräumen machte, zog sie ihr Resümee dieses Nachmittags. Gefallen hatte es allen, das war zu spüren gewesen, und sie würden garantiert in Nachbarschaft und Freundeskreis für sie werben. Zwei Drittel der Frauen hatten sogar verkündet, schon bald wiederzukommen, zum Teil in Begleitung von Töchtern, Müttern oder Freundinnen.

Es würde funktionieren.

Es *musste* aber auch funktionieren, denn Livs finanzielle Reserven waren trotz des Erbes inzwischen empfindlich zusammengeschmolzen. Zum Glück war die Miete für die Erdgeschosswohnung unweit des Ladens in der ruhigeren Körnerstraße überschaubar, und Liv hatte sogar im etwas größeren Nachbarhaus einen Tiefgaragenplatz für ihren alten Kombi ergattern können. Allerdings hätte sie sich für Thijs eine Gegend mit deutlich mehr Grün gewünscht, aber es gab ja immerhin die kleine Terrasse, die nach hinten hinausging. Mit ein paar Pflanzentöpfen, Liegestuhl und einem Mini-Planschbecken, das sie irgendwo noch auftreiben musste, ließ es sich dort im Sommer bestimmt gut aushalten …

Plötzlich wollte sie nur noch raus – und Thijs abholen, der sie bestimmt schon sehnsüchtig erwartete. Ein letzter Kontrollblick, ob im Laden auch alles in Ordnung war, dann schloss Liv ab und ging hinaus.

Draußen war es fast sommerlich warm. Die Venloer

Straße empfing sie mit Lärm und einem bunten Cocktail an Gerüchen. Vom Kebabspieß bis zum orientalischen Zimtaroma strömte alles als wilde Mischung auf sie ein, und plötzlich spürte sie, wie hungrig sie war. Auf Kochen hatte sie keine Lust. Sie würde sich ihren Kleinen schnappen und mit ihm in diesen aufregenden neuen Kosmos eintauchen, in dem sie beide jetzt zu Hause waren.

»So brav war er.« Frau Essers eisengraue Löckchen wippten beim Reden im Takt, als sie ihr Thijs übergab. »Hat lange geschlafen, Apfelsaft getrunken und schön mit seinem Schweinchen gespielt.«

»Pinki!« Thijs drückte das schon ziemlich abgeliebte rosa Stofftier fest an sich.

»Pinki muss immer mit«, erklärte Liv. »Ins Bett, in die Badewanne, beim Verreisen, einfach überallhin. Wenn Pinki mal fehlt, ist die Welt nicht mehr in Ordnung.«

»Merk ich mir.« Frau Esser lächelte. »Und ich nehme Ihnen Thijs gern wieder ab. Kommen Sie einfach auf mich zu, wenn Sie mich brauchen. Mit so einem Kleinen fühlt man sich gleich wieder jung. Das mag ich.«

»Tausend Dank.« Liv streckte ihr den Flakon entgegen, den sie mittags noch schnell für die Nachbarin abgefüllt hatte. »Müsste Ihnen eigentlich gut stehen, aber wenn Sie es nicht mögen – einfach Bescheid sagen.«

Frau Esser betupfte ihr Handgelenk und beschnupperte sich anschließend mit verzückter Miene.

»Wunderbar! Ich liebe Parfüm. Außerdem bin ich ab jetzt die Betty, das macht alles leichter.«

»Und ich die Liv – freue mich sehr, liebe Betty! Und jetzt komm her, du kleiner Racker. Wir drehen noch eine Runde.«

Sie packte Thijs und Pinki in den blauen Buggy und zog los. An Speiseangeboten herrschte hier wahrlich kein Mangel. Café reihte sich an Restaurant – mexikanisch, italienisch, indisch, türkisch, vegan, alle auf den ersten Blick verlockend, sodass die Entscheidung schwerfiel. Schließlich landeten sie im *Madame Tartine*, einem kleinen Café mit französischen Spezialitäten, in dem Liv selbstgemachte Limonade, für Thijs Käsekuchen mit Himbeerspiegel und für sich ein mit Ziegenkäse überbackenes Walnussbrot bestellte, das köstlich schmeckte.

Plötzlich spürte sie, dass jemand sie ansah.

»Gute Wahl«, sagte Jan, der im hinteren Teil des lang gestreckten Raums allein an einem Tisch saß. Seine Haare hatte er inzwischen mit einem Band nach hinten genommen, was ihn älter und seriöser wirken ließ. »Wenn ich frei habe, bin ich gerne hier.« Sein Blick wanderte zu Thijs. »Dein Kleiner?«

Liv nickte. »Einunddreißigeinhalb Monate alt, der Sonnenschein meines Lebens, außer wenn er bockig wird. Dann kann es auch schon mal passieren, dass ich nur noch Regen sehe.«

Thijs war aufgestanden und zu Jan gelaufen. »Thijs«, erklärte er und deutete mit dem Zeigefinger erst auf sich und dann auf sein Schweinchen: »Pinki.« Sein Blick wurde fragend. »Und du?«

»Ich bin der Jan. Freut mich sehr, euch beide kennenzulernen. Deine Mama durfte ich heute schon beim Duft-Seminar erleben. Hat mir sehr gefallen.« Er lächelte. »Leider muss ich jetzt zur Arbeit, aber wir drei, ich meine natürlich wir vier, sehen uns bestimmt wieder.«

Unwillkürlich berührte sie ihre Nase.

Die alte Frau hatte so überzeugt geklungen. Und ziemlich erschrocken noch dazu. Als hätte sie einen Geist gesehen.

Unsinn, sagte Liv sich schließlich. Es gibt keine Geister. Und ich bin erst recht keiner.

Ein *Plopp* ließ sie zum Smartphone greifen.

Gut in Hanoi gelandet, lautete die WhatsApp ihres Vaters. *Mein Abenteuer kann beginnen! Gruß und Kuss für dich & Thijs. Papa.*

Sie musste schmunzeln.

Ein Leben lang war er stets vorsichtig gewesen: im Berufsleben, im Umgang mit Geld, bei seinen Wünschen und Ansprüchen. Und jetzt, mit vierundsiebzig, brach er auf einmal zu einer ausgedehnten Südostasientour auf! Liv gönnte ihm diese aufregende Erfahrung von ganzem Herzen, keine Frage.

Aber wenn sie ehrlich war, vermisste sie ihn bereits jetzt.

Und es hätte ihr Sicherheit gegeben, ihn bei ihrem Neustart nur anderthalb Stunden entfernt in Maastricht zu wissen, statt Abertausende Kilometer entfernt in Asien.

Sie stand auf, trug ihr Glas in die Küche, schloss die Terrassentür und machte sich anschließend im Bad für die Nacht fertig.

Doch sie konnte lange nicht einschlafen. Als die Müdigkeit sie schließlich doch übermannte, träumte sie von duftenden weißen Blüten, die auf sie herabrieselten und sie nach und nach zudeckten.

2

Köln, Mai 1940

Wann hat eigentlich alles angefangen?

Bereits im Februar, als die Kinder der Pfarrei St. Joseph so traurig waren, weil der Karnevalsumzug verboten worden war und der neue Kaplan heimlich für sie eine kleine kostümierte Feier im Pfarrsaal veranstaltet hat? Damals habe ich ihn zum ersten Mal gesehen, und gefallen hat er mir auf Anhieb: groß, athletisch, von der Figur her eher einem Sportler als einem Geistlichen ähnelnd, mit dunkelgrünen Augen und braunen Haaren, die lockig wären, würde er sie nur eine Spur länger tragen.

Oder war es, als wir mit unseren Körben die Ostermesse besucht haben, um traditionsgemäß Brot, Eier und Schinken weihen zu lassen?

Beim Hinausgehen hat er an der Kirchentür jedem die Hand geschüttelt und frohe Ostern gewünscht. Plötzlich hat mein ganzer Körper gekribbelt, und als er mich dann auch noch so verschmitzt mit seinen Grübchen angelächelt hat, war ich verloren.

Greta schien es ähnlich zu ergehen.

»Was für ein Mann!«, hat sie gestöhnt, kaum dass St. Joseph hinter uns lag. »Und welch abgrundtiefe Verschwendung …«

Muss ich betonen, dass Greta und ich seitdem keine Sonntagsmesse mehr versäumen? Wir, die bislang nicht gerade die regelmäßigsten Kirchgängerinnen waren?

Zum Glück sind es von unserer Wohnung in der Körnerstraße bis zur Kirche in der Venloer Straße nur wenige Schritte. Greta aber, eine begeisterte Langschläferin, nimmt dafür sogar die Anreise aus Lindenthal in Kauf. Dabei ist sie so gut wie verlobt. Aber das scheint sie manchmal zu vergessen. Vor allem, wenn sie Kaplan Benedikt Maria Weiss zu Gesicht bekommt.

Ich lasse ihr ihre Schwärmereien. Greta hat viel Temperament, das muss an dem italienischen Blut in ihren Adern liegen. Bei ihr fällt alles immer eine Nummer größer aus: Freude, Enttäuschung, Begeisterung, Trauer. Allerdings kann sie sich das auch leisten, denn sie stammt aus einer der angesehensten Familien der Stadt. Hätten wir beide nicht im gleichen Jahrgang die weiterführende Schulbank gedrückt, wären wir uns sicherlich niemals begegnet. So aber hat die Handelsschule für Frauen uns zu besten Freundinnen gemacht: Greta Farina, deren berühmte Vorfahren jene Parfümmarke ins Leben gerufen haben, die an allen europäischen Höfen Triumphe feiern konnte, und ich, die Halbwaise Nellie Voss, deren Mamm Ilka jeden Tag in der kleinen Eckkneipe *Halflang* Kölsch ausschenkt.

Normalerweise erzählen wir uns alles, wie beste Freundinnen es eben tun. Aber wie hätte ich ihr nur gestehen sollen, dass ich nicht mehr schlafe und kaum noch etwas herunterbringe, weil ich Tag und Nacht an ihn denken muss, obwohl ich doch genau weiß, dass es vollkommen aussichtslos ist, weil er sein Leben für immer Gott geweiht hat?

Welche Sünde begehe ich damit!

Nein, Abertausend Sünden sind es, denn ich bin von Woche zu Woche mehr in ihn verliebt.

Es zu beichten wage ich nicht.

Und wem auch?

Im Beichtstuhl von Pfarrer Greven würde ich kein Wort herausbringen, und selbst in einer anderen Kirche wäre es mir zu gefährlich. So bleibt mir nur dieses Tagebuch, um meine Gedanken zu sammeln und all das niederzuschreiben, was mich bewegt und bedrückt.

Bin ich oberflächlich oder sogar leichtsinnig?

Aus gleichaltrigen Jungs hab ich mir nie viel gemacht, sie erscheinen mir immer so naiv und unreif; vor erwachsenen Männern jedoch habe ich mich bislang gehütet.

»Sieh dich vor, Nellie«, so Mamms warnende Worte. »Wenn du schwanger wirst, dann musst du auch heiraten. Selbst, wenn es der falsche Mann fürs Leben ist …«

Einen falschen Mann fürs Leben habe ich niemals gewollt. Vielleicht denken manche in Ehrenfeld deshalb auch, ich sei arrogant, aber das bin ich nicht. Bloß kritisch und wählerisch, das ja. Vielleicht habe ich die ganze Zeit ja einfach nur auf den Richtigen gewartet.

Wie aber hätte ich in meinen kühnsten Träumen ahnen sollen, dass das ausgerechnet ein Mann Gottes sein würde?

Es ist ja nicht allein sein Aussehen, das mich unwiderstehlich anzieht, nein, auch seine Freundlichkeit, sein Humor, die Klugheit im Reden und im Handeln. Vor allem aber gefällt mir seine Fürsorglichkeit gegenüber den Kindern und Jugendlichen aus der Pfarrei, die gerade jetzt so dringend männlichen Beistand brauchen. Beim Jungvolk werden sie nur noch gedrillt, vorbei mit lustigen Lagerfeuern und Zeltfreizeiten. Am liebsten würde mein Bruder Martin gar nicht mehr hingehen, doch das traut er sich nicht. Wenn er schon bald zur Hitlerjugend muss, wird es sicherlich noch schlimmer.

Männer werden hier mehr und mehr zur Mangelware. Viele aus Köln-Ehrenfeld sind inzwischen Soldaten, ganze Jahrgänge sind schon eingezogen worden. Söhne, Brüder, junge Ehemänner fehlen plötzlich an allen Ecken und Enden, das macht den Familien hier schwer zu schaffen. Unseren Bap können sie zum Glück nicht mehr holen, der liegt schon seit sechs Jahren auf dem Melaten-Friedhof.

Und was bin ich froh, dass Martin erst dreizehn wird und damit noch viel zu jung für die Wehrmacht ist!

Dabei ist unser Küken im letzten Jahr gewaltig in die Höhe geschossen. Er sieht jetzt schmal und staksig aus wie ein Fohlen und ist ständig hungrig, weil unsere Mamm ihn mit den paar Lebensmittelmarken niemals richtig satt bekommt. Und das trotz ihrer kleinen Extrageschäfte, auf die ihr allerdings keiner kommen darf.

Nächste Woche wird Martin gefirmt.

Spätestens dann werde ich Benedikt wiedersehen, der die Firmlinge aus Ehrenfeld an diesem Tag in den Dom begleitet …

Was für ein Tag!

Mamm hat mich in aller Herrgottsfrüh mit dem Fahrrad nach Bickendorf zu Bäcker Lemmle geschickt, dem Einzigen, der gegen heimliche Bierlieferungen Roggenbrötchen rausgibt, die die Arbeiter nach Feierabend in unserer Kneipe, dem *Halflang*, so gern als Halve Hahn zum Kölsch verzehren. Ich muss warten, bis er den Korb für mich gefüllt hat, da sehe ich sie: das fahrende Volk, das seit drei Jahren in Wohnwagen und Baracken auf dem Schwarz-Weiß-Platz hinter Stacheldraht vegetiert. Hin und wieder haben sie sich zu uns ins *Halflang* geschlichen, mager und zerlumpt, aber immer freundlich, haben für ein paar Groschen Messer geschärft oder unsere Töpfe geflickt, und Mamm hat sie niemals ohne ein Glas Bier und eine zusätzliche Wegzehrung wieder gehen lassen. Mit dem kleinen Adriano, der anfangs immer mitkam, hat Martin sich sogar ein wenig angefreundet. Die Jungs haben zusammen geschussert, wobei Adriano meistens gewonnen hat, weil er mit den Murmeln einfach geschickter ist.

Jetzt treiben SA-Leute sie wie Vieh zusammen und verfrachten Greise, Männer, Frauen und sogar die Kinder auf Lastwagen. Mit Schlagstöcken, Fußtritten und Gewehrkolben zwingen sie sie aufzusteigen. Viele schreien, bluten und weinen, darunter auch Adriano, der eine Platzwunde an der Stirn hat und so elend aussieht, so voller Angst, dass mir selbst ganz eng ums Herz wird.

»Zeit, dass wir diese Zigeuner endlich loswerden.«

Hat Bäcker Lemmle das gerade wirklich gesagt?

»Was haben sie dir denn getan?«, frage ich zurück.

»Das weiß man nie. Besser, du zählst alles nach, wenn einer von denen im Laden war. Schon ihre kleinsten Bastarde haben das Klauen im Blut, und verschlagen sind sie doch alle miteinander! Die müssen jetzt endlich das Arbeiten lernen. Der Führer räumt gründlich auf, und ich bin heilfroh, dass dieses Pack endlich kriegt, was es verdient!« Seine Augen sind ganz schmal geworden; im Mundwinkel hängt ihm ein Speichelfaden.

Hass macht hässlich, muss ich denken und mag den Bäckermeister mit dem zurückweichenden Haaransatz noch weniger als sonst.

Ich schlage die Rosinenschnecke aus, die er mir unbedingt aufdrängen will. Mit einem süßen Stückchen kann er mich jetzt nicht fangen. Noch beim Zurückfahren ist mir speiübel, und nicht einmal der Duft der frischen Brötchen, den ich sonst immer begierig einatme, kommt dagegen an.

Jetzt gleich nach Hause?

Unmöglich!

Obwohl ich mich für die Arbeit noch umziehen muss. Fräulein Weber, Bürovorsteherin bei 4711, duldet Nachlässigkeit in puncto Kleidung ebenso wenig wie beim Schriftverkehr. Weil ich so gut in Steno bin, habe ich bei ihr einen Stein im Brett, was sich allerdings schnell ändern kann, denn sie ist extrem launisch. Doch der Gedanke, mich sofort in den dunkelblauen Rock und die frisch gebügelte weiße Bluse zu zwängen, ist unerträglich. So halte ich vor St. Joseph an, nehme meinen Korb vom Lenker, damit ihn niemand klauen kann, und gehe für einen Moment hinein.

Im Gotteshaus hängt noch ein Rest Weihrauch von der gestrigen Maiandacht. Ich liebe es, wenn der Rosenkranz gemeinsam gebetet wird und wir die schönen Marienlieder singen, die ich alle auswendig weiß. Doch meistens braucht Mamm mich abends am Tresen, und so muss ich leider oft darauf verzichten.

Langsam gehe ich weiter.

Erst jetzt fällt mir die kniende Gestalt vor dem kleinen Marienaltar auf, der mit einem üppigen Strauß roter Pfingstrosen geschmückt ist. Dass es nur Benedikt sein kann, weiß ich, noch bevor er sich umdreht, obwohl er nicht seinen üblichen schwarzen Anzug mit Collarhemd trägt, sondern eine blaue Hose und ein helles Hemd.

Langsam erhebt er sich.

»Die SA holt sie alle ab.« Die Worte strömen einfach so aus mir heraus. »In Bickendorf. Die ganzen Menschen aus den Wohnwagen und Baracken …«

»Ich weiß«, erwidert er dumpf. »Das mit der Räumung ist schon gestern durchgesickert. Kollege Sion von der Rochuspfarrei hat Kardinal Schulte informiert und ihn um Beistand für diese bedauernswerten Menschen angefleht.«

»Und?«

»Durch das Konkordat seien ihm die Hände gebunden. So lautete die Antwort.« Der Kaplan klingt aufgebracht. »Ich kenne den Kardinal als Dozenten aus dem Priesterseminar und weiß, wie vorsichtig er ist. Zwar hat er gegen die Schließung der Bekenntnisschulen Veto eingelegt, doch in der Regel sinniert seine Eminenz lieber über Katechismuswahrheiten, als sich mit realem menschlichem Leid zu beschäftigen.«

Erste Sonnenstrahlen bringen die blauen Glasfenster in der Apsis zum Leuchten. Plötzlich wirkt sein Kopf wie in Licht gehüllt. Wie ein zorniger himmlischer Bote steht er vor mir, und mein Herz fliegt ihm zu.

»Aber sie sind doch alle katholisch! Das hat Adrianos Vater uns erzählt. Und sie verehren die Gottesmutter

Maria«, sage ich leise. »Viele tragen ihren Namen. Nicht nur die Frauen.«

»Ja, das tun sie. Unter ihnen gibt es viele Fromme, aber das wird ihnen leider wenig nützen. Für die Nationalsozialisten sind sie Abschaum, den es zu isolieren gilt.«

Es klingt so schrecklich für mich, dass ich mir am liebsten die Ohren zugehalten hätte.

»Was werden sie mit ihnen machen?« Mein Blick hängt an seinen Lippen.

»Es heißt, sie würden desinfiziert und dann vom Bahnhof Deutz aus nach Osten gebracht, wohin genau, konnte mir bisher niemand sagen.«

»Und die Gottesmutter …« Beinahe flehentlich schaue ich zur Marienstatue.

»Sie meinen, warum sie so etwas zulässt?«, erwidert er sanft. »Was glauben Sie, wie oft ich mich das in den letzten Jahren schon gefragt habe! Und dennoch bleibt Maria unsere große Fürsprecherin und Unterstützerin, das dürfen wir auch in den dunkelsten Stunden nicht vergessen. Wollen wir gemeinsam einen Rosenkranz beten?«

Ja!, schreit mein sehnsüchtiges Herz, und ich will schon nicken, doch dann besinne ich mich gerade noch rechtzeitig. Neben ihm auf der schmalen Bank zu knien, seine Wärme zu spüren, ihn zu riechen und dabei zu wissen, dass er mir niemals gehören wird – das wäre mehr, als ich in diesem Moment ertragen könnte.

»Ein anderes Mal vielleicht«, sage ich. »Meine Mamm wartet auf die Brötchen. Außerdem ruft die Arbeit.«

»Mütter soll man niemals warten lassen.« Ein winziges Lächeln umspielt seine Lippen. »Und die Arbeit natürlich ebenso wenig. Sagen Sie bitte Martin, dass ich gern für ihn als Firmpate einspringe, nachdem Frau Hauer so überraschend ins Krankenhaus musste. Ich bin ohnehin bei der feierlichen Zeremonie im Dom dabei – und jetzt auch noch mit meinem eigenen Firmling. Wie schön!«

»Davon hat mein Bruder gar nichts erzählt«, stottere ich.

»Wissen wir ja auch erst seit gestern. Ihre Mutter habe ich sofort informiert, die war auch gleich einverstanden. ›Aber ja kein Geschenk, Hochwürden‹, hat sie mich beschworen. ›Dass Sie dem Jungen als Firmpate aushelfen, ist schon Geschenk genug.‹«

Jetzt sieht er mich so eindringlich an, dass ich kaum noch atmen kann. Ich benehme mich wie ein Backfisch, dabei bin ich doch bereits dreiundzwanzig!

»Aber Hand aufs Herz, Nellie. Ich darf Sie doch Nellie nennen?«

Ich nicke atemlos.

»Eine Firmung so ganz ohne Geschenk, das geht doch nicht. Hätten Sie nicht einen Tipp für mich, worüber Martin sich freuen würde?«

»Über einen Lederfußball«, sagte ich, ohne lange nachdenken zu müssen. »Bei seinem alten ist die Luft nämlich schon raus, so zerfetzt ist der. Und er kickt mit den anderen Jungs für sein Leben gern. Aber natürlich nur, wenn das nicht zu teuer ist.«

»Ein Fußball.« Jetzt grinst er und sieht dabei selbst wieder wie ein Junge aus. »Gute Idee! Ich denke, das müsste auch bei einem armen Kaplan gerade noch drin sein …«

Er lächelt, als ich ihn erschrocken ansehe.

»Kleiner Scherz! Natürlich soll der Junge seinen Ball bekommen. Wir treffen uns dann direkt zur heiligen Messe am Dom.« Er beugt sich zu mir herunter. »Und sorgen Sie bitte dafür, dass seine Fingernägel sauber sind! Das vergisst er nämlich manchmal vor lauter Eile, und unser geschätzter Herr Kardinal kann ein echter Pedant sein.«

Dann ist der Tag der Firmung da, und ich kann kaum glauben, dass mein sehnsüchtiges Warten endlich vorbei ist. Mamm hat vergessen, den Ofen im Badezimmer einzuheizen, so müssen wir uns alle mit kaltem Wasser waschen. Ich will heute besser denn je riechen und helfe nach mit ein paar Spritzern aus meinem 4711-Fläschchen; bei Martin kann ich nur hoffen, dass er sich wenigstens halbwegs gründlich gewaschen hat.

Mamm trägt ihr gutes dunkelblaues Kostüm mit der Spitzenbluse, ich ein hellblaues Kleid mit einem passenden Wolljäckchen und weiße Schuhe. Zum Glück ist es so warm, dass ich auf Strümpfe verzichten kann, denn ich besitze nur noch ein einziges Paar ohne Laufmaschen. Seitdem Krieg herrscht, sind alle Anziehsachen Kostbarkeiten geworden. Was man auf Kleidermarken an Zuteilung erhält, ist der reinste Witz; wer nicht nähen, stopfen und stricken kann, ist aufgeschmissen. Anfangs hatten wir ja gehofft, der ganze Spuk sei bald vorbei und wir bekämen unser normales Leben wieder zurück, doch inzwischen sieht es so aus, als sei noch lange kein Ende in Sicht. Die deutschen Soldaten marschieren, ein Sieg folgt auf den nächsten. Vor ein paar Tagen wurde die Gesamtkapitulation der niederländischen Streitkräfte verkündet. Van Geeren, unseren Chefparfümeur bei 4711, hat das stark getroffen, obwohl er nun schon so viele Jahre in Köln lebt und mit einer Deutschen verheiratet war. Aus dem Volksempfänger dröhnt es, wir sollen froh und dankbar sein, an solch grandiosen Zeiten teilhaben zu können, doch wenn ich mich bei uns in Ehrenfeld so umschaue, sehe ich in den Gesichtern der Frauen vor allem Angst.

Auch unsere Mamm wird immer verzagter. Eine Kölschkneipe mit Lebensmittelmarken zu führen ist ein Wahnsinn. Ich sehe sie oft grübeln und rechnen, rechnen und grübeln. Hätten wir nicht mein bescheidenes Gehalt, das ich bei 4711 bekomme, sähe es noch übler aus. Aber auch so müssen wir auf jeden Pfennig achten; größere Anschaffungen sind kaum noch drin. Martin schießt immer mehr in die Höhe; seine Anzugshosen, die wir erst vor Ostern gekauft haben, enden schon wieder oberhalb der Knöchel.

»Isst du heimlich Hefe, Jung?«, fragt Mamm und zupft dabei an seinen Hosenbeinen, als ob sie damit länger werden könnten. »Wenn das so weitergeht, stößt du noch mit dem Kopp an die Decke!«

Dabei soll er heute doch tipptopp aussehen, wo Benedikt auch noch sein Firmpate ist!

So früh wir auch aus den Federn geschlüpft sind, zum Schluss müssen wir doch rennen, obwohl die Straßenbahn von Ehrenfeld bis zum Bahnhof nur neun Minuten braucht. Trotzdem sind wir beinahe die Letzten, und es ist mir unendlich peinlich, den Kaplan so lange warten zu lassen.

Er schüttelt meiner Mutter die Hand, dann mir; Martin erhält einen kleinen Stups auf die Nase.

»Alles im Lot, Firmling?«, fragt er mit gespielter Strenge, und Martin lächelt ihn verzückt an. Kaplan Weiss ist sein Idol, das ist deutlich zu sehen. Was würde mein kleiner Bruder wohl sagen, wenn er wüsste, dass es mir ebenso geht?

An die Messe selbst kann ich mich seltsamerweise kaum noch erinnern. Viel Orgelspiel, Schwaden von Weihrauch, dass mir fast schwindelig wird, schließlich der Moment, als die Firmlinge an der Seite ihrer Paten zum Altar treten, wo der Kardinal sie schon erwartet und mit ausgebreiteten Armen den Heiligen Geist auf sie herabruft. So schmal und schutzbedürftig sieht Martin neben dem breitschultrigen Kaplan aus, dass ich unwillkürlich daran denken muss, wie mein Bruder zur Welt gekommen ist: zwei ganze Monate zu früh, derart winzig und verschrumpelt, dass er in einen alten Schuhkarton gepasst hat. Damals war ich schon zehn und habe mich ein wenig wie seine zweite Mamm gefühlt. Zumal wohl kaum einer in Ehrenfeld eine Wette darauf abgeschlossen hätte, dass unser Nachzügler sein erstes Lebensjahr erreicht.

Doch unser Frühchen hat es allen gezeigt. Und manchmal haut er jetzt Antworten raus wie ein Großer. Frühreif, sagen die einen, aber das trifft es nicht ganz, denn es hat eher mit seinem Herzen zu tun, und nicht mit dem Körper. Oma Hildegard sagt immer, Martin höre das Gras wachsen, auch wenn ich nicht ganz genau weiß, was sie damit meint. Aber schlau ist er, das steht fest.

Vielleicht sogar schlauer als wir alle.

Wäre unser Bap nicht an seiner Raucherei gestorben, als der Kleine gerade eingeschult wurde, würde Martin heute vielleicht sogar das Schillergymnasium in Ehrenfeld besuchen, denn er lernt schnell und leicht. So aber ist bei uns das Geld leider immer knapp, und er geht stattdessen nach wie vor in die Volksschule an der Platenstraße. Martin langweilt sich oft im Unterricht, weil er schneller ist als die anderen, das hat er mir anvertraut. Deshalb treibt er sich auch öfters mit älteren Jungs herum, die schon in der Lehre sind oder in einer der umliegenden Fabriken arbeiten, was unsere Mutter gar nicht gern sieht ...

Jetzt läuten die Messdiener, und ich bin wieder zurück im Dom. Handauflegung, Salbung, Besiegelung.

Das alles durfte auch ich vor Jahren erleben, heute aber habe ich nur Augen für Benedikt, der als Pate neben meinem Bruder kniet, während der die Firmung empfängt.

Mit leuchtenden Augen kehrt Martin an seiner Seite schließlich zu uns in die Kirchenbank zurück.

»Jetzt bist du erwachsen«, sagt Benedikt bei der Heimfahrt in der Straßenbahn zu ihm. »Als Christ und als Mensch. Also benimm dich auch so, Martin.«

Als er danach mich ansieht, muss ich den Blick sofort senken. Wahrscheinlich bin ich blutrot angelaufen – aber seine Augen sind auch zu schön!

Frau Walter, die Pfarrer Greven und Kaplan Weiss bekocht, serviert uns allen im Pfarrhaus rheinischen Sauerbraten mit Klößen, über die Martin herfällt, als sei er kurz vor dem Verhungern.

»Schling doch nicht gar so, Jung«, sagt Mamm verlegen, während ich das Essen auf meinem Teller hin und her schiebe, denn mein bisschen Hunger ist in Benedikts Nähe erst recht verflogen. »Und Ellenbogen runter vom Tisch, *wie oft soll ich dir das noch sagen? Hochwürden muss ja denken, wir aus 'm Biertopp hätten keine Manieren!«*

»Schmeckt aber so gut ...«, murmelt Martin mit vollem Mund.

»Lassen Sie ihm doch die Freude, Frau Voss«, sagt Benedikt nachsichtig. »Gutes Essen ist jetzt so knapp, und Jungs bleiben eben Jungs – außerdem ist heute sein großer Tag. Lust auf Fußball, Martin? Dann nichts wie ab hinters Haus!«

Der neue Ball ist die Krönung des Tages, viel interessanter als Baps alte Armbanduhr, die Mamm ihm geschenkt hat. Benedikt hat sein Jackett ausgezogen, und auch Martin hat nur noch Unterhemd und Turnhose an. Anzug und Hemd liegen fein säuberlich zusammengefaltet auf der Treppe. Die beiden rennen und schießen und dribbeln, dass es eine wahre Freude ist, ihnen zuzusehen, schwitzen dabei, fallen hin, lachen, stehen wieder auf, und ich ertappe mich bei dem Gedanken, wie Benedikt wohl aussehen mag, wenn er ganz ohne Kleidung unter der Dusche steht ...

Sünde. Sünde! Sünde!!!

Ich müsste sie beichten, aber ich weiß ja nicht, wem ...

Irgendwann waren sie müde geworden, ruhten sich aus und stillten den Durst mit Frau Walters selbstgemachter Limonade. Nellie hätte ihren Gastgeber zu gern gefragt, wie es mit dem fahrenden Volk weitergegangen war, aber die Antwort darauf konnte ja eigentlich nur schlecht ausfallen, und so ließ sie es für heute bleiben, obwohl sie sich feige dabei vorkam. Ohnehin hätte sie längst zu Hause sein sollen. Ihre Mutter hatte sich vor einer Stunde verabschiedet und bediente im *Halflang* bereits die ersten Gäste, doch Nellie zögerte den Abschied hinaus.

Und als Benedikt schließlich zur Gitarre griff und das Lied *Kein schöner Land in dieser Zeit* anstimmte, in das Martin leicht kieksend einfiel, war es vollständig um sie geschehen. Seine Stimme war weich und voll, ein wohlklingender Bariton. Glücklich, dass sie ein paar Jahre im Kirchenchor gesungen hatte, bevor er aufgelöst worden war, wagte sie die zweite Stimme – und sieh an! Es klang richtig gut.

»Sie singen sehr schön, Nellie«, sagte er, und wieder wusste sie vor Verlegenheit kaum noch ein und aus.

»Ich bin leider ziemlich aus der Übung«, erwiderte sie errötend. »Als mein Vater noch lebte, haben wir oft zusammen musiziert. Er konnte Akkordeon, Flöte, ein wenig Geige und eben auch Gitarre spielen. Manchmal glaube ich, er wäre viel lieber Musiker geworden, anstatt in einer Brauerei zu schuften.«

»Ich übe jetzt manchmal auf seiner Klampfe«, sagte Martin. »Die alten Fahrtenlieder mag ich am liebsten. Die klingen so stark und frei. Als ob es keine Grenzen gäbe. Die anderen Jungs …« Er brach ab, als hätte er sich verplappert.

Benedikt betrachtete ihn aufmerksam.

»Man muss heutzutage nicht nur sehr vorsichtig mit dem sein, was man sagt, sondern auch mit dem, was man singt. Erst recht in der Öffentlichkeit. Das predige ich immer meiner kleinen Schwester. Und du weißt das doch hoffentlich auch, Martin?«

Der Junge nickte, wirkte aber alles andere als überzeugt.

»Manches Liedgut ist offiziell sogar verboten, und wer sich nicht daran hält, kann großen Ärger bekommen«, setzte er hinzu, auf einmal wieder ganz Kirchenmann.

»Das wissen die Ehrenfelder Navajos auch. Aber sie scheren sich nicht darum und singen diese Lieder trotzdem!«, stieß Martin hervor.

»Was hast du denn mit den Navajos zu schaffen?« Mit einem Mal klang Benedikt richtig streng.

»Nichts«, erwiderte Martin. »Gar nichts! Ich hab ihnen nur mal aus Versehen zugehört.«

Nellie sagte dieser Name nichts. »Sind das Indianer?«, riet sie auf gut Glück, denn natürlich hatte auch sie einige Karl-May-Bände verschlungen, als sie klein war.

»Sie wollen welche sein«, antwortete Benedikt. »Dabei handelt es sich eher um einen Haufen unreifer Kerle, die sich mit ihren wilden Aktionen in große Schwierigkeiten bringen, und ihre Familien mit dazu. Ich habe sie gewarnt, mehr als einmal, aber sie wollen ja partout nicht hören. Bei der großen Osteraktion des HJ-Streifendienstes hat es einige von ihnen böse erwischt. Und wo sitzen sie jetzt? In der Arbeitsanstalt Brauweiler. Dort zu sein ist alles andere als ein Zuckerschlecken. Halt dich von ihnen fern, Martin! Dafür bist du noch viel zu jung.«

Benedikt stand abrupt auf, und es war, als hätte sich mit einem Mal ein Schatten über diesen sonnigen Spätnachmittag gelegt.

»Die Pflicht ruft«, erklärte er. »Kommt gut nach Hause, ihr beiden.«

Ein freundlicher Rauswurf, aber definitiv ein Rauswurf, da machte Nellie sich nichts vor. Sie erhob sich ebenfalls.

Wann würde sie wohl wieder Gelegenheit haben, Benedikt ungezwungen so nah sein zu können?

Wahrscheinlich nie mehr.

Plötzlich wurde sie wütend auf ihren Bruder. Mit seinem dummen Gerede hatte er alles verdorben.

»Jetzt mach schon!«, fuhr sie ihn an, als er mit dem Anziehen so gar nicht vorankommen wollte. »Mamm wartet bestimmt schon auf uns.«

Seite an Seite gingen sie die Venloer Straße entlang. Martin hatte seinen neuen Ball wie eine Trophäe unter den Arm geklemmt. Vorsichtig linste er zu seiner Schwester hoch. Wenn er sie von schräg unten ansah, so wie jetzt, fiel es Nellie schwer, ihm weiterhin böse zu sein, das wusste er.

»Du magst ihn«, konstatierte er, als sie das *Halflang* beinahe erreicht hatten. »Deshalb bist du jetzt auch so sauer.«

»Und du redest lauter Blödsinn!«, fuhr Nellie ihn an. »Erst das mit diesen Indianern, und nun auch noch solch dämliche Unterstellungen, über die ich ja nur …«

»Bist du verliebt in Kaplan Weiss?«, unterbrach er sie. »Du bist so anders, wenn er in der Nähe ist.«

Ihr wurde heiß. Konnte sie ihre Gefühle jetzt nicht einmal mehr vor einem Halbwüchsigen verbergen?

»Dazu müsste ich ja ganz schön bescheuert sein, oder?«, gab Nellie zurück.

Martin zog die Schultern hoch. Seine hellbraunen Augen, die sie schon immer an Bernstein erinnert hatten, wurden noch größer.

»Hat man denn eine Wahl?«, fragte er leise. »Ich glaube ja, die Liebe macht einfach, was sie will.«

Woher er das nun schon wieder hatte!

»Hör auf, große Töne zu spucken«, fuhr sie ihn unwirsch an. »Schreib dir lieber hinter die Löffel, was der Kaplan gesagt hat, und halte dich von diesen Navajos fern. Unsere Mamm hat schon genug Sorgen!«

»Du kennst sie ja gar nicht«, sagte Martin leise. »Du hast sie niemals singen gehört. Sonst ...«

»Sonst?«, wiederholte Nellie. »Was sonst?«

»Nichts«, murmelte er.

Später, als sie in eines der alten Sommerfähnchen schlüpfte, die man schnell rauswaschen konnte, wenn sie beim Servieren schmutzig wurden, musste sie wieder an Martins Worte denken. Natürlich konnte sie als Frau niemals ein echter Köbes werden, da half auch die alte blaue Strickjacke ihres Vaters mit den schwarzen Knöpfen und die lederne Geldtasche vor dem Bauch nichts, die sie manchmal anlegte. Aber sie war mit dem Kranz, dem typischen Tablett am Stiel, das die Gäste mit Stangen frisch gezapften Kölschs versorgte, mindestens so schnell wie jeder Kerl. Inzwischen tat es ihr leid, dass sie ihren kleinen Bruder angefahren hatte, nur weil sie sich ertappt gefühlt hatte, und Nellie beschloss, es bei nächster Gelegenheit wiedergutzumachen.

»Ei, die schöne Nellie!«, ertönte es, als sie flink durch die kleine Gaststätte wieselte, um die durstigen Kehlen zu befriedigen. »Welch Glanz in dieser Hütte!«

»Geb dir gleich Glanz«, konterte sie und versetzte der Schirmmütze des lautesten Schreiers einen kleinen Stoß. »Wenns't d'r Schnabel ze fän aufreißt, Tünnes, könnt's enne dren öntlich nass wes!«, sagte sie.

Die anderen Männer am Stehtisch lachten.

Abgesehen von einigen Rentnern, waren die meisten Gäste Handwerker und Metallarbeiter in mittleren Jahren aus den Werken Pellenz, Vulkan oder der Fahrradfabrik Goldberg, die sich hier zu einem Feierabendkölsch trafen, während ihre jüngeren Brüder, ihre Söhne und Enkel gegen die Polen, die Niederländer, und wie es aussah, nun auch bald gegen die Franzosen kämpfen mussten. Polen zumindest lag von Köln weit entfernt. Bis auf die Familien, die von dort stammten und bereits Ende des letzten Jahrhunderts nach Westen gekommen waren, sodass man sie inzwischen nur noch an ihren Nachnamen als einstmals »fremd« identifizieren konnte, kannte eigentlich niemand jemanden dort. Ganz anders aber verhielt es sich mit den Holländern, Belgiern und Franzosen, von denen sie nur der Rhein trennte. Diese Grenze war immer »weich« gewesen; der Handel mit den Nachbarländern bestand seit Menschengedenken und hatte stets zum beiderseitigen Vorteil floriert. Viele hatten nach drüben, andere wieder herüber geheiratet.

Das sollten nun auf einmal Feinde sein?

Den meisten hier fiel es schwer, sich das vorzustellen. Schon im Großen Krieg, der mit unzähligen Toten auf beiden Seiten und unsagbarem Leid in vielen Familien geendet hatte, hatten sie ihre Probleme damit gehabt.

»Vielleicht geht es ja dieses Mal ganz schnell«, meinte der alte Laurin, der seit der Schlacht bei Verdun das linke Bein nachzog und Nellie immer besonders wohlwollend hinterhersah. Sie wusste, dass sie ihn an seine verstorbene Emma erinnerte, die nun schon seit Jahren auf dem Melaten-Friedhof lag. »Und unsere Jungs sind wieder daheim, wenn die Blätter fallen.«

»Dat glaubste wal selvs net!« Tünnes wiegte nachdenklich den grauen Kopf. »Der hüre eesch op, wann se all erobert han!«

»Wollt ihr wohl den Schnabel halten, ihr alten Saufköpfe!« Zornblitzend stand Nellies Mutter vor ihren Gästen. »In meinem Lokal wird nicht politisiert. Wie oft soll ich euch das noch sagen? Noch ein Wort, und ihr fliegt alle zusammen hochkant raus! Habt ihr das jetzt endlich kapiert?«

»War ja nicht so gemeint, Ilka«, murmelte Laurin. »Man wird ja wohl noch denken dürfen. Das kannst du uns nicht verbieten!«

»Denk, wo du willst, aber nicht im *Halflang*, und schon gar nicht laut«, sagte sie, bevor sie sich wieder hinter den Tresen verzog. »Und du kommst gleich mit, Mädchen. Gläser spülen!«

»Sie haben einfach keinen Respekt vor einer Frau«, sagte sie seufzend zu ihrer Tochter, nachdem sie zugesperrt hatten und nun gemeinsam mit aufgekrempelten Ärmeln die Holztische schrubbten. Sauberkeit war das oberste Gebot der umsichtigen Gastwirtin, da verstand Mamm keinen Spaß, und nichts anderes hatte sie auch ihren Kindern eingetrichtert. »Als euer Vater noch am Leben war, hätte keiner gewagt, mir so zu kommen.«

»Laurin ist noch der Harmloseste«, sagte Nellie. »Und außerdem nimmt ihn ohnehin niemand ernst.«

»Aber dich anglotzen, als wärst du splitternackt, das kann er sehr gut«, erwiderte ihre Mutter heftig. »Manchmal kommst du mir vor wie eine duftende Blumenwiese, die alles Männliche unwiderstehlich anzieht – und beileibe nicht nur die besten Exemplare! Ich würde mich sicherer fühlen, dich endlich in festen Händen zu wissen. Unser Martin, der schwerer zu hüten ist als ein Sack Flöhe, reicht mir schon zum Aufpassen!«

»Die Auswahl ist zurzeit nicht gerade berauschend, das musst du zugeben.« Jetzt kam es auf jedes Wort an, das wusste Nellie. Ihre Mutter besaß ein untrügliches Gespür für Ausreden und Lügen. Mühsam verbannte sie jeglichen Gedanken an Benedikt aus ihrem Kopf, und zu ihrem eigenen Erstaunen funktionierte es sogar. »Die meisten jungen Männer sind bei der Wehrmacht, und auf einen, der vom Alter her fast mein Vater sein könnte, kann ich wirklich verzichten.«

»Weil keiner es dir recht machen kann. So war es doch auch schon vor dem Krieg! Worauf wartest du eigentlich? Auf einen Ritter in schimmernder Rüstung, der auf seinem stolzen Ross durch die Körnerstraße galoppiert kommt? Da war deine Freundin Greta schon schlauer. Die hat sich mit ihrem Viktor Lohse einen angesehenen Hotelier an Land gezogen. Einen Mann, der gute zehn Jahre älter ist und seiner Frau etwas zu bieten hat. Dabei ist sie nicht einmal halb so hübsch wie du.«

»Greta ist aber auch eine Farina«, entgegnete Nellie und ließ die Bürste sinken. »Und welcher Kölner möchte nicht in diese angesehene Familie einheiraten? Auch wenn der Krieg die Geschäfte gerade stark behindert, irgendwann wird ja wieder Frieden sein – und dann sehnen sich die Leute wieder nach guten Düften.«

»Ohne Parfüm kann man leben. Was die Leute aber immer brauchen, ist Brot.« Ilka vermied es, ihre Tochter anzusehen. »Und zwar *alle* Leute. So ein Bäcker hat es da gut. Sitzt sozusagen an der Quelle und kann jederzeit …«

»Mamm!«, fiel Nellie ihr ins Wort. »Du versuchst nicht gerade, mir diesen widerlichen Lemmle schönzureden, oder?«

»Ich weiß beim besten Willen nicht, was an Willy Lemmle widerlich sein sollte! Ein ehrbarer Witwer mit zwei Kindern, die klein genug sind, um sich an eine neue Mutter zu gewöhnen. Außerdem hat er …«

»Du hättest ihn sehen müssen, als sie Adrianos Leute wie Vieh zusammengetrieben haben! Der Kleine hat geweint und geblutet, viele andere ebenso – und Lemmle hat nur höhnisch dabei gegrinst und fiese Sprüche geklopft. Schlag dir diesen Kerl als Kandidaten für mich aus dem Kopf. Nicht mal mit der Kneifzange würde ich den anfassen. Da bleib ich lieber ledig bis zu meinem seligen Ende …«

Ilka schrubbte so besessen mit ihrer Lauge weiter, als gelte es, die oberste Holzschicht abzutragen. »Hochmut kommt bekanntermaßen vor dem Fall«, murmelte sie. »Und oftmals schneller, als man denkt. Eine alte Jungfer willst du werden? Ich hab schon genug Mädchen gesehen, die so wie du dahergeredet haben. Und wo sind sie schließlich gelandet, als keiner sie mehr haben wollte?«

»Unne, janz unne«, konterte Nellie im breitesten Dialekt. »Wie Oma Hildegard immer zu sagen pflegt, wenn es ganz dicke kommt. Musst keine Angst um mich haben, Mamm, ich lande schon nicht in der Gosse, auch wenn ich ledig bleibe!«

3

Köln, Mai 2019

»Im Urmeer, wo einst alles Leben seinen Anfang nahm, gab es nichts als Dunkelheit und Stille. Kein Lichtstrahl in den schwarzen Tiefen, kein Geräusch. Die entstehenden Lebewesen hatten weder Augen noch Ohren, um sich zu orientieren, Nahrung zu suchen, Feinde zu erkennen oder sich einen Partner zur Fortpflanzung zu wählen. Deshalb fingen sie an, chemische Botschaften auszusenden, die das Wasser zu den Chemosensoren ihresgleichen forttrug. So kam es, dass Lebewesen Geruchssignale aufnahmen, lange bevor sie hören oder sehen konnten …«

Jede Kundin im Laden hörte ihr bei dieser spontanen Einführung zu, und das, obwohl das *Göttliche Düftchen* an diesem nun offiziellen Eröffnungstag erfreulich gut besucht war. Liv gratulierte sich im Nachhinein zu der Sprecherschulung, die sie vor Jahren für einen Studenten-Rundfunksender durchlaufen hatte. Seitdem konnte sie mit ihrer Stimme spielen und wusste vor allem, wie man gekonnt Pausen setzte.

»Riechen ist also unser ältester Sinn und hat sich weiterentwickelt, als das Leben aus dem Wasser stieg. Dann war es die Luft, die die Moleküle eines Duftstoffes weitertrug.«

In ihrer Hand hielt sie einen bläulichen Flakon, in dem ihre neueste Eigenkreation abgefüllt war. Sie gab davon ein paar Spritzer in die Luft.

»*Brise*, so habe ich diesen Duft genannt, und wenn Sie nun die Augen schließen, welche Bilder sehen Sie?«

»Strand«, rief eine junge blonde Frau.

»Meeresrauschen«, kam von einer älteren.

»Urlaub.« Dorle aus dem Seminar vom Vortag war gleich noch einmal gekommen, um ihren Gutschein einzulösen, und hatte sogar noch zwei ihrer Töchter mitgebracht. »Und süßes Nichtstun – wochenlang!«

Allgemeines Gelächter. Viele klatschten.

»Wunderbar«, sagte Liv. »Jetzt können Sie die Augen wieder öffnen und sich in Ruhe weiter umsehen. Die allseits bekannten Markendüfte kaufen Sie bitte weiterhin in der Parfümerie. Hier bei mir finden Sie ausgefallene Duftkreationen aus hochwertigen Inhaltsstoffen, und wenn Sie mögen, auch gern individuell auf Sie zugeschnitten. Außerdem führe ich edle Seifen, ausgewählte Naturkosmetik und Make-up-Produkte, die Sie noch schöner machen, als Sie es ohnehin schon sind«, erklärte sie mit einem Lächeln.

Die Frauen strebten wieder zu den Regalen.

»Kleiner Tipp noch«, sagte Liv. »Die Düfte sind von links nach rechts sortiert: von grün und Chypre über blumig und holzig bis hin zu orientalisch. Das sind dann die schweren Parfüms, die uns sofort in die Welt von *1001 Nacht* versetzen.«

»Und was darf ich mir bitte unter ›Chypre‹ vorstellen?«, wollte eine junge Kundin mit großen Goldkreolen wissen. »Hab ich nie noch gehört.«

»Der Name leitet sich von der Insel Zypern ab. Unter ›Chypre‹ versteht man Parfüms mit einer Kopfnote von Zitrusölen, einer blumigen Herznote und einer warmen holzig-moosigen Basisnote«, erklärte Liv. »Für mich persönlich meine Lieblings-Duftfamilie. Danke für Ihre Frage. Dazu gleich als Aufforderung an Sie alle: Fragen Sie mir ruhig Löcher in den Bauch. Dazu bin ich schließlich da!«

Genau das taten ihre Kundinnen dann auch in den nächsten Stunden. Liv hatte so viel zu erklären, dass sie ganz vergaß, zwischendrin etwas zu trinken, was sich irgendwann rächte. Ihre Stimme begann bereits heiser zu werden, aber der Laden war noch immer voll.

Es waren weit mehr Leute gekommen, als Liv erwartet hatte. Solch einem Andrang an Interessenten war eine einzige Person eindeutig nicht gewachsen, aber was sollte sie tun? Dennoch hätten ihre Augen besser überall sein sollen, denn als zwei junge Mädchen in einer unbedachten Bewegung mit ihren Rucksäcken die kleine Glasflakon-Pyramide von der Säule fegten, die Liv nahe des Eingangs aufgestellt hatte, war der Holzboden von Splittern übersät.

»Achtung, meine Damen!«, rief Liv so laut sie konnte. »Bitte nicht in die Scherben treten …«

Mittels Feger und Handbesen versuchte sie das Malheur zu beseitigen, doch nun zeigte sich die Tücke des dunklen Bodens, der die hellen Glassplitter regelrecht zu verschlucken schien. Sie kehrte und kehrte, aber es fanden sich immer wieder neue winzige Glasteilchen.

In leiser Panik sah Liv sich um.

Einige der Kundinnen trugen offene Schuhe. Wenn sie etwas übersah und jemand sich verletzte …

»Moment!« Die junge Frau mit den Kreolen schob sich resolut nach vorn, einen schnurlosen Staubsauger in der Hand. »Ich bin Nouria, vom Orientzauber, zwei Türen weiter. Soll ich vielleicht mal kurz?«

»Bitte – ja!« Erleichtert erhob sich Liv, während Nouria schnell und geschickt die Splitter aufsaugte.

»Fertig«, erklärte sie schließlich. »Sind nicht gerade billig, diese Dinger, aber enorm praktisch.«

»Danke«, sagte Liv. »Wie aufmerksam von Ihnen! Wenn Sie sich vielleicht ein kleines Dankeschön aussuchen mögen …«

Die goldenen Kreolen begannen zu klimpern.

»Echt jetzt? Wäre aber nicht nötig gewesen. War doch bloß Nachbarschaftshilfe.«

»Echt jetzt«, bekräftigte Liv lächelnd. »Vielleicht etwas aus der Gattung Chypre? Ich finde, diese Mischung würde wunderbar zu Ihnen passen. Darf ich?«

Nouria nickte. Livs Pumpstoß umhüllte sie mit einer zarten Duftwolke.

»Riecht ja göttlich!«, rief Nouria so begeistert, dass viele Köpfe zu ihnen herumfuhren. »Jetzt weiß ich, weshalb Ihr Laden so heißt. In meiner Heimat ist alles immer so schwer, dass man gleich in die Knie geht und den Duft stundenlang, ach, was sag ich, tagelang am Körper hat.«

»Woher kommen Sie denn?«, fragte Liv weiter.

»Aus Marokko«, erklärte Nouria. »Aber ich lebe schon in Ehrenfeld, seit ich zwölf bin. Ab und zu besuche ich meine Großmutter in Marrakesch. Die weiß auch alles über Öle und kostbare Ingredienzien.«

»Die arabischen Nationen handhaben Düfte intensiver und hemmungsloser, als wir es in Europa tun«, sagte Liv. »Was Vor-, aber auch Nachteile haben kann. Unsere Mischungen verfliegen wesentlich schneller. Auf der anderen Seite wirken wir mit einem Stoß Rosa-Grapefruit-Parfüm hinter dem Ohr bis zu zehn Jahre jünger und mindestens um fünf Kilo leichter, was manchmal auch ganz erfreulich sein kann.«

»Das muss ich haben!« Im Nu war sie von mehreren Frauen umringt.

»Langsam, langsam!« Lachend hob Liv die Hände hoch. »Eine nach der anderen. Sie kommen alle dran, versprochen!«

Irgendwann ebbte der Ansturm ab, und bald war sie bis auf eine farbenfroh gekleidete Interessentin, die sich ruhig umsah, allein im Laden. Die größte Neugierde der Anwohner war offenbar gestillt. Nun würden die kommenden Wochen zeigen, wen Liv wirklich als erste Kundinnen hatte gewinnen können. Sie war gerade dabei, die kleinen Probefläschchen neben der Kasse neu zu sortieren, als Betty hereinstürzte, einen laut heulenden Thijs im Buggy vor sich her schiebend.

»Ich weiß einfach nicht mehr weiter«, sagte sie, mindestens ebenso aufgelöst wie der Kleine, der nur noch durchdringender zu brüllen begann, als er seine Mutter erblickte. »Den ganzen Vormittag lief alles prima, aber ich als ihm sein Essen servieren wollte …«

»Kokko«, griente Thijs. »Kokko!!!«

»Ich hab leider nicht verstanden, was er damit sagen will …«

»Das soll Brokkoli heißen, den Thijs inständig hasst.« Erleichtert holte Liv ihren Sohn aus dem Buggy und nahm ihn tröstend auf den Arm. »Meine Schuld! So was hätte ich dir natürlich sagen müssen.«

»Brokkoli also«, murmelte Betty fassungslos. »Und ich dachte, er ist so verzweifelt, weil er seine Mama vermisst!«

Thijs kuschelte sich eng an Liv. Heiß fühlte er sich an, so sehr hatte er sich aufgeregt, feucht vom vielen Weinen und ausgesprochen schutzbedürftig. Die Abstände zwischen den Schluchzern wurden länger. Allerdings konnte es, wenn er sich erst einmal so richtig eingeweint hatte, beim kleinsten Anlass wieder von vorn losgehen. Keine Chance jedenfalls, ihn in dieser Verfassung Betty wieder mitzugeben.

»Du bleibst erst einmal bei mir, kleiner Mann«, sagte Liv um einiges resoluter, als ihr innerlich zumute war. Was, wenn er auch in der Kita bis zum Gaumenzäpfchen brüllte, weil ihm etwas missfiel? Drohte ihr sorgfältig ausgeklügeltes Zeitkonzept schon am allerersten Tag in die Brüche zu gehen?

»Bist du dir sicher?«, fragte Betty zerknirscht. »Du hast hier doch alle Hände voll zu tun!«

»Das bekommen wir schon hin. Und ab Montag ist Thijs dann ja versorgt …« Liv bedankte sich noch einmal ganz herzlich bei Betty, die schließlich beruhigt den Laden verließ, nicht jedoch, ohne ihr noch einmal jede Hilfe mit Thijs anzubieten, falls sie sie benötigte.

Liv setzte Thijs zurück in den Buggy und drückte ihm Pinki in den Arm. Doch er pfefferte das Schweinchen sofort wieder auf den Boden und verzog erneut weinerlich das Gesicht, als sie keinerlei Anstalten machte, ihn wieder hochzunehmen. Liv spürte, wie sie vor Anspannung am ganzen Körper zu schwitzen begann.

»He, hast du eigentlich schon mein tolles Auto gesehen?« Die farbenfroh gekleidete Kundin kniete sich neben ihn und ließ ein Polizeiauto mit Blaulicht, das sie aus ihrer Umhängetasche gezaubert hatte, vor dem Buggy hin- und herfahren.

Mit offenem Mund starrte der Kleine das wundervolle Objekt an.

»Auto«, sagte er. »Auto für Thijs!«

»Ja, das gefällt dir, dachte ich mir schon«, sagte die Frau lächelnd.

Liv betrachtete sie genauer. Eindeutig eine Persönlichkeit, die aus der Menge herausstach, allein schon wegen ihrer Adlernase. Sie war vielleicht Mitte sechzig, ein wenig rundlich, flott frisiert, trug farbenfrohe Kleidung und große, gelbe Retroklunker mit funkelnden Strasseinlagen an den Ohren. Liv kam sie irgendwie bekannt vor. »Wie wäre es mit einer Leihgabe? Natürlich nur, wenn deine Mama damit einverstanden ist.«

»Lieb gemeint, aber das geht leider nicht«, sagte Liv.

»Und weshalb nicht?«

»Weil Thijs so ein Auto niemals freiwillig wieder rausrücken würde. Stecken Sie es also bitte wieder ein.«

»Mein Enkel kommt erst im Herbst wieder zu Besuch nach Köln, und in Florida, wo er wohnt, hat er Dutzende solcher Autos zum Spielen. Nennen wir es also Dauer-Leihgabe, wenn Sie wollen. Auf jeden Fall dient es fürs Erste einem guten Zweck.«

Sie drückte ihm das Auto in die Hand.

»Für dich, Thijs«, sagte sie freundlich. »Was für einen hübschen Namen du hast!«

Hingerissen strahlte er sie an. Aller Kokko-Kummer war vergessen. Sein kleines Gesicht leuchtete vor Glück.

Liv schielte zur Tür, aber im Moment wollten offenbar keine neuen Kundinnen zu ihr. Plötzlich wusste sie, woher sie die Frau kannte.

»Wir sind uns gestern schon begegnet«, sagte sie. »Sie haben die weißhaarige Dame begleitet, die mich Nellie genannt hat.«

»Richtig.« Mit einem hörbaren Knacken ihrer Knie kam die großzügige Spenderin wieder zum Stehen. »Das war meine Freundin Lilo. Den ganzen Abend hat sie von nichts anderem mehr geredet.«

»Aber ich kenne keine Nellie«, sagte Liv. »Das habe ich ihr gestern ja auch schon gesagt.«

»Lilo kann ausgesprochen stur sein, wenn sie sich einmal was in den Kopf gesetzt hat«, sagte die Frau. »Und manchmal würfelt sie leider Vergangenheit und Gegenwart ziemlich durcheinander. Aber sie war so lange der gute Geist von St. Joseph; ihr letztes Hemd hätte sie für die Pfarrgemeinde gegeben. Da hat sie es verdient, dass wir uns jetzt abwechselnd um sie sorgen, auch wenn das manchmal ein wenig schwierig sein kann.«

»Hat sie denn keine Angehörigen?«, erkundigte sich Liv.

»Ihren Bruder hat sie schon im Krieg verloren, und eine Ehe ist sie später wohl eher aus Vernunftgründen eingegangen. Alt ist ihr Heinz nicht geworden. Ich kenne Lilo nur als Witwe.«

Sie begann erneut zu lächeln.

»Schöner Laden übrigens«, sagte sie. »Gefällt mir sehr gut hier bei Ihnen.«

»Danke sehr. Mögen Sie ihr vielleicht ein Pröbchen mitbringen?«, fragte Liv. »Mit einem Gruß von Liv, die leider nicht Nellie ist?«

»Bloß nicht!« Die Frau mit den gelben Funkel-Ohrringen hob abwehrend die Hände. »Lilo hasst Parfüm wie der Teufel das Weihwasser. Keine Ahnung, ob das noch ein Nazirelikt ist, nach dem Motto: ›Die deutsche Frau schminkt und parfümiert sich nicht‹, oder wer sonst ihr das eingetrichtert hat, aber es sitzt jedenfalls sehr tief.«

»Und Sie?«, bohrte Liv weiter. »Was ist mit Ihnen?«

»Ich? Ich liebe alles, was glitzert und duftet.« Die Frau streckte ihr eine kräftige, ringbestückte Hand entgegen. »Maja von Plettenberg. Ich kümmere mich seit einigen Jahren um die Mitglieder unserer Gemeinde, die es am dringendsten brauchen.«

»Finde ich toll«, sagte Liv. »Gibt es heute nicht mehr so oft. Leider.«

»Ach, wir machen hier noch ganz andere spannende Dinge«, erklärte Maja von Plettenberg. »Da gibt es zum Beispiel unsere Aktion ›Dat schmeckt noch jood‹. Entsprechende Plakate hängen überall in Ehrenfeld. Sind Ihnen vielleicht schon aufgefallen.«

»Leider nicht«, sagte Liv. »Aber ich war in letzter Zeit auch vor allem mit meinem Laden beschäftigt.«

»Kann ja noch werden. Wenn Sie mögen, erläutere ich Ihnen mal eben unser Konzept …«

Entgegen aller Befürchtungen lief der Auftakt in der Kita prima. Thijs rannte los, sobald er die anderen Kleinen erblickte, Pinki fest an sich gepresst. Erst als er schon fast an der hölzernen Sprossenwand angekommen war, schien er sich daran zu erinnern, dass er so etwas wie eine Mama hatte. Er drehte sich um und winkte ihr kurz zu, bevor er sich wieder seinen neuen Spielgefährten zuwandte.

»Scheint, als hätten Sie Glück«, sagte Hanne Niedeck lächelnd. »Da haben wir hier schon ganz andere Abschiedsszenen erleben müssen.«

»Thijs liebt Kinder und Tiere«, sagte Liv. »Mit Kontakten tut er sich in der Regel leicht. Aber für alle Fälle haben Sie ja meine Mobilnummer. Im Notfall schließe ich den Laden zu und kann in ein paar Minuten hier sein.«

»Das ist gut«, sagte die Erzieherin. »Man weiß nie, wie lange die Kleinen durchhalten, besonders anfangs. Da können sechs Stunden ohne Mama schon verdammt lang sein.«

»Solange Sie ihm keinen Brokkoli vorsetzen, bin ich eigentlich optimistisch«, erwiderte Liv. »Dann allerdings kann ich für nichts garantieren.«

Beide lachten.

»Gibt es sonst noch etwas, auf das er allergisch reagiert?«, fragte Hanne Niedeck.

Auf Geschichten mit Vätern, hätte Liv beinahe gesagt, aber sie schüttelte nur stumm den Kopf.

»Dann drücken Sie uns mal die Daumen. Heute Nachmittag wissen wir mehr.«

Es fühlte sich seltsam an, den Weg zum Laden ohne Thijs zurückzulegen. Seit seiner Geburt waren Liv und er unzertrennlich gewesen, von den wenigen Stunden einmal abgesehen, die ihr kleiner Sohn bei seinem Opa oder einer Babysitterin verbracht hatte. Aber das war ab jetzt anders. Sie hatte ihr Geschäft, er seinen festen Kita-Platz. Die freie, ungebundene Zeit, die nur ihnen beiden gehört hatte, war vorüber.

Ein erster Abschied, mit leiser Wehmut verbunden …

Zu Livs Überraschung wurde sie vor dem Laden bereits von drei Kundinnen erwartet.

»Bisschen spät machen Sie auf«, sagte die hübsche Rothaarige missbilligend, als Liv aufschloss, um sie hereinzulassen.

»Ich habe einen kleinen Sohn«, erwiderte sie. »Und erst wenn Thijs gut versorgt ist, kann ich ans Geschäft denken. Es ist also durchaus möglich, dass meine Öffnungszeiten variieren werden.«

»Sorry, sorry, kann man ja schließlich nicht wissen«, ruderte die Kundin zurück. »Ich bin hier, weil ich mir ein individuelles Parfüm wünsche. Etwas, das nur ich trage – und sonst niemand.«

»Gerne«, sagte Liv, ging zum Verkaufstresen und begann, in ihrem Kalender zu blättern. »Sagen wir, übermorgen zehn Uhr?«

»Das geht nicht jetzt? Ich meine, sofort?«

»Leider nicht. Zum einen sind Sie bereits beduftet.« Liv schnupperte. »*Shalimar*, oder?«

»Das stimmt«, sagte die Kundin überrascht. »Aber ich habe nur die Bodylotion aus der Serie verwendet.«

»Das reicht bereits. Ich würde Sie bitten, bis übermorgen gar nichts zu verwenden, das irgendwie duftet: keine parfümierte Seife, kein Duschgel oder Shampoo, weder Deo noch Lotion – und natürlich erst recht nichts auf Parfümbasis. Außerdem bitte ich Sie, bis dahin auf den Genuss von Zwiebeln und Knoblauch zu verzichten. Ich brauche Ihren Hautgeruch – so pur wie irgend möglich.«

Die Kundin sah sie misstrauisch an.

»Und wozu?«

»Wir alle haben einen Eigengeruch, der ebenso unverwechselbar ist wie unser Fingerabdruck. Wir selbst nehmen ihn an uns gar nicht wahr, sind gewissermaßen ›geruchsblind‹. Natürlich können wir ihn mit den verschiedensten Ingredienzien überdecken, aber er wird sich immer durchsetzen. Deshalb riecht jeder Duft ja auch an jedem Menschen anders. Um unseren Eigengeruch jedoch am wirkungsvollsten zu unterstützen, müssen wir ihn erst einmal zutage fördern.«

»Dann darf ich mich jetzt achtundvierzig Stunden lang nicht mehr waschen? Das kann nicht Ihr Ernst sein!« Sie klang fast hysterisch.

»Davon war niemals die Rede.« Liv lächelte. »Gegen Wasser und Kernseife ist von meiner Seite her nichts einzuwenden.«

Die Kundin ließ sich eintragen und stolzierte leicht indigniert davon.

Ob sie wirklich wiederkommen würde?

Liv konnte nur hoffen, dass sie sie nicht vergrault hatte.

Mit den anderen war es weniger kompliziert; beide wollten je einen Flakon *Brise* erstehen, weil Livs Vorführung am Samstag sie beeindruckt hatte.

»Wie machen Sie das eigentlich?«, fragte die Jüngere, während Liv die Kasse bediente. »Ich meine das mit dem Riechen?«

»Was genau interessiert Sie daran?«, fragte Liv zurück.

»Woher wussten Sie das beispielsweise mit dem *Shalimar*?«

»Das war nicht weiter schwierig. *Shalimar* ist ein sehr bekannter, ziemlich intensiver Duft. Wenn man ihn einmal in der Nase hatte, vergisst man ihn so schnell nicht wieder.«

»Ich bin direkt neben ihr gestanden und habe gar nichts gerochen«, beharrte die Kundin. »Wieso Sie – und ich nicht?«

»Unser Geruchssinn kann, wie man heute weiß, über eine Billion Gerüche wahrnehmen, und damit mehr Eindrücke als Augen und Ohren zusammen. Allerdings will er gut trainiert sein, damit er sie auch wiedererkennt.«

»Riechen kann man also lernen?«

»Mit gewissen Einschränkungen sehr wohl«, versicherte Liv lachend. »Der Geruchssinn ist nämlich schon bei der Geburt weitgehend ausgebildet. Ich bin mit einem feinen Näschen zur Welt gekommen und habe mich deshalb auch von klein auf für Gerüche interessiert. Wer viel und gern riecht, ist nach und nach in der Lage, Gerüche differenzierter wahrzunehmen.«

»Klingt wirklich spannend«, sagte die Kundin. »Ich fürchte, ich selbst gehöre leider nicht zu diesen Glücklichen. Aber egal.« Sie grinste. »Auf tolle Düfte stehe ich trotzdem!«

Für einen Montagvormittag war das Kundenaufkommen ganz beachtlich. Allerdings kamen noch immer zahlreiche Neugierige, um sich umzusehen und weniger um zu kaufen, doch damit hatte Liv bereits gerechnet. Ehrenfeld war kein einfaches Pflaster. Auch wenn die Szeneliteratur es noch so emsig als hip hochschreiben wollte, so lebten hier doch viele, die auf jeden Cent achten mussten. Andererseits gab es auch genügend Leute, die Markenklamotten trugen und sich mit ihren SUVs durch die vollen Straßen zwängten.

Ihr Bauchgefühl sagte ihr, dass sie mit ihrem Konzept genau richtig lag. Alles, was sie brauchte, war ein wenig Zeit.

Als sie gerade für eine kurze Mittagspause schließen wollte, kam Nouria in den Laden gestürzt, eine bestickte Stofftasche in der Hand. Sie trug ein knöchellanges rotes Kleid, das perfekt mit ihrer olivfarbenen Haut harmonierte.

»Hätten Sie ein paar Minuten Zeit für mich?«, fragte sie. »Ich habe marokkanischen Tee dabei. Und Mandel-Ghriba. Kleine Warnung: Davon kann man süchtig werden!«

»Meinetwegen«, sagte Liv. »Lassen Sie uns nach nebenan gehen.«

Nouria schenkte den Tee in zwei mitgebrachte Gläser und dekorierte das helle Gebäck auf einem Teller. Liv probierte ein Stück und lächelte.

»Wie eine Wolke aus Mandeln«, sagte sie. »Die schmecken wirklich himmlisch. Und nun heraus damit: Wie kann ich Ihnen helfen?«

»Lassen Sie mich für Sie arbeiten«, sprudelte Nouria hervor. »Was Sie hier machen – davon habe ich mein ganzes Leben geträumt! Ich möchte lernen, so gut riechen zu können wie Sie.«

»Ich fühle mich geschmeichelt, aber Sie stellen sich das ein bisschen zu einfach vor …«

»Aber es *ist* einfach! Sie brauchen jemanden, der Ihnen zur Hand geht, und ich brauche dringend eine neue Arbeit, die auch meinen Kopf beschäftigt, sonst gehe ich noch vor die Hunde!« Die Goldkreolen klimperten heftig. »Bei meinem Onkel im Orientzauber ist es so öde, dass ich es kaum noch aushalte. Ich krieg Schreikrämpfe, wenn ich weiterhin Bauchtanzschmuck oder kunstseidene Schals mit Goldrand verkaufen muss! Außerdem stehen wir uns gegenseitig nur noch auf den Füßen, denn nun hat er auch noch seine Tochter eingestellt. Haben Sie mal gesehen, wie klein der Laden ist? Halima und ich auf engstem Raum? Das hat noch nie funktioniert, obwohl wir Cousinen sind!«

»Hören Sie, liebe Nouria, ich habe gerade erst eröffnet und kann mir leider noch kein Gehalt für eine Verkäuferin leisten …«

»Wissen Sie, was Onkel Muraz mir bezahlt?« Sie beugte sich vor und flüsterte es Liv ins Ohr.

»So wenig? Wie kommen Sie denn damit über die Runden?«, fragte Liv erschrocken.

»Ich brauche nicht viel! Meine Wohnung ist winzig, Klamotten nähe ich mir selbst, und beim Essen bin ich nicht anspruchsvoll. Außerdem jobbe ich abends zusätzlich in einem ziemlich angesagten Lokal. Das lässt sich weiter ausbauen, falls nötig, und bringt saftiges Trinkgeld.« Die großen, braunen Augen fixierten Liv flehentlich, und Nourias weiche Stimme wurde noch eindringlicher. »Geben Sie mir eine Chance! Mir liegt ungeheuer viel daran.«

»Ich weiß nicht …«

»Dann wenigstens halbtags, das entlastet Sie doch auch schon. Bitte! Sie werden es nicht bereuen«, bettelte sie.

»Sie haben Erfahrung im Verkauf?«, sagte Liv, die sich langsam mit der Idee anzufreunden begann. Die temperamentvolle Marokkanerin war ihr vom ersten Moment an sympathisch gewesen. Dazu kam Nourias beherztes Eingreifen beim Scherbenunfall. Außerdem war sie eine Augenweide, was immer gut fürs Geschäft war, eine freundliche Augenweide noch dazu. Und mit Thijs wäre sie auch flexibler …

»Und ob!«, versicherte Nouria. »Ich bin gelernte Rechtsanwaltsgehilfin, aber der ganze Aktenstaub war auf Dauer nichts für mich. Bei Onkel Muraz arbeite ich jetzt schon gute drei Jahre, und zuvor habe ich in einer Boutique Jeans verkauft. Die haben mir dort nachgeweint, als ich gegangen bin – umsatzmäßig, Sie verstehen. Aber ich war es so unglaublich leid, mich vom Geschäftsführer antatschen zu lassen. Eigentlich waren es immer nur Düfte, Düfte und noch einmal Düfte, die mich fasziniert haben …«

»Wie alt sind Sie, Nouria?«, fragte Liv. »Wenn Sie bei mir arbeiten wollen, werden Sie sehr viel lernen müssen, das sollte Ihnen klar sein.«

»Gerade mal fünfundzwanzig. Alt genug, um zu wissen, was ich will, und jung genug, um *alles* von Ihnen zu lernen!«

Beide lachten.

»Na gut, weil Sie so hartnäckig sind: eine Woche auf Probe – dafür bezahle ich Ihnen ein kleines Fixum. Wenn es für uns beide danach stimmt, besprechen wir anschließend Ihr Gehalt. Einverstanden?«

»Wunderbar!« Nourias erleichtertes Lachen zeigte all ihre weißen Zähne.

»Und Onkel Muraz?«, fragte Liv weiter. »Was wird er dazu sagen? Nicht, dass ich mich ab jetzt fürchten muss, sobald ich mein Geschäft verlasse!«

»Ach was! Der ist eigentlich ein ganz Lieber und wird sich schon wieder einkriegen«, versicherte Nouria.

»Er weiß also bereits Bescheid?«, fragte Liv verblüfft.

»Ehrlich gesagt, habe ich bei ihm bereits gekündigt. Ich hatte so sehr gehofft, dass ich Sie erweichen kann!« Ihr seliges Grinsen vertiefte sich. »Kann ich sofort anfangen?«

Thijs nach dem langen Tag wieder in die Arme zu schließen fühlte sich wunderbar an.

»Ihr Kleiner hat sich schon prima eingelebt«, versicherte Frau Niedeck, als Liv ihn heute früher von der Kita abholte. »Er verhält sich den anderen Kindern gegenüber sozial und ist motorisch schon ganz schön weit – ein echter Flitzebogen. Gegessen hat er nicht gerade viel, das lag wahrscheinlich an der Aufregung. Legen Sie ihm doch morgen seinen Lieblingssnack mit in die Brotbüchse, das kommt anfangs immer ganz gut.«

Liv nickte erleichtert.

»Ich habe seit heute eine zweite Kraft für meinen Laden«, sagte sie. »Zwar habe ich noch keine Ahnung, ob ich das auch auf Dauer finanzieren kann, aber so bin ich mit Thijs ein wenig flexibler. Man weiß ja nie …«

Thijs raste mit dem Laufrad um sie herum, bis die Erzieherin ihn stoppte.

»Nur mit Helm«, sagte sie in liebevoller Strenge. »Das hast du doch heute von den Großen in der Gruppe gelernt.«

Thijs sah sie mit seinen himmelblauen Augen ehrfürchtig an und nickte.

»Ich hatte auch schon daran gedacht, so ein Teil für draußen anzuschaffen«, sagte Liv. »Allerdings erschien mir Ehrenfeld mit seinem starken Verkehrsaufkommen dann doch etwas zu gefährlich dafür.«

»Sie brauchen nicht einmal ein Auto, um Abhilfe zu schaffen. Mit der Straßenbahn sind Sie in ein paar Stationen am idyllischen alten Melaten-Friedhof«, sagte Hanne Niedeck. »Dort gibt es jede Menge sicherer Wege, wo er sich nach Herzenslust austoben kann. Und noch ein paar Stationen weiter erreichen Sie den Stadtwald. Da sind Sie dann richtig in der Natur. Selbst am Wochenende kann man dort noch ungestört sein, wenn man möchte.«

»Danke für die guten Tipps«, sagte Liv. »Wir zwei sind ja noch Neulinge hier und müssen alles erst erkunden. Und jetzt komm zu Mama!« Sie hob Thijs hoch und verfrachtete ihn nebst Pinki in den Buggy. »Müde kleine Helden werden heute noch einmal geschoben.«

Auf der Venloer Straße umfing sie erneut die berückende Geruchswolke, die Liv an diesem Tag sogar noch intensiver vorkam als sonst.

»Mal sehen, wie das im Sommer wird«, murmelte sie im

Gehen. »Wahrscheinlich fühlt man sich dann direkt wie auf dem Döner-Grill.«

Aus dem Buggy drang leises Schnarchen.

Thijs schlummerte friedlich, und Liv entschloss sich, die Gelegenheit zu nutzen. Die Strecke bis zum Bahnhof kannte sie bislang nur aus dem Auto, wobei ihr auch da schon die bunte Fassadenkunst aufgefallen war. Ehrenfeld galt als *das* Viertel der Street Art, wie sie im Internet nachgelesen hatte. Sicherlich war es lohnend, sie bei einem Spaziergang nach und nach kennenzulernen.

Aber auch für andere geistige und körperliche Bedürfnisse bot die Venloer Straße ausreichend Anregungen. Liv entdeckte eine interessante Buchhandlung, in der sie zwei neue Wimmel-Bilderbücher für Thijs kaufte, eine Kaffeerösterei, bei der sie sich ein Pfund kolumbianischen Espresso mahlen ließ, zwei Apotheken und unzählige Läden mit Krimskrams, wie man sie inzwischen überall finden konnte. Je näher sie dem Bahnhof kam, desto mehr Street Art kreuzte ihren Weg: groß, bunt, plakativ, stilistisch nicht alles unbedingt nach ihrem Geschmack, aber durchaus sehenswert. Von Pop über surrealistisch angehauchte Arbeiten bis hin zur Agitationskunst war alles vertreten. Das ließ sich keinesfalls bei einem einzigen Spaziergang aufnehmen, geschweige denn verdauen! Sie würde öfter wiederkommen, um sich intensiver damit auseinanderzusetzen.

Als sie schon wieder auf dem Nachhauseweg war, erregte ein spezielles Wandbild am Bahndamm Livs Aufmerksamkeit: zwei erhängte Figuren, die an einem Strick baumelten, darunter ein Spruch in verschiedenen Sprachen:

Edelweißpiraten haben sie sich genannt, wo diese Blume blühte, da war Widerstand.

Daneben waren auf blutrotem Hintergrund verschieden große Edelweißblüten auf die Wand gemalt. Beim Nähertreten entdeckte Liv, dass jedes gelbe Blüteninnere einen Namen trug. Und wieder daneben prangte ein buntes Segelschiff, auf dem Jugendliche über den Köpfen marschierender Faschisten in See stachen.

Eine steinerne Gedenktafel ein paar Schritte weiter verstärkte Livs Neugierde noch:

Hier wurden am 25.10.1944 elf vom NS-Regime
zur Zwangsarbeit nach Deutschland verschleppte
Bürger Polens und der UdSSR und am 10.11.1944
dreizehn Deutsche – unter ihnen jugendliche
Edelweißpiraten aus Ehrenfeld, sowie andere
Kämpfer gegen Krieg und Terror – ohne Gerichts-
urteil öffentlich durch Gestapo und SS gehenkt.

»Tauchst du gerade in die unrühmliche Historie unserer schönen Stadt ein?«, fragte eine Männerstimme hinter ihr.

»Jan«, sagte Liv, nachdem sie sich umgedreht hatte. »Was machst du denn hier?« Sie betrachtete den Leiterwagen voller Brot, Obst und Gemüse, den er hinter sich herzog.

»Ich trage mein Scherflein zu ›Dat schmeckt noch jood‹ bei. Je mehr Freiwillige mithelfen, desto mehr Bedürftige können wir versorgen.«

»Maja von Plettenberg hat mir schon davon erzählt …«

»Die war auch schon bei dir?« Er grinste. »Hätte ich mir denken können. Alles, was glitzert und duftet, zieht unsere Gräfin magisch an. Aber nichts gegen Maja: Wenn eine zupacken kann, dann sie. Und so ein bisschen Adel schmückt doch jedes soziale Projekt, nicht wahr?«

Er schaute auf seine Armbanduhr.

»Muss mich sputen, denn es geht gleich los, wenn der große Discounter hier schließt. Da fallen jeden Tag viele weitere Lebensmittel für unsere Kundschaft an. Kannst dich ja mal bei uns umsehen, wenn du magst. Wir können immer helfende Hände gebrauchen.«

»Abends kann ich immer schlecht weg«, erwiderte Liv mit einem Blick auf Thijs, der sich gerade im Buggy räkelte.

»Klar«, sagte Jan. »Dein Junior und Pinki haben natürlich Vorrang.«

Er hatte sich den Namen des Schmusetiers gemerkt.

Wurde Liv deshalb gerade so heiß? Und wieso schlug ihr Herz auf einmal viel zu schnell?

»Weißt du eigentlich mehr über diese Edelweißpiraten?«, fragte sie, um ihre Verlegenheit zu überspielen.

»Spannendes Thema, das mich schon lange beschäftigt.« Jan nickte. »Bei Gelegenheit kann ich dir gern mehr darüber erzählen. Inzwischen gibt es auch jede Menge Literatur dazu – und sogar einen Film mit Bela B. von den Ärzten. Zum Glück sind sie endlich als Widerstandskämpfer anerkannt. Obwohl du in Köln mit diesem Thema bei manchen Leuten noch immer vorsichtig sein musst: Der schlechte Ruf der Edelweißpiraten als Schläger und jugendliche Kriminellenbande klebt bis heute an ihnen.«

Thijs schlug die Augen auf und verzog das Gesicht, als wüsste er noch nicht genau, in welcher Stimmung er nach dem Schlafen war.

Doch als er Jan erkannte, begann er zu strahlen.

Der ging neben dem Buggy in die Knie. »Hallo, kleiner Freund«, sagte er. »All jood?«

»Jood«, echote Thijs begeistert. »Jood. Jood!«

Jan kam wieder nach oben.

»Siehst du, das mit dem Kölnerwerden läuft schon bei ihm«, sagte er. »Also tschö, ihr zwei – man sieht sich!«

Liv sah ihm hinterher, bis er mit seinem Leiterwagen um die Ecke verschwunden war. Doch ihr seltsames Herzklopfen hielt sich noch sehr viel länger.

4

Köln, Juli 1940

Greta hat mich natürlich gründlich gelöchert. Alles wollte sie über Martins Firmung wissen, aber ich bin so zurückhaltend geblieben, dass sie fast wütend wurde.

»Wie war es, ihm nah zu sein? Mit ihm den ganzen Nachmittag zu verbringen?« Lauter solch neugierige Fragen sind auf mich eingeprasselt, bis hin zu: »Du hast ihm doch nicht etwa schöne Augen gemacht?«

Hätte ich nur zu gern, wäre meine ehrliche Antwort gewesen, aber um meine beste Freundin etwas abzubremsen, habe ich mich ganz förmlich gegeben.

»Ein Essen im Pfarrhaus. Fußballspielen mit Martin im Garten. Ein gemeinsames Lied. Mehr gibt es nicht zu erzählen.«

Sie hat mir nicht geglaubt, das habe ich an der steilen Falte zwischen ihren schwarzen Brauen und dem unruhigen Flackern ihrer Augen erkannt. Was denkt sie denn? Dass ich Benedikt hinter den Schuppen gezerrt und angesprungen habe? Ihn, der nicht einen Funken Interesse für mich zeigt?

Habe ich deshalb mein Tagebuch über lange Wochen so vernachlässigt, weil es ja doch nichts bringt, meine sehnsüchtigen Litaneien aufzuschreiben?

Gleich heute Abend aber werde ich wieder schreiben, denn er und ich haben uns lange unterhalten, und ich hoffe, dass ich aus dem Gedächtnis noch alles richtig hinbekomme.

Nach der Messe steht Benedikt wieder am Portal und lächelt jeden beim Hinausgehen an. Mein Gesicht wird ganz starr vor freudigem Erschrecken, während Greta neben mir breit zu strahlen beginnt.

»Hat Martin es schon erzählt?«, fragt er mich freundlich.

Ich hebe fragend die Schultern.

»Na, das mit der Marienfreizeit. Vier Tage Zeltlager im Siebengebirge mit den Jungs aus der Pfarrgemeinde. An Mariä Himmelfahrt brechen wir auf und kommen am Sonntag wieder zurück. Singen, Sport und Gebet. Ein würdiger Ferienabschluss, bevor anschließend die Schule wieder beginnt.«

»Ich weiß von nichts«, erwidere ich vorsichtig.

»Dann will ich Ihnen auch verraten, weshalb, Nellie: Wir wollen nämlich die Räder nehmen, um ganz in der Natur zu sein – und Martin hat keines.«

»Er kann meins ausleihen«, biete ich an.

»Ein Damenfahrrad? Das geht doch nicht für einen echten Kerl. Martin braucht ein Herrenfahrrad mit einer Querstange, über die er sich elegant schwingen kann, und stellen Sie sich vor, ich habe tatsächlich eins für ihn auftreiben können!« Sein Gesicht wird plötzlich ernst. »Helmut, der Sohn von Frau Baumann, ist gefallen. Sie ist einverstanden, es Martin zu überlassen.«

»Und was soll das kosten?«

»Eine Spende der Gemeinde. Halbwaisen wie Martin verdienen besondere Unterstützung. Richten Sie ihm also bitte aus, dass die Sache klargeht – vorausgesetzt natürlich, Ihre Mutter ist damit einverstanden.« Er zwinkert mir zu. »Keine Angst, ich pass auf die Jungs schon gut auf! Sagen Sie ihr das doch bitte mit einem herzlichen Gruß von mir.«

»Die haben's gut«, murmelt Greta, als wir in die Tram nach Lindenthal steigen. »Mit dem Kaplan nachts am Lagerfeuer – welch romantische Vorstellung!«

»Mit fünfzehn weiteren Pickelmonstern? Ich weiß nicht so recht«, erwidere ich betont forsch.

»Nein, natürlich nur er und ich …«

»Hast du für solche Träume nicht eigentlich deinen Verlobten?«, frage ich sie.

»Ja, Viktor …« Greta klingt matt.

»Habt ihr euch verkracht?«, will ich wissen.

»Nein. Jedenfalls nicht richtig. Aber ich glaube immer mehr, er liebt an mir vor allem meinen Namen …«

Meine wöchentlichen Mittagessen im Hause Farina datieren bis in die erste Klasse Handelsschule zurück. Greta war damals sehr unbeliebt und als eingebildet und hochnäsig verschrien – ein Mädchen, das niemand leiden konnte. Ich dagegen wurde von vielen gemocht und sogar zur Klassensprecherin gekürt. Eines Mittags stand ein untersetzter, elegant gekleideter Herr vor der Schule und fragte mich, ob ich nicht Lust hätte, seine Tochter in der Klasse zu unterstützen: Riccardo Maria Farina, Gretas Vater. So fing alles mit uns beiden an …

Ich mag ihn noch immer, lieber als Gretas spröde Mutter, die eher ängstlich ist und schnell mäkelig werden kann. Doch seitdem ich bei 4711 angestellt bin, gehe ich nicht mehr so gerne hin, obwohl mir das hochherrschaftliche Ambiente der Farinas von Anfang an schwer imponiert hat. Der Konkurrenzkampf zwischen den beiden Herstellern von Eau de Cologne ist ebenso legendär wie heftig; jedes der beiden Kölner Häuser nimmt für sich in Anspruch, das »Kölsche Wasser« erfunden zu haben. Ich für meinen Teil bin auf der Seite von Farina, weil sie mit dem Jahr 1709 als erste Kölner Firmengründung eindeutig das ältere Datum vorzuweisen haben, obwohl ich natürlich den Teufel tun würde, das an meinem Arbeitsplatz auch nur anzudeuten.

Wirtschaftlich erfolgreicher behauptet hat sich eindeutig die Unternehmerfamilie Mülhens, bei der ich nun seit vier Jahren in Lohn und Brot stehe. Vor 1939 gab es in allen großen europäischen Städten viele 4711-Filialen, einstmals sogar in Amerika, doch seitdem die deutschen Soldaten marschieren, ist dieser internationale Markt eingebrochen. Adé, ihr prachtvollen Niederlassungen in London, Paris oder Amsterdam! Jetzt können wir nur noch für das Deutsche Reich produzieren.

Als Folge gab es bereits Entlassungen in den Fabrikationshallen sowie im Versand und in der Buchhaltung, und es wird gemunkelt, dass weitere Kündigungen unmittelbar bevorstünden. Als Angestellte sind wir angewiesen, darüber außerhalb des Betriebs zu schweigen, und so wird, das schwöre ich, auch heute beim Mittagessen kein Wort über meine Lippen kommen, so charmant mich Gretas Papa auch dazu nötigen wird …

Die Farinas begrüßen mich bei unserem Eintreffen herzlich und fast wie eine zweite Tochter. Ich weiß, dass sie sich noch mehr Kinder gewünscht haben, was ihnen jedoch leider versagt geblieben ist; in gewisser Weise kann ich diese Lücke ein wenig füllen. Wie immer steht schon ein schön verpackter Flakon für mich bereit, der als Markenzeichen die rote Nelke trägt. Die Farinas wissen, wie sehr mir ihr Familienduft gefällt, den ich gern bei besonderen Anlässen auflege, aber natürlich nie, wenn ich zur Arbeit gehe.

Ich liebe dieses luftige Haus am Stadtwald, in dem alles an seinem richtigen Platz zu sein scheint: große Fenster, die das Grün hereinlassen, bequeme Möbel aus Chrom und Leder, nichts Wuchtiges, Abgewohntes wie in unserer engen Wohnung über der Kneipe, wo die dunklen Farben einen schier zu erdrücken drohen. Allerdings hängen hier heutzutage andere Bilder an den Wänden; die wilden, modernen Ölmalereien, die mich als junges Mädchen zutiefst beeindruckt haben, sind zarten Landschaftsimpressionen gewichen. Für mich fühlt es sich an, als hätten die Räume damit ihre Seele verloren, aber natürlich werde ich auch darüber nichts sagen.

Als Vorspeise gibt es jene herrlichen Spinatravioli mit Tomatensauce, für die ich glatt sterben könnte, und ich bin hemmungslos genug, um auch einen zweiten Teller dankend anzunehmen.

»Ich mag junge Frauen mit Appetit«, nickt Herr Farina anerkennend. »Wer gut isst, der kann auch gut arbeiten.«

Das ist sie, jene Überleitung, vor der ich mich schon gefürchtet habe. Spätestens beim Kaninchenbraten mit Erbsen und Möhrchen prasseln dann seine Fragen auf mich ein, die ich nur mit Schweigen oder Schulterzucken beantworten kann. Ich darf ihm doch nicht erzählen, ob wir neue Düfte planen, und wenn ja, welche; inwieweit die Produktion gedrosselt wurde und wie groß das Rohstofflager noch ist! Das meiste davon weiß ich ja nicht einmal – und selbst wenn: Meinen Brotherren würde ich niemals verraten.

Ich starre also auf meinen Teller und hoffe, dass dieses grässliche Fragenbombardement endlich aufhört. Als ich zwischendurch aufblicke, lese ich Verzweiflung in seinem rundlichen, leicht gebräunten Gesicht. Das Unternehmen Farina hat mindestens ebenso zu kämpfen wie 4711, das wird mir schlagartig klar; der Krieg setzt auch ihm zu. Gretas Papa ist nicht der Firmeneigner, wie ich anfangs dachte, sondern bei seinem Cousin, dessen Nachname ebenfalls Farina lautet, als bislang hoch dotierter Geschäftsführer angestellt. Er bangt offenbar um seinen Posten; er bangt vor allem um den Wohlstand, auf den seine Familie seit vielen Jahren baut.

»Lassen wir das«, sagt er endlich, als die Dessertschalen mit Pfirsichkompott vor uns stehen. »*I panni sporchi si lavano in famiglia* – schmutzige Wäsche wäscht man innerhalb der Familie, und nicht anders verhält es sich schließlich auch mit dem Betrieb, bei dem man angestellt ist. Ich mag deine Anständigkeit, Nellie. Gäbe es mehr von deiner Art, sähe Deutschland heute anders aus.«

Erleichtert verziehe ich mich nach dem Essen mit Greta zu einem Spaziergang in den angrenzenden Stadtwald, doch sogar unter den schattigen Bäumen ist es heute zu drückend, um lange zu laufen. Und ich spüre doch schon die ganze Zeit, dass ihr etwas auf dem Herzen liegt. Als wir uns auf einem gefällten Baumstamm niederlassen, muss ich die Freundin nur ansehen, schon kullern bei ihr die ersten Tränen.

Und dann lässt Greta ihren ganzen Kummer heraus.

Inzwischen bereut sie die Verbindung mit Viktor, für den sie doch so gut wie nichts mehr empfindet. War sie anfangs von seinem selbstbewussten Auftreten geblendet, so ist er ihr nun zu laut, zu grob, zu selbstverliebt, und seitdem er Parteimitglied geworden ist, auch zu herrschsüchtig. Sein Hotel *Am schönen Rhein* beherbergt vorzugsweise Nazigrößen, ein Umgang, der ihn stark geprägt hat. In seinem Weltbild hat eine Frau sich ihrem Mann bedingungslos zu unterwerfen; jede Widerrede wird im Keim erstickt. Greta hasst es, nach seiner Pfeife tanzen zu müssen. Aber sie hat auch Angst vor ihm, denn er duldet keine Abfuhr. Und ausgerechnet jetzt, wo ihre Gefühle für ihn so gut wie erloschen sind, drängt Viktor auf eine offizielle Verlobungsfeier im ganz großen Stil!

Meine Gedanken rasen.

Wie kann ich ihr nur helfen, damit sie nicht mehr so unglücklich ist?

Plötzlich muss ich an das Gespräch am Mittagstisch denken, das mir gerade noch so unangenehm war, und ich schlage Greta vor, es in diesem speziellen Fall als List anzuwenden. Wenn Viktor in ihr vor allem die reiche Erbin sieht, wie würde er wohl reagieren, wenn er erfahren müsste, dass das alles plötzlich auf tönernen Füßen steht?

Wenn er von sich aus den Rückzug antritt, muss sie keine Angst vor seiner Rache haben. Dann ist sie ihn los – und wieder frei.

Ihr herzförmiges Gesicht, das gerade noch so niedergeschlagen gewirkt hat, hellt sich schlagartig auf.

»Fantastico!« Sie umarmt mich stürmisch. »Wenn Viktor mitbekommt, dass es bald aus sein könnte mit unserem Reichtum, wird er mich sicherlich nicht mehr wollen. Das könnte die Rettung für mich sein.«

Ich schärfe ihr ein, geschickt vorzugehen, was Greta verspricht. Allerdings bleibt ihr dazu nicht mehr viel Zeit. Viktor drängt auf eine Verlobung im Herbst, und der lässt nicht mehr lange auf sich warten.

»Nicht gleich alles auf einmal, sonst wird er vielleicht misstrauisch. Du musst es ihm tröpfchenweise beibringen. Und bei jeder Zusammenkunft die Dosis ein wenig erhöhen.« Ich gebe mir Mühe, besonders unschuldig dreinzuschauen, während ich ihre helle Stimme imitiere. »Ein neues Kleid? Dazu ist gerade kein Geld da, lieber Viktor! Noble Einladungskarten? Im Moment ganz und gar unmöglich, *amore mio!* Ein großes Fest mit den Honoratioren der Stadt? Finanziell zurzeit leider nicht zu stemmen ... So in der Art stelle ich mir das vor.«

Greta lacht wieder, ihr fröhliches, glucksendes Lachen, das ich so sehr mag.

»Hat Papa nicht gerade gesagt, dass du so anständig bist?«, prustet sie. »Der hat vielleicht eine Ahnung, Nellie! Da nützt all das In-die-Kirche-Laufen auch nichts: In Wirklichkeit ist deine Seele rabenschwarz!«

Dann bleiben wir beide eben alte Jungfern, beschließen wir übermütig. Ich, der kein Mann gut genug ist, wie meine Mamm befürchtet, und Greta, die sich aus einer Verbindung lösen möchte, um die viele sie beneiden.

Ach, Benedikt, wenn ich dich doch nur so lieben dürfte, wie ich wollte ...

Keine zwei Wochen später bewahrheiten sich meine Befürchtungen: Die gesamte Belegschaft versammelt sich in der Kantine. Da wir sonst immer in Schichten dort essen, ist der Raum jetzt überfüllt. Angespannte Nervosität wabert umher; viele der Mädchen und Frauen haben schon jetzt feuchte Augen. Peter Paul Mülhens, Firmenchef des Hauses 4711, ist von seinem prachtvollen Gestüt Schloss Röttgen, auf dem er sich im Sommer am liebsten aufhält, in die glutheiße Stadt geeilt, um zu seinen Angestellten zu sprechen.

Das hat sicherlich gewichtige Gründe.

Mülhens räuspert sich mehrmals, bevor er zu reden beginnt. Und er schwitzt. Sein eleganter, heller Leinenanzug hat bereits die Fasson verloren; wie ein nasser Sack hängt er an ihm und verrät ganz nebenbei, wie sehr der einstmals so straffe Reiter in den letzten Jahren aus der Form gegangen ist.

Neben ihm steht schlank wie eine Tanne Luuk van Geeren, Chefparfümeur des Hauses, als wolle er durch seine aufrechte Haltung dem Firmeneigner mehr Kraft verleihen. Ich bewundere den Holländer mit der feinen Nase, der immer wieder aufregende neue Duftkreationen komponiert, wenngleich mit *Carat* die letzte nun bereits zwei Jahre zurückliegt.

Die ersten salbungsvollen Sätze des Chefs wirken wie abgelesen, obwohl ich keinerlei Manuskript in seinen Händen entdecken kann. Er spricht vom Dienst für das Gemeinwohl und kommt dann zu den Opfern, die der Krieg von uns allen fordert.

Meine Blicke fliegen zu den Arbeiterinnen aus der Seifenfabrikation. Ihre Schürzen verunzieren dicke weißliche

Laugenstreifen, und die Haare, die sich zum Teil unter ihren vorgeschriebenen Kopftüchern hervorschummeln, sind strähnig. Sie alle leiden ausnahmslos unter schrundigen roten Händen, die oft noch Stunden nach der Arbeit gefühllos sind. Das hat mir ein junges Mädchen erst neulich weinend anvertraut. Dafür erhalten sie einen Lohn, der gerade zum Wohnen und Essen reicht, wobei Letzteres durch die Lebensmittelmarken zusätzlich eingeschränkt wird.

Welche weiteren Opfer kann man noch von ihnen verlangen?

Peter Paul Mülhens spricht jetzt über Grasse, die alte Parfümstadt am Fuß der französischen Seealpen, und nun wird seine Stimme schneidend. Das kleine Städtchen gehört zum Territorium des Vichy-Regimes – und genau das ist der springende Punkt, denn viele der Rosen- und Blumenbauern denken gar nicht daran, nach der Besetzung großer Teile ihres Landes weiterhin mit deutschen Firmen zusammenzuarbeiten. Widerstand erhebt sich; ganze Rosenlieferungen verschwinden spurlos, andere wiederum sind durch falsche Lagerung oder willkürliche Verschmutzung verdorben. Selbstredend werde nach den dafür Verantwortlichen gefahndet, die sich auf harte Strafen gefasst machen müssten, erklärt Mülhens. Doch, wie er sich ausdrückt: »Das füllt unsere leeren Duftöllager leider nicht wieder auf.«

Jetzt ist es raus.

Kurzarbeit bei der Parfümproduktion.

Drosselung des Ausstoßes beim Eau de Cologne um satte dreißig Prozent.

Einzig die Seifenherstellung bleibt unangetastet, allerdings nicht im hochpreisigen Bereich, sondern lediglich bei der günstigen Alltagsware.

Die Menschen in der Kantine ziehen die Köpfe ein, noch bevor er die hässliche Zahl verkündet hat.

»Vierzig Entlassungen. Die entsprechenden Kündigungsschreiben werden unverzüglich zugestellt. Ich wünschte, ich hätte bessere Nachrichten für Sie, liebe Mitarbeiter!«

Plötzlich kapiere ich, warum meine Kollegin Gisela Schütte in den letzten Tagen so blass und schweigsam war. Sie hat dieses Teufelszeug abtippen müssen, die Ärmste!

Und wenn auch ich darunterfalle?

Was wird dann aus Mamm – und aus Martin?

Der Gedanke verbrennt mich schier, und mein Magen krampft sich zusammen.

Während alle bedrückt zurück an ihre Arbeit gehen, hält es mich nicht länger im Büro. Luft brauche ich, muss wenigstens einmal richtig durchatmen, bevor ich mich wieder an meine Korrespondenz setzen kann.

Mit einem mulmigen Gefühl im Bauch laufe ich die Treppen hinunter, als sich die Tür im ersten Stock öffnet, hinter der van Geerens geheimes Laboratorium liegt, seine »Gifthöhle«, wie er es selbst nennt. Er scheint tief in Gedanken zu sein und nimmt mich erst wahr, als wir um ein Haar zusammenstoßen …

»Pardon«, murmelte van Geeren, plötzlich gar nicht mehr so standhaft und beherrscht wie noch gerade eben. »Wenn ich könnte, würde ich jetzt am liebsten eine rauchen gehen. Aber das verträgt sich nicht mit meinem Beruf.«

»Ich auch«, sagte Nellie. »Obwohl ich bislang immer husten musste, wenn ich es versucht habe.«

Er zeigte ein verrutschtes Lächeln, das rasch wieder erlosch.

»Sie sind übrigens nicht unter den Gekündigten, Fräulein Voss«, sagte er. »Und ich auch nicht. Noch nicht.«

Seine Worte beruhigten sie, erreichten aber nur ihren Kopf. Das mulmige Bauchgefühl hielt sich hartnäckig.

»Ich muss trotzdem kurz raus«, sagte sie und stieg weiter die Treppe nach unten.

Er folgte ihr.

»Kommen Sie«, sagte er, als sie im Freien angelangt waren. »Wir setzen uns für einen Moment zusammen auf die Rampe. Sie sind ja noch immer ganz grün um die Nase!«

Draußen, auf dem Hof des Werksgeländes, atmete Nellie tief ein und aus, und das Druckgefühl in ihrem Magen ebbte allmählich ab.

»Den Entlassenen wird wohl die Arbeit in einer der Rüstungsfabriken bevorstehen«, sagte er. »Patronenhülsen am Fließband anstatt Seife und Duftwasser. Keine schöne Vorstellung.«

»Sie tun mir alle so leid«, sagte sie. »Jeder hier hat gegeben, was er konnte.«

»Mülhens hat keine andere Wahl, wenn er nicht bald ganz zusperren will. Dieser Krieg zerstört alles«, fuhr van Geeren fort. »Und er vergiftet die Herzen der Menschen. Meine kleine Tochter bekommt das gerade sehr deutlich zu spüren.«

Nellie sah ihn fragend an.

»Sie wird von ihren Mitschülerinnen gehänselt, weil sie einen holländischen Vater hat. Und leider gibt es keine deutsche Mama mehr, die sie verteidigen könnte. Meine Frau, die aus Köln stammt, ist vor fünf Jahren an einem Aneurysma gestorben. Und dann noch dieser Name, über den sich alle lustig machen!«

»Wie heißt Ihre Tochter denn?«, fragte Nellie.

»Wie unsere Königin, die nach London geflohen ist: Wilhelmina Helene. Meine Frau und ich haben sie von klein auf Leni gerufen, aber diese fiesen Gören reiten jetzt ständig auf ihrem ersten Vornamen rum. ›Du bist so feig wie eure fette Königin Wilhelmina‹, beschimpfen sie sie. ›Und mindestens ebenso hässlich!‹ Am liebsten würde Leni jeden Tag die Schule schwänzen, aber das kann ich natürlich nicht zulassen. ›Zeig es ihnen‹, hab ich ihr gesagt. ›Sei stolz darauf, dass du eine halbe Holländerin bist‹, aber das ist natürlich leichter in einem schützenden Zuhause gesagt, als mutterseelenallein vor einer Horde feixender Mädchen getan …« Er fuhr sich mit der Hand über das Gesicht, als wollte er etwas wegwischen.

Van Geeren saß so nah neben ihr, dass Nellie den Geruch wahrnahm, den er verströmte: grüne Gräser, Nelkenaroma vielleicht, da war sie sich nicht ganz sicher, eine Spur Holz, und darunter etwas Dunkles, Animalisches, mit dem sie auf Anhieb nichts verbinden konnte.

Plötzlich begriff sie, woher diese Düfte stammen mussten, und ihr entfuhr unwillkürlich ein kleiner Laut.

»Ihnen ist nicht gut – und ich beschalle Sie mit meinen privaten Sorgen, verzeihen Sie bitte«, sagte van Geeren.

»Ist doch nur zu verständlich«, erwiderte Nellie. »Über

meinen kleinen Bruder mache ich mir auch andauernd Gedanken – und leider meistens nicht ganz grundlos. Man versucht alles, um sie zu beschützen, und kann es im entscheidenden Augenblick dann doch nicht.«

»Genau so ist es«, bekräftigte er. »Ich hatte sogar schon daran gedacht, mit Leni in meine alte Heimat zurückzukehren, aber das ist momentan wohl keine gute Idee.«

Wieder dieses verrutschte Lächeln, das ihm so gut stand.

Wie alt mochte Luuk van Geeren sein? Um die vierzig? Oder etwas darüber? Nicht ganz leicht, ihn zu schätzen. In seinem dunkelblonden Schopf blitzten schon ein paar erste Silberhaare.

Aber wenn er lächelte, wirkte er trotz der kleinen Fältchen um die hellen Augen deutlich jünger.

»Außerdem laufe ich nicht gern davon«, fuhr er fort. »Erst recht nicht, wenn ich mitten in einer beruflichen Herausforderung stecke – oder sagen wir lieber: feststecke.«

»Sie arbeiten an einem neuen Duft?«, fragte Nellie.

»Woher wollen Sie das wissen?«, sagte er. »Firmenklatsch?«

»Nein. Ich habe es gerade gerochen«, erwiderte sie.

»Nicht möglich!« Verblüfft starrte er sie an.

»Aber genau so ist es.« Sie lächelte, und auf einmal war ihr kein bisschen mehr übel. »Meine Nase nimmt Dinge wahr, die andere nicht registrieren. Nicht immer das reinste Vergnügen, aber man ist machtlos dagegen.«

»Davon kann ich ein Lied singen.« Sein Blick bekam etwas Zwingendes. »Und Sie sagen gerade tatsächlich die Wahrheit?«

»Weshalb sollte ich lügen?«

»Wenn das so ist, erwarte ich Sie morgen früh Punkt neun in meiner Gifthöhle. Gehen Sie erst gar nicht rauf ins Büro, sondern kommen Sie gleich zu mir. Einverstanden?«

»Aber Fräulein Weber …«

»Die lassen Sie einstweilen meine Sorge sein. Und behalten Sie unsere kleine Verabredung bitte für sich.« Ein wenig steif erhob er sich. »Dann also bis morgen. *Vaarwel*, Fräulein Voss.«

Am nächsten Morgen, pünktlich um neun Uhr, betrat Nellie Luuk van Geerens Gifthöhle und blickte sich erstaunt um.

Was hatte sie eigentlich erwartet?

Eine Hexenküche? Glasphiolen, aus denen es zischte, brodelte oder dampfte?

Natürlich traf nichts davon zu.

Der weiß gekalkte Raum, in den van Geeren sie nach dem Anklopfen gebeten hatte, war hell und nüchtern. Im Hintergrund stand eine Art Regalwand mit unzähligen braunen Glasflaschen, davor ein Schreibtisch mit Drehstuhl.

Der Chefparfümeur führte Nellie zu einem Tisch am Fenster, auf dem ein weißes Kästchen stand. Zwanzig durchnummerierte Glasröhrchen steckten darin, jedes mit einem Korken verschlossen. Daneben lagen schmale, weiße Papierstreifen, ein weißes Blatt, ein Bleistift.

»Geht es Ihnen gut, Fräulein Voss?«, erkundigte er sich freundlich. »Ausgeschlafen? Weder Schnupfen noch Halsweh?«

»Alles bestens«, erwiderte sie, obwohl ihre Kehle auf einmal vor Nervosität ganz eng war. Dass sie sich vor lauter Aufregung stundenlang schlaflos im Bett gewälzt hatte, ging ihn schließlich nichts an. »Was muss ich tun?«

Sein halbes Lachen.

»Sie *dürfen* riechen«, erwiderte er. »Und das gleich zwanzigmal. Tauchen Sie je einen dieser Streifen in ein Röhrchen, und schnuppern Sie daran. Anschließend notieren Sie die Zahl, die auf dem Röhrchen steht, auf dem Papier und schreiben daneben, um welchen Geruch es sich Ihrer Meinung nach handelt. Natürlich können Sie Ihre Meinung ändern, so oft Sie wollen. Mich interessiert jeder Ihrer Dufteindrücke, also bitte nur durchstreichen, wenn Sie sich umentschieden haben, aber das Durchgestrichene lesbar lassen. Und noch etwas: Hetzen Sie sich nicht. Sie haben alle Zeit der Welt.«

»Und wenn ich den Geruch nicht erkenne?«

»Dann machen Sie einfach auf dem Blatt einen Strich. Sie dürfen zwischendrin auch gern aufstehen und ein paar Schritte gehen. Konzentriertes Riechen ist nämlich ganz schön anstrengend, das werden Sie spüren.«

Nellie begann.

Die ersten Fläschchen fielen ihr leicht: Rose, Veilchen, Zitrone, Orange, Pfefferminze, Kaffee, das war kein Problem. Langsam jedoch wurde es schwieriger. Ja, es roch nach reifem Obst – aber nach welchem? Nellie notierte *Birne*. Kiefer war wieder einfach, aber was zum Teufel war dieses bittere Aroma, das ihr bekannt vorkam, und trotzdem nicht in ihren Kopf wollte?

Wunderbaum stand irgendwann auf ihrem Blatt.

Je weiter sie sich vorarbeitete, desto öfter zögerte Nellie, entschied sich für ein Wort, schüttelte den Kopf, strich es wieder aus, roch erneut, schrieb ein anderes auf.

Als sie schließlich fertig war, fühlte sie sich erschöpft, und ihre Schläfen pochten.

»Ich wäre dann so weit«, sagte sie.

Van Geeren war sofort neben ihr und überprüfte das Geschriebene.

»Verblüffend«, murmelte er. »In der Tat wirklich verblüffend!«

»So schlecht?«, wollte Nellie wissen.

»So gut! Siebzehn Richtige von zwanzig, das ist geradezu sensationell. So ein Talent dürfen wir nicht brachliegen lassen.«

»Wie meinen Sie das?«

»Ich werde mit Herrn Mülhens reden«, entgegnete er. »Falls er einverstanden ist, wäre ich gern bereit, Sie zu schulen. Vorausgesetzt natürlich, Sie sind ebenfalls einverstanden.«

»Wollen Sie damit etwa andeuten, ich könnte bei Ihnen Riechen lernen?«, fragte Nellie atemlos.

Dieses Mal lachte er laut.

»Riechen können Sie bereits, und zwar erstaunlich gut. Aber Ihre feine Nase weiterentwickeln zu dürfen wäre mir ein ganz besonderes Vergnügen.«

Stolz wie ein Trapper war Martin mit den anderen Jungs in die Marienfreizeit gezogen. Doch er kam verändert zurück, schweigsam, in sich gekehrt und, was besonders auffällig war, einen ganzen Tag zu früh.

Jedes Wort musste man ihm aus der Nase ziehen, so sehr schien er mit sich selbst beschäftigt zu sein, und während ihre Mutter schnell aufgab, weil auch am Sonntag die Arbeit in der Kneipe auf sie wartete, erwachte in Nellie ein Verdacht. Seit ihr Bruder dem Kleinkindalter entwachsen war, respektierte sie seine Privatsphäre, trat niemals in sein Zimmer, wenn er sich gerade umzog, und mied das Bad, wenn er sich wusch oder in der Wanne lag.

Doch heute machte sie eine Ausnahme.

Martin war kaum im Badezimmer verschwunden, da riss sie schon ohne Vorankündigung die Tür auf. Zu schnell, als dass er wieder in sein Hemd hätte schlüpfen können.

»Geh sofort raus!«, brüllte er, mit nacktem Oberkörper am Waschbecken stehend.

»Ich denke gar nicht daran.«

Sie trat näher.

»Wer hat dich so zugerichtet?«, fragte sie finster, während sie die gelben, grünlichen und lila schimmernden Blutergüsse auf seinen Rippen und dem Rücken inspizierte. »Tut es sehr weh?«

»So gut wie gar nicht«, stöhnte Martin, und sie wussten beide, dass er log.

»Willst du dich bei Dr. Klein ansehen lassen?«, fragte Nellie.

»Niemals! Das heilt schon wieder …«

»Hast du ihn gekannt?«, bohrte sie weiter. »Oder waren es gleich mehrere?«

Unverständliches Brummen war die Antwort.

»Du hast sie also gekannt«, folgerte Nellie. »Wer waren sie?«

Erschrocken starrte Martin sie an.

»Wenn du nicht auf der Stelle mit der ganzen Geschichte rausrückst, hole ich die Mamm!«

Stockend und mit vielen Pausen begann er zu erzählen, und was er hervorbrachte, schockierte Nellie. Nach einem Bad im einsamen Dornheckensee seien sie auf einmal von Angreifern umzingelt gewesen. Ein Wort habe das andere gegeben, Beleidigungen wie »Betschwestern« auf der einen Seite und »HJ-Rotte« auf der anderen seien hin- und hergeflogen, und schließlich auch die ersten Fäuste.

»Sie waren älter und deutlich in der Überzahl«, sagte Martin. »Aber wir haben uns ordentlich gewehrt.«

»Die von der HJ haben euch einfach so angegriffen?«, fragte Nellie skeptisch. »Grundlos?«

»Weil sie an den Fahrrädern unsere kleinen Marienfahnen entdeckt hatten. ›Es gibt nur noch eine einzige Jugendorganisation im Deutschen Reich‹, haben sie gegrölt, ›und zwar die Hitlerjugend!‹ Das würden sie uns schon einbläuen. Außerdem würden sie uns den HJ-Streifendienst auf den Hals hetzen, falls sie uns noch einmal bei so einem kirchlichen Ferienlager erwischen sollten. Damit haben sie gedroht.«

»Was hat der Kaplan gemacht?«

»Benedikt war mit ein paar anderen aus unserer Gruppe beim Holzsammeln und kam erst zurück, als alles schon vorbei war. Aber er hat sich furchtbar aufgeregt. ›Das wird ein Nachspiel geben‹, hat er gesagt. ›Kein Katholik muss sich wegen seines Glaubens verprügeln lassen!‹«

»Seit wann nennst du den Kaplan beim Vornamen?«, fragte Nellie irritiert.

Martin strahlte, und für den Moment schienen all seine Schmerzen vergessen. Er ähnelte dabei so sehr ihrem verstorbenen Vater, dass sie richtig schlucken musste – dieselben störrischen braunen Haare, die sich niemals ordentlich glatt striegeln ließen, dieselben blitzblauen Augen und die robuste Haut, die schnell in der Sonne bräunte, während sie selbst Mamms empfindlichen Teint und deren rotblonde Locken geerbt hatte.

»Am Lagerfeuer hat er uns das Du angeboten«, erklärte Martin voller Stolz. »Weil wir jetzt doch fast so etwas wie Blutsbrüder sind. Beim Ministrieren siezen wir ihn natürlich weiterhin. Versteht sich ja von selbst.«

Sein Gesicht wurde wieder ernst.

»Leider mussten wir gleich am Morgen darauf die Zelte zusammenpacken und zurück nach Hause fahren. Länger dort zu bleiben, sei zu gefährlich, hat Benedikt gemeint.«

»Und damit hatte er vollkommen recht«, sagte Nellie. »Was hätte euch dort noch alles passieren können! Ich darf gar nicht daran denken …«

»Du musst mir versprechen, der Mamm nichts davon zu erzählen. Bitte, Nellie!« Auf einmal klang er wieder wie ein kleiner Junge. »Sonst lässt sie mich doch niemals wieder irgendwo hin.«

Nellie zögerte. Es kostete sie einige Überwindung, ihrer Mutter nichts davon zu sagen, doch schließlich nickte sie. Was hätte es auch schon gebracht? Martins blaue Flecken gingen davon auch nicht schneller weg. Und die Sorgen ihrer Mutter wären nur noch größer geworden.

»Aber sieh dich künftig vor!«, ermahnte sie ihren Bruder. »Keine unnötigen Provokationen, Freundchen! Sie sitzen eindeutig am längeren Hebel. Das haben sie euch gerade schmerzhaft beigebracht.«

»Ich mag gar nicht mehr zu den Pimpfen gehen«, murmelte er mit gesenktem Kopf. »Und zur HJ erst recht nicht, wenn ich im Frühling vierzehn bin.«

»Aber das musst du«, sagte Nellie. »In zwei Tagen fängt dein letztes Schuljahr an; danach brauchst du eine Lehrstelle. Und keiner nimmt heutzutage einen Lehrling, der aus der Reihe schert. Wird ohnehin schon schwer genug werden, mitten im Krieg was halbwegs Anständiges zu finden. Allzu wählerisch darfst du nicht sein. Sonst bleibt dir nur die Fabrik …«

»Vergiss es!«, fiel er ihr ins Wort. »Tag für Tag in einer Halle am Fließband stehen? Das halte ich nicht aus. Schreiner will ich werden, so wie Opa. Dann kann ich alle Möbel selber bauen. Auch für dich, wenn du magst.« Selbstbewusst sah er sie an. »Ist doch schon so etwas wie unsere Familientradition, oder etwa nicht?«

Martin verblüffte sie immer wieder: In einem Augenblick konnte er ängstlich oder übertrieben forsch sein, und schon im nächsten fast ein junger Mann, der genau wusste, was er wollte.

Nellie wurde ganz warm ums Herz.

Wie lieb sie ihren kleinen Bruder hatte! Alles, was in ihrer Macht stand, würde sie tun, damit er glücklich wurde.

»Dann wasch dich mal ordentlich, du zukünftiger Schreiner«, sagte sie. »Und pass auf, dass Mamm deine Blessuren nicht zu Gesicht bekommt. Ihr direkt ins Gesicht lügen werde ich nämlich nicht. Das wäre dann doch etwas zu viel verlangt.«

Drei Tage später passte Greta Nellie nach der Arbeit vor dem Werkstor ab. Noch ganz erfüllt von der Freude am Geruchstraining bei van Geeren lächelte Nellie die Freundin an, wurde aber schnell wieder ernst, als sie Gretas verweintes Gesicht registrierte.

»Was ist passiert?«, fragte sie besorgt.

»Der Termin für die Verlobungsfeier steht jetzt fest«, schluchzte Greta. »Das ist passiert!«

»Aber wie kann das denn sein …« Nellie schob sie behutsam in den nächsten Hinterhof. Musste ja nicht gleich die ganze Belegschaft mitbekommen, wie schlecht es Greta Farina ging.

»Ich hab alles genau so gemacht, wie wir es besprochen hatten«, stieß ihre Freundin zwischen lauten Schluchzern hervor. »Aber schon als ich mit dem teuren Kleid anfing, wollte Viktor nichts davon hören. ›Du bist doch in allem schön, Herzallerliebste‹, hat er gesagt. ›Außerdem kann ich mir kaum vorstellen, dass dein Vater sein einziges Kind nicht standesgemäß ausstatten würde.‹ Anschließend muss er gleich zu Papa gerannt sein.«

»Und dann? Was ist dann passiert?«

»Der ist stockwütend geworden, hat mich zu sich zitiert und mich in Grund und Boden geschimpft. Was mir denn einfiele? Ob ich unsere Firma absichtlich zugrunde richten wolle, indem ich haltlose Gerüchte verbreite? Natürlich könnten wir Farinas uns eine große Verlobungsfeier mit allem Drum und Dran leisten! Und weißt du auch, wann sie stattfinden soll? Am 14. November – meinem 23. Geburtstag!« Inzwischen weinte sie bitterlich. »Ich möchte tot sein, Nellie, einfach nur noch tot!«

»Das sind ja noch drei Monate.« Nellie begann fieberhaft zu überlegen. »Bis dahin kann eine Menge geschehen …«

»Nein, bitte keine Pläne mehr, die alles nur noch schlimmer machen«, flehte Greta. »Sonst verheiraten sie uns vielleicht noch auf der Stelle! Und mir vorzustellen, dass er mich am ganzen Körper anfasst und ich nichts dagegen tun kann, weil er ja mein Ehemann ist …« Sie schüttelte sich.

»Aber du kannst die Ehe doch keinem Mann versprechen, vor dem es dir so graut«, sagte Nellie. »Wir leben schließlich nicht mehr im Mittelalter! Warum nimmst du nicht all deinen Mut zusammen und sagst Viktor, dass du ihn leider nicht mehr liebst?«

»Weil er mich dann umbringen würde«, erwiderte Greta mit zittriger Stimme.

»Ach, das denkst du jetzt nur …«

»Nein«, widersprach Greta. »Genau das hat er gesagt.«

Nellie blieb für einen Moment der Atem weg. Sie wusste, dass Greta zu Übertreibungen neigte, aber das hatte so ernst und angstvoll geklungen, dass es die Wahrheit sein musste.

»Greta, das darf doch nicht sein«, stammelte sie hilflos. »Du musst unbedingt mit deinen Eltern sprechen …«

»Ich fürchte, das wäre vollkommen zwecklos.« Greta zog ein Taschentuch aus ihrer Jacke und putzte sich die Nase. »Ich muss jetzt wieder nach Hause. Verzeih, dass ich dich so überfallen habe …«

»Dazu sind Freundinnen schließlich da«, sagte Nellie. »Willst du nicht noch auf einen Sprung mit zu uns kommen? Das würde dich vielleicht ablenken.«

»Danke, vielleicht ein anderes Mal.« Sie schien sich wieder gefasst zu haben. »Ich gehe lieber ein Stück zu Fuß. Dann bis Sonntag, Nellie. Wir sehen uns beim Gottesdienst.«

Greta schlüpfte aus der Auffahrt hinaus auf die Venloer Straße und ließ Nellie wie betäubt und voller Schuldgefühle zurück.

Statt ihrer Freundin zu helfen, hatte ihr Rat Greta in noch größere Kalamitäten gebracht. Wie sehr wünschte Nellie sich, jetzt ihr Gewissen erleichtern zu können! Aber sie konnte ja schlecht beichten gehen und ihre größte Sünde dabei verschweigen …

Doch still die Gottesmutter um Hilfe anflehen, das konnte sie, und so legte sie auf dem Heimweg einen Zwischenhalt ein.

Wie immer stand die Tür von St. Joseph allen Gläubigen offen.

Nellie schlug ein Kreuz, benetzte sich mit Weihwasser und kniete sich dann vor die Marienstatue mit dem Jesuskind, die diesmal mit leuchtend gelb blühenden Lilien geschmückt war.

Lilienduft, dachte sie unwillkürlich. Süß, doch in der Tiefe schlummert Bitternis … Sie erschrak über sich selbst. Registrierte sie jetzt schon beim Gebet die Gerüche um sich herum?

Reumütig senkte sie den Kopf und faltete die Hände.

Und für ein paar Augenblicke gelang ihr tatsächlich ein stiller Dialog mit der Gottesmutter.

Als sie sich wieder erhob, kam gerade Kaplan Weiss aus der Sakristei.

»Guten Abend, Nellie«, sagte er. »Schön, dass ich Sie hier antreffe. Ich wollte ohnehin mit Ihnen reden.«

»Ja?« Ihre Stimme klang auf einmal dünn.

»Martin hat Ihnen erzählt, was am See passiert ist?«

»Das hat er.«

»Ich mache mir solche Vorwürfe, dass ich ausgerechnet in dieser Stunde nicht da war. Ich hätte die Jungs schützen müssen, das habe ich ihren Eltern schließlich versprochen.« Sein Blick wurde eindringlich. »Wie nimmt er es denn?«

»Martin ist keiner, der jammert«, sagte Nellie. »Aber sie haben ihn ordentlich zugerichtet. Er sagte, Sie wollten der Sache nachgehen?«

»Genau das habe ich versucht, aber Pfarrer Greven, der erstaunlicherweise über alles bestens im Bilde war, hat mich abgeschmettert. Eine Rauferei unter Jungs, nicht weiter der Rede wert, hat er gesagt, und dass die Rauferei schließlich vermeidbar gewesen wäre, hätte ich nicht auf der Marienfreizeit bestanden. Er hat mir verboten, jemals wieder ein Ferienlager auszurichten. Meine Hand musste ich ihm darauf geben, dass ich diese Anordnung nicht heimlich unterlaufe. ›Sie schaden mit solchen Aktionen nicht nur der Gemeinde, Weiss‹, hat er gepoltert. ›Durch Ihre Eigenmächtigkeit schaden Sie der gesamten katholischen Kirche in einer ohnehin schwierigen Zeit.‹«

Er berührte ihren Arm.

»Ich schäme mich«, sagte er. »Und komme mir gleichzeitig so hilflos vor. Was können sie noch verlangen, ohne dass wir uns dagegen wehren?«

Für einen Moment schien die Welt stillzustehen.

Die Wärme seiner Hand drang durch den dünnen Stoff ihrer Bluse, und Nellie wünschte sich, es würde für ewig so bleiben.

Doch der Kaplan zog seine Hand wieder zurück.

»Verzeihen Sie bitte, Nellie«, sagte er. »Jetzt bin ich zu weit gegangen – Sie mit meinen schwarzen Gedanken zu behelligen. Es wird nicht wieder vorkommen. Die Exerzitien, denen ich mich ab morgen im Kloster Lorch unterziehe, werden mein Blut hoffentlich etwas kühlen. Aber Martin, mein Patenkind, liegt mir so sehr am Herzen …«

»Mir doch auch«, flüsterte sie. »Wann werden Sie wieder zurück sein?«

»Sicherlich nicht vor Allerheiligen«, erwiderte er düster. »Pfarrer Greven hat von langen, harten Bußübungen gesprochen.«

5

Köln, Juli 2019

Inzwischen konnte Liv sich das *Göttliche Düftchen* gar nicht mehr ohne Nouria vorstellen. Deren freundliche, warme Art machte jeden Tag heller, und zudem erwies sich die junge Frau als echtes Verkaufstalent. Eine Kundin, die den Laden ohne eine oder besser gleich mehrere der hübschen Zellglastüten mit dem coolen Schriftzug in Türkis verließ, die zudem hundertprozentig kompostierbar waren? Für Nouria ein Ding der Unmöglichkeit!

»Träfe mich tief in meiner Ehre«, erläuterte sie Liv, als diese sie nach dem Geheimnis ihrer durchschlagenden Kundenwirkung löcherte. »Wenn sie nichts kaufen, muss ich ja denken, ich hätte schlecht gearbeitet. Was ich auf keinen Fall möchte. Du hast mir diese einmalige Chance eingeräumt. Folglich hast du auch nur das Allerbeste verdient.«

Schon in der Probewoche hatte sich das Du zwischen ihnen wie von selbst ergeben, und mittlerweile fühlte es sich für Liv an, als ginge ihr eine Freundin zur Hand. Ab und zu überkam sie allerdings ein schlechtes Gewissen, weil sie Nouria für ihre gute Leistung gern mehr bezahlt hätte, aber das war leider nicht drin.

Noch nicht.

»Mach dir keinen Kopf«, sagte Nouria, als sie sie darauf ansprach. »Ich komme auch so zurecht. Außerdem lerne ich jeden Tag so viel bei dir, dass ich eigentlich dich bezahlen sollte.«

Ja, ihr Wissensdrang in Sachen Duft schien unerschöpflich, doch wenn Nouria morgens in den Laden wirbelte, sah sie manchmal trotzdem ganz schön müde aus. Aber sie betonte, ihr abendlicher Nebenjob als Kellnerin mache ihr Spaß: ein tolles Team, nette Gäste und ausgefallene Gerichte, die es in Köln nur dort gäbe. Die dunklen Schatten unter ihren Augen sagten zwar etwas anderes, aber Nouria beharrte so vehement darauf, sich nicht überlastet zu fühlen, dass Liv es schließlich dabei beließ. Als sie selbst noch zehn Jahre jünger gewesen war, hatte sie auch manchmal geglaubt, Bäume ausreißen zu können, so energievoll hatte sie sich gefühlt. Doch die von Anfang an nicht unkomplizierte Liebe zu Hendrik, später dann die Schwangerschaft und vor allem zuletzt Hendriks klammheimlicher Rückzug hatten sie emotional wie auch körperlich angegriffen.

Ausgerechnet mit Fabienne war er jetzt zusammen, jener aufgetakelten Belgierin, die sie früher gemeinsam belächelt hatten!

Mit ihren Kleidchen, High Heels und den eng anliegenden Designerjacken stach sie aus dem sonst eher legeren Freundeskreis heraus – ein lebensuntüchtiges Püppchen, wie Liv fälschlicherweise zunächst gedacht hatte. Inzwischen jedoch hatte sie lernen müssen, wie faustdick es dieses Püppchen hinter seinen chirurgisch angelegten Ohren hatte. Fabienne wusste genau, was sie wollte. Um Hendrik zu erobern, hatte sie die gesamte Skala weiblicher Hilfsmittel eingesetzt: Brustimplantate, aufgespritzte Lippen, Extensions, künstliche Wimpern … Standen die Männer von heute wirklich auf so viel Barbie?

Da musste Liv leider passen.

Immer schon war sie sich zu groß, zu sommersprossig, zu blass vorgekommen. Ihre helle Haut vertrug kaum Sonne, ihr Busen war nur halbwegs üppig gewesen, solange sie Thijs gestillt hatte, und mit Schuhgröße 41 sah sie in hochhackigen Pumps aus wie ein Storch im Salat. Deshalb blieb sie seit Jahren lieber bei Sneakers, Boots oder flachen Sandalen. Gut möglich, dass sie in vielem nicht dem gängigen Schönheitsideal entsprach. Aber sie hatte Hendrik immerhin einen bezaubernden Sohn geschenkt, und dass er Thijs ebenso treulos im Stich gelassen hatte wie sie, nagte schwer an ihr.

Mit leiser Eifersucht beobachtete sie gerade den jungen Vater, der seine kleine Tochter so liebevoll in der Kita ablieferte. Durch das offene Fenster winkte die dazugehörige Mama, und es war unschwer zu erkennen, wie glücklich die drei zusammen waren.

Für Liv selbst hingegen schien eine neue Beziehung in unerreichbarer Ferne zu liegen. In ihrem Leben war schlichtweg kein Raum dafür.

Da gab es nur Thijs, den Laden und wieder Thijs.

Oder lag es doch allein an ihr, dass sie männerlos war?

Die gut gelaunten Reise-WhatsApps ihres Vaters, die inzwischen aus Kambodscha kamen, versuchten sie zu ermuntern, etwas daran zu ändern.

Noch immer kein Prinz in Sicht, der dich aus dem Schlaf küsst? Heutzutage müsstest du wohl eigenhändig ein Loch in die Hecke schneiden. Gut in Siem Reap angekommen. Morgen Tempel von Angkor mit einer Gruppe lustiger französischer Hippies. Bin schon bisschen aufgeregt. Kuss an dich und Thijs. Pa

Der hatte gut reden, dachte Liv. Mit ein- und derselben liebenden Frau jahrzehntelang an seiner Seite!

Die Ehe ihrer Eltern war ihr stets glücklich erschienen, wenngleich die beiden charakterlich grundverschieden waren: die Mutter fünfzehn Jahre jünger, neugierig und fröhlich, dem Leben und anderen Menschen zugewandt, der Vater eher grüblerisch veranlagt, sorgfältig und stets bedächtig. Er überlegte in der Regel lange, bevor er eine Entscheidung traf. Ihr Vater war vierzig gewesen, als Liv zur Welt gekommen war, *een oude vader*, wie er sich selbst mit leiser Ironie manchmal bezeichnete. Ihr selbst war er jedoch niemals alt vorgekommen – bis zum tragischen Tod seiner Frau vor drei Jahren, der ihm quasi über Nacht zehn Jahre mehr auf den Buckel gepackt hatte. Auch Liv vermisste ihre Mutter schmerzlich, deren Hirntumor so schnell gewachsen war, dass es keine Rettung mehr gegeben hatte. Jedes Mal, wenn sie daran denken musste, dass Mama ihr Enkelkind nur im Bauch der Tochter hatte erleben dürfen, bekam sie feuchte Augen.

Mühsam löste sie sich auf dem Weg von der Kita zum Laden von diesen wehmütigen Gedanken. Ihr Vater war gerade dabei, seinem Leben neuen Schwung zu verleihen, indem er Abenteuer wagte, die er sich bislang versagt hatte.

Warum sollte ihr das eigentlich nicht auch gelingen?

Schließlich trug sie beide Teile ihrer Eltern in sich – Papas nachdenklichen sowie Mamas heiteren.

Und dazu eine ganze Portion Liv, die nur ihr allein gehörte.

Beim *Göttlichen Düftchen* angelangt, fühlte sie sich mit ihrem Leben schon wieder versöhnter. Höchste Zeit – denn in wenigen Minuten würde die erste Kundin zu einer persönlichen Parfümberatung eintreffen. Im Terminkalender waren ein wenig kryptisch »M. P.« und eine Kölner Telefonnummer notiert.

Nouria hatte im Vorfeld alles besprochen, wie sie Liv versichert hatte. Jetzt konnte die nur hoffen, dass nichts Wichtiges unter den Tisch gefallen war.

Wo blieb Nouria eigentlich?

Es war das erste Mal, dass sie sich ein wenig verspätete.

Doch schon nach wenigen Minuten flatterte Nouria herein, heute in einem eisblauen Leinenkleid, das frisch und sommerlich wirkte.

Wenig später betrat Maja von Plettenberg den Laden.

»Sie sind also die geheimnisvolle M. P.«, begrüßte Liv sie.

»Das will ich meinen.« Maja von Plettenbergs hoheitsvolles Nicken brachte die bunten Holzpapageien, die sie als Ohrschmuck angelegt hatte, in Schwingung. »Knoblauch- und zwiebellos, seifenfrei und auch sonst bar jeglicher gut riechender Ingredienzien, wie angeordnet. Nicht einmal Kaffee habe ich heute getrunken, und so fühle ich mich jetzt fast wieder jungfräulich. Ich kann nur hoffen, all diese Entbehrungen haben sich auch gelohnt!«

Hatte die Gräfin abgenommen? Die Adlernase kam Liv heute noch markanter vor als bei ihren vorherigen Begegnungen.

»Nehmen Sie doch bitte Platz«, bat sie.

Eigentlich wäre sie mit Maja von Plettenberg lieber ins Nebenzimmer gegangen, wo ihre Duftorgel aufgebaut war, aber da Nouria gebettelt hatte, dabei sein zu dürfen, aber im Laden bleiben musste, falls weitere Kundschaft kam, musste es auch so gehen.

»Ich rücke Ihnen jetzt mal ganz nah auf die Pelle«, sagte sie. »Keine Angst. Aber sonst funktioniert es nicht.«

Keine Spur von dem abgestanden-süßlichen Aroma, das so viele ältere Frauen verströmten! Maja von Plettenberg roch leicht säuerlich, aber Liv erschnupperte auch einen Hauch von Erde, was gut miteinander harmonierte.

Nouria durfte ebenfalls eine Prise »Naturduft« nehmen.

»Dazu sehe ich Chypre mit Fruchtelementen«, begann Liv vor sich hin zu murmeln. »Am besten Pfirsich, aber nur wenig davon. Keinesfalls schwere Blütenöle, die würden Ihren Eigengeruch ertränken. Ein bisschen Grün in der Kopfnote, das könnte ich mir wirklich gut vorstellen, aber die Herznote muss weich und voll sein wie beispielsweise …« Sie machte sich ein paar Notizen.

»Darf ich auch was dazu sagen?«, unterbrach sie die Kundin.

»Später sehr gerne«, erwiderte Liv. »Im Moment bin ich innerlich noch am Komponieren.« Sie lächelte sie an. »Sie kennen *Alliage* von Estée Lauder?«

»Das liebe ich! Wie kommen Sie darauf?«

»Intuition.« Livs Lächeln vertiefte sich. Sie war auf der richtigen Spur, und das freute sie. »Die Ananasnote darin passt sehr gut zu Ihrem Eigenduft. *Chapeau*, Sie wissen, was Ihnen steht, was beileibe nicht jeder von sich behaupten kann.«

»Dazu hatte ich schließlich auch genügend Zeit. Wer mit sechzig plus noch immer nicht über sich Bescheid weiß, ist doch wirklich nur noch zu bedauern, oder etwa nicht?«, kam prompt die Antwort. »Sorry, ich sollte ja meinen Mund halten. Fällt mir ziemlich schwer, wie Sie merken.«

»Jetzt dürfen Sie gern wieder reden«, sagte Liv lächelnd. »Ich habe fertig gedacht und kann ans Werk gehen. Würdest du Frau von Plettenberg einen Espresso anbieten, Nouria? Ich mixe einstweilen alles zusammen.«

»Lassen Sie nur, ich warte auch gern ohne Aufputschmittel. Bin ja schon so was von gespannt …«

Während Maja von Plettenberg ruhig dasaß und wartete und Nouria einstweilen zwei weitere Kundinnen mit Handcreme und Rouge versorgte, bereitete Liv Inhalt und Flakon vor. Sie entschied sich für zartgrünes Glas und befüllte ihn mit den bereits angedachten Ingredienzien, denen sie zum Schluss noch einen Spritzer Neroli hinzugefügt hatte. Nouria würde die genaue Zusammensetzung des Dufts anschließend am PC in die elektronische Kundenkartei eintragen.

»*Aria*«, sagte Liv, als sie wieder nach nebenan ging, um Maja von Plettenberg ihren Duft zu überreichen. »Der Name passt zu Ihnen, finde ich. Sie können Ihren Spezialduft natürlich jederzeit hier bei uns nachbestellen. Und jetzt bin *ich* gespannt!«

»Mein Lieblingsstück von Bach – sagen Sie jetzt bloß, das haben Sie auch gewusst!«

Maja von Plettenberg besprühte ihr Handgelenk und schnupperte. Als sie Liv wieder ansah, schimmerten ihre hellen Augen verdächtig.

»Ein Maimorgen auf Capri«, sagte sie. »Dort haben mein Mann und ich unsere kostbaren Flittertage verbracht. Vom Meer kam eine leichte Brise, alles war grün, alles hat nach Sommer und Leben geduftet – was für eine wundervolle Erinnerung!«

»Dann sind Sie also zufrieden?«, fragte Liv.

»Mehr als das. So lebendig und jung hab ich mich seit Jahren nicht mehr gefühlt. Danke dafür!«

Maja von Plettenberg ging zum Tresen, um zu bezahlen. Doch dann hielt sie plötzlich inne.

»Und was machen wir jetzt eigentlich mit Ihnen?«, fragte sie und fixierte Liv förmlich mit ihrem Blick.

»Wie meinen Sie das?«

»So, wie ich es sage. Tag für Tag hecheln Sie zwischen Laden und Kita hin und her, und am Wochenende hab ich Sie hier im Veedel auch noch nie mit einem vernünftigen Menschen herumlaufen sehen.«

»Ich bin sehr gern mit meinem Sohn zusammen ...«

»Das mag ja alles sein, aber so eine junge Frau wie Sie braucht doch auch noch andere Anregungen, interessante Gespräche, Leute, die nicht nur ihre Kunden sind. Wissen Sie was? Sie kommen am Sonntag einfach zum Sommerfest unserer Gemeinde.«

»Ich weiß nicht so recht«, wand sich Liv. »So richtig fromm bin ich eigentlich gar nicht …«

»Papperlapapp! Um Spaß bei uns zu haben, braucht man kein bisschen fromm zu sein. Die Feste von St. Joseph sind stadtberüchtigt, vor allem die im Sommer, da gibt es alles, vom Akrobaten über fetzige Musik bis hin zum Zauberer, und für das leibliche Wohl von Groß und Klein wird auch bestens gesorgt. Außerdem kommen Sie ohnehin nicht dran vorbei. Wir befeiern nämlich die halbe Körnerstraße. Also?«

»Mal sehen«, sagte Liv vage.

»Das ist mir nicht genug. Ich möchte ein klares Ja hören!«

»Sie Quälgeist«, lachte Liv. »Also ja. Sonst geben Sie ja doch keine Ruhe. Ja, wir kommen.«

»Bewundernswert«, kommentierte Nouria, kaum dass Maja von Plettenberg sich verabschiedet hatte. »Und in ihrem Alter noch so viel Energie! Mir imponieren Frauen, die genau wissen, was sie wollen.« Sie wischte ein paar imaginäre Staubkörnchen vom Tresen. »Deine brillante Analyse hat mich gerade ehrlich gesagt ziemlich deprimiert. Das lerne ich doch niemals, selbst wenn ich hundert Jahre alt werde!«

»Riechen ist ein komplexer Prozess, der viel Schulung benötigt«, erwiderte Liv. »Ein wenig Geduld mit dir solltest du schon haben.«

Nourias Mundwinkel sanken noch tiefer.

»Das ist es doch nicht allein, was dir auf der Seele liegt«, fuhr Liv fort. »Richtig?«

Ein kleines Nicken.

»Was ist es dann? Heraus damit!«

»Die Familie.«

Also doch. »Macht dein Onkel Stress?«, fragte Liv.

»Er hat meine Cousins Hassan und Sab vorgeschickt, um mir klarzumachen, wie sehr sie alle von mir enttäuscht sind. Man kündigt nicht bei seinem eigenen Onkel. Schon gar nicht, wenn man ein Mädchen ist.«

»Mit fünfundzwanzig doch wohl eher eine Frau«, korrigierte Liv.

»Solange man unverheiratet ist, bleibt man in ihren Augen ein Mädchen.« Nouria seufzte. »Ich hatte sogar schon daran gedacht, einen schwulen Freund zu heiraten, nur damit ich endlich Ruhe habe, aber das wäre ja auch ziemlich verrückt. Wie satt ich das alles habe! Verdammt noch mal: Ich bin eine Kölnerin, und ich will so leben, wie es mir passt!«

»Haben sie dir gedroht?«, fragte Liv weiter.

»Schwer ins Gewissen geredet. Meine Wurzeln, die ich nicht verleugnen dürfe, und so weiter. Lauter Blabla. Die beiden sind ausgemachte Nichtsnutze, die sich ›westlicher‹ aufführen als jeder kölsche Jeck, aber für mich sollen bis in alle Ewigkeit die Regeln aus der alten Heimat gelten.«

»Soll ich vielleicht einmal mit deinem Onkel reden?«, bot Liv an.

»Und dann? Er würde dich anlächeln und freundlich tun, aber von seiner Meinung rückt er keinen Millimeter ab.« Nouria seufzte wieder. »In ihren Augen bin ich ohnehin das schwarze Schaf der Familie – allein wohnen, in einem Lokal bedienen und jetzt auch noch für eine Hexe arbeiten, das ist eindeutig zu viel!« Sie rollte die Augen.

»Sie halten mich für eine Hexe? Haben sie das gesagt?« Liv wurde immer unbehaglicher zumute.

»Eine Frau ohne Mann, aber mit Kind, die anderen Frauen Parfüm andreht, die muss doch einfach suspekt sein!« Ihr knappes Lachen klang spöttisch. »Keine Angst, zu nah werden sie dir schon nicht kommen, dazu sind sie nämlich viel zu feige. Und ich schalte einfach auf Durchzug. Ist wahrscheinlich die beste Methode.«

Eine Kundin unterbrach ihre Unterhaltung. Nachdem sie gegangen war, nahm Liv den Faden erneut auf.

»Wir werden deine Nasenentwicklung gezielt vorantreiben«, sagte sie. »Damit du dich bald sicherer fühlst. Ab morgen bekommst du jeden Tag zehn Geruchsproben zum Bestimmen. Wirst sehen, das funktioniert!«

»Und was, wenn ich sie nicht erkenne?«

»Es geht dabei ums Lernen, nicht ums Wissen«, sagte Liv. »Letzteres kommt irgendwann ganz von selbst.«

Thijs war schon den ganzen Morgen quengelig gewesen. Nicht einmal sein neues Planschbecken auf der Terrasse vermochte ihn zu begeistern. Pinki bekam das meiste von seiner schlechten Laune ab und flog nur so durch die Gegend. Liv, die sich gerade im Internet zum Thema Edelweißpiraten informieren wollte, befürchtete schon, er würde vielleicht krank werden – bis sie endlich begriff. Dieses *Fippi*, das er immer aufgebrachter vor sich hin brabbelte, sollte eigentlich Philipp heißen. Er vermisste seinen neuen kleinen Freund aus der Kita!

Sie klappte ihren Laptop zu und zauste zärtlich seinen blonden Schopf.

»Tut mir leid, dass es dir mit Mama so langweilig ist«, sagte sie. »Aber hörst du schon die Musik?«

Thijs legte den Kopf leicht schief.

»Musi«, echote er nahezu fehlerfrei.

»Ganz genau. Und zu der gehen wir jetzt, wenn wir beide angezogen sind – also los!«

Zunächst war Liv in das erstbeste Sommerkleid geschlüpft, das ihr in die Hände gefallen war, dann überlegte sie es sich noch einmal anders, zog ihren jadegrünen Stufenrock an und die dazu passende Carmen-Bluse und legte die goldene Plättchenkette um, die sie von ihren Eltern zum dreißigsten Geburtstag bekommen hatte.

Für Thijs packte sie natürlich Pinki ein, Notfallwindeln, obwohl seine Sitzungen auf dem Töpfchen geradezu grandiose Fortschritte machten, seitdem er die Kita besuchte, Bilderbücher und eine Thermosflasche mit seinem Lieblingstee.

So ausgerüstet verließen sie das Haus.

Draußen empfing sie nicht nur eine Aromawolke, die sie sofort hungrig werden ließ, sondern auch laute Musik. Die Fahrbahn war gesperrt; entlang der gesamten Straße waren Tische und Bänke aufgebaut, Letztere bereits gut besetzt. Dazwischen gab es mehrere »Ess-Inseln«, an denen Getränke und verschiedenste Spezialitäten angeboten wurden. Thijs aber zeigte keinerlei Interesse für gefülltes Fladenbrot oder vegane Schnitzel. Er hatte nämlich einen kleinen Jungen mit hellbraunen Locken entdeckt, der neben seiner Mutter saß, und jetzt hielt es ihn nicht mehr länger an Livs Hand.

»Fippi!« Strahlend rannte er auf die beiden zu, sodass seiner Mutter nichts anderes übrigblieb, als ihm zu folgen.

»Nur her zu uns!«, rief Philipps Mutter. »Ich bin übrigens Sandra, wenn du magst, und bei uns ist noch genügend Platz!«

»Liv«, sagte sie lächelnd und nahm das Angebot an. »Ohne Philipp war der Morgen heute bei uns kaum auszuhalten.«

»Eine echte Liebesgeschichte«, bestätigte Sandra. »Mein Sohn redet auch nur noch von seinem *Zeis*. Die beiden sind aber auch zu goldig! Sollen wir uns was zu essen holen? Dann kommt mal mit, ihr kleinen Helden!«

Hand in Hand wackelten die beiden Freunde hinterher.

Mit gut gefüllten Tellern kehrte Sandra wieder zurück.

»Ich hab von allem etwas genommen«, sagte sie. »Hungrig muss hier wirklich keiner heimgehen.«

Die Band hatte inzwischen gewechselt; nun war Reggae an der Reihe, der Liv sofort in die Beine fuhr. Aber niemand tanzte. Und sich allein auf der Straße hin- und herwiegen mochte sie nicht.

»Sie sind ja wirklich da – freut mich!« Maja von Plettenberg hatte Liv erspäht. »Und in so netter Gesellschaft. Sehen Sie, genau das hatte ich gemeint!«

»Unsere Söhne kennen sich aus der Kita«, erklärte Liv.

»Wie schön!« Ihr Blick wurde kritisch. »Aber wollen Sie wirklich die ganze Zeit nur an einem Tisch sitzen bleiben? Kommen Sie mit nach vorn, dann kann ich Ihnen meine Freundinnen vorstellen – und einen sehr bemerkenswerten jungen Mann!«

»Aber mein Kleiner …«

»Lass ihn ruhig einstweilen bei mir«, sagte Sandra. »Die beiden bekämst du jetzt ohnehin nicht auseinander.«

Liv erspähte ihn schon beim Näherkommen. Heute trug er ein weites, weißes Leinenhemd zu einer abgeschabten Lederhose, was ihn gleichzeitig edel und dezent abgerissen zugleich wirken ließ.

»Jan Zoringer«, sagte Maja von Plettenberg. »Wir arbeiten beide für ›Dat schmeckt noch jood‹, wenngleich er …«

»Wir kennen uns bereits«, unterbrach Jan sie. »Stell dir vor, ich war im *Göttlichen Düftchen*, da hatte es noch nicht einmal offiziell eröffnet!« Er grinste Liv verschmitzt an. »Hallo. Hab ich es dir nicht gesagt? Hier trifft man sich immer wieder. Gerade erst angekommen?«

Sie nickte.

Vielleicht doch keine so schlechte Idee, dass sie sich ein wenig aufgehübscht hatte.

»Dann lass uns tanzen!« Er sprang auf und griff nach Livs Hand. »Oder magst du keinen Reggae?«

»Ich liebe Reggae«, versicherte sie, während er sie bereits auf die abgesperrte Fahrbahn zog.

»Umso besser!«

Es war eine Freude, seinen geschmeidigen Bewegungen zuzusehen, die sie auch weich und locker werden ließen. Jan tanzte ausgelassen, mit starkem Körpereinsatz, ohne dabei eine Sekunde lang gekünstelt zu wirken. Welch ein Gegensatz zu Hendriks abgezirkeltem Tanzstil, der ihr immer wie eingefroren erschienen war! Als Thijs seinen großen Freund entdeckte und zu ihm gerannt kam, tanzte Jan eine kleine Runde speziell mit ihm, bis der Kleine genug hatte und zurück zu seinem Fippi lief.

Liv bekam das Lächeln gar nicht mehr aus dem Gesicht.

So wohl fühlte sie sich, so frei und unbeschwert – fast glücklich.

Plötzlich griff Jan erneut nach ihrer Hand.

»Ich muss leider los«, sagte er. »Bis zum nächsten Mal. Man sieht sich …«

Liv schaute ihm nach und kehrte dann zum Tisch zurück, an dem Maja von Plettenberg auf sie wartete.

»Unser Herzensbrecher«, seufzte die Gräfin. »Einer von der allercharmantesten Sorte. Wäre ich zwanzig Jahre jünger, oder wenigstens zehn …« Sie warf Liv einen schwer definierbaren Blick zu.

»Mit Herzensbrechern kann ich so gar nichts anfangen«, erwiderte Liv fast schroff. »Ich mag keine Männer, die sich nicht festlegen können …«

Ein Tumult am Nebentisch lenkte sie ab. Liv blickte hinüber und erkannte, dass er offenbar ihr selbst galt.

»Da ist sie ja wieder!«, schrie die weißhaarige Lilo, Maja von Plettenbergs Bekannte. »Schande hat sie über unsere Familie gebracht, und meinen einzigen Bruder hat sie in den Tod getrieben! Du bist eine verdammte Hexe, Nellie, damit du es nur weißt!«

Die Frauen neben ihr versuchten sie zu beruhigen, was ihnen allerdings nicht gelang.

»Hat dich die Hölle wieder ausgespuckt?«, schrie Lilo weiter. »Denn genau dort ist dein Platz, ebenso wie der deiner verfluchten Brut. Er war der ganze Stolz unseres Vaters. Den hast du auch noch auf dem Gewissen, du liederliches Weibsstück!«

Inzwischen hatten sich zwei junge Männer genähert. Sie nahmen die Weißhaarige in ihre Mitte und führten sie weg.

»Ist sie geistesgestört?«, wandte sich Liv erschrocken an Maja von Plettenberg.

»Nur alt, verbittert und verwirrt«, erwiderte die. »Der eine der beiden ist Niklas, der Lilo seit Jahren als Pfleger betreut; der andere sein jüngerer Bruder, der schon mal einspringt, wenn es nötig ist. Sie bekommt jetzt ein bisschen Baldrian, dann wird sie wieder sie selbst. Und morgen hat sie alles längst vergessen.«

»Aber sie hat doch eindeutig mich gemeint«, sagte Liv. »Und das nun schon zum zweiten Mal. Wissen Sie etwas über diese Nellie, mit der sie mich offenbar verwechselt? Kennen Sie vielleicht deren Nachnamen?«

»Leider nein.« Maja von Plettenberg zuckte bedauernd mit den Schultern. »Lilo und mich trennen über zwanzig Jahre Altersunterschied. Außerdem wohne ich erst seit zehn Jahren hier in Ehrenfeld. Von den alten Geschichten habe ich keine Ahnung.«

»Vielleicht sollte ich Ihre Freundin Lilo einmal besuchen und in aller Ruhe mit ihr sprechen …«

»Bloß nicht! Sie haben doch gesehen, wie sehr Ihr Anblick sie in Wallung bringt. Lilos Herz ist stark angegriffen. Sie wollen sicherlich nicht riskieren, dass sie einen neuen Infarkt bekommt, oder?«

»Natürlich nicht«, beteuerte Liv. Die Lebensfreude, die gerade eben noch durch ihren Körper gesprudelt war, hatte einen deutlichen Dämpfer bekommen. »Ich dachte nur …«

»Sie lösen etwas in Lilo aus, für das Sie nichts können«, fasste Maja von Plettenberg zusammen. »Am besten gehen Sie ihr aus dem Weg, was nicht weiter schwierig sein wird.

Außer zum Kirchgang verlässt Lilo ohnehin kaum noch ihre Wohnung. Das Fest heute war da eine große Ausnahme. Ich hätte vielleicht daran denken sollen. Aber, liebe Güte, wer konnte denn ahnen, dass sie sich derart aufführen würde?«

Liv stand auf.

»Ich glaube, jetzt bauen sie gerade die Bühne für den Zauberer auf«, sagte sie. »Und Thijs liebt Zauberer. Das dürfen wir auf keinen Fall versäumen!«

»Gehen Sie nur, gehen Sie nur«, sagte Maja von Plettenberg. »Nur noch eins: Ich persönlich halte gar nichts von diesem Unsinn, dass spätere Generationen für die Sünden ihrer Vorfahren zu bezahlen hätten.«

Liv sah sie ein wenig irritiert an. »Wie kommen Sie jetzt darauf?«, fragte sie.

»Ist mir nur eben durch den Kopf geschossen. Viel Spaß noch! Genießen Sie den Tag.«

Was hätte sie jetzt darum gegeben, in Ruhe mit ihrem Vater telefonieren zu können! Liv blickte auf ihr Handy. Thijs, der nach dem Sommerfest sogar zu müde gewesen war, um sich länger in sein neues Wimmelbuch zu vertiefen, hatte bereits nach dem zweiten Schweinchen die Segel gestrichen und schlief selig in seinem Bettchen.

Auf WhatsApp wollte Liv ihrem Vater all das, was in ihr brodelte, nicht in Kurzform zusammenfassen. Und seine Urlaubsidylle mit einem langen Telefonat mochte sie auch nicht stören. So klappte sie denn ihren Laptop auf und gab auf gut Glück die Worte »Lilo« und »Nellie« in eine Suchmaschine ein.

Unzählige Beiträge, aber nichts, was sie irgendwie weitergebracht hätte.

Liv tippte Ehrenfeld dazu.

Wieder nichts Verwertbares.

Und doch gab es da diese hartnäckige Stimme in ihr, die sagte, dass sie nur am falschen Ende suchte …

Ob Jan etwas darüber wusste?

Bestens vernetzt im Stadtviertel war er auf jeden Fall – und offenbar auch ziemlich gefragt, so eilig, wie er es jedes Mal hatte.

Aber hatte er nicht angeboten, ihr mehr über die Edelweißpiraten zu erzählen? Vielleicht könnte sie ihn bei dieser Gelegenheit auch über Lilo ausfragen?

Liv klappte ihren Laptop zu.

Herzensbrecher, sagte sie sich selbst streng. Das hat dir gerade noch gefehlt! Du lässt gefälligst die Finger davon, kapiert, Liv van Geeren?

6

Köln, Spätherbst 1940

Was für ein Abend!

Gretas denkwürdige Verlobungsfeier werde ich bis zu meinem letzten Atemzug nicht vergessen, so viel ist gewiss. Die Farinas haben alles aufgeboten, um sie zu einem Ereignis zu machen. Wohn- und Esszimmer sind durch das Öffnen aller Flügeltüren zu einem großen Festsaal zusammengeschmolzen. Adrette Serviermädchen in schwarzen Kleidern und weißen Schürzchen wuseln umher und offerieren Getränke auf Silbertabletts. Allerdings frage ich mich, warum das alles hier in der Villa stattfindet und nicht in Viktor Lohses Hotel, wo doch sehr viel mehr Platz gewesen wäre.

Ich verstehe den Grund, als nach und nach immer mehr Gäste eintrudeln – so ziemlich alles, was in Köln Rang und Namen hat: wohlhabende Kaufleute, Abgeordnete aus dem Stadtrat, wie Gretas Mutter Sofia mir aufgeregt zuflüstert, ein paar gefeierte Schauspielerinnen und Schauspieler, die ganze feine Gesellschaft eben, ausnahmslos nobel aufgeputzt. Viktor will damit angeben, dass er es in eine der angesehensten Familien geschafft hat – allein darum geht es ihm! Da drückt er sogar ein Auge zu und übersieht geflissentlich, dass die Farinas ursprünglich aus Italien stam-

men und keine echten Kölner sind. Ja, der Duce ist ein Verbündeter, und Italien kämpft seit Juni an Deutschlands Seite im Krieg, das ist schon richtig, aber so ganz trauen kann man diesen Südländern dann eben doch nicht. Ein Rest Angst vor deren überschäumendem Temperament bleibt. So weiß ich von Greta, dass Viktor seinen zukünftigen Schwiegervater Riccardo beschworen hat, bloß nicht wieder mit italienischen Sprichworten um sich zu werfen, wie dieser es so gern tut. Deutsch soll es an diesem Abend zugehen, deutsch und felsenfest nationalsozialistisch, denn hoher Besuch hat sich angesagt.

Trägt Gretas Mama deshalb diesen unkleidsamen Flechtkranz, anstatt wie üblich ihre Haare zu einem lockeren Knoten zusammenzunehmen?

Bei der Braut selbst allerdings scheitern all diese germanischen Bemühungen bereits im Vorfeld. Mit ihrer olivfarbenen Haut, den dunklen Augen und ihren Locken, die fast schwarz sind, kann nichts und niemand Greta auf »deutsche Maid« trimmen. Ihr altrosa Seidenkleid mit dem Wasserfallkragen, das noch aus Vorkriegszeiten stammt, macht sie zu einer Diva. Sie sieht hinreißend darin aus, aber auch erschreckend fragil, weil sie vor lauter Kummer stark abgenommen hat, und sie schaut so unglücklich drein, dass es mir fast das Herz zerreißt.

»Du hast ihm nicht gesagt, dass du ihn nicht heiraten willst?«, flüsterte ich, als wir endlich zusammenstehen, während sich das Vestibül der Villa zunehmend mit Gästen füllt.

»Wie denn?«, flüstert sie zurück. »Papa hat es mir ja strikt verboten. Wir brauchen die Nazis, wenn wir überleben wollen. Und Viktor ist mit den Wichtigsten auf Du und Du.«

Wie zur Unterstreichung ihrer Worte ist der nächste Gast Emanuel Schäfer, seit wenigen Wochen Chef der Kölner Gestapo, wie Greta mir zuwispert. Jeder, der am EL-DE-Haus in der Altstadt vorbeimuss, zieht unwillkürlich den Kopf ein, denn aus den Zellen und Verhörräumen dringen immer wieder Schmerzensschreie bis hinaus auf die Straße. Die maßgeschneiderte schwarze SS-Uniform macht aus dem an sich farblosen Mann beinahe so etwas wie eine Erscheinung, und Viktor begrüßt ihn so überschwänglich, als sei er sein verlorener Bruder.

Doch dabei bleibt es nicht.

Immer mehr Uniformierte strömen herbei, und die zivilen Herren im Abendanzug geraten nach und nach in die Minderheit. Schließlich erfolgt der Auftritt von Oberbürgermeister Dr. Karl Georg Schmidt, nebst Gattin, den ich zuvor noch nie aus so großer Nähe zu Gesicht bekommen habe. Gut sieht er aus, das muss man ihm lassen, mit dem exakt gescheitelten dunklen Haar und den prägnanten Wangenknochen, aber mit seinen stechend blauen Augen hinter der runden Brille auch eiskalt, ein Nazi der allerersten Stunde, wie man sich in Köln zuraunt, der nur eines wollte: möglichst rasch nach oben.

Wenig später teilen sich die Wogen der Festgesellschaft erneut. Viktor ist es doch tatsächlich gelungen, Gauleiter Josef Grohé zum Erscheinen zu bewegen! Er ist der Mann mit den größten Machtbefugnissen in Köln; wer sich mit ihm anlegt, hat allen Grund, es rasch zu bereuen, das weiß jeder hier. Mir wird ganz mulmig zumute, als ich mitansehen muss, wie der Mann mit dem Stiernacken Gretas Hand küsst, gierig, als wollte er sie verschlingen. Am liebsten hätte ich sie von ihm weggerissen, doch das wage ich natürlich nicht.

»Wer steht eigentlich noch auf eurer Gästeliste?«, versetze ich Viktor im Vorbeigehen, weil ich mir angesichts der ganzen Naziprominenz irgendwie Luft machen muss. »Dr. Goebbels höchstpersönlich?«

Sein Blick wird eisig.

»Pass gut auf, was du sagst, Nellie Voss«, raunzt er zurück. »Mir geht schon lange gegen den Strich, dass du so dicke mit Greta tust. Schau dich doch bloß mal an! Ginge es nach mir, wärst du garantiert nicht hier, das darfst du mir glauben. Aber ab heute wird sich so einiges ändern ...«

Unwillkürlich starre ich an mir hinunter. Ich sehe ein hellgrünes Georgettekleid mit Flügelärmelchen und plissiertem Rock, das früher einmal Greta gehört hat, durchaus annehmbare Beine, ein paar braune Pumps, nicht mehr neu, dafür aber glänzend gewienert. Schuhe sind so gut wie gar nicht mehr auf die zugeteilten Marken zu bekommen, alles verfügbare Leder wird zu Soldatenstiefeln aufgearbeitet, und so schonen wir unsere Bestände nach Kräften.

Zorn steigt in mir auf.

Ja, ich stamme aus einer einfachen Familie, und dazu stehe ich auch, aber das ist mir heute beim besten Willen nicht anzusehen!

Was also will er von mir?

»Du bist es doch, die Greta gegen mich aufhetzen will«, schimpft Viktor weiter. »Aber damit ist jetzt Schluss, verstanden? Sie wird meine Frau, daran kann niemand etwas ändern – und du schon gar nicht!«

Weil ich sein Gehabe nicht länger ertrage, flüchte ich auf die andere Seite des Büfetts, auf dem Kulinarisches prangt, das die meisten von uns seit Kriegsbeginn nicht mehr gesehen haben: Fisch-, Kartoffel- und Waldorfsalate, Forellenfilets, kalter Schweinebraten, Roastbeef mit Remouladensauce, diverse Käsesorten, daneben Kupfertöpfe, aus denen verschiedenste Suppen dampfen, helles Brot im Überfluss, üppige Cremespeisen mit Sahnehäubchen ...

Haben die Farinas den Schwarzmarkt geplündert? Oder stammen diese Köstlichkeiten aus heimlichen Parteibeständen?

An mir zieht alles vorüber wie im Film.

Noch immer habe ich an dem zu kauen, was Viktor eben zu mir gesagt hat. Sind es bloße Vermutungen, oder hat er Greta genötigt, ihm das preiszugeben?

Und falls ja: Wozu ist dieser Mann fähig?

Gretas Papa klopft an sein Glas und hebt an zu einer zittrigen kurzen Rede, in der er erst kurz der Tochter zum Wiegenfest gratuliert, dann aber flugs das Glück der Familie Farina betont, weil die nun einen neuen, ach so tüchtigen Sohn dazubekommt. Neben ihm steht Greta wie ein Opferlamm, während Viktor im edlen Cut breit grinst.

Plötzlich hält Letzterer ein kleines blaues Samtkästchen in der Hand, öffnet es und zieht einen Ring mit einem glitzernden Stein heraus. Greta bekommt ihn über den Finger gestreift.

»Mein Herz, mein Leben«, sagt er theatralisch. »Liebe Greta, ab heute für immer mein!«

Er reißt sie an sich, küsst sie.

Applaus brandet auf.

Niemandem außer mir scheint aufzufallen, dass Greta danach in sich zusammensinkt. Fehlte bloß noch, dass sie sich die Lippen abwischt!

Sektgläser werden herumgereicht, alle prosten sich zu und trinken auf das glückliche Paar.

Mir ist so elend zumute, dass ich nur nippen kann.

Ein schräg aussehendes Trio stimmt die gängigen Schlager an, während die ersten Gäste zu den Klängen von »Für eine Nacht voller Seligkeit« das Büfett stürmen.

Greta steht noch immer neben Viktor, steif wie eine Puppe, als die beiden letzten Gäste eintreffen. Mein Herz setzt für einen Schlag aus, um danach schneller und lauter gegen meinen Brustkorb zu hämmern: Pfarrer Greven – und Benedikt!

Meine Beine haben sich wie von selbst in Bewegung gesetzt, ich kann gar nicht anders, als auf ihn zuzugehen. Zwei endlose Monate habe ich ihn nicht mehr gesehen, doch nun steht er leibhaftig vor mir.

Er kommt mir magerer vor als noch im Sommer.

Musste er während seiner Bußzeit im Kloster auch fasten?

Doch sein Lächeln ist schmelzend wie eh und je und zündet in meinem Inneren tausend kleine Lichter an.

Zum ersten Mal an diesem Abend verzieht auch Greta die Lippen zu einem winzigen Lächeln.

»Dass Sie gekommen sind, um mit uns zu feiern, Hochwürden«, sagt sie leise. »Und natürlich auch Sie, Kaplan Weiss. Welche Freude!«

»Es ist uns eine Ehre, Fräulein Farina«, erwidert Greven. »Und eine noch größere wird es sein, Sie und Ihren Verlobten im Angesicht Gottes zu trauen.«

»Das wird die schönste Hochzeit von ganz Köln«, trompetet Viktor. »Noch Jahre später sollen alle davon schwärmen. Wir hatten bei der Trauungszeremonie natürlich an den Dom gedacht. St. Joseph ist für diesen feierlichen Anlass dann doch zu bescheiden.«

Greta streckt die Hand nach einer Stütze aus, als würde sie sonst fallen.

»Das mit dem Dom ist bislang nur so eine Idee«, sagt sie. »Wir haben ja noch Zeit.« Ihr Blick wird fast flehentlich. »Jetzt stärken Sie sich erst einmal, liebe Gäste! Essen und trinken Sie bitte nach Herzenslust ...«

Benedikt spürt, dass etwas faul ist, das erkenne ich, weil er sorgenvoll zwischen ihr und Viktor hin- und herschaut. Dann aber sieht er mich an, und meine Knie werden ganz weich.

»Was macht denn mein Patenkind?«, fragt er, nachdem er mich freundlich begrüßt hat. »Hat es mit Martins Lehrstelle geklappt? Mir gefällt, dass er seinem Großvater nacheifern will, der auch Schreiner war.«

»Ich wusste ja gar nicht, dass er Sie damit behelligt hat«, erwidere ich.

»Dazu sind Paten schließlich da«, antwortet er gelassen. »Zum Beistand im Glauben und im Leben. Wenn ich also helfen kann, lassen Sie es mich bitte wissen, Nellie. Jetzt bin ich ja wieder zurück in Ehrenfeld.«

»Wir haben schon bei einigen Betrieben vorgesprochen«, sage ich. »Doch bisher leider nichts als Absagen kassiert. Die Meister sind alle vorsichtig, weil wir doch Krieg haben ...«

»Den die Generäle unseres Führers mit Pauken und Trompeten gewinnen werden«, unterbricht mich Viktor. »Heute gehört uns Deutschland – und morgen die ganze Welt. Unsere tapferen Soldaten sind unaufhaltbar. So und nicht anders ist es doch! Wozu also solche Mutlosigkeit? Wenn ich Sie jetzt bitten dürfte, meine Herrn?«

Sie folgen ihm zum Büfett; ich suche mir einen Platz, von dem aus ich alles beobachten kann.

Greven isst mit kräftigem Appetit, während Benedikt sich nur ein paar Käsestückchen auf den Teller legt. Ich würde ohnehin nichts hinunterbekommen, weil ich ihn ununterbrochen ansehen muss.

Ich möchte ihm nah sein, ihn berühren, ihm ins Ohr flüstern, wie unendlich er mir gefehlt hat, doch natürlich wage ich nichts von alledem.

Nach und nach scheint der Hunger der Gäste gestillt; einige der Herren rauchen, die Damen trinken den angebotenen Kaffee oder bleiben gleich beim Sekt. Das Trio spielt unermüdlich weiter, und als es »Ich tanze mit dir in den Himmel hinein« anstimmt, reißt Viktor Greta erneut in seine Arme.

»Unser Lied, kleine Braut«, sagt er so laut, damit jeder im Festsaal es hören kann. »Heute werden all meine Träume wahr.«

Rein optisch harmonieren sie sogar, der bullige Mann und die zarte Frau, und zahlreiche Gäste applaudieren erneut, doch ich spüre, wie unwohl Greta sich dabei fühlt. Kaum ist der Schlager vorüber, nutzt sie die Gelegenheit, um ihm zu entwischen.

»Damenwahl!«, ruft sie in die Runde. »Zeigen Sie Mut! Und abgeklatscht werden darf natürlich auch.«

Die Ersten erheben sich und steuern auf ihre Auserwählten zu; Greta selbst bittet Pfarrer Greven zum Tanz, der nach kurzem Palaver einwilligt. Bevor ich es mir noch einmal anders überlegen kann, gehe ich zu Benedikt.

»Ich?«, sagt der verlegen lachend. »Da muss ich Sie aber warnen, Nellie. Ich bin nämlich ein unterirdisch schlechter Tänzer!«

Dass er gelogen hat, merke ich schon nach den ersten Schritten. Benedikt bewegt sich leichtfüßig, ganz im Takt der Musik, und er führt einfach göttlich.

Meine rechte Hand in seiner linken.

Mein linker Oberarm, der auf seinem liegt.

Seine rechte Hand unter meinem Schulterblatt – durch den dünnen Stoff scheint sie mich zu verbrennen.

Endlich sind wir uns nah genug, dass ich seinen Geruch in mich aufnehmen kann. Ich rieche Seife, Laub und eine winzige Spur Weihrauch, die anderen wohl entgangen wäre.

Wie viel ich bei van Geeren doch schon gelernt habe!

Unsere Beine machen in der Zwischenzeit irgendetwas, aber wunderbarerweise verheddern sie sich nicht ineinander, sondern finden ihren ganz eigenen Rhythmus.

Ich bin so selig, dass ich leise mitpfeife.

Denn ein freches Teufelchen in meinem Kopf flüstert mir zu, dass auch Benedikt den Tanz sehr genießt.

Wenn ein junger Mann kommt
Der fühlt, worauf's ankommt
Weiß er, was er tut, weiß er, was er tut …

Von mir aus hätte es bis in alle Ewigkeit so weitergehen können, doch der Schlager ist noch nicht vorbei, da klatscht Greta mich bereits ab.

»Mein Tanz, Kaplan Weiss«, sagt sie lächelnd. »Unsere liebe Nellie muss sich jetzt leider einen anderen Herrn suchen.«

Für einen Moment bin ich wie betäubt, so jäh aus meiner Verzückung gerissen zu sein, aber ich muss ja schließlich die Fassade wahren. So fordere ich Gretas Vater auf, der das Stück dann auch mit mir zu Ende tanzt. Anschließend besteht er darauf, mir ein Schälchen Dessert zu holen, das ich tatsächlich mit Genuss verspeise, denn ich spüre erst jetzt, wie hungrig ich bin. Und ein zweites gleich hinterher.

Die beiden Geistlichen unterhalten sich mittlerweile mit Oberbürgermeister Dr. Schmidt in der anderen Zimmerecke. Es scheint erregt herzugehen, das sehe ich an ihren Mienen und Gesten, doch was sie reden, kann ich leider nicht verstehen. Sanfte Müdigkeit droht sich über mich zu senken. Ich bin heute früh wieder vor Tau und Tag beim Widerling Lemmle gewesen, um illegal Brötchen zu holen, das bekomme ich nun zu spüren.

Plötzlich fahre ich auf, als hätte mich ein kalter Hauch gestreift.

Wo ist eigentlich Greta?

Auch Viktor kann ich nirgendwo entdecken.

Als ich ihre Mutter danach frage, verdreht Sofia Farina nur vielsagend die Augen.

»Turteltäubchen eben«, sagt sie. »Wo sie doch ohnehin so lange warten mussten …«

Das klingt nicht gut in meinen Ohren.

Gar nicht gut.

Ich stehe auf, verlasse den großen Festsaal, gehe hinaus ins Vestibül und steige die Stufen hoch. Gretas Zimmer liegt im ausgebauten Dachgeschoss – wie oft habe ich sie um dieses gemütlich möblierte Reich beneidet!

Ich bin erst im ersten Stock angelangt, als von oben Viktor herunterkommt und mich dabei halb umrennt. Sein Gesicht ist rot und fleckig, er hat den Binder in der Hand, und mir strömt eine eindeutige Geruchswoge entgegen, die mich das Gesicht verziehen lässt.

Er ist schon fünf Stufen unter mir, da hält er plötzlich inne.

»Kein falsches Wort zu irgendjemandem!« Drohend schießt seine Faust nach oben. »Sonst wehe dir, Nellie Voss …«

Er läuft weiter nach unten.

»Greta!«, rufe ich, während ich mit bangem Herzen nach oben laufe. »Greta – bist du …«

Die Tür zu ihrem Zimmer steht halb offen, und ich trete ein.

Sie liegt auf dem Bett, das Seidenkleid zerknüllt. Ich bemühe mich, die hässlichen Male auf ihren Schenkeln zu übersehen.

Ebenso wie den roten Fleck auf dem Laken.

Auf dem Boden entdecke ich einen zerrissenen weißen Schlüpfer.

Sie weint nicht, und das macht mich noch beklommener.

»Er hat sich lediglich genommen, was ihm ohnehin gehört«, sagt Greta dumpf. »So wird es ab jetzt immer sein, das hat Viktor mir prophezeit. Bis zu meinem allerletzten Atemzug.«

Ihr Gesicht ist winzig und todtraurig.

»Ich hasse ihn, Nellie. Jetzt ist sein Gift in mir.«

Zwei Tage später haben unsere Gäste im *Halflang* nur ein einziges Thema: die Operation »Mondscheinsonate«. So heißt der Angriff deutscher Bomber auf das englische Coventry. Während ich mit Benedikt selig geschwoft habe, warfen deutsche Kampfflieger Spreng- und Brandbomben auf die Stadt. Das Resultat sind annähernd tausend Verletzte und über fünfhundert Tote. Viertausend Wohnungen wurden vernichtet, sechzigtausend Gebäude getroffen, darunter auch zwei Krankenhäuser. Die Kathedrale hat der Feuersturm vollkommen zerstört.

JETZT GEHT ES DEN TOMMYS AN DEN KRAGEN lautet die Schlagzeile des *Westdeutschen Beobachters*, den viele Gäste mit in die Kneipe gebracht haben. Mamm und ich lesen diese Zeitung nie, weil das Propagandablatt der Nazis die Wahrheit immer so hindreht, wie es ihnen genehm ist, aber heute scheint zu stimmen, was dort geschrieben steht. Auch *Die Kölsche Zeitung*, die wir abonniert haben, berichtet Ähnliches, wenngleich nicht ganz so marktschreierisch.

»Clever sin se ja, uns Jungs«, tönt Tünnes, der inzwischen schon beim vierten Kölsch angelangt ist. »Dächer aufsprengen un Straßen unpassierbar maache. Do kann dann der Feuerwehr och net mieh dürch. Dat brennt dann allet wie Zunder!«

»Halt doch endlich mal den Schnabel!«, fährt Mamm ihn vom Tresen her an. »Da sind Menschen gestorben, Tünnes, unschuldige Zivilsten wie du und ich. Leute, die mitten in der Nacht im Schlaf ihr Leben lassen mussten. Was, wenn uns das jetzt auch passiert?«

»Ilka hat recht«, bekräftigt Laurin. »Glaubst du etwa, die Tommys lassen sich auf Dauer so was gefallen? Letztes Jahr schon London, und jetzt auch Coventry? Ich hab sie zur Genüge im Großen Krieg erlebt. Feige waren die niemals, das kann ich dir sagen – aber mordsmäßig nachtragend! Die schicken jetzt ihre Bomber zu uns, und dann sehen wir alt aus!«

»Und selbst wenn: Unsere Flugabwehr ist Weltklasse«, schaltet sich großmäulig ein anderer Gast ein. »Außerdem schützen uns doch die Bunker und die Luftschutzkeller. Deutschland ist und bleibt unbesiegbar!«

Ich will etwas entgegnen, da hier bei uns beides noch immer Mangelware ist, aber Mamm schaut mich so flehend an, dass ich es lieber bleiben lasse. Wahrscheinlich bereut sie bereits, selbst gerade so offen geredet zu haben. Und recht hat sie. Es sind immer mehr Spitzel unterwegs, die alles aufschnappen und weiterleiten, was jemand gegen das Regime zu äußern wagt. Nirgendwo ist man mehr sicher vor ihnen; selbst der privateste Rahmen kann gefährlich werden – und eine Kneipe wie die unsere sowieso.

Wahrscheinlich erinnern sich nicht gerade wenige in Ehrenfeld daran, dass unser Bap vor 1933 ganz offen mit den Sozis sympathisiert hat, auch wenn er nie Parteimitglied war. Aber er hat die Demokratie geliebt, das hat er mir schon gesagt, als ich noch klein war, und schwer gehadert, als Hitler und die NSDAP an die Macht kamen. »Roter Jakob«, so haben ihn die Leute früher genannt, weil unser

Vater aus seinem Kampf gegen Ungerechtigkeit niemals einen Hehl gemacht hat – und dann ist 1933 aus dem Spitznamen plötzlich ein Schimpfname geworden, und ein sehr gefährlicher noch dazu.

Wir sehr ich ihn vermisse!

Nein, wie sehr wir drei ihn vermissen, Mamm, Martin und ich! Wäre er noch am Leben, müsste ich kein Kölsch im *Halflang* servieren, Martin hätte die höhere Schule besuchen können und Mamm nicht diese traurigen Säckchen unter den Augen bekommen, die sie quasi über Nacht um Jahre älter gemacht haben. Er war nicht nur unser Ernährer, er war unser Fels in der Brandung, der die ganze Familie zusammengehalten hat. Erst nach seinem Tod ist unsere Mutter so ängstlich geworden, so sorgenvoll und geduckt. Die Last, die sie nun alleine schultern muss, ist einfach zu schwer für sie. Ich versuche ihr zu helfen, wo ich kann, aber das reicht bei Weitem nicht aus. Vermutlich ist sie auch deshalb so erpicht darauf, dass ich mich schnell verheiraten soll, damit wir endlich wieder einen Mann in der Familie haben.

Ach, Mamm – da kann ich dir leider nicht helfen!

Mein Herz hat nur Platz für einen einzigen Mann …

Ich will gerade zurück zur Theke, um mein Tablett neu zu beladen, als die Tür aufgeht.

»Kaplan Weiss!«, ruft Mamm erfreut. »Wie schön, dass Sie den Weg zu uns gefunden haben!«

»Ich komme als Pate«, sagt er mit seinem umwerfenden Lächeln, das mir sofort wieder unter die Haut fährt. »Und ich denke, ich habe gute Nachrichten für Sie, liebe Frau Voss!«

Energisch schreitet er zur Theke; ich folge ihm.

»Die Eingangstür im Pfarrhaus hat geklemmt. Schreinermeister Wildung hat sie dankenswerterweise repariert – und bei dieser Gelegenheit habe ich ihn gefragt …«

»… ob er nicht unseren Martin als Lehrling nehmen könnte?« Geschmeidig wie ein junges Mädchen tänzelt Mamm hinter dem Tresen hervor – und fällt ihm einfach um den Hals. »Danke, danke, danke!«

»Du weißt ja noch gar nicht, ob dieser Wildung Ja gesagt hat«, sage ich leicht miesepetrig, weil ich natürlich alles gegeben hätte, um an ihrer Stelle zu sein.

Mamm lässt Benedikt wieder los.

»Natürlich hat er Ja gesagt«, sagt der und schickt mir einen seltsam prüfenden Blick, den ich nicht zu deuten weiß. »Sonst wäre ich jetzt doch gar nicht hier. Martin soll sich mit seinem letzten Zeugnis bei ihm vorstellen. Morgen Nachmittag, vier Uhr, Ottostraße 5, Rückgebäude. Ich werde auch da sein.«

»Morgen schon?« Mamms Mundwinkel gehen nach unten. »Da kommt die neue Kölsch-Lieferung, und ich muss …«

»Ich begleite Martin«, sage ich rasch. »Als deine Vertretung. Einverstanden? Ich darf aus dem Büro schon mal früher weg, wenn es um etwas Wichtiges geht. Und die Zukunft meines Bruders ist schließlich etwas Wichtiges!«

»Aber wird es denn nicht einen schlechten Eindruck machen, wenn kein Elternteil dabei ist?«, fragt sie verzagt.

»Machen Sie sich da mal keine Sorgen, liebe Frau Voss«, versichert Benedikt. »Ihre große Tochter bekommt das sicherlich gut hin. Sie weiß aufzutreten, und man spürt vor *allem, wie sehr sie ihren Bruder mag. Das wird auch Wildung beeindrucken.« Wieder sein Lächeln, das mich jedes Mal so wehrlos macht. »Und schließlich bin ich ja auch noch da«, setzt er zwinkernd hinzu.*

War es wirklich erst wenige Tage her, dass er sie beim Tanzen in den Armen gehalten hatte?

Nellie erschien es wie eine Ewigkeit.

Heute durfte sie ihn natürlich nicht berühren, und auch sehnsuchtsvolle Blicke versuchte sie nach Möglichkeit zu vermeiden. Aber riechen durfte sie ihn, als sie mit Martin in der Schreinerei von Andreas Wildung standen, und das war fast mehr, als sie ertragen konnte.

Wildung war mittelgroß und schlank; Nellie schätzte ihn auf Ende fünfzig. In seinem blonden Bart blitzten schon reichlich weiße Haare, aber die hellen Augen hinter der Hornbrille waren fröhlich und jung.

»Eigentlich wollte ich ja keinen Lehrling mehr nehmen«, sagte er, nachdem er Martins Zeugnis studiert hatte. »Nicht einmal einen mit so guten Noten. Aber dieser Herr hier in Schwarz« – er deutete auf den Kaplan – »hat mich so lange mit Engelszungen beschworen, bis ich schließlich doch weich geworden bin. Du willst also wirklich bei mir das Holzhandwerk lernen?«

Martin war so aufgeregt, dass er zu kieksen begann.

»Will ich«, sagte er. »Mein Opa war auch Schreiner. Ich hab noch eine Kiste mit altem Holzspielzeug, das er für meinen Bap gemacht hat.«

»Na ja, Spielzeug wirst du hier wohl eher nicht fertigen«, sagte Wildung. »Und auf anständige Aufträge wie früher warte ich schon eine ganze Weile vergebens. Aber reparieren müssen wir dauernd etwas. In diesen Zeiten schmeißt ja keiner mehr etwas weg.«

Er hatte »wir« gesagt.

»Und so ganz allein mit mir altem Dötsch musst du es auch nicht aushalten.« Er deutete auf den Haken an der Tür, an dem eine blaue Jacke hing. »Der Schmitz Jupp arbeitet als Geselle bei mir. Ein netter Kerl mit einer großen Klappe, die er manchmal zu weit aufreißt. Aber arbeiten kann er.«

»Das kann ich auch«, versicherte Martin eifrig.

»Gut zu wissen. Denn ich muss dich auch für die Meisterin einspannen. Meine Gertrud hat Rücken, wie man so schön sagt, die braucht immer mal wieder kräftige junge Arme und Hände, die für sie hinlangen.«

Prompt schob Martin seinen rechten Pulloverärmel nach oben, um den Bizeps zu präsentieren.

»Ausbaufähig«, kommentierte Wildung unbeeindruckt. »Aber der gute Wille ist schon mal da. Das genügt mir für den Moment.« Er nahm die Brille ab. »Ein Herr Krösus bin ich leider nicht. Mehr als fünfzehn Reichsmark pro Monat sind im ersten Lehrjahr nicht drin. Dafür bekommst du ein warmes Mittagessen. Und die Meisterin kocht ganz anständig.«

Martins Blick flog bettelnd zu seiner Schwester.

»Einverstanden«, sagte Nellie. »Dann sagen wir zu, auch im Namen meiner Mutter, die heute leider unabkömmlich war. Wir haben eine kleine Kölschkneipe, das *Halflang* in der Körnerstraße, kennen Sie vielleicht. Und gerade ist Bierlieferung.«

Wildung nickte.

»Das Schriftliche folgt«, sagte er. »Muss ja schließlich einen ordentlichen Lehrvertrag geben, den die Mutter dann als Erziehungsberechtigte unterschreibt. Ministrant bist du, hat der Herr Kaplan gesagt?«

Martin nickte eifrig.

»Schon mal nicht schlecht. Dann mach dein Schuljahr noch weiterhin so gut zu Ende, und schlag hier bei mir am Dienstag nach Ostern auf. Die Berufsschule wird übrigens niemals geschwänzt. Da dulde ich keine Schlamperei. Verstanden?«

»Verstanden«, erwiderte Martin, der vor lauter Aufregung ganz blass um die Nase war.

»Dann also willkommen.« Wildung streckte ihm eine kräftige Hand entgegen, der man die langen Jahrzehnte an Hobel und Säge ansah. »Auf gute Zusammenarbeit, Junge.«

Martin schlug ein.

Beim Hinausgehen streifte Nellie aus Versehen die blaue Jacke an der Tür, wobei der umgeschlagene Kragen verrutschte. Darunter erkannte sie ein helles Emblem, das wie eine Blume aussah.

Ein Abzeichen?

Was mochte es bedeuten?

Martin neben ihr atmete hörbar aus.

»Ach ja«, rief Wildung hinter ihnen her, und Nellie drehte sich noch einmal um. »Vergiss nicht, brav zur HJ zu gehen, Junge. Auf deren Streifendienst in meiner Werkstatt bin ich nicht erpicht.«

»Werde ich, Meister«, antwortete Martin brav.

Als Nellie sich wieder zur Tür umdrehte, war der Kragen an Ort und Stelle. Keine Spur mehr von einem Emblem.

Hatte Martin ihn heimlich zurechtgezupft?

Sie konnte ihn nicht danach fragen, denn kaum waren sie wieder im Hof angelangt, schwang er sich auf sein Fahrrad und düste davon.

Nellie und Kaplan Weiss gingen langsam weiter. »Wir haben Ihnen so sehr für Ihre Fürsprache zu danken«, begann Nellie und rang um die richtigen Worte. Zumindest blieb ihr noch der Nachhauseweg an seiner Seite. »Ohne Sie hätte Wildung Martin doch niemals genommen.«

»Keine Ursache«, erwiderte er. »Kinder brauchen manchmal ein bisschen Rückenwind, gerade jetzt im Krieg. Und ich mag Ihren Bruder. Mir gefällt, dass Martin ein vernünftiges Ziel vor Augen hat. Das ist mehr, als man von vielen anderen seines Alters behaupten kann.«

»Ja, begeisterungsfähig, das ist er«, erwiderte Nellie. »Ob immer für die richtigen Dinge, bleibt allerdings fraglich. Ihm fehlt so sehr der Vater, der ihn in diesen schwierigen Jahren begleitet und stützt. Martin war erst sieben, als unser Bap gestorben ist. Neulich hat er mir gestanden, dass er sich manchmal nicht mehr genau daran erinnern kann, wie er eigentlich ausgesehen hat. Und leider haben wir nur so wenige Fotos von ihm.«

»Meine Schwester Liesl ist auch sehr viel jünger als ich«, erwiderte Benedikt. »Vielleicht verstehe ich deshalb Martin und Sie auch so gut. Genau genommen ist sie meine Halbschwester, denn mein Vater hat nach dem frühen Tod meiner Mutter noch einmal geheiratet. Aber wir beide hängen sehr aneinander. Liesl an mir vielleicht sogar eine Spur zu sehr.«

Nellie sah ihn fragend an.

Ach, wenn dieser Nachhauseweg doch niemals enden würde!, dachte sie. Mit dir so gehen und gehen und immer weiter- und weitergehen … Bis zum St. Nimmerleinstag könnte ich das!

»Nun ja, sie wird ganz schnell auf alles eifersüchtig, was mir in ihren Augen zu nah kommt, verstehen Sie? Manchmal sogar auf die himmlische Jungfrau, weil ich mit ihr, wie Liesl zu sagen pflegt, ›so viel Zeit verbringe‹«. Er lachte. »Vielleicht ändert sich das ja, wenn sie noch ein bisschen älter ist und andere Männer in ihr Leben treten. Ich jedenfalls hoffe schwer darauf!«

Er blieb plötzlich stehen.

»Ich muss noch einen Krankenbesuch machen«, sagte er. »Deshalb sage ich schon hier Adieu. Und viele Grüße an Ihre Mutter, Nellie. Sie kann stolz auf Ihren Sohn sein, richten Sie ihr das doch bitte von mir aus.«

»Adieu«, sagte sie leise, aber da war er schon losgegangen.

Nellie sah ihm nach, bis er um die nächste Ecke verschwunden war.

Da geht mein Leben, dachte sie mit schwerem Herzen. Mein Leben, das ich niemals kennenlernen darf.

7

Köln, Juli 2019

Nourias Stress mit ihrer Familie nagte an Liv, auch wenn ihre junge Mitarbeiterin mehrfach versicherte, sie müsse sich keinerlei Sorgen machen. Aber Nouria war bedrückt, das spürte Liv ganz genau. Und ihr Onkel Muraz, der ja sozusagen ihr Geschäftsnachbar war und Liv anfangs stets fröhlich zugenickt hatte, würdigte sie inzwischen keines Blickes mehr.

»Soll ich nicht vielleicht doch einmal mit ihm reden?«, schlug sie vor, als Nourias Mundwinkel mal wieder besonders tief hingen.

»Musst du nicht. Das wird schon wieder.«

So matt, wie Nouria das vorbrachte, klang es alles andere als überzeugend.

»Und wenn nicht?«, erwiderte Liv.

»Dann eben nicht. Ich kann auch ohne sie alle. Wenn sie es darauf anlegen, werde ich ihnen das beweisen.«

Es klang abschließend und tieftraurig zugleich.

Liv, die sich immer eine große Familie mit Geschwistern, Onkeln, Tanten, Cousinen und Cousins gewünscht hatte, ließ es für den Moment dabei bewenden. Ihre Mutter war ein Einzelkind, so wie sie auch. Ihr Vater hatte eine wesentlich ältere Schwester gehabt, Tante Wimmi, der sie dieses Erbe verdankte, aber das war schon fast alles, was es an Familie gab. Die Mutter ihres Vaters war bereits vor Livs Geburt gestorben, und seinen Vater hatte sie nur noch als sehr alten Mann erleben dürfen, als sie selbst noch ganz klein gewesen war. Papa erzählte oft von ihm, aber das war natürlich nicht dasselbe. Und der Kontakt zu Livs Großeltern mütterlicherseits, die wegen diverser gesundheitlicher Probleme seit Jahren ihren Lebensabend in Málaga genossen, beschränkte sich notgedrungen auf Telefonate und ein paar Besuche in der alten Heimat, die sich an einer Hand abzählen ließen.

Manchmal tat Thijs ihr richtig leid, da dieser durch die Trennung von Hendrik nun auch noch seinen leiblichen Vater verloren hatte. Hendrik hatte sich kein einziges Mal gemeldet, seitdem sie Maastricht verlassen hatten. Das tat weh. Alimente bezahlte er, eine lächerliche Summe angesichts seines guten Einkommens als Anwalt. Wahrscheinlich war Hendrik der Ansicht, damit all seine Pflichten erfüllt zu haben. Doch nach Livs Ansicht lag er damit vollkommen falsch: Von seiner Verlobten konnte man sich noch vor der Hochzeit »scheiden lassen«, das hatte er zur Genüge bewiesen – aber doch nicht von seinem Kind!

Offensichtlich verspürte Thijs durchaus Sehnsucht nach männlichem Beistand. Erst gestern hatte er sie nach Opa gefragt und dabei den Kopf wieder so anrührend schief gelegt.

»Opa kommt wieder, kleiner Liebling«, hatte Liv ihm rasch versichert. »Der schaut sich zuvor nur noch ein bisschen die Welt an. Danach besucht er uns. Aber natürlich ist es Mist, dass er dir gerade fehlt!«

Thijs sah sie aufmerksam an und angelte nach seinem Polizeiauto.

Familie Massoun mit all ihren Mitgliedern so gegen sich zu wissen blieb nicht Livs einziges Problem. Das *Göttliche Düftchen* hatte inzwischen eine ordentliche Kundschaft, darunter einige ausgemachte Fans, aber natürlich blieben auch andere Stimmen nicht aus, die den Laden als protzig, überteuert und vor allem als ganz und gar überflüssig für Ehrenfeld empfanden.

DUFTTUSSI GO HOME war eines Nachts mit einer besonders fiesen, knallroten Sprayerfarbe an das Schaufenster gesprüht worden, und Nouria brauchte eine halbe Ewigkeit, um die Scheibe wieder blitzblank zu bekommen.

»Banausen«, schimpfte sie dabei lautstark vor sich. »Keine Ahnung von gar nichts, aber feige rumschmieren. Das sind mir genau die Richtigen!«

Ein paar Tage später versperrten Pferdeäpfel als übel riechende Barriere den Eingang. Sie wieder wegzuschaffen, war schneller geschehen, doch Liv hing der Gestank noch lange in der Nase. Die Botschaft war eindeutig und nicht zu übersehen: Einigen Leuten hier in der Gegend war sie offenbar unerwünscht.

Worauf mussten sie sich als Nächstes gefasst machen?

Auf flüssige Gülle, die alles nachhaltig verdarb?

Maja von Plettenberg, die mittlerweile mehrmals die Woche zum Einkaufen und Klönen vorbeikam, winkte lässig ab, als sie davon erfuhr.

»Ein paar Verrückte gibt es doch überall«, kommentierte sie schulterzuckend den Vorfall. »Was glauben Sie, was wir bei ›Dat schmeckt noch jood‹ schon alles erleben mussten!

Wenigstens können Sie mit Schrubber und Putzeimer wieder für Ordnung sorgen. Uns dagegen blieb nichts anderes übrig, als die kontaminierten Lebensmittel wegzuwerfen – was für eine Verschwendung! Betrachten Sie diese ›Botschaften‹ einfach als Kompliment.«

»Wie darf ich das verstehen?«, fragte Liv zurück.

»Neid muss man sich bekanntlich verdienen, und das tun Sie offenbar gerade. Ihr Laden kommt an, eben *weil* er aus der Reihe tanzt. Ihre Kurse finden Anklang, die Menschen hier mögen Sie. Sie sind auf dem besten Weg, so etwas wie eine Institution in Ehrenfeld zu werden, und das in so erstaunlich kurzer Zeit. Das gefällt natürlich nicht jedem hier. Und wer nicht in der Lage ist, seinen Unmut verbal kundzutun, greift eben zu solch primitiven Mitteln. Vergessen Sie es am besten ganz schnell wieder und machen Sie einfach so weiter wie bisher. Damit ist uns allen am besten gedient.«

Die mindestens zwei Dutzend orientalische Silberreifen an ihren Unterarmen klirrten, so gestenreich untermalte sie ihre Worte.

»Ich melde mich hiermit übrigens zum nächsten Schnupperkurs an«, fuhr sie fort. »Jan hat derart davon geschwärmt, dass ich das unbedingt auch mal miterleben muss. Und sagen Sie jetzt bloß nicht, Sie sind schon ausgebucht! Solche Ausreden akzeptiere ich nicht.«

Jan – der Mann mit den rätselhaften Verpflichtungen …

Seinen anregenden Duft hatte Liv noch immer in der Nase, und natürlich hätte es ihr gefallen, ihm ganz zufällig irgendwo in Ehrenfeld zu begegnen. Doch seit dem Straßenfest hatte sie ihn nirgendwo mehr gesehen.

Sollte sie Frau von Plettenberg nach ihm fragen?

Liv entschied sich dagegen.

Womöglich war diese heimlich in den viel jüngeren Mann verschossen und würde die Krallen ausfahren, sobald sie Konkurrenz witterte.

Aber war Liv das denn überhaupt?

Mit ihrem Söhnchen und dem Laden, den sie am Laufen halten musste, gab es doch schon mehr als genügend Baustellen in ihrem Leben! Folglich fragte sie auch nicht weiter nach der weißhaarigen Lilo, die ihr Anblick so zum Toben gebracht hatte, sondern trug Maja von Plettenberg lächelnd in die Teilnehmerliste ein.

Weitere Anschläge auf das *Göttliche Düftchen* blieben in den folgenden Tagen zum Glück aus. Allerdings spürte Liv bei einigen Kunden eine gewisse Zurückhaltung. Sie kamen eher zum Schauen als zum Kaufen, und sie musste Nouria regelrecht davon abhalten, nicht zu penetrant zu werden, wenn sie ohne Tüten den Laden wieder verließen.

»Sie müssen sich erst an uns gewöhnen«, sagte Liv. »Gib ihnen diese Zeit.«

»Und wenn dir inzwischen finanziell die Luft ausgeht und du mich auf die Straße setzen musst?«, fragte Nouria. »Was dann? Da bin ich doch lieber ein bisschen ›penetrant‹, wie du es nennst.«

»Ich möchte eine Stammkundschaft aufbauen und nicht nur Leute im Laden haben, die ein einziges Mal kommen und dann nie wieder, weil wir sie verschreckt haben«, widersprach Liv. »Mit Zwang oder gar Nötigung erreichen wir das sicherlich nicht. Sie sollen sich wohlfühlen bei uns.

Dann kaufen sie auch ein. Wieder und immer wieder. Darum geht es mir.«

Die dünne Frau mit dem weißen Mundschutz, die ein paar Tage darauf erbost ins *Göttliche Düftchen* gestürmt kam, gehörte ganz offensichtlich nicht dazu.

»Wissen Sie eigentlich, was Sie mir damit antun – und allen anderen Leidensgenossinnen, die wie ich an Kontaktallergie leiden?«, krakeelte sie los, kaum dass sich die Tür hinter ihr geschlossen hatte. »Sie vergiften unser Leben! Das ist kriminell!«

»Wieso kommen Sie denn ausgerechnet in unseren Laden?«, preschte Nouria erbost vor, doch Liv schob sie sanft zur Seite.

»Ich kann die Dame gut verstehen«, sagte sie. »Die ganze Welt ist voller Duftstoffe, das muss die Hölle für Sie sein.«

»Sie sagen es. Ein tagtägliches Martyrium. Und wir sind viele. Sehr, sehr viele ...«

»Bis zu elf Prozent aller Deutschen reagieren allergisch auf einen Duftstoff«, erwiderte Liv. »Die Reaktionen gehen von juckenden Hautrötungen, nässenden Bläschen, Quaddeln, Schuppen und Juckreiz bis hin zu chronischen Entzündungen.«

»Das wissen Sie – und verkaufen trotzdem solchen Dreck?« Die schrille Stimme überschlug sich.

»Ich verkaufe keinen Dreck«, widersprach Liv ruhig. »Der Name Parfüm kommt von *pro fumo*, das war der heilige Rauch, den man in früheren Zeiten bei religiösen Zeremonien verwendete. Der Weihrauch bei katholischen und orthodoxen Gottesdiensten ist ein Relikt dieser Praxis.

Aus diesem Grund sind für mich bis heute gute Düfte heilig. Duftstoffe mit hohem Allergiepotenzial werden Sie bei mir im Laden vergeblich suchen. Allerdings kann ich natürlich nicht jede Reaktion bei meinen Kunden ausschließen, sonst müsste ich ja allwissend sein. Und das bin ich sicherlich nicht.«

Sie lächelte.

»Ich versuche, Menschen mit Düften glücklich zu machen, das ist mein Anliegen. Dass Sie leider nicht dazugehören können, tut mir sehr, sehr leid. Aber wenn Sie schon länger unter dieser Kontaktallergie leiden, wissen Sie ja bestimmt, dass Karenz, also das Meiden des Beschwerdeauslösers, als Problemlösung stets im Vordergrund steht. Daher bitte ich Sie jetzt, zu gehen, damit Sie sich nicht noch schlechter fühlen. Das nämlich möchte ich nicht verantworten müssen.«

»Sie benutzen doch nicht etwa auch noch *Raumdüfte*?« Die Empörung der ganzen Welt lag in diesem einen Wort.

»Selbstverständlich nicht«, erwiderte Liv noch immer ruhig. »Aber natürlich schwingen verschiedenste Duftmoleküle hier im Raum. Das lässt sich bei unserer Arbeit gar nicht vermeiden. Seien Sie also klug und entziehen Sie sich diesem Risiko.«

»Sie werfen mich raus, nur weil ich es wage, den Finger in die Wunde zu legen? Das ist menschenverachtend, haben Sie gehört? Im höchsten Grad menschenverachtend!«

»Nein, ist es nicht. Ich habe Sie gebeten, auf sich aufzupassen, mehr nicht. Gehen Sie bitte.« Livs Tonfall war eine Spur schärfer geworden. »Und zwar jetzt!«

Die Frau mit dem Mundschutz warf sich in die magere Brust.

»Das wird ein Nachspiel haben«, sagte sie drohend, und ihr Mundschutz blähte sich bei jedem Atemzug wie ein trotziges weißes Segel. »Menschen mit Behinderung wie wir müssen sich nicht länger von solchen Ignoranten wie Ihnen traktieren lassen. Sie hören noch von mir – von *uns*! Aber sagen Sie dann bloß nicht, ich hätte Sie nicht gewarnt!«

Nouria machte einen Ausfallschritt auf sie zu, und die Frau suchte endlich das Weite.

»Was für eine Ziege«, seufzte Nouria erleichtert, als sie endlich draußen war. »Jetzt stellen sich alle schon bei Gluten und Laktose an, was ich abends beim Servieren zu spüren bekomme – und auf einmal sollen auch noch Düfte krank machen.« Sie zog eine Grimasse.

»Damit ist leider nicht zu scherzen«, widersprach Liv. »Wer an Kontaktallergie leidet, ist ein ganz armer Wicht. Die ganze westliche Welt ist durchparfümiert, das geht vom Klopapier und Waschpulver über Haarspray bis zum Deo, von der Dufttanne im Auto über den Wasserbrunnen bis hin zum Raumspray im Kaufhaus, das zum Konsumieren animieren soll. Diese alltägliche Überflutung ist auch für feine Nasen wie die meine manchmal schier unerträglich. Man kann dem kaum entkommen, es duftet unbarmherzig, wohin du auch gehst. Und wenn dann noch diese scheußlichen Reaktionen dazukommen …« Sie seufzte.

»Wir halten natürlich trotzdem die Stellung«, sagte Nouria entschlossen. »Denn wir sind die guten Parfümeure.«

»Wenn du das sagst.« Liv brachte schon wieder ein kleines Lächeln zustande. »Gerade ist so wenig los, da könnten wir die Gelegenheit nutzen und deine Nasenerziehung vertiefen. Wo waren wir stehen geblieben?«

»Kopfnote, Herznote, Basisnote«, kam es von Nouria wie aus der Pistole geschossen. »Und ich soll differenzieren, woraus sie bestehen. Weißt du eigentlich, wie schwer das ist, Liv? Ich glaube, das lerne ich nie!«

»Unsinn! Du probierst einfach so lange, bis es klappt. Komm, wir gehen nach hinten zum kleinen Tisch. Nebenan an der Duftorgel wäre es natürlich noch günstiger, aber dann bekommen wir nicht mit, wer zu uns reinkommt. Schau mal, ich hab da schon was Schönes für dich vorbereitet.«

Liv deutete auf die drei nummerierten Flakons. Sie besprühte den ersten Duftstreifen und reichte ihn Nouria.

»Lass dir Zeit«, sagte sie. »Riechen und sich abhetzen passt niemals zusammen.«

Nourias Stirn begann sich zu kräuseln, so konzentriert ging sie ans Werk. »Nummer eins: Kopfnote Bergamotte und Grapefruit. Richtig, oder?«

Liv nickte.

»Die Herznote zu bestimmen gestaltet sich schon schwieriger«, fuhr Nouria fort. »Ich würde sagen, da ist natürlich Neroli …«

»Ganz genau.«

»Aber was noch? Erinnert mich irgendwie an Weihnachten. Feiern wir Muslime zwar nicht, aber wie es riecht, weiß ich nach so vielen Jahren in Köln trotzdem …«

»Du bist schon auf der richtigen Spur«, erwiderte Liv. »Das ist Cassia, chinesischer Zimt. Fehlte bisher wohl noch in deiner Geruchserfahrung. Ein wichtiger Lernschritt: Man kann nur erkennen, was man auch kennt.«

»Die Basisnote ist wieder einfach: Vanille und Patschuli.« Nouria strahlte. »In meiner indischen Phase gleich nach der Schule hab ich regelrecht darin gebadet, bis sich meine Kolleginnen in der Kanzlei beschwert haben, weil sie davon Kopfschmerzen bekommen haben.«

»Patschuli im Übermaß ist immer problematisch, besonders für unsere westlichen Nasen. Merksatz: Lieber ein bisschen zu wenig davon als zu viel. Lässt sich im Nachhinein kaum noch korrigieren.« Liv präparierte den nächsten Duftstreifen. »Nun weiter zu Nummer zwei. Was riechst du, Nouria?«

»Auf jeden Fall Johannisbeere. Die mag ich auch als Saft so gern. Aber da ist noch etwas anderes, das riecht süßlicher. Und irgendwie heller …«

»Heller trifft es gut«, sagte Liv. »Ich bin sicher, du kennst es. Aber du vermutest es hier nicht. Damit kann unser Gehirn uns auch manchmal überlisten: Weil wir denken, das *können* wir jetzt doch gar nicht riechen.«

Die Ladentür ging auf, und sie hörten das Geräusch leichter Schritte.

Eine schmächtige Person ging zum Tresen. Jeans, Sneakers, die Kapuze des schwarzen Hoodies so tief in die Stirn gezogen, dass nur ein winziges blondes Haarbüschel hervorlugte.

»Bin sofort bei Ihnen«, rief Nouria. »Ich muss noch kurz rausfinden, was mit meiner Herznote los ist …«

Sie hielt mitten im Satz inne, denn plötzlich erfüllte ein bestialischer Gestank nach Erbrochenem den Raum.

Liv rannte sofort nach vorn, gefolgt von Nouria. Die Gestalt im Hoodie hatte den Laden fluchtartig verlassen.

»Eine Stinkbombe?«, fragte Nouria fassungslos.

»Buttersäure.« Liv bemühte sich einen kühlen Kopf zu bewahren, obwohl ihr eigentlich nur noch nach Heulen zumute war. »Hol deine Sachen – und dann nichts wie raus. Los, beeil dich! Dieses ätzende Zeug länger einzuatmen, kann gefährlich sein.«

Sie griff nach Tasche und Schlüssel. Nouria, die eher zögernd ihrer Aufforderung nachkam, musste sie richtiggehend hinausdrängen.

Draußen angekommen, schloss Liv ab.

Danach lehnte sie sich erschöpft gegen die Fensterscheibe. Noch konnte sie nicht abschätzen, was nun alles auf sie zurollte, aber dass es eine gewaltige Lawine an Kosten, Aufwand und Unannehmlichkeiten sein würde, ahnte sie bereits.

»Ich hätte doch schnell durchwischen können«, sagte Nouria. »Überall, wo Flecken sind …«

»Bloß nicht! Der Kontakt mit Wasser verstärkt den Gestank von Butansäure, so lautet ihr richtiger Name, nur noch weiter. Außerdem sieht man nichts. Die Säure ist durchsichtig. Du würdest gar nicht wissen, wo du putzen solltest.«

»Aber was machen wir dann? Von allein geht das doch nicht mehr weg, oder?«

»Richtig erkannt. Wir müssen so schnell wie möglich eine Spezialfirma engagieren. So lange bleibt der Laden zu.« Liv begann in ihrem Mobiltelefon zu scrollen.

»So eine Riesengemeinheit!« Nouria ballte zornig die Fäuste. »Ich geh jetzt rüber zu Onkel Muraz und geige ihm die Meinung. Dass er so weit gehen würde, hätte ich niemals gedacht …«

»Du meinst, dein Onkel steckt dahinter?« Liv ließ das Telefon sinken.

»Wer sonst?«, erwiderte Nouria mit finsterer Miene.

»Aber die Person war doch klein und schmächtig …«

»So was macht er natürlich nicht selbst! Dafür hat er seine Handlanger. Hassan und Sab waren es garantiert nicht, die sind zu groß und zu korpulent. Und Halima erst recht nicht. Die ist beim Laufen so langsam wie eine Schwimmente an Land. Lass mich mal scharf nachdenken, dann fällt mir bestimmt ein, wen aus der Familie er für diese Schweinerei engagiert haben könnte …«

Liv brachte sie mit einer Geste zum Schweigen.

»Zuerst die Expertenfirma«, sagte sie. »Und danach gehen wir *gemeinsam* zu deinem Onkel.«

»Hast du jetzt völlig den Verstand verloren, Mädchen?« Muraz Massoun konnte mit dem Kopfschütteln gar nicht mehr aufhören. »Ich bin ein ehrenwerter Geschäftsmann. Niemals würde ich einen anderen Ladeninhaber schädigen – und eine Lady wie deine Chefin erst recht nicht!«

»Ich glaub dir kein Wort!« Nourias Augen sprühten Blitze. »Wozu hast du dann die Cousins zu mir geschickt? Die haben mich bedroht, Onkel!«

»Aber das hatte ich den beiden doch gar nicht aufgetragen! Ich hab sie lediglich gebeten, dir ein wenig ins Gewissen zu reden.« Massoun legte die Hand auf sein Herz. »Du hast mir sehr wehgetan mit deiner überraschenden Kündigung, Nouria. Und ja, ich bin gekränkt, das ist richtig.

Aber solch eine kriminelle Reaktion – dass du mir das überhaupt zutraust …«

»Dann haben Sie mit der Butansäure-Attacke auf meinen Laden also nichts zu tun?«, fragte Liv.

»Natürlich nicht. Und ich habe auch keine Ahnung, wer dahintersteckt. Das schwöre ich beim Leben meiner Kinder.«

»Dein Onkel war es nicht«, sagte Liv, als sie den Orientzauber wieder verlassen hatten. »Ich spüre meistens, wenn jemand lügt – und er hat die Wahrheit gesagt. Aber wer war es dann? Die Frau mit dem Mundschutz?«

»Dann müsste sie die Buttersäure ja schon dabeigehabt haben. Sie hat sich geärgert, ist rausgegangen, um kurz darauf noch einmal zurückzukommen …« Nouria schüttelte den Kopf. »Sie war größer und dünner als diese Gestalt im Hoodie. Nein, ich glaube, bei ihr liegen wir falsch. Und was meinen Onkel betrifft – mich hat er noch immer nicht ganz überzeugt.«

»Vielleicht ein Komplize, dem sie draußen Bescheid gesagt hat?«, überlegte Liv laut weiter, während in ihrem Kopf die Zahlen unbarmherzig ratterten. »Jemand, der nicht so genau wusste, welchen Schaden er damit überhaupt anrichtet? Die Sache wird ganz schön teuer, das haben die Herren der Spezialfirma schon angedeutet. Den exakten Kostenvoranschlag bekomme ich in ungefähr zwei Stunden. Hoffentlich falle ich dann nicht vor Schreck vom Hocker. Es wird ja leider nicht bei den Reinigungskosten bleiben. Der Verkaufsausfall kommt auch noch obendrauf. Und falls danach auch nur ein My von der Säure zurückbleibt, kann ich für immer zuschließen. Ein Parfümladen, in dem es stinkt? Undenkbar!« Plötzlich fühlte sie sich richtig verzagt.

»Wir gehen jetzt zu *Madame Tartine* und stärken uns erst einmal«, erklärte Nouria.

»Aber ich bekomme garantiert keinen Bissen runter …«

»Keine Widerrede.« Nouria zerrte Liv ein Stück weiter. »In Marokko essen wir immer, wenn etwas Schlimmes passiert ist. Je süßer, je besser. Ist der Magen gut gefüllt, sind auch die Nerven gestärkt.«

Das kleine Café war auch heute gut besucht. Sie nahmen den Tisch neben der Tür und hatten gerade bestellt, als Jan hereinkam, einen Helm lässig über dem Arm baumelnd. Livs Herz schlug sofort eine Spur schneller, als er sie anlächelte, aber auch Nouria neben ihr begann plötzlich unruhig auf ihrem Stuhl hin und her zu rutschen.

»Darf ich mich kurz zu euch setzen?«, fragte er.

»Bitte«, erwiderte Liv.

»Hallo, Jan«, begrüßte ihn Nouria.

»Ihr kennt euch?«, fragte Liv erstaunt.

»Das will ich meinen.« Er grinste leicht. »Wie lange arbeiten wir jetzt schon zusammen, Nouria?«

»Zwei Jahre«, sagte sie. »So um den Dreh.«

»Du servierst im gleichen Restaurant wie sie?«, fragte Liv.

»Servieren ist gut.« Nourias kurzes Lachen klang angespannt. »Jan ist einer der Teilhaber vom *Delirium.* Sozusagen mein Chef.«

»Chef hin, Chef her – eigentlich geht es doch bei uns im Team ziemlich locker zu, findest du nicht?«, konterte Jan. »Beschwert hat sich bislang jedenfalls noch keiner.« Sein fragender Blick glitt zu Liv. »Aber was macht ihr beide mitten am Tag hier? Ist etwas mit dem Laden?«

Während Getränke und Kuchen serviert wurden, berichtete Liv, was passiert war.

»Da muss jemand aber richtig wütend auf dich sein«, kommentierte Jan, nachdem sie geendet hatte. »Ein Anschlag mit Buttersäure geht weit über die üblichen Schmierereien hinaus, die immer mal wieder hier im Veedel vorkommen. Fällt dir da jemand ein, Liv?«

Sie schüttelte den Kopf.

»Ich hab niemandem etwas getan«, sagte sie. Ihr Magen war wie zugeschnürt. Die Mohntorte, so einladend sie auch aussah, mochte sie nicht einmal anrühren.

»Jemand aus deiner Heimat vielleicht?«, bohrte er nach. »Eine alte Rechnung, die noch offen ist?«

»Auch in Maastricht nicht. Ich bin eine durch und durch friedfertige Person.«

»Anzeige erstatten musst du auf jeden Fall«, sagte Jan. »Und das am besten so schnell wie möglich. Allein schon wegen der Versicherung. Du hast doch eine Versicherung für deinen Laden, oder?«

»Gegen Feuer, Einbruchdiebstahl, Raub, Leitungswasser, Sturm und Hagel sowie Glasbruch«, zählte sie auf. »Von Butansäure stand allerdings nichts in den Unterlagen.«

Leicht irritiert sah sie zu Nouria.

Von der kam schon geraume Weile kein Wort mehr, ganz untypisch für sie. Stattdessen starrte sie Jan an – vollkommen selbstvergessen.

Es dauerte einen Moment, bis die Botschaft Livs Hirn erreicht hatte: Nouria war in Jan verliebt.

Und er in sie?

Sein Verhalten ihr gegenüber wirkte vollkommen unbefangen.

Aber hatte das bei einem Herzensbrecher, wie Maja von Plettenberg ihn beim Straßenfest genannt hatte, irgendetwas zu sagen?

Auf einmal wollte Liv nur noch weg.

Sie kramte einen Schein aus dem Geldbeutel, legte ihn auf den Tisch und stand auf.

»Ich geh dann mal«, sagte sie. »Hab noch einiges zu organisieren, bevor ich Thijs aus der Kita hole.«

»Ich begleite dich.« Jan hatte sich ebenfalls erhoben. »Die Polizeiwache Ehrenfeld ist nur ein Stück die Venloer Straße runter.«

»Musst du nicht«, rutschte Liv angesichts Nourias hängender Mundwinkel heraus.

»Ohnehin meine Richtung.« So einfach ließ er sich offenbar nicht abwimmeln. »Dann tschö, Nouria, bis heute Abend im *Delirium*!«

»Tschö«, murmelte diese matt zurück, offenbar ganz und gar nicht glücklich über diesen doppelten Aufbruch.

»Ich ruf dich an«, fügte Liv hinzu. »Sobald ich weiß, wann die Reinigungsfirma kommt.«

»Ich bin mit der Vespa da«, sagte Jan, als sie draußen standen. »Soll ich dich schnell hinbringen? Die hohen Nummern auf der Venloer ziehen sich doch ganz schön.«

Mit einem Nicken nahm sie ihm den Zweithelm ab, setzte ihn auf und kletterte auf den Vespasitz.

»Kannst dich ruhig an mir festhalten«, sagte Jan. »Ich beiß schon nicht.«

Dann gab er Gas.

Nach kurzem Zögern legte Liv ihre Arme um seine Taille.

Wie gut er sich anfühlte! Muskulös und kein bisschen speckig.

Jetzt mit ihm immer weiterfahren …

Leider hielt Jan schon nach wenigen Minuten vor einem modernen weißen Gebäudekomplex.

»Soll ich mit reingehen?«, fragte er.

»Fressen werden sie mich schon nicht«, entgegnete Liv. »Schließlich bin ich ja die Geschädigte.«

»Ach, manchmal kann so ein bisschen Beistand gar nicht schaden. Aber es ist deine Entscheidung. Gibst du mir mal kurz dein Handy? Dann gebe ich dir meine Nummer.«

Sie reichte es ihm, und er begann schnell darauf herumzutippen, bevor er es ihr wieder zurückreichte.

»So«, sagte er. »Jan Zoringer ist eingespeichert, mit allen Nummern. Jetzt bin ich sozusagen Tag und Nacht für dich erreichbar.« Sein Blick intensivierte sich. »Dann soll ich sicherlich auch nicht hier draußen auf dich warten?«

Liv schüttelte den Kopf.

»Ganz wie du willst. Hals- und Beinbruch«, sagte Jan. »Ich hoffe, sie kriegen den Übeltäter.«

Der junge Polizist, der den Schaden aufnahm, war freundlich, wenngleich ziemlich umständlich. Das Wort »Butansäure« musste sie zweimal buchstabieren; ganz offensichtlich hatte er noch nie davon gehört.

»Woher wollen Sie überhaupt wissen, dass es sich um diese Substanz handelt?«, fragte er.

»Ich bin Biologin«, erwiderte Liv, »und weiß einiges über Chemie. Außerdem vergessen Sie diesen Geruch niemals, wenn Sie ihn einmal in der Nase hatten: eine widerliche Mischung aus Erbrochenem und ranziger Butter. Damit können Sie jeden in die Flucht treiben.«

»Wir müssen uns vor Ort umsehen«, sagte der Polizist, nachdem er Livs Aussage in seinen Computer eingegeben hatte. »Nicht, dass ich Ihnen misstraue, aber solche Angaben müssen natürlich überprüft werden.«

»Den Laden habe ich sofort nach dem Anschlag zugeschlossen«, erwiderte Liv. »Es gab keine andere Option. Butansäure ist farblos, sehen werden Sie also nichts. Und vor dem Geruch muss ich Sie ausdrücklich warnen. Es können ernsthafte gesundheitliche Schäden wie zum Beispiel Verätzungen der Atemwege auftreten. Eine Spezialfirma zum Dekontaminieren wurde bereits von mir beauftragt. Aber die haben leider erst übermorgen Zeit.«

Der Polizist nickte, wirkte aber noch nicht ganz überzeugt.

»Ich spreche mit meinem Vorgesetzten«, sagte er. »Der soll das entscheiden. Ihre Telefonnummer haben wir ja.« Er begann sich am Kinn zu kratzen. »Und Sie haben wirklich keinerlei Vermutung, wer diese Gestalt im Kapuzenpullover gewesen sein könnte?«

»Leider nein«, erwiderte Liv.

»Besondere Merkmale? Manchmal fällt einem so etwas erst später ein.«

»Sie war blond«, sagte Liv plötzlich.

»Sie? Gerade eben waren Sie sich noch nicht sicher, ob es ein Mann oder eine Frau war.«

»Es war eine Frau.« Liv war sich plötzlich ganz sicher. »Der Gang, die ganze Körperhaltung – alles weiblich. Eine Frau mit blonden Haaren. Aus der Kapuze hat eine helle Strähne rausgeblitzt. Ziemlich jung vermutlich. Sonst wäre sie nicht so schnell gewesen.«

»Sehen Sie.« Der Polizist lehnte sich befriedigt zurück. »Unser Gedächtnis ist besser, als wir manchmal glauben. Falls Ihnen noch etwas einfällt, melden Sie sich bitte bei uns. Auch der kleinste Hinweis kann wichtig sein.«

Er druckte das Protokoll aus und bat Liv, es zu unterschreiben.

Danach erhielt sie zwei weitere Ausdrucke, einen für sich, den anderen für die Versicherung.

»Werden Sie die Täterin fassen?«, fragte Liv, nachdem sie sich schon halb zum Gehen gewandt hatte.

Der Polizist zuckte die Schultern.

»Vielleicht hat ja einer der Nachbarn etwas gesehen, das uns weiterhilft«, erwiderte er. »Wir befragen sie natürlich, aber zu große Hoffnungen kann ich Ihnen bei dieser Art von Delikt leider nicht machen. Freiwillig gestehen wird sie ja vermutlich kaum, es sei denn, wir ertappen sie *in flagranti* bei einer weiteren Straftat …«

»Also nein«, fasste Liv seine Antwort zusammen. »Und das ist schade für mich. Sehr, sehr schade.«

Draußen bereute sie, dass kein Jan wartete, um sie noch einmal auf seine Vespa einzuladen. Andererseits tat ein wenig Bewegung ganz gut, angesichts des Gedankenkarussells, das sich gerade rasend schnell in ihr drehte.

Wer hatte ihren Laden verseucht?

Würde die Versicherung die Reinigungskosten übernehmen?

Wusste Jan, dass Nouria in ihn verliebt war?

Und was genau wollte eigentlich sie selbst von diesem Mann?

Fragen über Fragen …

Liv war heilfroh, als sie schließlich an der Kita ankam. Ein paar der älteren Kinder hopsten im Garten auf den frisch gespendeten Trampolins, und Thijs und Philipp zankten sich gerade um einen Stoffhasen, den beide für sich reklamierten.

»Auch mit dem Herzensfreund kann es mal Streit geben«, sagte Hanne Niedeck lächelnd, als auf beiden Seiten sogar ein paar Tränchen flossen, weil keiner von beiden nachgeben wollte. »Wichtig ist nur, dass man sich anschließend wieder verträgt.«

Danach sah es noch nicht ganz aus.

Thijs hielt den Hasen fest umklammert, während Philipp unvermindert stark an dessen Ohr zerrte – und erschrocken aufschrie, als er es plötzlich allein in der Hand hielt.

»Mist«, kommentierte Thijs altklug. »Mist!«

Zum ersten Mal an diesem seltsamen Tag musste Liv lachen, und die beiden kleinen Buben fielen sichtlich erleichtert mit ein.

»Ich möchte ihn gern für zwei Tage aus der Kita nehmen«, sagte Liv und schilderte in Kürze ihr Malheur mit dem Laden. »Jetzt können wir beide endlich mal all das unternehmen, was bislang aus Zeitnot immer aufgeschoben werden musste. Baden gehen, Eis essen, das ganze Mama-und-Thijs-Sommer-Programm eben.«

»Zwei Tage sind in Ordnung«, erwiderte die Erzieherin. »Zu lange sollte es allerdings nicht sein, sonst gerät Ihr Sohn womöglich aus seiner Routine. Gerade bei den Kleinsten kann das relativ schnell gehen. Aber so ist es sicherlich eine schöne Idee. Und für Ihr Geschäft wünsche ich Ihnen natürlich alles Gute.«

Liv bedankte sich und machte sich mit ihrem Sohn auf den Heimweg.

Da Thijs partout nicht in den Buggy wollte, obwohl er todmüde war, zog sich der Heimweg hin. Als sie an St. Joseph vorbeikamen, zerrte er Liv auf einmal in Richtung Kirche.

»Heute nicht«, sagte sie. »Wir müssen jetzt nach Hause. Mama hat noch jede Menge zu erledigen …«

»Beten.« Er hörte sich entschlossen an. Waren das schon die ersten Früchte der katholischen Erziehung?

Liv, die religionslos aufgewachsen war, überlegte.

»Meinetwegen«, sagte sie dann. »Aber nur ganz kurz, okay?«

Er nickte, ernsthaft wie ein Großer.

Sie nahm Thijs auf den Arm und ging mit ihm hinein.

Gleich neben dem Weihwasserbecken war ein Rollator geparkt, was Liv etwas verblüffte. In der ersten Bankreihe saß eine Frau in einem blauen Kleid und mit einem verbeulten Strohhut auf dem Kopf.

Sonst war der Kirchenraum leer.

Thijs strampelte, weil er unbedingt runter wollte, aber dieses Risiko ging Liv hier lieber nicht ein. Weil er aber so gar keine Ruhe gab, machte Liv noch ein paar Schritte in Richtung Altar. Sie hatte die Füße extra leise aufgesetzt, und trotzdem drehte sich die Betende zu ihnen um.

Lilo mit den weißen Haaren!

Sie erschrak mindestens ebenso wie Liv, nur Thijs begann freudig zu glucksen.

»Wir sind schon wieder weg«, sagte Liv schnell. »Nicht, dass Sie sich wieder so aufregen! Aber wie hätte ich denn auch wissen können …« Sie drehte sich um und lief zurück zum Ausgang.

Die Frau rief ihr etwas hinterher, was sie nicht verstand.

Liv setzte den widerstrebenden Thijs entschlossen in den Buggy und fuhr ihn eilig nach Hause.

Du fehlst uns, schrieb sie ihrem Vater am Abend auf WhatsApp.

> *Hier passieren lauter seltsame Dinge. Meinen Laden haben sie in eine Stinkbombe verwandelt, und jemand hält mich für einen Geist. Genieße deine Tage in Laos, aber komm bitte irgendwann zu uns zurück. Ach ja: Sagt dir der Name Lilo etwas? Kuss Liv & Thijs ☺*

8

Köln, Frühling 1941

Oma Hildegard ist schwerkrank. Das geht uns allen entsetzlich nah. Krebs, sagen die Ärzte, und leider unheilbar. Sie ist kleiner und zerknitterter geworden, und von Woche zu Woche scheint sie immer noch mehr zu schrumpfen. Doch selbst jetzt, wo ihr das Essen zunehmend zur Qual wird, behält sie ihr Lächeln. Seit wir uns erinnern können, hat sie in ihrem Häuschen in Bickendorf gelebt und uns dort stets fröhlich je nach Jahreszeit mit Rührkuchen, Reisfladen oder Mutzemandeln verwöhnt. Besonders Martin hängt sehr an ihr, vor allem seitdem unser Bap gestorben ist und auch Opa nicht mehr lebt. Als kleiner Junge hat er oft in ihrem Gärtchen gespielt, und bei unserem letzten Besuch hat sie ihm Opas Werkzeugtasche geschenkt. Erst wollte er sie gar nicht annehmen, weil ihm sehr wohl bewusst ist, was diese Geste bedeutet – dass ihr und ihm nicht mehr viel Zeit bleiben wird. Dann aber kam trotz aller Traurigkeit doch so etwas wie Freude bei ihm auf.

»Wildung wird Augen machen. Und der Schmitz Jupp erst recht«, hat er gerufen. »Ich bin nämlich kein doofer Lehrbub, der von nichts eine Ahnung hat. Schließlich habe ich Opa beim Schreinern oft genug zugesehen, und manchmal hat er mich sogar an seine Werkbank gelassen!«

Martin kann es kaum erwarten, bis es endlich mit der Lehre losgeht, und in wenigen Wochen ist es ja auch so weit. Die Schulbank ödet ihn nur noch an, weil er den Stoff längst intus hat. Noch schlimmer aber sind für ihn die Pflichtabende bei der HJ, die er nur zähneknirschend besucht, weil er genau weiß, was alles davon abhängt. Der militärische Drill dort stößt ihn ab; er will nicht in Reih und Glied marschieren und dabei Lieder grölen, die andere verhöhnen. Mein Bruder mag keinen dort, und keiner mag ihn, so beschreibt er es mir, aber er muss leider trotzdem weiter durchhalten, etwas anderes kann ich ihm auch nicht sagen.

Weil Oma unsere Hilfe jetzt immer mehr braucht, bin ich über Wochen nicht mehr zum Tagebuchschreiben gekommen. Die Arbeit bei 4711, meine Privatschulung bei van Geeren, der Dienst im *Halflang* – da bleibt für Privates fast keine Zeit mehr. Hinzu kommt, dass unsere Nachtruhe jetzt immer öfter von Fliegeralarm unterbrochen wird. Das zu unserem Leidwesen mittlerweile schon vertraute Heulen der Sirenen bedeutet: aufstehen, schnell etwas anziehen und in den Luftschutzkeller laufen, bis endlich wieder die Entwarnung ertönt.

Aber ergibt das auch wirklich Sinn?

Unser Haus, in dem auch das *Halflang* liegt, ist bei Weitem nicht so stabil gemauert, dass ich dem Fundament wirklich trauen würde. Eng ist es in dem niedrigen Keller, wenn sich alle Mieter hier unten versammelt haben; es mieft und ist kalt, und ich leide seit Wochen an einem hartnäckigen Husten, der gar nicht mehr verschwinden will. Nach solch gestörten Nächten fühle ich mich am nächsten

Morgen wie gerädert, und manchmal bin ich so müde, dass ich beim Stenografieren fast einnicke.

Und erst diese ständige Angst, dass die britischen Bomben nicht nur unser bisschen Hab und Gut zerstören, sondern uns alle auslöschen! Bislang ist Ehrenfeld weitgehend von ihnen verschont geblieben, und die wenigen Einschläge wirken eher unsystematisch verstreut. Aber letzte Woche haben über hundert Kampfflieger Köln angegriffen, und sie waren so schnell über der Stadt, dass die Flak das Nachsehen hatte. Es gab Tote und viele Verletzte, in Kalk brannten ganze Straßenzüge lichterloh, Telefonkabel wurden zerfetzt.

Wann werden wir Ehrenfelder an der Reihe sein?

Der Krieg, den wir vor Kurzem noch auf entfernten Schlachtfeldern wähnten, ist längst bei uns angekommen. Kein Zivilist, der sich abends ins Bett legt, kann mehr sicher sein, ob er am Morgen noch ein Dach über dem Kopf hat oder nicht vielleicht unter den Trümmern seines Hauses begraben liegt.

Diese ständige Ungewissheit macht uns alle gereizt und dünnhäutig. Zudem kommen viele in der Stadt mit dem komplizierten System staatlicher Zuteilungen nur schlecht zurecht: Brot-, Fleisch-, Fett-, Eier- und Marmelade-/Zuckerkarten – wer soll da noch den Durchblick behalten? Wer allein auf Lebensmittelmarken angewiesen ist und nicht wie wir eine Möglichkeit zum illegalen Tauschhandel hat, bei dem man sich allerdings nicht erwischen lassen darf, ist wirklich arm dran.

Ja, der Alltag in Köln ist hart geworden.

Gäbe es da nicht diese gelegentlichen Sonntage, an denen Benedikt zu uns zum Mittagessen kommt, ich hätte noch viel mehr zu klagen. Doch auch sie sind für mich Segen und Fluch zugleich, denn natürlich besucht er uns in seiner Funktion als Martins Pate. Ich fühle mich jedes Mal innerlich wie zerrissen: Einerseits kann ich es kaum erwarten, bis endlich sein Klingeln ertönt, andererseits bin ich voller Angst, mich durch Blicke oder Gesten zu verraten. Benedikt benimmt sich tadellos, das muss ich zu meinem Leidwesen eingestehen; nicht einmal der Heilige Vater in Rom hätte etwas gegen diesen mustergültigen Kaplan einzuwenden.

Mit Mamm unterhält er sich über seine kleinen Schützlinge im Kommunionsunterricht und mit Martin über Fußball. Mir antwortet er freundlich, aber vollkommen unbefangen, wenn ich ihn etwas frage.

Hat er unseren aufregenden Tanz bei Gretas Verlobungsfeier ganz vergessen?

Fast befürchte ich das, da droht mir beim Aufräumen in der Küche eine Schüssel aus der Hand zu gleiten. Benedikt steht neben mir; er lässt es sich nicht nehmen, beim Abtragen mitzuhelfen, um auch seinen Part zu leisten, wie er sagt, und greift blitzschnell danach.

Unsere Hände berühren sich.

Für mich fühlt es sich an wie ein elektrischer Schlag.

Die Schüssel ist gerettet, aber er wirkt plötzlich ganz verlegen und kann mich nicht mehr ansehen. Und obwohl nach außen hin kaum etwas geschehen ist, beginne ich innerlich zu jubeln. Ich bin ihm also doch nicht vollkommen gleichgültig, sonst würde er nicht so reagieren! Benedikt empfindet etwas für mich – und darf es doch nicht!

Seitdem schwanke ich zwischen Hoffen und Bangen, zwischen Euphorie und tiefster Verzweiflung.

Liebt er mich etwa auch?

Oder hasst er mich dafür, dass ich solch verbotene Gefühle in ihm auslöse?

Wird er sich womöglich erneut hinter schützende Klostermauern flüchten, weil ihm alles zu viel wird?

Ach, wenn ich doch nur mit jemandem darüber reden könnte!

In meiner inneren Not spiele ich sogar mit dem Gedanken, mich van Geeren anzuvertrauen. Der versteht als Protestant den Sinn des Zölibats nicht, wie er vor einiger Zeit kopfschüttelnd in einem Nebensatz geäußert hat. Doch dann verwerfe ich diese verrückte Idee wieder.

Was würde er von mir denken? Eine erwachsene Frau, die sich wie ein verschmähter Backfisch aufführt! Womöglich wäre dann seine ganze Achtung, an der mir doch so viel liegt, verschwunden.

Außer der Muttergottes, die all unsere Sorgen versteht, gibt es also niemanden, dem ich mein Gefühlschaos offenbaren kann.

Nicht einmal Greta.

Nach der Verlobungsfeier hat sie mich wochenlang gemieden, als ob allein mein Anblick die scheußlichen Erinnerungen an jenen Abend erneut heraufbeschwören könnte.

Oder hat Viktor ihr inzwischen jeglichen Kontakt zu mir untersagt? Die Fakten könnten dafür sprechen: keine Einladung zum Adventspunsch bei den Farinas, wie sonst jedes Jahr, kein einziges Weihnachtspäckchen, nicht einmal ein Kartengruß. Auch sonntags bleibt der Platz auf der Kirchenbank neben mir jetzt immer leer.

Als ich Greta Anfang Februar zu Hause in Lindenthal

besuche, weil ich endlich wissen will, was mit ihr los ist, muss ich mich bemühen, mein Erschrecken zu verbergen. Sie sieht aus wie ein Gespenst. Ihre Haut schimmert in einem ungesunden Grünton, und die einst so properen Wangen sind eingefallen.

»Bist du krank?«, rutscht es mir heraus.

»Nicht mehr.«

Greta lächelt gequält. Dann beginnt sie zu singen:

Petersilie, Suppenkraut
Wächst in unserem Garten
Unsre Greta ist die Braut
Soll nicht länger warten.
Roter Wein, weißer Wein,
morgen soll die Hochzeit sein …

Perplex starre ich sie an.

»Was soll das?«, frage ich ungehalten.

Hat sie jetzt den Verstand verloren? Oder will sie sich über mich lustig machen?

»Erinnerst du dich nicht?«, sagt sie wehmütig. »Ein Spiel, das kleine Mädchen lieben. Ich hab es früher so gern gesungen …«

Noch während sie redet, nimmt in meinem Kopf ein schrecklicher Gedanke Gestalt an: Niemals Petersiliensamen oder Petersilienöl in der Schwangerschaft, so lautet ein ungeschriebenes Gesetz, das seit Generationen von Mutter zu Tochter weitergereicht wird.

»Du hast doch nicht etwa …« Ich kann den Satz nicht beenden.

In Gretas Augen erscheint ein fiebriger Glanz.

»Ein hässlicher blutiger Klumpen im Abort«, sagt sie. »Und vorbei war es mit Viktors Samensieg. Selbst wenn ich nie mehr schwanger werden kann – das war es mir wert!«

»Und wie geht es dir jetzt?«, frage ich beklommen.

Wie kann sie nur so kalt darüber reden? Ist mit dem ungeborenen Kind auch Gretas Herz gestorben?

»Ich hab's überlebt. Zumindest das.«

»Dann musst du ihn jetzt gar nicht mehr heiraten?«, bohre ich nach.

Greta schließt kurz die Lider, als koste die Antwort sie unendlich viel Kraft.

»Standesamtliche Trauung am 20. Juni«, leiert sie schließlich herunter wie ein auswendig gelerntes Programm. »Dr. Peter Winkelnkemper, unser brandneu gekürter Bürgermeister, macht für Viktor den Trauzeugen. Magst du meine Trauzeugin sein? Dann musst du am besten gleich deinen Urlaub einreichen.«

Sehenden Auges soll ich die Freundin ins Unglück geleiten? Alles in mir sträubt sich dagegen.

»Willst du dir das wirklich antun?«, frage ich. »Du könntest dich doch deinen Eltern anvertrauen …«

»Nein!«, schreit sie. »Niemals!«

»Aber du bist ihr einziges Kind, und wenn sie erfahren, was Viktor dir …«

»Bitte!« Ganz zart berührt sie meinen Arm. »Quäl mich nicht weiter, Nellie. Du kommst doch ganz bestimmt auch zu meiner Trauung im Dom?«

Schließlich willige ich ein. Aber ich fühle mich richtig schlecht dabei. Und ich bin sehr traurig.

Was ist nur mit uns passiert?

Noch vor Kurzem waren wir uns so nah. Jetzt sind wir wie zwei Schiffe, die ein Strom trennt, breiter als der Rhein. Wir reden miteinander, aber wir erreichen uns nicht mehr.

Es tut furchtbar weh.

Beim Gehen lasse ich zum ersten Mal das liebevoll eingepackte Gastgeschenk auf der Flurkommode liegen. Den Duft der roten Nelke mitzunehmen, der mich stets erfrischt und beglückt hat, käme mir heute wie Verrat vor. Als beste Freundin hätte ich Greta klarmachen müssen, dass sie mit dieser Entscheidung für eine Ehe mit Viktor ihr Leben wegwirft. Mit Engelszungen hätte ich sie beschwören, ihr so lange ins Gewissen reden müssen, bis sie endlich wieder zur Vernunft gekommen wäre.

Doch das habe ich leider nicht getan.

Anstatt sie vor einer Dummheit zu bewahren, habe ich kläglich versagt. Ich möchte weinen, weil ich mich dafür schäme, doch es kommen keine Tränen.

Innerlich aufgewühlt, nehme ich die Straßenbahn zurück nach Ehrenfeld.

Inzwischen ist es Mai, und Oma Hildegard geht es immer schlechter. Sie kann das Bett kaum noch verlassen, liegt winzig und abgemagert unter ihrer Decke. Ins Krankenhaus will sie nicht. Sie möchte in ihrem Häuschen sterben, sagt sie immer wieder. Mamm und ich sehen jeden Tag nach ihr; zum Glück hat sie noch ihre Nachbarin Berta, die viele Stunden bei ihr wacht und manchmal sogar ihren schwarzen Kater mitbringt, der sich an Omas Fußende einkringelt.

Auch Martin fährt jedes Mal gleich nach der Arbeit zu ihr und erzählt voller Begeisterung, wie er lernt, Schubladen zu zinken und Kanten richtig zu schleifen. Mit Jupp, dem Gesellen, scheint er bereits Freundschaft geschlossen zu haben. Ein paarmal hat der ihn sogar schon mit zu Oma begleitet.

Mir ist der Rotfuchs mit der großen Klappe zwar sympathisch, in seiner ungestümen Direktheit aber auch ein wenig suspekt. Ich kann nur hoffen, dass er meinen Bruder zu keinen Eskapaden verführt, die Martin anschließend bitter bereuen müsste. Als ich ihn frage, warum er nicht bei der Wehrmacht ist, grinst er und murmelt etwas von »zum Glück verwachsen«, und jetzt sehe ich es auch: Jupps Rücken ist verkrümmt – wäre man gemein, könnte man ihn bucklig nennen. Er tarnt es ganz geschickt mit weiten Hemden und Jacken, aber ich könnte wetten, dass diese körperliche Versehrtheit ihm bereits jede Menge Spott eingetragen hat. Die HJ wollte einen wie Jupp nicht haben; Krüppel wie er sind dort, wie er es sarkastisch formuliert, »nicht allzu begehrt«. Dabei kann er singen wie kaum ein anderer, und seine Klampfe hat er fast immer dabei. Seitdem greift auch Martin wieder öfter zu Baps alter Gitarre.

Oma freut sich, wenn die beiden ihr zusammen vorspielen, dann liegt sie ganz ruhig, und ihr Lächeln wirkt fast selig.

Aber wie lange wird sie uns noch bleiben?

Wenn sie stirbt, gibt es nur noch Martin, Mamm und mich. Wir sind zu einem kläglichen Rest zusammengeschrumpft, der nur noch sich selbst hat.

Und wenn einem von uns etwas passiert – was dann?

Dieser Gedanke beschäftigt mich ständig. Bei der Arbeit kann ich ihn noch halbwegs wegschieben, und das ist auch gut so, denn Fräulein Weber duldet keinerlei Nachlässigkeiten. Briefe werden nicht ausgebessert – so lautet im Haus Mülhens die Regel. Passiert ein Fehler, muss alles noch einmal neu abgetippt werden, egal, wie spät es auch sein mag.

Doch kaum bin ich in van Geerens Gifthöhle, ist es mit meiner Beherrschung auch schon vorbei. Er merkt natürlich ganz schnell, dass ich mit den Gedanken anderswo bin, und nötigt mich zum Reden. Das mit Benedikt schlucke ich schnell noch hinunter, doch die Sorge um die Oma tropft nur so von meinen Lippen.

»Es tut immer weh, wenn jemand geht, Nellie«, sagt er ganz sanft. Seit einiger Zeit nennt er mich nun so, wenn wir zu zweit sind, und ich mag es so viel lieber als das steife »Fräulein Voss«, zu dem er geschickt wechselt, wenn andere aus der Firma dabei sind, damit es kein Gerede gibt. »Dabei kann der Tod für die Sterbenden auch eine Erlösung sein. Ihre Oma hat ihr Leben gelebt; jetzt plagen sie nur noch Schmerzen. Es wird ihr besser gehen, wenn sie die Brücke zur anderen Welt überschritten hat, daran sollten Sie denken. Hedi, meine Frau, hat mir das gesagt, kurz bevor sie starb: ›Lass mich gehen, Luuk. Es ist Zeit …‹«

Seine Schultern beben.

Ich mag es, dass er seine Gefühle nicht versteckt, sondern so offen zu mir ist.

»Ich kann gar nicht richtig riechen, wenn ich so traurig bin«, gestehe ich.

»Da liegen Sie vollkommen falsch, Nellie! Emotionen machen uns durchlässig. Öffnen Sie sich ihnen – und erweitern Sie Ihren Radius! Kommen Sie, ich habe heute eine wunderbare frische Kräuterlieferung erhalten. Auf diese wollen wir einmal Ihre Nase ansetzen …«

Ich lasse alles mit mir geschehen, ohne zu protestieren, sogar als Luuk van Geeren mir die Augen mit einem Tuch verbindet – obwohl ich noch immer felsenfest davon überzeugt bin, garantiert schmählich zu versagen.

Dann hält er mir das erste Büschel unter die Nase.

»Dill«, sagte ich prompt, weil der in Omas Gärtchen wächst, und ich liege natürlich richtig.

Die nächste Probe.

Es riecht kraftvoll und warm, ganz leicht nach Kampfer.

»Fenchel«, lautet mein Tipp.

»Beinahe.« Van Geeren lacht. »Es ist Anis. Sie enthalten beide Anethol, und wenn man zu viel von ihnen konsumiert, kann es zu Halluzinationen oder Epilepsie führen.«

Beim nächsten Kraut verziehe ich angewidert das Gesicht, weil ich sofort an Greta denken muss.

»Petersilie«, stoße ich hervor.

»Ganz genau. Riechen Sie die warme, pfefferartige Note?«, höre ich ihn fragen. »In der Antike haben sie sich Kränze aus Petersilie aufgesetzt, um nicht so schnell betrunken zu werden. Und schwangere Frauen wurden stets gewarnt, keinesfalls Petersilienöl …«

»Weiter«, sage ich rau.

Kurz darauf steigt ein neuer Duft in meine Nase, der mich in seiner Penetranz zurückweichen lässt. Ich krame in meiner Erinnerung, aber da ist nichts, was sich damit verbinden ließe. Schließlich zucke ich ratlos die Schultern.

»Koriander«, erlöst mich van Geeren. »Seine reifen

Früchte riechen blumig-würzig; unreif stinken sie wie zerquetschte Bettwanzen. Das Kraut dagegen teilt die Geister: Die einen mögen seinen Geruch, die anderen – wie Sie gerade – finden ihn unerträglich.«

Er lacht wieder. »Zur Belohnung Ihres Riechkolbens gebe ich Ihnen jetzt etwas Schönes …«

»Lavendel«, antworte ich sofort.

»Ganz genau. Zur Herstellung des ätherischen Öls von echtem Lavendel werden die frisch geernteten Blumenstände einer Wasserdampfdestillation unterzogen. Darin verbindet sich der angenehme Blumen- mit dem erfrischenden Krautduft in harmonischer Weise, abgerundet durch balsamische Noten.«

Er lässt mich an einem Fläschchen schnuppern, und ja, jedes Wort, das er gesagt hat, ist wahr.

»Wir bleiben im Süden, Nellie. Damit Sie es leichter haben, habe ich die Blätter ein wenig zerrieben.«

Ich bin mir nicht sicher, sage aber schließlich doch: »Estragon.«

»Ja, könnte man denken, aber es ist Basilikum. Der Süden schätzt es sehr in seiner Küche. Ein gutes *pesto genovese* wird man nicht so schnell wieder vergessen …«

Wie dumm ich bin, wie ungebildet!

Neben diesem weit gereisten Mann komme ich mir vor wie ein Schulkind. Luuk van Geeren scheint zu spüren, dass ich mich innerlich verkrampfe.

»Die Italiener zerstoßen frisches Basilikum mit Öl, Salz, Pfeffer und Pinienkernen. Das kommt dann auf die gekochten Nudeln und schmeckt himmlisch«, fügt er hinzu. »In Genua bekommt man das in jeder Trattoria.«

Das nächste Kraut erkenne ich sofort, und heilfroh, nicht vollkommen zu versagen, erkläre ich prompt: »Rosmarin.«

»Richtig. Kennen Sie die wunderschöne Legende, die sich darum rankt?«

»Leider nein«, muss ich eingestehen.

»Als sich die Heilige Familie auf der Flucht nach Ägypten befand, breitete die Jungfrau Maria ihren Mantel über einen Rosmarinstrauch. Darauf nahmen die ursprünglich weißen Blüten zu Ehren Marias das himmlische Blau an …«

Ein lautes Klopfen an der Tür unterbricht uns.

»Ja?«, sagt van Geeren ungehalten, dann höre ich, wie jemand in den Raum gepoltert kommt, und ziehe mir unwillkürlich das Tuch von den Augen.

»Martin?«, sage ich erschrocken, als ich sein verweintes Gesicht sehe. »Ist etwas passiert?«

»Die Oma«, sagt er schluchzend. »Benedikt ist schon bei ihr. Er hat gesagt, ich soll dich holen.«

Wir bleiben bei ihr, bis die Pausen zwischen ihren Atemzügen immer länger werden. Auf ihrer Stirn schimmert noch ein Rest von Benedikts Salböl. Er hat seine große, leicht gebräunte Männerhand auf ihre kleine verwelkte gelegt.

Irgendwann schlägt sie noch einmal die Augen auf. Ganz milchig sind sie geworden, haben ihre einstige helle Klarheit verloren.

Kann sie uns überhaupt noch sehen?

»Jakob«, murmelt sie. »Jakob …«

Der Name ihres geliebten Mannes. Und der ihres Sohnes, der unser Vater war.

Hält Oma Benedikt etwa für einen von ihnen?

Ich lasse meinen Blick auf seinem Gesicht ruhen, und auch er sieht mich lange an. In diesem Moment sind wir Verbündete, die einer alten Frau bei ihrer letzten Reise helfen, und es fühlt sich tröstlich vertraut an.

Kein Rasseln, kein Aufbäumen.

»Sie atmet nicht mehr«, sagt Martin plötzlich. »Ist sie jetzt ...«

Ja, das ist sie. So still und friedlich, wie sie gelebt hat, ist unsere Oma auch gestorben.

Benedikt zeichnet das Kreuz auf ihre Stirn. Als er zu beten beginnt, erfüllt sein warmer Bariton das Sterbezimmer.

»Der Herr sei dein Hirte; dann wird dir nichts mangeln! Er führe dich auf grüner Au und lasse dich an frischen Wasserquellen ruhen. Er erquicke deine Seele und leite dich auf rechten Pfaden um seines Namens willen. Auch wenn du gehen musst durch eine finstre Schlucht, brauchst du kein Unheil zu fürchten, denn der Herr ist bei dir ...«

»Danke«, sagt Mamm, nachdem er geendet hat. »Sie sind ein echter Freund, lieber Kaplan Weiss.«

Für einen Moment sieht es aus, als wolle sie ihm um den Hals fallen, aber natürlich tut sie das nicht. Ich balle die Fäuste, um nicht selbst in Versuchung zu kommen, doch mein Herz fliegt ihm stürmisch zu.

Danke!, rufe ich stumm. Danke, dass du in diesen schweren Stunden bei uns bist, Herzallerliebster!

Ich weine nicht während der Aussegnungsfeier. Nicht während der Bibellesung, die Pfarrer Greven hält, und nicht während der Fürbitten für Verstorbene und Lebende. Auch das Vaterunser bete ich tränenlos, wenngleich mit zittriger Stimme.

Als dann aber Martin und Jupp ihre Gitarren anschlagen und zweistimmig »Maria, breit den Mantel aus« zu singen beginnen, ist es mit meiner Fassung beinahe vorbei. Ich darf keinesfalls nach links schauen, wo Benedikt neben dem Sarg steht, und auch nicht nach rechts, wo Mamm neben mir ein Taschentuch nach dem anderen nass weint. Sie hat ihre Schwiegermutter sehr geliebt. Dass diese nun auch ihrem Mann und ihrem Sohn nachfolgen muss, trifft sie schwer.

Nachdem das anrührende Marienlied verklungen ist, öffnen sich die Pforten der Aussegnungshalle, und wir gehen hinter dem Sarg zum Grab. Es ist kein langer Trauerzug, doch für eine einfache Rentnerin aus Bickendorf haben sich erstaunlich viele Leute eingefunden. Mich erinnert der ehrwürdige Melaten-Friedhof an einen Park: Vögel zwitschern, Eichhörnchen flitzen die Bäume rauf und runter, ab und zu hoppeln Kaninchen über die gepflegten Wege, und selbst heute, wo die Sonne unbarmherzig auf uns hinunterbrennt, spenden die alten Bäume wohltuenden Schatten.

Trotzdem schwitze ich in Mamms altem schwarzen Kunstseidenkleid, das mir auch nach der eiligen Änderung noch immer nicht richtig passt. Seitdem die Oma tot ist, ist es mir ganz gleichgültig, wie ich aussehe. Die Haare sind zum Knoten zusammengewurschtelt, meine Schuhe hätten eigentlich geputzt gehört, und sogar auf einen Spritzer 4711 habe ich verzichtet.

Als Pfarrer Greven von dem Staub spricht, aus dem wir alle gemacht sind und als der wir wieder zurückkehren, wird mir ganz bang ums Herz. Sind wir wirklich nicht mehr als diese paar Handvoll Erde, die schließlich von uns übrig bleiben?

Ich möchte so gern ans Ewige Leben glauben, aber ich kann es nicht, dazu sind meine Zweifel zu tief. Es ist nicht meine erste Beerdigung, auch der Abschied von Bap war für uns alle herzzerreißend, doch diese Zeremonie setzt mir heute ganz besonders zu.

Der Sarg wird ins Grab gesenkt. Martin steht beim Abschiednehmen so gefährlich weit vorn, dass ich für einen Augenblick befürchte, er könnte gleich hinterherspringen.

Mamm zieht ihn energisch zurück.

Alle zusammen beten wir schließlich das Ave Maria. Jetzt wage ich endlich, Benedikt anzusehen, doch der hält den Blick gesenkt. Ganz andächtig sieht er dabei aus, und ich fühle mich noch schlechter.

Was will ich eigentlich?

Einen Mann Gottes von seinem Weg abbringen, für den er sich freiwillig entschieden hat?

Sünde, Sünde, Sünde!

Wenn ich ihn mir doch nur endlich aus dem Herzen reißen könnte …

Mamm hat in einer Gaststätte in Friedhofsnähe den Leichenschmaus ausrichten lassen, und auch die weniger nahestehenden Trauergäste lassen sich diese Gelegenheit nicht entgehen. Willy Lemmle, der zu meinem Missfallen ebenfalls darunter ist, hat ihr den Kontakt zu einem Jäger vermittelt, und dessen Wildschweinbraten mit Kartoffelstampf, für den wir zwei Fässchen Kölsch opfern mussten, bekommen wir nun serviert. Die Sau muss ordentlich betagt gewesen sein, so zäh, wie sie ist, und ich habe schon nach ein paar Bissen genug. Doch den anderen scheint es prächtig zu schmecken, und die Ankündigung von Armen Rittern zum Nachtisch lassen viele Augen leuchten.

Mamm geht in die Küche, um noch nach Kompott als Dreingabe zu fragen, und Lemmle nutzt die Gelegenheit, um sich neben mich zu setzen. Er riecht säuerlich abgestanden, eigentlich seltsam für einen Bäcker, und ich rücke unwillkürlich ein Stück von ihm ab.

Trinkt er heimlich? Seine verquollenen Gesichtszüge lassen darauf schließen.

»Ich suche eine tüchtige Mutter für meine Kinder, und da dachte ich …«, beginnt er ohne Umschweife.

»Da wünsche ich viel Glück!« Ich springe so ungestüm auf, dass der Stuhl krachend umfällt, und laufe hinaus.

Im Eilschritt geht es für mich zurück zum Friedhof, auf dem ich jetzt ganz allein bin.

Das Grab ist geschlossen. Ein paar einfache Kränze liegen auf der frischen dunklen Erde. Das Schönste ist eine weiße Rose, die jemand daraufgelegt hat. Ihr Anblick kratzt an dem Wall, den ich um mein Herz errichtet habe, und jetzt fließen sie, die Tränen, die ich die ganze Zeit nicht weinen konnte.

Um Oma weine ich, um Bap, um Opa – aber auch um Greta und ihr Kind. Und um meine Liebe zu Benedikt, die nicht leben darf. Meine Traurigkeit ist so überwältigend, dass ich von Schluchzern regelrecht geschüttelt werde, bis ich schließlich eine Hand auf meiner Schulter spüre.

Ich drehe mich um.

Benedikt!

Bevor ich etwas sagen kann, zieht er mich an seine Brust und hält mich fest wie ein verlorenes Kind. Jetzt muss ich sogar noch mehr weinen, weil ich seine Körperwärme spüre, die durch mein dünnes Kleid dringt.

»Weine nur, Nellie«, höre ich ihn murmeln. »Wenn alles raus ist, wird es dir besser gehen. Manchmal müssen wir ganz leer werden, um uns wieder zu spüren. Vielleicht fühlst du dich jetzt klein und verlassen, aber so wird es nicht bleiben, das weiß ich. Du hast so viel Kraft, mehr als wir alle.«

Im ersten Moment glaube ich mich verhört zu haben. Doch dann wird mir klar: Er hat es tatsächlich gesagt.

Und plötzlich ist mir alles egal.

»Ich weine nicht nur wegen Oma«, stoße ich hervor. »Ich weine auch wegen uns. Weil ich dich nämlich liebe ...«

Er beugt sich zu mir herunter und verschließt meine Lippen mit einem Kuss, so heiß und süß, dass ich fast ohnmächtig werde. Ich spüre seine Zunge, die meinen Mund erkundet ...

Mein ganzer Körper sehnt sich nach ihm.

»Ich liebe dich auch«, sagt Benedikt, als unsere Lippen sich wieder voneinander gelöst haben. Er wirkt erhitzt, und ich bin überglücklich, dass ich die Ursache bin. »Wie könnte man dich auch nicht lieben – mit deinen Feuerlocken, deinen Sommersprossen, mit all deiner bezaubernden Lebendigkeit? Mit dir zu tanzen hat sich himmlisch angefühlt. Allein die Vorstellung, deine Haut auf meiner zu spüren, raubt mir den Atem ...«

Er geht einen Schritt zurück, als müsse er sich in Sicherheit bringen.

»Wäre ich frei, so würde ich dich bitten, die Frau an meiner Seite zu werden«, fährt er fort. »Aber ich bin nicht frei, Nellie, und das hast du immer gewusst. Ich habe Gott ein heiliges Versprechen geleistet, ein Versprechen, das mich auf ewig bindet.«

Er sieht sich um, als fürchte er, ertappt zu werden, und plötzlich wird mir klar, was wir da gerade riskiert haben.

Wenn uns jemand gesehen hat …

»Ich muss verrückt gewesen sein, dir zu folgen – und ja, genau so ist es auch«, fährt Benedikt fort, und jetzt redet er wie im Fieber. »Du machst mich vollkommen verrückt, Nellie Voss, bringst mich halb um den Verstand, bis ich fast vergesse, wer ich eigentlich bin. Doch zum Glück ist es mir soeben wieder eingefallen: Ich bin Benedikt Maria Weiss, Kaplan in St. Joseph – und genau der kehrt nun dahin zurück, wo er hingehört: in seine Kirche.«

Und mit diesen Worten geht er davon.

Natürlich dreht er sich nicht noch einmal nach mir um.

Allein bleibe ich am Grab zurück, aufgewühlt und verwirrt.

9

Köln, Juli 2019

Wie ein Lauffeuer hatte sich die Nachricht von dem hinterhältigen Anschlag auf Livs Laden in Ehrenfeld verbreitet; innerhalb von vierundzwanzig Stunden wusste so gut wie jeder der Nachbarn Bescheid. Als Liv bei *Mikes Bikes* in der Landmannstraße ein leuchtend blaues Laufrad nebst zitronengelbem Helm für Thijs aussuchte, mit dem zum Glück auch Schweinchen Pinki einverstanden war, bot der Ladeninhaber ihr ungefragt zehn Prozent »Schmerzensrabatt« an, wie er sich ausdrückte.

»Wir Ehrenfelder Geschäftsleute müssen zusammenhalten«, sagte er. »Für Chaoten und Randalierer ist bei uns kein Platz. Jan hat mir erzählt, was Ihnen passiert ist – so eine Riesengemeinheit! Was werden Sie jetzt unternehmen?«

»Eine Spezialfirma rückt morgen an«, sagte Liv. »Ich hoffe, die bekommen das geruchsneutral wieder hin, sonst habe ich ein echtes Problem. Und was die Kosten betrifft – da kann ich nur auf den guten Willen meiner Versicherung hoffen …«

Sie untersagte sich einen weiteren Blick auf die Damenfahrräder, die hier ebenfalls angeboten wurden. Besonders das ganz hinten in Ferrarirot hatte es ihr angetan, aber diese Anschaffung musste jetzt wirklich warten. Betty Esser hatte ihr schon vor einiger Zeit ihr altes Fahrrad als unbegrenzte Dauerleihgabe angeboten. Sie müsste es nur noch aus dem Keller holen, putzen und aufpumpen – damit sollte sie sich für den Augenblick zufriedengeben.

Am liebsten wäre der Kleine natürlich sofort mit seinem neuen Laufrad losgedüst, aber Liv hielt ihn zurück.

»Das machen wir gleich, nach deinem Mittagsschlaf«, versprach sie ihm. »In einem schönen, schattigen Park, wo dich niemand umrennen kann – und umgekehrt.«

»Aber ich will!« Seine Unterlippe begann verdächtig zu zittern.

»Hier sind viel zu viele Autos, Thijs.«

Sein Mund öffnete sich, doch bevor der erste Schrei ertönen konnte, sprach sie schnell weiter.

»Wie wäre es noch mit einem lustigen Krokodil als Hupe?« Aus den Augenwinkeln hatte Liv so etwas im Regal erspäht.

Kurzes Nicken. Angebot gnädig akzeptiert.

Das Geheul blieb aus.

Hendrik hätte sie jetzt sicherlich wieder als inkonsequent gemaßregelt, aber der war ja zum Glück nicht dabei.

Sechzig Euro hatte sie sich eigentlich als oberstes Limit gesetzt. Jetzt legte Liv dem netten Fahrradmann leise seufzend einen grünen Schein auf die Ladentheke, von dem sie nur noch ein paar lächerliche Cent zurückbekam. Ziemlich unvernünftig, ohne eine verbindliche Zusage der Versicherung zur Schadensübernahme! Aber musste das Leben nicht weitergehen, gerade wenn jemand sie fertigzumachen versuchte?

Sie packte Laufrad und Söhnchen ins Auto und fuhr los.

Vor ihrem Laden hatte sich eine Menschentraube versammelt.

»Hier gibt es nichts zu sehen«, sagte Liv, nachdem sie den Wagen geparkt hatte und ausgestiegen war. Thijs zappelte unruhig an ihrer Hand. »Buttersäure ist nämlich durchsichtig.«

»Und riechen kann man auch nichts.« Die blonde junge Frau mit dem Henkelkorb, die ganz vorn stand, klang richtig enttäuscht.

»Durch die Scheiben zum Glück nicht«, erwiderte Liv. »Seien Sie froh! Verätzte Schleimhäute sind nämlich alles andere als eine Lappalie ...«

»Auf jeden Fall brauchen Sie etwas Süßes zum Trost. Und Ihr Kleiner erst recht!« Zu Livs Verblüffung drückte sie ihr den Korb in die freie Hand. »Napfkuchen, selbstgemachte Brombeermarmelade und ein paar Gläser Honig aus Opas Imkerei in Bickendorf. Lassen Sie es sich schmecken! Ich bin die Irmi Ottinger und hab das Schreibwarengeschäft ein Stückchen die Venloer stadtauswärts, falls Sie mal etwas brauchen sollten.«

»Und der Korb?«, frage Liv verdutzt.

»Den hole ich ab, wenn Sie wieder geöffnet haben. Meine Mama braucht nämlich dringend einen guten neuen Duft!«

»Kuchen!«, kommentierte Thijs erfreut. Für was Süßes war er immer zu haben.

»Später, kleiner Schatz«, erwiderte Liv.

Wie oft am Tag sagte sie das eigentlich zu ihm? Dabei wusste sie doch eigentlich genau, wie sehr ihr Sohn das Warten hasste.

Zwei korpulente junge Männer mit gegeltem Haar drängten sich nach vorn, gefolgt von einer aufgebrachten Nouria.

»Wir waren das nicht«, versicherte der größere von beiden gestenreich. »Weder ich noch mein Bruder Sab würden so etwas Kriminelles jemals tun. Aber diese Wahnsinnige«, er deutete auf Nouria, »will uns das einfach nicht glauben! Wir sind extra aus Nippes gekommen, um Ihnen zu …«

»Ich bin doch nicht blind und hab mit eigenen Augen gesehen, dass ihr nicht eigenhändig die Buttersäure verschüttet habt«, unterbrach ihn Nouria. »Dafür seid ihr beide zu groß und viel zu dick. Aber dass ihr keine Ahnung haben wollt, wer es sonst gewesen sein könnte – das nehme ich dir einfach nicht ab, Hassan!«

»So war sie schon, als wir noch Kinder waren!«, erwiderte der anklagend. »Sab und ich waren angeblich immer für alles verantwortlich, was in der Familie schieflief. Dabei hat sie es selbst faustdick hinter den Ohren!«

Liv stellte den Korb ab und nahm Thijs hoch.

»Hört bitte auf zu streiten!«, bat sie. »Die Polizei ermittelt, und mit ein bisschen Glück findet sie den Täter vielleicht sogar. Und alle anderen würde ich jetzt herzlich bitten, wieder zu gehen. Danke für die Anteilnahme, aber wir können im Moment hier gar nichts tun!« Sie lächelte, obwohl es ihr schwerfiel. »Erst muss die Entsorgungsfirma tätig werden und alles reinigen. Wenn danach wieder offen ist, kommen Sie gern jederzeit bei uns vorbei – dann werden wir Sie haarklein über den Stand der Dinge informieren.«

Als die Neugierigen schließlich widerwillig weitergingen, klingelte Livs Handy in ihrer Tasche.

Wohin jetzt mit Thijs?

»Ich nehm ihn dir ab«, sagte Nouria, und der Kleine, der ihre Locken liebte, an denen man so herrlich ziepen konnte, streckte ihr die Ärmchen entgegen.

Liv sah auf ihr Handy. Sie kannte die Nummer nicht und trat ein paar Schritte zur Seite, um ungestört zu telefonieren.

»Das war der Typ vom Versicherungsbüro«, sagte sie ernst, nachdem sie aufgelegt hatte. »Ein gewisser Robert Baldur. Heute um siebzehn Uhr will er vorbeikommen. Könntest du dann vielleicht auch mit dabei sein, Nouria?«

»Aber klar doch.« Mit einem kleinen Schmerzenslaut stellte sie Thijs zurück auf den Boden, auch wenn er ihre Locken nur ungern wieder freigab. »Natürlich unterstütze ich dich. Wir werden dem schon klarmachen, was passiert ist!«

Liv schickte ihr einen prüfenden Blick.

Nouria klang so positiv wie immer, aber waren die Schatten unter ihren Augen seit dem Zusammentreffen mit Jan nicht dunkler geworden? Sie *war* irritiert gewesen, als er mit Liv abgezogen war, daran gab es nichts zu rütteln. Würden Nourias Gefühle für Jan etwas an der guten Beziehung zu ihr ändern?

Bei Gelegenheit würde sie versuchen, das Thema vorsichtig anzusprechen.

»Weißt du was?«, fuhr Nouria fort. »Ich bleib einfach hier. Manchmal kehrt der Verbrecher ja wieder an den Tatort zurück. Das sagen sie jedenfalls immer im Fernsehen. Und dann haben wir sie oder ihn!«

»Musst du wirklich nicht«, sagte Liv. »Und die ganze Zeit hier herumzustehen …«

»Wer redet denn von stehen?« Aus ihrem bunt bestickten Maxishopper holte Nouria einen Klapphocker, entfaltete ihn und ließ sich darauf nieder. »Bequemer könnte man kaum sitzen. Tee und Kekse habe ich natürlich wie immer dabei. So machen wir das in Marokko. Auf diese Weise kann man es eine Weile aushalten!«

Was sollte Liv dagegen einwenden?

Eines aber musste sie unbedingt noch loswerden. »Du machst aber bitte keine Dummheiten, Nouria«, sagte sie, »falls die Übeltäterin oder der Übeltäter tatsächlich zurückkommen sollte. Keine Alleingänge! Ruf mich an. Oder noch besser gleich die Polizei. Versprochen?«

»Versprochen«, erwiderte Nouria, doch ihr kurzes Zögern war Liv nicht entgangen.

Konnte Liv sie wirklich allein am Laden zurücklassen?

Wollte sie Thijs nicht bitter enttäuschen, blieb ihr wohl nichts anderes übrig.

»Dann bis später«, sagte sie. »Wir müssen nur schnell unser Tagesprogramm absolvieren: Essen, Schlafen, Laufradfahren – danach bin ich wieder bei dir!«

Im Stadtwald war das laute, betriebsame Köln plötzlich ganz weit weg. Ende des 19. Jahrhunderts als Erholungsgebiet für die Kölner Bevölkerung angelegt, um Sport und Natur miteinander zu verbinden, hatte man den Park später sogar mit zwei künstlichen Weihern und einem

Kanalsystem ausgestattet. Auf Liv wirkte er mit seinem vielfältigen Bestand an Buchen, Eichen, Linden, Ahorn und Fichten wie ein echter Wald, und es tat gut, hier die Lungen mit frischer Luft zu füllen. Jetzt erst spürte sie, wie sehr sie das Grün vermisst hatte. Köln hatte fast zehnmal mehr Einwohner als das beschauliche Maastricht, von dem aus man rasch das reizvolle Umland erreichen konnte, und speziell der Teil von Ehrenfeld, in dem sie jetzt lebten, war eine richtige Steinwüste. Sie musste sich unbedingt Zeit nehmen, öfters mit dem Kleinen herzukommen, damit sie beide nicht in Blechlawinen und Autoabgasen versumpften.

Thijs, der kaum etwas gegessen, sich aber gut ausgeschlafen hatte, war ganz in seinem Element. Er hatte Pinki, sein geliebtes Schweinchen, das ihn jetzt nur stören würde, bei ihr abgelegt und sauste nun mit seinem Laufrad wie ein kleiner zitronengelber Cupido laut juchzend die Wege entlang. Natürlich hörte er in maximal zwei von vier Fällen auf Livs Rufe, doch ihn so unbeschwert glücklich zu sehen machte auch sie glücklich.

Bevor ich dich geboren habe, wusste ich noch nicht, dass es diese Art von Liebe gibt, dachte Liv, während sie ihm tief bewegt nachschaute. So groß, so umfassend. So absolut bedingungslos. Auf diese Weise zu empfinden hast erst du mich gelehrt.

Wenn dir jemals etwas passieren sollte …

Sie zwang sich, diesen Gedanken ganz schnell wieder wegzuschieben.

»Thijs, kommst du bitte mal?« Liv musste sich richtig dazu aufraffen, ihren Sohn zurückzurufen, doch als er sich schließlich dazu bequemte, zu ihr zu kommen, stellte sie fest, dass es richtig gewesen war. »Du bist ja vollkommen verschwitzt!« Sie trocknete seine Stirn ab. »Musst du denn unbedingt so rasen?«

Thijs nickte mit ernster Miene.

»Durst«, sagt er dann und leerte den halben Inhalt der mitgebrachten Wasserflasche.

»He, langsam, langsam«, sagte Liv, doch dieses Wort gab es nicht für ihren kleinen Sohn.

Wie ähnlich er doch seinem Vater manchmal war!

Nicht dem mutlosen Hendrik, der sie beide monatelang hintergangen hatte, sondern dem jungen, fröhlichen Hendrik, der sie anfangs mit seinem Charme einfach so um den Finger gewickelt hatte.

Verdammt – es tat noch immer weh, und Liv ärgerte sich darüber.

Um sich abzulenken, kaufte sie an dem kleinen Kiosk im Stadtwald zwei Hörnchen mit Vanilleeis. Genussvoll schleckte sie ihre Portion, während Thijs die seine in Windeseile verputzt hatte.

»Mein kleiner Mann auf der Überholspur«, sagte sie zärtlich und musste ihn schon wieder knuddeln.

Er wand sich aus ihren Armen und rannte los, denn nun hatte er das entdeckt, weswegen sie ihn eigentlich hierher gebracht hatte: den Streichelzoo! Hühner, Enten, Schafe, Esel – welch Paradies!

Als Thijs schließlich die Zwergziegen erblickte, kannte seine Begeisterung keine Grenzen mehr. Sie waren aber auch zu putzig, diese Tierchen mit ihrem gescheckten Fell und den kleinen Hörnern, selbst ausgewachsen kaum einen halben Meter hoch. Nah bei einer hellen Geiß grasten zwei dunkle Zicklein, die so winzig waren, dass sie fast wie Spielzeug wirkten.

»Mama!«, rief er atemlos vor Glück. »Babys!«

»Aber vorsichtig«, ermahnte ihn Liv, als er eines davon zu streicheln versuchte. »Sonst kriegen sie vielleicht Angst vor dir …«

Zu spät!

Offenbar hatten seine Patschhändchen zu fest zugelangt. Das Zicklein stieß ein dünnes Meckern aus und flüchtete zu seiner Mutter.

»Kannst du nicht aufpassen?«, fauchte ihn eine dunkel gekleidete Teenagerin an, die ebenfalls bei den Tieren stand. Rechts trug sie einen kinnlangen Bob, links einen rasanten Sidecut, der ihr blasses Gesicht noch schmaler wirken ließ. »Das Zicklein ist doch genauso ein Lebewesen wie du. Du bist noch ein Zwerg – und schon voll gemein!«

Thijs begann erschrocken zu weinen.

»Das hat er doch nicht absichtlich gemacht«, versuchte Liv zu vermitteln und nahm ihren Sohn tröstend auf den Arm. »Eigentlich liebt er alle Tiere. Aber er ist noch keine drei. Und in diesem Alter sind kleine Kinder einfach nicht sonderlich geschickt …«

Das Mädchen starrte sie an wie eine Erscheinung. Dann drehte sie sich auf dem Absatz um und lief davon.

Verwirrt sah Liv ihr nach.

Hatte sie sie aus Versehen beleidigt? Oder warum sonst floh sie vor ihr?

Das Mädchen hatte sich unter einer Kastanie in Sicherheit gebracht. Erst jetzt fiel Liv der Rollstuhl auf, der ebenfalls unter dem ausladenden Baum geparkt war. Den hellen Strohhut kannte sie bereits von St. Joseph. Sie musste nicht einmal das Gesicht erkennen, um zu wissen, wer da saß – Lilo!

War es Zufall, dass sie sich schon wieder begegneten?

Mit steinerner Miene starrte Lilo zu ihnen herüber, während die Teenagerin hektisch auf sie einflüsterte. Schließlich packte das junge Mädchen die Griffe des Rollstuhls und schob ihn Richtung Ausgang.

Liv streichelte ihren weinenden Sohn.

»Nicht traurig sein«, sagte sie. »Das Mädchen hat dich einfach nur falsch verstanden.«

»Thijs nicht gemein«, schluchzte er. Eines der neuen Worte, die er aus der Kita mitgebracht hatte.

»Natürlich bist du nicht gemein«, sagte sie. »Du hast aus Versehen nur ein bisschen zu fest zugepackt. Sollen wir noch einmal zu den Zicklein gehen und es sanfter versuchen?«

Er schüttelte stumm den Kopf und presste das Gesicht gegen ihre Brust, ein untrügliches Zeichen, dass er für den Moment genug hatte. Nicht einmal das Laufrad interessierte ihn noch, und Liv war froh, dass sie das Auto ganz in der Nähe geparkt hatte.

Im Kindersitz nickte er kurz ein.

Zum Glück gab es einen Parkplatz vor dem Haus, da musste sie nicht erst in die Tiefgarage fahren, sondern konnte Thijs gleich in die Wohnung tragen.

Doch wie nun weiter?

So übermüdet und quengelig, wie der Kleine gerade war, wäre es ungünstig, ihn mit zum Laden zu nehmen. Dafür ging es bei der Besprechung mit dem Versicherungsagenten um zu viel. Jetzt fehlte wieder der Partner an ihrer Seite, jemand, dem sie ihr Kind guten Gewissens hätte anvertrauen können! Manchmal konnte es sich ganz schön mühsam anfühlen, einen kleinen Racker allein groß zu bekommen …

Da fiel ihr Betty Esser ein. Sie griff zum Telefon und rief sie an.

»Liv«, sagte die alte Dame erfreut. »Wie schön, von dir zu hören! Hab euch zwei schon richtig vermisst.«

»Wir dich auch! Und jetzt komme ich gleich wieder mit einer Bitte an.« In Kürze schilderte sie ihr den Anschlag auf den Laden, den Betty mit zahlreichen erschrockenen »Ohs« kommentierte. Danach kam Liv zu dem Termin mit dem Versicherungsagenten. »Leider muss ich gleich dafür weg«, fügte sie hinzu. »Könntest du zu uns runterkommen und hier auf den Kleinen aufpassen? Nudeln mit Sauce vom Mittag sind im Kühlschrank. Und wenn er noch müder wird, kann er gleich in sein Bettchen. Ich werde bestimmt bald wieder zurück sein …«

»Gar kein Problem«, versicherte Betty. »Nimm dir die Zeit, die du brauchst, geht ja schließlich um eure Existenz. Solange ich Thijs nicht wieder mit Brokkoli traktiere, verstehen wir beide uns bestens!«

Liv schlüpfte schnell in eine frische Bluse, ließ Betty herein und lief los. Der Berufsverkehr brauste an ihr vorbei, Auto an Auto, und sie war heilfroh, jetzt nicht den Kleinen auf seinem flotten Laufrad beaufsichtigen zu müssen.

Als sie vor dem Laden ankam, erhob sich Nouria von ihrem Klappstuhl.

»Sag bloß, du warst wirklich den ganzen Tag hier?«, sagte Liv nach der Begrüßung.

»So ungefähr. Mittags habe ich mir ein Falafel mit Salat gegönnt, aber ansonsten die Stellung gehalten.« Nourias geschwungene Lippen verzogen sich. »Leider habe ich niemanden gesehen, der als Übeltäter infrage käme. Vermutlich sagen die im Fernsehen doch nicht immer die Wahrheit.«

»Vermutlich«, erwiderte Liv. »Schau mal rüber! Ich glaube, das dort drüben könnte er sein.«

Sie hatte sich getäuscht. Robert Baldur war nicht der schnieke Anzugträger, auf den Liv zunächst getippt hatte, sondern ein schlaksiger Typ in Jeans und grauem Leinensakko. Dreitagebart, wache Augen hinter einer Designerbrille.

Sie schüttelten sich zur Begrüßung die Hände, und Liv stellte ihm Nouria als ihre Mitarbeiterin vor.

»Und Zeugin!«, setzte diese temperamentvoll hinzu. »Ich war nämlich dabei, als der Anschlag geschah.«

»Erzählen Sie doch bitte, wie es überhaupt passiert ist«, forderte Baldur Liv auf.

»Das steht alles bereits in der Mail, die ich Ihrer Versicherung geschickt habe«, erwiderte sie. »Und im Polizeiprotokoll steht es ebenfalls.«

»Kenne ich beides natürlich. Aber ich würde es trotzdem gern noch einmal in Ihren eigenen Worten hören.«

»Also, meine Mitarbeiterin und ich waren im hinteren Ladenteil gerade bei einer Duftprobe, als die Tür aufging. Wir haben Schritte gehört und die vermeintliche Kundschaft angesprochen, doch es kam keine Antwort. Stattdessen ein Geräusch von splitterndem Glas – und dann begann es auch schon mörderisch nach Buttersäure zu stinken. Als wir nach vorn gerannt sind, hatte sie oder er bereits Fersengeld gegeben. Und dann haben wir beide den Laden auch sofort verlassen.«

»Sie oder er? Haben Sie die verdächtige Person nicht gesehen?«

»Viel mehr als Jeans und ein schwarzer Hoodie waren da nicht zu sehen«, mischte sich nun Nouria ungefragt ins Gespräch ein. »Die Gestalt war klein und schmächtig. Und die Kapuze ging ungefähr bis zur Nasenspitze. Das hätte alles sein können, Männlein wie Weiblein.«

»Ich denke, es war eher eine junge Frau«, sagte Liv. »Beschwören könnte ich es aber nicht.«

Er nickte. Tippte etwas in sein Smartphone.

»Woher wussten Sie eigentlich, dass es Buttersäure war?«, fragte er weiter, wieder an Liv gewandt.

»Wenn man den Gestank einmal in der Nase hatte, vergisst man ihn nie mehr«, antwortete Liv. »Ich bin Biologin. Während meines Studiums war Chemie ein wichtiges Nebenfach. Mit widerlich riechenden Substanzen bin ich gewissermaßen per Du.«

Baldur begann zu lächeln.

»Dabei sind doch eigentlich Wohlgerüche Ihr Metier«, sagte er. »Ihren Laden hier führen Sie jetzt seit …«

»Anfang Mai«, sagte Liv. »Er ist richtig gut angelaufen, mit Kundenbindung und allem Pipapo, aber ich muss natürlich schwer am Ball bleiben, damit sich das auch hält. Eine lange Zwangspause kann ich mir nicht leisten, sonst bin ich hier in Ehrenfeld ganz schnell wieder weg vom Fenster.«

»Ehrenfeld …« – er ließ den Namen nachschwingen. »Ist das denn überhaupt das richtige Pflaster für so ein, sagen wir mal, anspruchsvolles Geschäft?«

»Wenn Sie damit andeuten wollen, dass wir in Ehrenfeld zu arm und zu doof für feine Düfte sind«, schnaubte Nouria, »dann haben Sie sich geschnitten!«

»Keineswegs«, versicherte er so rasch, dass man sehr wohl auf diese Idee hätte kommen können. »Ich meine nur, vielleicht stand der Laden hier ja leer, die Miete war relativ günstig, und das hat Sie dann bewogen, einen Kredit aufzunehmen und zuzuschlagen. Klingt doch gar nicht so unlogisch, oder?«

Liv hielt ihn fest in ihrem Blick.

»Und als es dann leider nicht so gelaufen ist wie in meinen naiven Fantasien, da hab ich flugs jemanden engagiert, der eine kleine Stinkbombe im Laden platzen lässt, damit ich nicht auf meinen Schulden sitzen bleibe? Wollten Sie *das* gerade andeuten, Herr Baldur?«

Baldur zuckte entschuldigend mit den Schultern. »Inzwischen liegt uns das Angebot der Reinigungsfirma vor. Sie werden verstehen, dass wir bei solchen Größenordnungen nachbohren müssen, um auf Nummer sicher zu gehen.«

»Gut«, sagte Liv und richtete sich ganz auf, damit sie ihm direkt in die Augen sehen konnte. »Wenn Sie es schon ganz genau wissen wollen: Es gibt keinen Bankkredit, das hätten Sie längst nachprüfen können. In diesem Laden hier steckt mein ganzes Erbe. Das *Göttliche Düft-*

chen ist ein Lebenstraum, den ich mit großer Mühe gerade erst verwirklicht habe. Und da glauben Sie tatsächlich, ich lasse alles absichtlich verseuchen?« Vor lauter Erregung war sie richtig laut geworden. »Wie krank wäre das denn?!«

Sie hatte ihn erreicht, das erkannte sie daran, dass er sich verlegen am Bart kratzte. Aber Liv hatte noch einen Nachschlag in petto.

»Außerdem war ich bis gerade eben der Ansicht, Vertragspartnerin einer traditionsreichen Versicherungsgruppe zu sein, die mir im Schadensfall unterstützend und rasch unter die Arme greift – oder sollte ich mich da etwa getäuscht haben?«

Nouria, die hinter Baldur stand, klatschte lautlos in die Hände, während er sich zu winden begann.

»Das sind Sie durchaus, wenn ich das so sagen darf, das sind Sie! Die Inhaltsversicherung Ihres Ladens umfasst Brand, Blitzschlag, Explosion, Einbruch, Raub, Sturm, Hagel – und eben auch Vandalismus. Und eine bewusste Kontaminierung durch gesundheitsschädliche Buttersäure fällt eindeutig unter diesen letzten Punkt. Trotzdem …«

»Sie wollen es unbedingt selbst erleben?«, fragte Liv. »Aber sagen Sie hinterher nicht, ich hätte Sie nicht gewarnt.« Sie zog einen Schal aus ihrer Tasche. »Hier. Binden Sie sich den vor Mund und Nase. Und wenn ich ›Raus!‹ rufe, dann sehen Sie zu, dass Sie da wieder rauskommen.«

»Aber werde ich die Butansäure so auch riechen können?«

»Das werden Sie, glauben Sie mir.« Liv drehte sich zu Nouria. »Du gehst ein paar Schritte zur Seite. Ich möchte nicht, dass du eine neue Ladung von dem Zeug einatmen musst.«

»Sie gehen nicht mit rein?« Baldurs Stimme klang dumpf durch den Stoff.

»Ich bin doch nicht verrückt. Also, bereit?«

Er nickte, sie schloss auf, und er ging hinein.

Liv konnte sich ihren Befehl sparen, so schnell wollte Baldur wieder ins Freie. Dort riss er sich das Tuch vom Gesicht und beugte sich breitbeinig nach vorn.

»Widerlich«, sagte er angeekelt, während Liv den Laden wieder abschloss. »Sie haben wirklich recht: Dieser Gestank prägt sich für immer ein.«

»Dann bin ich sehr erleichtert«, sagte Liv. »Die Firma Airfresh schickt die Rechnung also direkt an Sie, wie ich Ihren Worten entnehmen darf?«

Er nickte. »Natürlich wird sie bei uns im Haus geprüft, wie alle eingereichten Rechnungen.«

»Natürlich«, wiederholte Liv, und an seiner unsicheren Miene erkannte sie, dass er sich nicht sicher war, ob sie sich inzwischen nicht heimlich über ihn lustig machte. »In Deutschland muss schließlich alles seine Ordnung haben.«

Baldur verabschiedete sich hastig.

»Dem hast du es aber gezeigt«, sagte Nouria beeindruckt. »Du machst so was immer so spielerisch leicht, während ich schon bei viel geringeren Anlässen immer gleich laut werden muss.«

»Täusch dich nicht.« Liv streckte ihr die Hand entgegen. »Fühl mal!«

»Nass und eiskalt«, sagte Nouria erstaunt. »Du bist also doch aufgeregt!«

»Was denkst du denn?«, erwiderte Liv. »Natürlich bin ich das. Hier geht es schließlich um meine Existenz! Aber bei uns zu Hause sagt man: *Niet geschoten is altijd mis.*«

»Und was heißt das?«

»Wer nicht wagt, der nicht gewinnt.« Sie seufzte. »Ich wünschte trotzdem, der ganze Spuk wäre schon vorbei, *erfolgreich* vorbei, wohlgemerkt. Wenn sie die Kontaminierung nicht auf einmal beseitigen können, drohen uns längere Ausfallzeiten. Und dann müsste ich vielleicht tatsächlich bei der Bank betteln gehen. Ach, diese Ungewissheit macht mich noch ganz verrückt!«

»Bei uns zu Hause sagt man: Es gibt immer ein Morgen. Und: Dem Geduldigen steht das Himmelreich offen.« Nouria legte die rechte Hand auf ihr Herz. »Unser Morgen wird gut. Das spüre ich hier. Und bald wissen wir mehr.«

»Danke«, sagte Liv. »Tut gut, dass du so positiv bist. Es fühlt sich nur so seltsam an, zum Abwarten verdammt zu sein. Aber du hast ja recht. Morgen Abend wissen wir sicher schon mehr.«

Nouria nickte und zog Spiegel und Lippenstift aus ihrer Tasche. Als sie mit dem Schminken fertig war, lächelte sie kurz. »Die Gäste im *Delirium* sollen für ihr Geld ja schließlich etwas zu sehen bekommen.«

Und die Chefs auch, dachte Liv, als Nouria mit wiegenden Hüften davonstolzierte. Besonders die Chefs, die Jan heißen.

Nachdenklich lief sie nach Hause zurück, wo sie eine besorgte Betty vorfand.

»Thijs macht mir Sorgen«, sagte sie. »Er hat kaum etwas gegessen, und jetzt hält er sich den Bauch. Ich komme mir schon fast so vor wie die dreizehnte Fee im Märchen, die nichts als Unheil im Gepäck hat. Immer wenn ich bei ihm bin, geht es ihm nicht gut!«

»Er hat vorhin ein großes Eis sehr schnell verschlungen«, sagte Liv. »Das kann bei kleinen Kindern schon mal übel ausgehen.« Sie ging neben Thijs in die Hocke. »Tut dir der Bauch weh?«, fragte sie ihn liebevoll.

Er nickte matt.

»Wo genau?« Liv schob das Shirt nach oben und berührte ganz sanft den kleinen Bauch. »Hier, mein Mausebär?«

»Aua.«

»Und hier?« Sie tastete behutsam weiter.

»Aua. Aua! Aua!!!« Er verzog schmerzerfüllt das Gesicht und begann laut zu weinen.

»So kommen wir nicht weiter.« Sie stand wieder auf. »Wenn ich jetzt auch noch mit dem Fieberthermometer ankomme, ist es ganz aus. In Maastricht würde ich sofort unseren Hausarzt anrufen, aber was mache ich hier in Köln? Ich hatte ja noch nicht einmal Zeit, einen anständigen Kinderarzt zu suchen!«

»Fahrt doch am besten gleich zur Kinderklinik in der Amsterdamer Straße«, schlug Betty vor. »Dort haben sie alle medizinischen Apparaturen und kommen rasch zu einer Diagnose. Wenn es was Leichtes ist, seid ihr schnell wieder zu Hause. Und falls nicht …« Sie fuhr sich mit der Hand über das Gesicht. »Was sage ich denn da? Natürlich ist es nichts Ernstes! Aber du bist wenigstens beruhigt.«

»Könntest du uns ein Taxi rufen?«, bat Liv, weil sie wusste, dass die alte Dame diese bequeme Art der Fortbewegung bevorzugte.

»Klar doch. Die Zentrale ist auf meinem Handy eingespeichert.«

Der Fahrer war blitzschnell zur Stelle. Liv trug den Kleinen, der glasige Augen hatte und ziemlich apathisch wirkte, auf den Armen hinaus und setzte sich mit ihm auf die Rückbank des Taxis.

»Aua, aua«, jammerte Thijs leise vor sich hin, und sein Köpfchen kam ihr plötzlich auch sehr viel heißer vor.

Sie hatte im letzten Augenblick nicht nur ein paar Geldscheine aus ihrer eisernen Reserve eingesteckt, sondern auch noch Pinki in ihre Tasche gestopft. Aber in seinem desolaten Zustand interessierte sich der kleine Patient nicht einmal für sein geliebtes Schweinchen. Der Weg nach Riehl über die Kanalstraße war eigentlich ein Klacks. Heute jedoch kam ihr die Strecke unendlich lang vor. Als der Taxifahrer zwischendrin scharf bremsen musste, erbrach Thijs sich ohne jegliche Vorwarnung über ihren Rock, und der durchdringende Geruch verbreitete sich rasch im Wagen.

»Das bezahlen Sie aber«, raunzte der Fahrer mürrisch. »Ich will dreihundert Euro für die Gesamtwagenreinigung, und dabei kommen Sie noch verdammt gut weg. Dass ausgerechnet mir das schon wieder passieren muss! Erst letzte Woche hatte ich drei krass Besoffene, die während der Fahrt den ganzen Innenraum …«

Thijs gab ein Stöhnen von sich.

»Jetzt halten Sie aber mal die Klappe!«, schrie Liv. »Haben Sie denn gar kein Mitgefühl? Das meiste ist ohnehin auf mir gelandet. Meinem Kleinen geht es miserabel – und Sie erzählen von irgendwelchen Besoffenen! Er hat doch nicht absichtlich gespuckt. Mein kleiner Sohn ist krank, vielleicht sogar sehr krank! Da haben Sie Ihr Geld!« Sie zerrte die Scheine aus dem Portemonnaie und warf sie auf den Vordersitz. »Am liebsten würde ich auf der Stelle aussteigen, aber das kann ich jetzt leider nicht. Also geben Sie gefälligst Gas!«

Mit quietschenden Bremsen hielt das Taxi schließlich vor dem Krankenhaus – einem Klinkerbau, gemischt mit Glas. Besonders einladend sah es hier nicht gerade aus. Nach einem Blick auf den Taxameter warf Liv den nächsten Schein nach vorn.

Vorsichtig stieg sie mit dem Kind auf dem Arm aus dem Wagen, schlug die Tür hinter sich zu und lief hinein.

»Zur Notaufnahme bitte!«, sagte sie zu dem ersten Weißkittel, der ihr über den Weg lief. Vor Aufregung waren plötzlich alle deutschen Worte wie weggeblasen. »*Mijn zoon doet het heel slecht …*«

»Der Kleine hier?«, fragte der Arzt.

»Er hat schlimmes Bauchweh *en koorts*, ich meine natürlich Fieber …«

Himmel, jetzt mischte sie schon alles bunt durcheinander!

Aber sie konnte gerade nicht anders. Livs Angst wuchs mit jedem Augenblick.

»Kommen Sie, ich bringe Sie hin. Können Sie ihn noch tragen, oder ist er Ihnen zu schwer?«, fragte er.

»Bis ans Ende der Welt, wenn es sein muss.« Jetzt weinte sie.

In der Notaufnahme betteten sie Thijs auf eine Liege.

Wie klein er aussah, wie hilflos!

»Mama!«, schluchzte er.

»Bin ja bei dir, mein Schatz!« Liv ließ seine Hand nicht mehr los, während sie Angaben zu Name, Adresse und Krankenkasse machte und anschließend seine Symptome schilderte.

Zum Glück kamen sie sofort dran. Eine junge Ärztin, die ein Namensschild als Dr. Meixner auswies, begann seinen Bauch zu untersuchen. Thijs schrie dabei auf und verkrampfte sich, und ihre Miene wurde immer bedenklicher.

»Verdacht auf akute Appendizitis«, sagte sie. »Hat er sich erbrochen?«

»Gerade eben im Taxi«, erwiderte Liv und deutete auf ihren Rock.

Dr. Meixner hielt das Thermometer an sein Ohr.

»38,4«, sagte sie. »Das passt. Rektal dürfte es ein wenig höher sein, aber das muten wir ihm jetzt nicht zu. Das machen wir, wenn er in Narkose liegt.«

»Narkose?«, sagte Liv erschrocken. »Sie wollen ihn operieren?«

»Wir müssen den Blinddarm entfernen. Sehen Sie, wie gespannt seine Bauchdecke ist? Wir machen nebenan einen Ultraschall, aber das ist für mich eigentlich nur noch eine Bestätigung meiner Diagnose.« Die Ärztin berührte Livs Hand. »Bitte bleiben Sie ganz ruhig, es gibt keinerlei Grund zur Aufregung. Eine Appendektomie ist bei uns ein Standardeingriff und dauert in der Regel nicht länger als dreißig Minuten. Bricht der entzündete Wurmfortsatz dagegen durch, kann es kritisch werden. Darminhalt in der Bauchhöhle oder gar eine Bauchfellentzündung – das wollen wir dem kleinen Mann doch auf alle Fälle ersparen!«

Liv versuchte die Nerven zu behalten, obwohl ihr nicht gefiel, dass sie hier warten sollte, während Thijs nebenan per Ultraschall durchleuchtet wurde.

Plötzlich erschien wieder der Kopf von Dr. Meixner in der Tür.

»Wann hat er zum letzten Mal gegessen?«, wollte sie wissen.

»Gegen fünf, aber meines Wissens nur wenige Bissen. Ich war selbst nicht dabei«, erwiderte Liv. »Eine Nachbarin hat ihn versorgt.«

»Gut. Wir riskieren es.«

»So schnell auf einmal?«

»Der Appendix sieht nicht gut aus. Fürchte, wir haben nicht mehr allzu viel Zeit.« Und damit verschwand sie wieder nach nebenan.

Liv blieb zurück wie betäubt. Irgendwann zog sie Pinki aus der Tasche und presste das Schweinchen an ihre Brust.

Wenn Thijs etwas passierte, ihrem Sonnenschein, ihrem Leben! Erst heute Nachmittag hatte sie daran gedacht …

Sie sprang auf und lief hinüber, doch das Untersuchungszimmer war leer. Kein Thijs, keine Dr. Meixner.

»Die sind schon Richtung OP«, klärte eine der Krankenschwestern sie auf. »Und in den OP-Bereich dürfen Sie ohnehin nicht.«

»Dann warte ich hier«, sagte Liv.

»Das geht leider auch nicht. Wir brauchen diese Räume für neue Notfallpatienten. Wenn Sie wollen, steht Ihnen der Wartebereich der Notaufnahme zur Verfügung. Aber stellen Sie sich darauf ein, dass es dauern kann.«

»Wieso dauern?«, fragte Liv irritiert. »Frau Dr. Meixner hat etwas von dreißig Minuten gesagt.«

»Ja, wenn es ein Routineeingriff ist und alles bei der OP glatt läuft, aber natürlich nicht bei Komplikationen.«

Sie ließ Liv stehen und eilte weiter.

Plötzlich konnte die den Krankenhausmief keine Sekunde länger ertragen. Mit bleiernen Beinen ging sie hinaus und zog vor der Kinderklinik ihr Handy aus der Tasche.

Die WhatsApp an ihren Vater würde sie erst absetzen, wenn alles gut überstanden war. Aber es gab einen, der gleich Bescheid wissen sollte.

Sie atmete tief ein und wieder aus.

Danach drückte sie auf Hendriks Nummer.

10

Köln, Sommer 1941

Ich bin schon ganz früh wach, weil mir das Trauerspiel von gestern noch im Magen liegt, viel schwerer als die pappsüße Herrencreme mit Eierlikör, die es zum Nachtisch gab. Getafelt wurde in den Rheinterrassen, einem gutbürgerlichen Lokal der gehobenen Klasse, das vor allem für seinen grandiosen Ausblick auf Altstadt und Dom bekannt ist. Bereits vor dem Verzehr von Hochzeitssuppe, Rheinsalm mit zerlassener Butter, Salzkartoffeln und Salat war mir übel. Ich weiß genau, woran das lag, obwohl die meisten Kölner mich sicherlich um diese so rar gewordenen Delikatessen beneidet hätten.

Obwohl wir Sommer haben, fehlt es allenthalben an Obst und Gemüse, und auch die Fett- und Fleischrationen, die uns die Lebensmittelmarken zuteilen, sind so klein geworden, dass man sie kaum noch sieht. Dabei hätten wir ordentlich Vitamine brauchen können, so mürbe geworden sind wir von den ständigen Luftangriffen, die jetzt auch tagsüber geflogen werden. Dann muss die gesamte 4711-Belegschaft in den provisorischen Luftschutzkeller laufen und dort über Stunden ausharren, während die Produktion stillsteht.

Doch zurück zu dem, was mir so schwer auf der Seele liegt.

Ja, ich habe es getan: Meine Unterschrift als Trauzeugin steht unter der Eheschließungsurkunde von Greta und Viktor Lohse, obwohl sich bis zum letzten Moment alles in mir dagegen gewehrt hat. In ihrem dunkelblauen Kostüm, dem blauen Hut mit Pünktchenschleier und den weißen Pumps war meine Freundin eine Augenweide, wäre da nicht ihr blasses, verquältes Gesicht gewesen.

Kein einziges Lächeln, während der Standesbeamte mit dem Hakenkreuz am Revers seine Rede herunterleiert, und erst recht nicht, als Viktor sie nach der Unterzeichnung küsst – ziemlich kühl übrigens, wie mir auffällt.

Muss er sich nun nicht mehr verstellen, da er besitzt, wonach er gegiert hat? Oder sind ihm Gretas verbotene Petersilienexperimente doch irgendwie zu Ohren gekommen?

In dem Fall allerdings fürchte ich um ihr Leben …

Beim anschließenden Mittagstisch im kleinen Kreis – die große Hochzeitsfeier soll erst am Tag darauf nach der kirchlichen Trauung stattfinden –, hält Viktor sich mit verbalen Attacken gegen mich überraschend zurück, und ein paarmal sieht es so aus, als ginge ein Schatten über sein Gesicht. Es passt ihm zwar ganz offensichtlich nicht, dass ich hier bin, aber er faucht mich nicht an, sondern begnügt sich damit, mich finster anzustarren, sobald ich den Mund aufmache.

Ich bemühe mich, ihn zu ignorieren, und unterhalte mich stattdessen mit Gretas Eltern und ihrer Patentante Emilia, die für die Hochzeit aus Bad Godesberg angereist ist. Sie lobt Mamms altes blaues Kleid, das für mich geändert und mit einem Spitzenkrägelchen »hochzeitsfein« gemacht worden ist. Oberbürgermeister Winkelnkemper muss die kleine Gesellschaft bereits nach der Vorspeise verlassen – »wichtige politische Gespräche«, so seine knappe Entschuldigung.

Bis auf Viktor atmen alle am Tisch auf, als er weg ist. Seine schneidige, überkorrekte Art kann einen leicht einschüchtern. Außerdem hat es mich sehr gestört, dass er die Juden, die seit über tausend Jahren hier zu Hause sind, als »Auswurf« und »geborenes Verbrechervolk« gegeißelt hat, das Köln vergiften würde. Meiner Familie hat kein Jude jemals etwas zuleide getan, das sage ich auch zu Greta, als wir beide endlich draußen auf der Terrasse ein paar Minuten für uns haben.

»Uns auch nicht«, erwidert sie. »Ganz im Gegenteil, einige von ihnen gehören zu unseren besten Stammkunden. Jedenfalls als sie noch wohlhabend waren. Jetzt haben die meisten ihre Arbeit verloren, und zu essen bekommen sie auch noch kaum etwas. Manchmal schäme ich mich, dass niemand etwas dagegen unternimmt.«

»Schämen allein reicht nicht, Greta. Man hätte aufbegehren müssen, für sie einstehen, wie mein toter Vater, der zeitlebens für Schwache und Benachteiligte gekämpft hat …«

»Das kann ich ja nicht einmal für mich«, sagt sie leise. »Ich weiß, du verachtest mich, weil ich Viktor doch geheiratet habe. Aber ich bin nicht so stark wie du, Nellie. Ich habe es für Papa getan. Und für unsere Firma.«

»Die Firma Farina hat Jahrhunderte unbeschadet überstanden«, antworte ich. »Die kann auch ein Viktor Lohse nicht kleinkriegen.«

»Der allein nicht, aber dieser schreckliche Krieg sehr wohl. Die Bomben machen mich ganz krank. Immer wieder müssen wir in der Produktionshalle die Laufbänder anhalten. An Rohstoffe ist auch immer schwieriger heranzukommen. Und nahezu alle unsere männlichen Mitarbeiter haben sie zur Wehrmacht eingezogen. Hitler scheint jede Menge Soldaten zu brauchen …«

Ihr Lachen klingt dünn.

»Auch bei uns in der Firma arbeiten kaum noch Männer, bis auf ein paar Lehrlinge und ein paar ältere, die fast das Rentenalter erreicht haben – und Luuk van Geeren«, erwidere ich.

»Du sagst diesen Namen immer mit einem ganz speziellen Unterton«, stellt sie fest, und plötzlich klingt sie fast wieder wie die neugierige Greta von früher.

»Weil ich ihn bewundere.«

»Das hört sich für mich aber eher nach mehr an.«

»Unsinn! Er ist mein Lehrer, der unendlich viel über Düfte weiß und die Freundlichkeit besitzt, diesen Wissensschatz mit mir zu teilen. Offenbar sieht er etwas in mir, das noch niemand gesehen hat, und das fördert er.«

»Und deshalb bist du jetzt gerade knallrot geworden? Komm schon, Nellie, mir musst du doch nichts vormachen! Er gefällt dir, dieser Holländer, so ist es doch. Vielleicht bist du ja sogar heimlich in ihn verliebt?« Sie legt den Kopf schief und mustert mich.

Wenn du wüsstest!, denke ich.

Es gibt nur einen einzigen Mann auf der Welt, den ich liebe – und das leider vollkommen aussichtslos. Seit Wochen geht Benedikt mir aus dem Weg, weil wir nach Omas Beerdigung etwas getan haben, das wir niemals hätten tun dürfen. Doch morgen, bei deiner Trauung, werden wir wieder voreinander stehen. Wie ich das allerdings aushalten soll, ohne vor Sehnsucht nach mehr zu zerschmelzen, ist mir ein Rätsel ...

»Du *bist* verliebt«, bohrt sie weiter, offensichtlich erleichtert, dass sie endlich aus der Schusslinie ist. »Gib es einfach zu. Ist doch nichts weiter dabei. Dieser van Geeren ist Witwer, oder?«

Ich nicke.

»Na also, passt doch! Mag er dich auch? Was frage ich überhaupt? Natürlich mag er dich, sehr sogar, sonst würde er dich ja wohl kaum unterrichten. Aber gesagt hat er es dir noch nicht?«

Ich schüttele den Kopf.

»Er lässt sich Zeit, weil er älter ist als du und schon ein Kind hat, das dich ja schließlich auch akzeptieren muss. Eines Tages wird er all seinen Mut zusammennehmen und dir seine Gefühle gestehen. Und besser als ein Bäcker Lemmle ist er doch allemal ...«

Jetzt bringe sogar ich ein Lächeln zustande.

Soll Greta ruhig auf dieser Spur bleiben! Dann kommt sie wenigstens nicht auf die Idee, irgendwelche Mutmaßungen über mich und Benedikt anzustellen.

Manchmal kann sie jedoch noch immer wie früher meine Gedanken lesen ...

»Dann ist es jetzt also aus und vorbei mit deiner Schwärmerei für Kaplan Weiss?«, fragt sie plötzlich.

»Mit deiner doch auch«, erwidere ich, plötzlich sehr wachsam.

»Och«, sagt sie sehnsuchtsvoll. »Träumen wird man ja wohl noch dürfen…«

Das ist der richtige Moment, um mein Hochzeitsgeschenk aus der Tasche zu ziehen. Einer Farina einen Duft zu schenken, ist so ähnlich wie Eulen nach Athen zu tragen, aber schließlich ist es ja nicht irgendein Duft, sondern der, den ich speziell für sie komponiert habe.

»Für mich?«, fragt sie, als ich ihr den kleinen Flakon überreiche. »Du bist ja verrückt! Darf ich es gleich probieren?«

»Du musst sogar«, lautet meine Antwort.

Sie sprüht sich einen Stoß auf den rechten Unterarm und schnuppert.

»Fantastico!«, lautet ihr Kommentar. »Was ist das genau?«

»Es heißt *Greta* und ist wie du«, sage ich. »Passionsfrucht und Bergamotte in der Kopfnote, also fröhlich und laut, Chypre und Grapefruit in der Herznote, also leidenschaftlich und herzlich, und Ylang-Ylang in der Basis, also weich und sensibel. Und dann sind da noch ein paar weitere Geheimnisse drin, die ich dir natürlich nicht verrate…«

Greta weint vor Freude.

»Du bist wunderbar, Nellie«, schnieft sie gerührt. »Papa würde sagen: eine ganz große Nase…«

Aber das war alles gestern, und heute ist heute.

Ich brauche noch ein wenig Zeit, um mich auf diesen so schwierigen Tag vorzubereiten. Außerdem muss ich noch mein Kleid aufbügeln. So gehe ich hinüber in die Küche und setze den Wassertopf auf den alten Gasherd, um mir einen

Muckefuck zu brauen. Wie echter Bohnenkaffee schmeckt, haben wir alle schon fast vergessen. Nebenbei lasse ich den Volksempfänger laufen, leise gestellt, um Mamm und Martin nicht aufzuwecken, die heute länger schlafen können.

Als Goebbels' schneidende Stimme ertönt, die mir jedes Mal durch Mark und Bein geht, will ich schon fast wieder abschalten. Er verliest eine Proklamation des Führers an das deutsche Volk, die ich eine ganze Weile eher gelangweilt an mir vorbeirauschen lasse, weil sie lauter Verstöße und Vergehen der Briten aufzählt, mit denen ich wenig anfangen kann.

Dann jedoch kommt er auf die Sowjetunion zu sprechen, und plötzlich höre ich ganz genau hin.

»... stehen rund 160 russische Divisionen an unserer Grenze. Seit Wochen finden dauernde Verletzungen dieser Grenze statt, nicht nur bei uns, sondern ebenso im hohen Norden und in Rumänien ...«

Gibt es nicht ein Abkommen, das der Führer mit Stalin geschlossen hat?

»... in der Nacht vom 17. zum 18. Juni haben wieder russische Patrouillen auf deutsches Reichgebiet vorgefühlt und konnten erst nach längerem Feuergefecht zurückgetrieben werden. Damit ist aber nunmehr die Stunde gekommen, in der es notwendig wird, diesem Komplott der jüdisch-angelsächsischen Kriegsanstifter und der ebenso jüdischen Machthaber der bolschewistischen Moskauer Zentrale entgegenzutreten ...«

Was sagt er da?

»Deutsches Volk! ... Zur Abwehr der drohenden Gefahr aus dem Osten ist die deutsche Wehrmacht am 22. Juni,

3 Uhr früh, mitten in den gewaltigen Aufmarsch der feindlichen Kräfte hineingestoßen …«

Das darf doch nicht wahr sein! Unwillkürlich entfährt mir ein lauter Schrei.

Die Schlafzimmertür geht auf. Mamm steht im Nachthemd auf der Schwelle.

»Was ist los, Nellie?«, fragt sie verschlafen. »Es ist gerade mal halb sechs, und du krakeelst schon herum!«

»Es gibt noch mehr Krieg«, erwidere ich. »Krieg gegen die Sowjetunion.«

Wenige Stunden später bin ich im Dom, jenem gewaltigen Bauwerk, in dem ich mich jedes Mal winzig fühle, sobald ich es betrete. Es ist kein Gotteshaus, das dich schützend umhüllt wie unsere vertraute Ehrenfelder St. Joseph-Kirche, sondern vielmehr Stein gewordenes Zeugnis von Gottes Macht und Herrlichkeit … Das geht mir durch den Kopf, während mein Blick herumwandert. Heute ist dieses Gefühl von Ohnmacht sogar noch stärker als sonst. Allerdings scheint es nur mir so zu gehen. Die Trauung von Greta Farina und Viktor Lohse hat zahlreiche Neugierige angezogen. Einige davon sind mir bekannt, aber es gibt auch viele Gesichter, die ich noch nie zuvor gesehen habe. Wie können all diese Frauen um mich herum nur derart andächtig dreinschauen, wenn sie doch wissen, dass ihre Männer, ihre Söhne und Brüder gegen Russland in den Krieg ziehen müssen?

Ich lenke meinen Blick auf Benedikt, der in der Bank vor mir neben dem Brautvater kniet. Leider kann ich von meinem Platz aus nur sein markantes Profil sehen. Doch auch so spüre ich, wie er sich mit jedem Atemzug ein wenig mehr mit dem dunklen Vulkanstein des Doms verbindet, mit der kraftvollen Orgelmusik, dem Gottesdienst. Er ist so eins mit alldem hier, dass mir auf einmal eiskalt wird. Ich weiß, ich habe ihn verloren. Hier gehört er hin, das hier ist seine Berufung, und nicht meine sehnsüchtigen Liebesträume von einer gemeinsamen Zukunft, die es niemals für uns geben kann.

Am liebsten wäre ich jetzt aufgesprungen und hinausgerannt, weil ich diese Erkenntnis kaum ertrage. Aber ich knie ja in der Mitte der Kirchenbank neben Tante Emilia, und so bleibe ich notgedrungen, wo ich bin.

Als Viktor und Greta sich schließlich am Altar das Ja-Wort geben, ist es für mich, als zerquetsche mir ein Felsbrocken die Brust. Viktor antwortet laut und schneidig auf Pfarrer Greves Frage, Greta dagegen wispert ihre Antwort so leise, das man sie eher erahnen als hören kann.

Aber sie hat es gesagt.

Sie lässt sich den Ehering anstecken und zieht den zweiten über Viktors Ringfinger.

»Im Namen des Vaters, des Sohnes und des Heiligen Geistes«, spricht Pfarrer Greven den Segen.

Nun sind die beiden auch vor Gott Mann und Frau.

Beim Hinausgehen achte ich darauf, geschwind vor Benedikt aus dem Dom zu schlüpfen, auch wenn ich weiß, dass der kurze Spaziergang bis zu Viktors Hotel *Am schönen Rhein*, das ich als Erste erreiche, lediglich ein Aufschub ist.

Von der Terrasse aus spähe ich in den Speisesaal.

Die Tische sind festlich in Weiß eingedeckt; der Blumenschmuck allerdings erscheint mir eher spärlich. Und wo soll die Kapelle spielen, vor der Viktor sich bei Greta so groß gebrüstet hat? Erst als ich die Augen zu schmalen Schlitzen zusammenkneife, entdecke ich ganz hinten im Saal eine Art Podest, das als provisorische Bühne dienen könnte.

Ist ihm das Geld ausgegangen?

Die gusseisernen Terrassenstühle, von denen an vielen Stellen die Farbe abblättert, sprächen ebenfalls dafür.

Ich starre noch immer nachdenklich in den Saal, als ich plötzlich jemanden hinter mir atmen höre.

Lass es bloß nicht Benedikt sein, bete ich stumm. Lass es nur ihn sein, gleich in der Sekunde darauf.

»Nellie«, sagt er leise, nachdem ich mich zu ihm umgedreht habe. »Ich weiß, das wird heute nicht einfach für uns ...«

Eine sanfte Brise trägt seinen Duft zu mir, und ich bin plötzlich so voller Sehnsucht, dass meine Knie ganz weich werden. Ich müsste nur die Hand ausstrecken, um ihn zu berühren, aber ich bin unfähig, mich zu bewegen.

»Gar nichts weißt du«, erwidere ich gereizt, weil ich mich meinen Gefühlen hilflos ausgeliefert fühle. »Nichts von den Nächten im Luftschutzkeller, in denen ich nicht nur um unser, sondern auch um dein Leben bange. Nichts von meinen Albträumen, die mich den Rest der Nacht kosten. Nichts davon, wie es in mir aussieht, wenn wieder ein Sonntag vergangen ist und du uns nicht besucht hast ...«

Muss Liebe wirklich so wehtun?

»Könnten wir nicht gute Freunde sein, du und ich?«, fragt er sanft. »Mir läge so sehr dran!«

»Gute Freunde – wir beide?«, wiederhole ich und will schon eine spöttische Bemerkung loslassen, da schaue ich in seine Augen.

Begehren lese ich darin, Ratlosigkeit, Verzweiflung. So flehentlich sieht er mich an, so offen, so voller Zuneigung, dass ich nichts mehr herausbringe.

Benedikt leidet ebenso wie ich, das begreife ich in diesem atemberaubenden, diesem unendlich schmerzlichen Augenblick. Alles, was er mir an Omas Grab gesagt hat, ist wahr. Ja, er liebt mich, und er will mich nicht enttäuschen. Doch um unsere Liebe zu leben, müsste er das Versprechen brechen, das er Gott gegeben hat – und dieses unlösbare Dilemma quält ihn.

»Wir können es ja versuchen«, antworte ich schließlich, und das Lächeln, das bei meinen Worten sein Gesicht erhellt, ist so ansteckend, dass auch ich lächeln muss.

Es geschieht gerade im richtigen Moment, denn inzwischen trifft auch der Rest der Hochzeitsgesellschaft ein. Der dünne Fotograf wuselt geschäftig umher und verlangt von Brautpaar und Gästen ständig neue Posen, die er mit seiner Kamera »für die Ewigkeit« festhält, wie er es übertrieben nennt. Greta sieht in ihrem eleganten weißen Seidenkleid und dem Blütenkranz im Haar aus wie eine Filmdiva. Natürlich muss der Brautstrauß einer geborenen Farina aus roten Nelken bestehen, und auch Viktor trägt am Revers seines Cuts eine blutrote Nelke.

Mir persönlich ist dieser Gegensatz von Weiß und Rot allerdings zu krass. Schon immer habe ich von einem Brautgesteck aus weißen Lilien geträumt, doch dieser Wunsch wird, wie die Dinge nun einmal liegen, wohl niemals in Erfüllung gehen …

Bis wir dann schließlich alle an den Tischen sitzen, vergeht eine kleine Ewigkeit. Benedikt hat den Platz mir gegenüber – das hat Greta ganz unschuldig so eingerichtet, da sie ja glaubt, ich sei in van Geeren verliebt. Vorsichtig probiere ich aus, ob ich Benedikt ansehen kann, ohne rot zu werden, und siehe da, zu meinem eigenen Erstaunen gelingt es mir.

Vielleicht liegt es einfach daran, dass mir inzwischen schon ganz flau vor Hunger ist. Aber noch immer wird keine Vorspeise serviert, weder Suppe noch Pastetchen – von dem angekündigten Rehrücken zum Hauptgang ganz zu schweigen. Mit knurrendem Magen lasse ich meine Blicke weiter durch den Saal schweifen. Seltsam eigentlich, dass Viktor weder seine Eltern noch engere Verwandte eingeladen hat. Nur ein zaundürrer Cousin zweiten Grades sitzt in seiner schwarzen SS-Uniform am Brauttisch und zieht ein mürrisches Gesicht. Von der versammelten Stadtprominenz, die sich auf der Verlobungsfeier so zahlreich getummelt hat, ist heute wenig zu sehen. Kein Gestapo-Chef Schäfer, kein Oberbürgermeister Dr. Winkelnkemper, kein Gauleiter Grohé, nur ein paar untere NS-Ränge ... Und plötzlich verstehe ich, weshalb. Jetzt, da der Führer den Russlandfeldzug befohlen hat, haben die hohen Herren anderes zu tun, als der Hochzeit eines Mitläufers beizuwohnen, selbst wenn der ein Hotelier ist.

Bislang hat hier noch niemand von der neuen Kriegsfront im Osten gesprochen, und ich bin schon fast so weit, das Thema anzuschneiden, doch Viktor kommt mir zuvor.

Er erhebt sich und klopft mit der Gabel an sein Glas. Bap hat immer gesagt, das machen nur Redner, die sich sonst nicht durchsetzen können. Er hätte Viktor sicherlich ebenso wenig gemocht wie ich.

»Der Führer ruft seine tapferen Männer zu den Waffen«, sagt er, »um dem bolschewistischen Judentum im Osten für immer den Garaus zu machen. Ich bin stolz darauf, als Soldat der deutschen Wehrmacht meinen Beitrag dazu zu leisten. Der Einberufungsbefehl kam vorgestern; schon morgen geht es an die Ostfront. Heute aber, liebe Hochzeitsgäste, wird noch einmal mit ganzem Herzen gegessen, getrunken und gefeiert!«

Er nimmt sein Glas und beugt sich zu Greta hinunter, um mit ihr anzustoßen. Dann leert er es in einem Zug und wirft es anschließend hinter sich an die Wand, wo es klirrend zerbricht.

Greta schaut zu mir, und für einen Augenblick beginnt ihr Gesicht von innen heraus zu leuchten.

Jetzt bin ich ihn erst einmal los, lautet ihre stumme Botschaft. *Von mir aus braucht er niemals wieder zurückzukommen.*

Wir essen, wir trinken, wir reden – und später tanze ich sogar. Ich gebe keinem einen Korb, der mich auffordert, nicht einmal Viktors spindeldürrem Cousin Herbert, der mich so fest an sich presst, dass ich kaum noch Luft bekomme. Spätestens nach diesem Tanz klebt mir mein blaues Kleid am Rücken, und unter den Achseln bin ich ganz nass. In meiner Handtasche steckt mein letztes Farinafläschchen mit dem Duft der roten Nelke. Ich gehe damit zur Damentoilette, um mich ein wenig frisch zu machen, und lasse mir kaltes Wasser über den Puls laufen. Danach nehme ich ein Taschentuch, beträufle es mit ein paar Spritzern Eau de Cologne und will mich gerade damit betupfen, als aus einer der Toilettenkabinen eindeutige Laute dringen.

Ich mag als wählerisch gelten, was Männer betrifft, naiv oder gar dumm bin ich aber nicht. Ich weiß, wie es sich anhört, wenn Mann und Frau sich vereinigen, und was hinter dieser geschlossenen Tür vor sich geht, ist ein Akt der heftigsten Sorte. Das Ächzen und Stöhnen, das ich unfreiwillig mitbekomme, stößt mich ab, und trotzdem zögere ich, den Waschraum sofort zu verlassen.

Wer treibt es so schamlos an diesem hässlichen Ort?

Ich muss mich nicht einmal umdrehen. Der Spiegel offenbart mir bereits die Antwort. Die Kabinentüren in meinem Rücken reichen nicht ganz bis zum Boden; unter der hintersten Tür liegt eine blutrote Nelke auf den hellen Fliesen.

Ich räuspere mich laut, und für einen Moment wird es mucksmäuschenstill im Raum.

Dann gehe ich hinaus.

Wenig später ist auch Viktor zurück im Festsaal; sein Gesicht wirkt erhitzt, die Nelke an seinem Revers zerrupft – ebenso wie das junge blonde Serviermädchen, das hochrot und mit einer breiten Laufmasche den Dienst wieder aufgenommen hat.

NELKE forme ich lautlos mit meinen Lippen, als er später an mir verbeiwalzt, im Arm Tante Emilia, die mir arglos zulächelt. Viktor soll ruhig wissen, dass ich es weiß, ob ich es Greta allerdings jemals sage, werde ich später entscheiden. Sie tanzt gerade ganz selig mit Benedikt, und obwohl ich mir nichts sehnlicher wünsche, als meine Hand in seiner zu spüren, gönne ich ihr dieses Glück.

Sirenenalarm unterbricht das Fest.

Wir müssen alle in den Keller, in dem es stinkt, als balle sich hier der Mief von Jahrzehnten. Die einen schimpfen, ein paar Frauen weinen, andere schließen die Augen und beten, dass es bald vorbei sein möge.

Ein Einschlag ganz in der Nähe.

Das Licht erlischt.

Ist das Hotel getroffen und wird nun für uns zur Todesfalle?

Ich spüre, wie eine große warme Hand nach meiner greift und sie fest umschließt.

Ich bin nicht allein. Ich werde geliebt, und das fühlt sich wunderbar an.

Irgendwann geht das Licht wieder an, und einige im Raum schreien vor Erleichterung auf. Dann ertönt die Entwarnung.

Noch immer reichlich benommen, stolpern wir alle wieder nach oben. Nebenan steht ein beliebtes Ausflugslokal in Flammen; man hört schon das Martinshorn der Feuerwehr, die zum Löschen anrückt. Jetzt hat keiner mehr Lust weiter zu feiern, obwohl Viktor die Gäste zum Bleiben drängt. Vergebens. Jeder will schleunigst nach Hause und nachsehen, ob noch alles steht. Pfarrer Greven schließt sich Gretas Eltern an, die Tante Emilia im Auto mitnehmen.

»Sie müssen leider zu Fuß zurück nach Ehrenfeld«, sagt der Pfarrer zu Benedikt. »Die Straßenbahnen gehen erst wieder morgen früh.«

»Ich biete mich an, Fräulein Voss zu begleiten«, erwidert der, ohne die Miene zu verziehen. »Wer weiß, was einem nach solch einem Bombenangriff unterwegs alles begegnet. Da ist männlicher Schutz sicherlich nicht verkehrt.«

Ich könnte singen vor Freude, aber natürlich bleibe auch ich äußerlich ganz ernst.

So gehen wir Seite an Seite durch die hereinbrechende Nacht. Die meisten Fenster der Häuser sind vorschriftsmäßig verdunkelt. St. Gereon, die schöne romanische Kirche, an der wir vorbeikommen, ist unversehrt geblieben, was mich erleichtert. Überhaupt möchte ich nicht, dass auch nur ein einziges Gebäude in Köln zusammengebombt wird.

Benedikt lächelt, als ich ihm das sage.

»Ich auch nicht«, erklärt er. »Aber ich fürchte, uns beide werden die Engländer nicht fragen. Was mich bestürzt, ist der Hass, den ich überall spüre: der Hass gegen Fremde, der Hass innerhalb der Familien, nicht einmal vor der Kirche macht er Halt. Man versucht uns einzuschüchtern, indem man uns aller Privilegien beraubt. Dabei schadet man damit doch nur denen, die die Hilfe der Kirche am dringendsten brauchen.«

Ich schweige, weil ich über dieses Thema zu wenig weiß, als dass ich ihm eine Antwort geben könnte. Er scheint es zu bemerken, denn er fährt fort:

»Wer muss denn darunter leiden, wenn man katholische Kindergärten, Schulen, Krankenhäuser und Altenheime schließt? Sicherlich nicht die Parteibonzen, die sich alles leisten können! Jetzt wollen sie sogar unsere Suppenküchen dichtmachen, aber das werden wir nicht hinnehmen. Kardinal Schulte, der diesen März verstorben ist, hätte sicherlich keinen Finger dafür gerührt, aber Generalvikar Emmerich, der das Amt interimsweise führt, soll eine sehr soziale Seite haben, und darauf bauen wir.«

»Wird er unser neuer Kardinal?«, frage ich.

»Das entscheidet das Domkapitel. Alles sehr geheim.«

Wie seltsam – da gehe ich mit dem Mann meines Herzens durch eine warme Juninacht und unterhalte mich über Kardinalswahlen! Aber so ist es wahrscheinlich, wenn man einen Geistlichen liebt …

»Eines noch, Nellie«, sagt er schließlich, als schon der Turm von St. Joseph näher rückt. »Hab bitte ein Auge auf Martin.«

»Das habe ich«, erwidere ich irritiert. »Aber was genau meinst du damit? Ist da etwas, das ich wissen sollte?«

»Schau dir gut an, mit wem er Umgang hat. Gerade die Kinder und Jugendlichen leiden am meisten unter dem Krieg. Wenn schon Häuser im Bombenhagel einstürzen, wie sollen sie da noch wissen, was richtig oder falsch ist?«

»Ich passe auf ihn auf, aber ich kann ihn nicht einsperren. Martin ist ein Lehrling, kein Schulkind mehr. Und er hasst Kontrolle. Da sind wir beide uns sehr ähnlich …«

Benedikt greift nach meiner Hand, drückt sie fest und lässt sie wieder los. Stundenlang werde ich noch dieser Berührung nachspüren – wenigstens etwas, das mir durch diese einsame Nacht hilft.

Beim Abschied bleibt er vor mir stehen und legt seine rechte Hand auf sein Herz.

Ich tue es ihm nach.

»Gute Nacht, Nellie«, sagt er sanft. »Gott schütze dich!«

Der Herbst ist fast da, seit jeher meine liebste Jahreszeit, wenn der Geruch reifer Trauben die Luft durchzieht, der feine Dunst über dem Rhein immer dichter wird und das Licht, vom Nebel gebrochen, auf dem Wasser in schimmernden Farben glitzert. Früher habe ich in jenen Tagen oft Gedichte geschrieben, die mir heute kindisch und kitschig erscheinen.

Dieser Herbst hat keinerlei Poesie.

Die erste Euphorie über die deutschen Siege im Osten ist schnell verflogen, da helfen auch die Fanfarenklänge nichts, die uns zu den Lautsprechern treiben sollen, wo neue Heldentaten der Wehrmacht verkündet werden. Skepsis beherrscht mehr und mehr das öffentliche Meinungsbild. Der Krieg geht weiter, heftiger denn je; ein baldiges Ende ist keineswegs in Sicht. Die Zeitungen füllen sich mit Todesanzeigen gefallener Soldaten – die deutschen Verluste sind erheblich höher als erwartet.

Zugleich verschärft England den Bombenkrieg, und Köln ist die deutsche Großstadt, die ihren Kampffliegern am nächsten liegt. Wir alle haben darunter zu leiden. Martin wird immer dünner und stiller. Jetzt gibt es nicht einmal mehr eine Oma, zu der er nach der Arbeit gehen kann – aber wo dann treibt er sich stundenlang herum?

»Mit Freunden«, erwidert er ausweichend und lässt all meine Ermahnungen wie Wasser an sich abperlen.

In meiner wachsenden Ratlosigkeit frage ich Luuk van Geeren um Rat.

»Kinder«, sagt der achselzuckend. »Waren wir nicht alle so, als wir jung waren? Deutschland hat es nur vergessen, bei dem militärischen Drill, unter den es seine Jugend *zwängt. Doch Rebellion und Aufbegehren sind das Recht der Jugend. Wer soll das denn sonst tun?«*

Ich weiß, dass er verzweifelt an einem neuen Duft feilt. Doch wer soll den kaufen, jetzt, wo so viele um ihr Leben fürchten müssen?

»Es soll etwas sein, das die Seele erhebt. Etwas, das Mut macht und die Leichtigkeit des Seins zurückbringt.«

»Jetzt, mitten im Krieg?«, frage ich zweifelnd.

»Gerade mitten im Krieg. Außerdem wird nicht für immer Krieg sein, Nellie.«

»Spätestens dann nicht mehr, wenn Deutschland die ganze Welt erobert hat …«

Plötzlich war sein Blick so leer, dass sie zutiefst erschrak.

»Ich bin keine von denen, die laut ›Sieg Heil‹ brüllen«, setzte Nellie rasch hinzu. »Nicht, dass Sie mich jetzt falsch verstehen …«

»Ich glaube, ich habe alles ganz richtig verstanden«, erwiderte er. »Dieser Krieg fährt wie ein Schwert zwischen die Menschen. Man kann nicht auf beiden Seiten stehen, ohne zerteilt zu werden, man muss sich für eine Seite entscheiden – sehr bald entscheiden, wie ich befürchte.«

Angst kroch in ihr hoch.

Diese kostbaren Stunden mit ihm in der Gifthöhle waren etwas, worauf sie jeden Tag hinfieberte. Hier fühlte sie sich lebendig, hier konnte sie Wissen in sich aufsaugen, hier konnte sie experimentieren und zusammen mit ihm laut über spannende Dinge nachdenken.

»Sie wollen Köln doch nicht etwa verlassen«, sagte sie. »Das dürfen Sie nicht!«

»Was heißt schon ›dürfen‹? Mülhens gerät wegen mir mehr und mehr unter Druck«, fuhr er fort. »Wer kann sich heutzutage noch einen Holländer leisten, der viel kostet und so wenig Kriegsrelevantes produziert? Einen Fremden, der sich bis zum letzten Atemzug weigern würde, eine deutsche Waffe in die Hand zu nehmen? Jemanden, der zwar eine gute Nase, aber die verkehrte politische Gesinnung hat? Ich war seit jeher ein leidenschaftlicher Anhänger der Demokratie …«

»Wie mein Vater«, sagte Nellie leise.

»… und daraus mache ich bis heute keinen Hehl. Bis vor Kurzem war ich im Betrieb wegen meiner Leistungen sozusagen sakrosankt. Jetzt aber mehren sich die Kläffer und die Stänker, die mich loswerden wollen. Ich bin sicher, über mich wird längst an die Gestapo berichtet.«

»Aber die können Ihnen doch nichts tun …«

»Und ob sie das können! Und wenn nicht mir, dann eben Leni. Immer das schwächste Glied in der Reihe, damit erzielen sie ganz unglaubliche Ergebnisse. Die machen nicht einmal vor Kindern halt. Haben Sie nicht gesehen, Nellie, was auf unseren Straßen los ist? Bereits Erstklässler müssen jetzt den Judenstern tragen, von ihren bedauernswerten Eltern und Großeltern ganz zu schweigen. Das sind unsere Freunde, Nachbarn und Mitbürger!«

Unwillkürlich musste Nellie an Adrianos Leute denken, die so brutal verladen worden und seitdem nicht wieder aufgetaucht waren. Würde man auch die Juden zu diesen Orten im Nirgendwo bringen?

»Was man diesen Menschen damit antut – sie wie Vieh zu brandmarken!«, fuhr van Geeren tief bewegt fort.

Er hat recht, dachte Nellie, und sie bewunderte ihn dafür, dass er es aussprach. Diese entwürdigende Maßnahme war nur eine von vielen. Sämtliche jüdische Häuser auf der rechten Rheinseite waren bereits geräumt worden, ebenso wie die in den westlichen Vororten. Gleiches galt ganz allgemein für Villen. Der jüdischen Bevölkerung blieben nur noch Wohnungen in der Alt- und Neustadt sowie in Nippes und Ehrenfeld. Aus dem angrenzenden Gebäude hatten sie inzwischen ein »Judenhaus« gemacht, in dessen Wohnungen zu viele jüdische Familien gepfercht wurden. Ein paar tapfere Mütter schlichen sich manchmal zu ihnen ins *Halflang*, bevor Mamm abends zusperrte. Dann bekamen sie von ihr, was noch an Essensresten übrig geblieben war, und bedankten sich so überschwänglich dafür, dass es kaum auszuhalten war.

»Das alles ist furchtbar, furchtbar, furchtbar«, sagte Nellie heftig. »Und es tut mir in der Seele weh. Aber das löst nicht Ihr Problem, habe ich recht?«

Er nickte.

»Sie müssen liefern, sonst setzt Mülhens sich vielleicht nicht länger für Sie ein.«

»Richtig.«

Er vertraute ihr, er der große Parfümeur – ihr, die gerade erst die Welt der Düfte eroberte!

Nellie atmete tief ein und aus.

»Soll ich mich vielleicht mal an einen Vorschlag für einen Duft wagen?«, schlug sie vor. »Wenn es nicht klappt, muss es ja niemand erfahren.«

»Das würdest du tun, Nellie?« Zum ersten Mal hatte er sie geduzt.

»Ja, das würde ich! Ich möchte so gern etwas von dem zurückgeben, was … du in mich investiert hast.« Nach einem kleinen ersten Stolpern fühlte sich das Du ganz selbstverständlich an. »Und außerdem könnte ich dabei feststellen, wie weit ich eigentlich schon bin.«

»Einverstanden.« Luuk wirkte mit einem Mal viel gelöster. »Wann willst du damit anfangen?«

»Morgen«, sagte Nellie mit glänzenden Augen. »Morgen früh geht es los.«

11

Köln, Juli 2019

Und dann war er plötzlich da, kam in die Notaufnahme gestürmt und riss Liv mit seiner ungestümen Umarmung halb vom Sitz.

»*Hoe doet mijn zoon het?*«, fragte Hendrik, nachdem er sie wieder losgelassen hatte.

Als sie statt einer Antwort nur Pinki vom Boden aufhob, korrigierte er sich rasch.

»*Hoe doet onze zoon het?*«

»Du hast dich also doch noch erinnert«, erwiderte Liv. »Wie geht es *unserem* Sohn. Das lässt hoffen.«

»Spar dir diese Spitzfindigkeiten«, entgegnete er leicht gereizt. »Ich hab in Maastricht alles stehen und liegen lassen, als dein Anruf kam, und bin sofort losgefahren. Wie geht es Thijs? Ist die OP gut verlaufen? Jetzt spann mich doch nicht so auf die Folter!«

Sein Deutsch war flüssig und nahezu akzentfrei. Als Anwalt für Internationales Recht beherrschte Hendrik fünf Sprachen, das hatte Liv anfangs an ihm fasziniert. Dazu kamen sein selbstbewusstes Auftreten, die Fähigkeit, Menschen schnell für sich einzunehmen, und eine scheinbar angeborene Lässigkeit, mit der er sich überall mühelos zurechtfand. Allerdings konnten diese sonnigen Attituden schnell verschwinden, sobald ihm etwas gegen den Strich ging. Dann kam eine andere, weit weniger angenehme Seite an ihm zum Vorschein. Thijs hatte viel von seinem Vater, nicht nur äußerlich. Auch er konnte Herzen im Sturm erobern, auch er fand sich beinahe überall gut zurecht. Sobald ihm etwas nicht passte, brachte er das allerdings auch lautstark zum Ausdruck – und trotzdem konnte ihm niemand lange böse sein.

Wenn sie daran dachte, dass sie ihn beinahe verloren hätte, wurde ihr die Kehle wieder eng.

»Blinddarmdurchbruch«, sagte Liv. »Sie konnten nicht endoskopisch arbeiten, weil bereits Eiter in die Bauchhöhle gelangt war, sondern mussten ihm einen Bauchschnitt setzen. Jetzt ist er außer Lebensgefahr. Aber es war schon ziemlich knapp, das hat der Oberarzt mir ganz offen gesagt.«

»Hättest du das nicht früher merken müssen?« Hendrik runzelte die Stirn. »Und wie siehst du überhaupt aus?«

Das beherrschte er ebenfalls perfekt: anderen die Schuld zuzuschieben, wenn etwas schieflief. Den vollgekotzten Rock hatte sie längst vergessen. Liv hätte sich auf der Stelle wieder mit ihm streiten können, aber sie fühlte sich zu erschöpft, und zudem war sie auch zutiefst erleichtert, dass der Kleine alles gut überstanden hatte. Eine passende Antwort blieb sie Hendrik trotzdem nicht schuldig.

»Kleine Kinder klagen öfters mal über Bauchweh«, sagte sie. »Wärst du häufiger mit unserem Sohn zusammen, wüsstest du das. Außerdem kann ich nicht vierundzwanzig Stunden neben ihm hocken. Thijs besucht die Kita, und ich arbeite in meinem Laden, um unser Leben zu finanzieren.

Im Moment ist damit allerdings Ebbe, aber ich hoffe, das wird sich rasch wieder ändern.«

Hendriks Gesicht verschloss sich.

Etwa aus Angst, er müsste für die Unterhaltszahlungen tiefer in die Tasche greifen? Oder weil er wieder einmal angesäuert auf die offensichtlichen Tatsachen reagierte?

»Man hat meinen Laden mit Buttersäure kontaminiert«, erklärte Liv. »Deshalb musste ich ihn schließen. Morgen rückt eine Spezialfirma an, die alles entgiften soll. Die Reinigung wird nicht billig, aber meine Versicherung übernimmt den Schaden – haben sie jedenfalls gesagt.«

»So schnell hast du dir hier also schon Feinde gemacht?« Hendrik hatte es vermutlich scherzhaft gemeint, aber Liv traf seine Bemerkung trotzdem. Was auch immer sie zueinander sagten, war gefährliches Gelände. Zwischen ihnen lag ein emotionales Minenfeld, das bei jedem falschen Wort in die Luft fliegen konnte. Eigentlich verwunderte es sie, dass er keine Bemerkung über ihren besudelten Rock abgab, aber da hielt er sich wohl gerade noch zurück.

»Manchmal ist es besser, erst zu denken und dann zu reden«, entgegnete sie deshalb spitz. »Aber ich bin jetzt zu müde, um mit dir zu streiten.«

Hendrik fuhr sich mit der Hand über das Gesicht; auch er wirkte sichtlich erschöpft.

»Wann dürfen wir zu ihm?«, fragte er.

»Morgen«, antwortete Liv. »Ich durfte ihn schon sehen, allerdings nur kurz. Auf der Intensivstation können sie nachts keine hysterischen Eltern gebrauchen. Eigentlich wollte ich ja hier unten ausharren, bis es hell wird. Doch wenn ich das durchziehe, bin ich morgen von diesen lausigen Stühlen vermutlich stocksteif.«

»Unsinn! Du solltest dir wenigstens ein paar Stunden Ruhe gönnen, und das sollte ich auch.« Er stand auf. »Ich muss mir allerdings noch ein Hotelzimmer besorgen …«

»Unsinn«, wiederholte Liv. »Du schläfst bei uns. Das Sofa im Wohnzimmer ist ganz okay. Dann können wir morgen früh gleich zusammen los.«

»Ist das dein Ernst?« Hendrik wirkte ehrlich überrascht.

»Würde ich es sonst vorschlagen? Und jetzt lass uns gehen. Den Weg nach Ehrenfeld erkläre ich dir unterwegs im Auto.«

Es fühlte sich überraschend normal an, an Hendriks Seite durch das nächtliche Köln zu fahren, die Wohnung aufzuschließen, noch einen kleinen Bourbon als Absacker zu nehmen, sogar mit ihm zusammen die Schlafcouch auszuziehen und dann mit Kissen und Decke zu bestücken.

Was willst du eigentlich?, sagte Liv streng zu sich selbst, als die Tür zum Wohnzimmer sich endlich hinter Hendrik geschlossen hatte. Du hast jahrelang mit ihm zusammengelebt. Er war schließlich dein Mann – auch ohne Trauschein. Alte Gewohnheiten sitzen einem eben tief unter der Haut. Und jetzt steigen sie ungefragt wieder nach oben. Aber mach dir nichts vor! Hendrik hat sich für Fabienne entschieden, und die fährt augenblicklich die manikürten Krallen aus, würdest du auch nur Anstalten machen, daran etwas zu verändern.

Sie ging mit dem Handy hinaus auf die kleine Terrasse.

Als Erstes bekam ihr Vater eine WhatsApp, die sie bewusst nüchtern hielt, um ihm keine Angst zu machen.

Thijs wurde am Blinddarm operiert. Hat alles gut überstanden. Hendrik ist angereist zur seelischen Unterstützung. Bitte für morgen Daumen halten. Ein wichtiger Tag! Lass es dir gut gehen, Pa! Wir lieben dich! Liv & Thijs.

Als Nächstes kam Nouria an die Reihe.

Stell dir vor, Thijs musste ganz überraschend in die Klinik – Blinddarmdurchbruch! OP schon vorbei, geht ihm gut, aber er wird einige Tage dort bleiben müssen. Ich besuche ihn morgen früh, danach komme ich zum Laden. Wenigstens von außen will ich sehen, was Airfresh drinnen so anstellt. Hoffe, wir können bald wieder aufmachen. Denk bitte an uns! Liv ☺

Von ihrem Ex schrieb sie nichts.

Wie Liv Hendrik kannte, setzte der sich nach dem Besuch im Krankenhaus ohnehin gleich wieder ins Auto und düste zurück. Wahrscheinlich hatte Fabienne ihm inzwischen mindestens ein Dutzend Brandnachrichten geschickt – in Livs Gegenwart allerdings hatte er sein Handy nicht gecheckt.

Geht dich alles nichts mehr an, ermahnte sich Liv. Und doch fühlte es sich merkwürdig an, zu wissen, dass er nebenan lag.

Sie selbst war noch immer viel zu überdreht, um gleich

einzuschlafen. Noch mehr Bourbon ließ sie lieber bleiben, aber sie erinnerte sich, dass Tante Wimmi immer von heißer Milch mit Honig geschwärmt hatte, die angeblich so schön müde machen sollte.

Liv mixte sich eine große Tasse dieses Gebräus und kostete. Begeistern konnte es sie nicht, aber trinkbar war es. Vielleicht wirkte die Mischung besser, wenn sie sich gleich danach doch hinlegte. Nachdem der Becher leer war, ging sie ins Bad, schminkte sich ab und putzte ihre Zähne. Danach zog sie sich aus und befreite sich endlich von dem vollgekotzten Rock, den sie in die Waschmaschine steckte. Sie schlüpfte in den alten Morgenmantel mit den azurblauen Schmetterlingen, der früher Wimmi gehört hatte.

Wie angenehm kühlend sich die Seide auf ihrer erhitzten Haut anfühlte, fast wie ein sanftes Streicheln!

Tante Wimmi, in Jugendtagen ein richtiger Pummel, wie sie leicht verschämt erzählt hatte, war im Alter um einiges schmäler gewesen als Liv, sodass sich das Erbstück nur ein Stückchen übereinanderschlagen ließ, aber das war Liv für den Moment egal. Schon halb im Liegen ließ sie den Tag noch einmal Revue passieren, als es plötzlich läutete. Viertel nach eins! Wer zum Teufel wollte zu dieser Zeit noch etwas von ihr?

Damit die Klingel nicht noch einmal ging und Hendrik aufwachte, schlurfte sie hastig zur Tür. Aus Versehen drückte sie allerdings den falschen Knopf und aktivierte nicht die Sprechanlage, sondern den Türöffner.

Und dann stand auch schon Jan vor ihr.

»Sorry für den späten Überfall«, sagte er. »Aber als Nouria mir das von Thijs erzählt hat, musste ich unbedingt nach dir sehen. Wie geht es dir? Brauchst du Hilfe, Liv? Wie geht es dem Kleinen?«

»Nein«, sagte sie überwältigt. »Jetzt ist alles schon vorbei. Er ist operiert und so weit ganz okay, haben die Ärzte gesagt.«

»War ein Riesenschreck, oder?«

»Ja, das war es. Wenn sie noch so klein sind und nicht genau sagen können, was ihnen fehlt …«

Der zu enge Morgenmantel fiel ihr ein. Himmel – wenn der jetzt ganz aufsprang!

Liv raffte zusammen, was zu raffen war.

»So habe ich meinen kleinen Bruder verloren«, sagte Jan. »Sascha war erst vier, als es passiert ist. Ich dachte damals, sein Bauchweh käme von den unreifen Früchten, die er heimlich genascht hatte. Aber ich lag falsch.«

»Auch ein entzündeter Blinddarm?«, fragte Liv.

Er nickte und begann dabei heftig zu blinzeln. »Durchbruch«, sagte er rau.

»Komm doch rein«, forderte sie ihn auf. »Das ist wahrlich kein Thema fürs Treppenhaus.«

Ins Wohnzimmer konnte sie ihn nicht bitten, und das Schlafzimmer kam ebenfalls nicht infrage … Blieb nur die Küche. Und das mit dem Morgenmantel konnte sie jetzt auch nicht mehr ändern.

Jan folgte ihr schweigend.

»Möchtest du was trinken?«, fragte sie.

»Gerne ein Wasser«, erwiderte er. »Mag ich nach einem langen Abend im *Delirium* immer am liebsten.« Er nahm einen Schluck. »Willst du die ganze Geschichte hören?«

»Ja, bitte erzähl sie mir«, sagte Liv.

»Ich war sechzehn, und unsere Eltern waren bei Freunden zu einer Geburtstagsparty eingeladen. Kein Problem, ich hatte ja schon oft auf den Kleinen aufgepasst. An dem Abend allerdings bin ich noch einmal weg, nachdem er eingeschlafen war. Er hatte zuvor ein bisschen rumgejammert, von wegen Bauchweh und so, aber ich dachte eben, das käme vom Obst und würde schon wieder von selbst weggehen. Mein Kopf war ganz woanders: Ich war schon seit Tagen krank vor Eifersucht, weil ich dachte, meine Freundin betrügt mich. Deshalb habe ich mich vor ihrem Haus auf die Lauer gelegt und dabei die Zeit total vergessen. Als mir bewusst wurde, wie lange ich da schon stand, bin ich sofort zurück – da war Sascha kaum noch ansprechbar. Meine Eltern kamen gerade nach Hause. Sie haben sofort einen Krankenwagen gerufen und sind mit ihm in die Klinik.« Seine Augen waren plötzlich viel dunkler. »Die Ärzte konnten ihn nicht mehr retten. Krasser Blinddarmdurchbruch, Eiter, Kot, alles war schon im Bauchraum. Er ist an seiner Sepsis gestorben. Zwei Stunden früher, und ein weniger bekloppter großer Bruder, der zu dem steht, was er versprochen hat, und er wäre vermutlich noch am Leben.«

Liv legte ihre Hand auf seinen Arm.

»Es gibt keinen einzigen Tag, an dem ich nicht an ihn denke«, fuhr Jan nach einer Weile fort. »Heute wäre Sascha neunzehn und garantiert ein heißer Typ. Thijs erinnert mich an ihn, obwohl mein Bruder nicht blond war, sondern braune Locken hatte. Seine fröhliche Art, dieses ungebrochene Vertrauen ins Leben, all das hatte Sascha auch, und das gefällt mir so sehr an deinem Sohn.«

»Deshalb bist du gekommen«, sagte Liv.

»Auch«, erwiderte Jan. »Aber nicht nur ...«

»So spät noch Besuch?« Gähnend stand Hendrik im Türrahmen. Da er in der Eile jede Art von Nachtzeug vergessen hatte, trug er nur seine Boxershorts. Sein Blick blieb an Livs Morgenmantel hängen, der vorne leicht aufklaffte.

Für einen Moment wurde es sehr still in der Küche.

»Hendrik Jansen, mein Ex«, sagte Liv schließlich, weil schließlich jemand etwas sagen musste. »Ich hab ihn angerufen, als es Thijs so schlecht ging. Und das ist Jan Zoringer.«

»Der Vater von Thijs«, setzte Hendrik überflüssigerweise dazu.

»Dachte ich mir.« Jan stand auf. »Dann will ich nicht weiter stören.«

»Du störst kein bisschen«, sagte Liv mit Nachdruck. »Danke, dass du gekommen bist. Und danke für dein Vertrauen, Jan. Dafür ganz besonders.«

Sein Abschiedsblick war warm, und es gab eine kurze Umarmung, obwohl Hendrik die Stirn runzelte.

»Grüß den kleinen Helden von mir«, sagte Jan. »Und gib bitte Bescheid, wann ich ihn in der Klinik besuchen darf. Ich freu mich schon darauf.«

»Dein Neuer?«, fragte Hendrik, kaum dass Jan die Wohnung verlassen hatte.

»Ein Freund«, entgegnete Liv knapp.

»Ein Freund?«, wiederholte er mit süffisantem Unterton. »Ein Freund, der mitten in der Nacht zu Besuch kommt und von dir in diesem Aufzug empfangen wird?«

Liv schaute an sich hinunter.

War wirklich eine ganze Menge Haut zu sehen. Jan schien es kein bisschen gestört zu haben. Und bei dem, was er ihr erzählt hatte, hatte sie selbst es vollkommen vergessen.

»Jan weiß, wie eine Frau aussieht«, entgegnete sie. »Und das sogar ziemlich genau, stell dir vor.«

»Aber ist das auch gut für den Kleinen? Was, wenn eure Affäre nicht hält? Wird Thijs dann nicht enttäuscht sein?«

Seine Unverschämtheit machte Liv für einen Moment sprachlos.

»Wann ich mit wem welchen Umgang habe, geht dich gar nichts mehr an«, erwiderte sie schließlich eisig. »Und was unseren Sohn betrifft, so musste der vor allem damit zurechtkommen, dass sein Pa von heute auf morgen aus seinem jungen Leben verschwunden ist. *Darüber* solltest du vielleicht einmal nachdenken, Hendrik Jansen!«

Und mit diesen Worten marschierte sie in ihr Schlafzimmer und schloss die Tür. Sie zitterte noch immer leicht, so sehr hatte sie sich gerade geärgert.

Auch wenn sie nicht viel Hoffnung hatte, in dieser Nacht noch schlafen zu können, legte sie sich ins Bett und nahm Pinki in den Arm. Und ob es nun Thijs' Geruch war, der daran haftete, oder doch Tante Wimmis heiße Milch mit Honig – jedenfalls war sie innerhalb weniger Minuten tief und fest eingeschlafen.

Am nächsten Morgen gingen Hendrik und Liv vorsichtiger miteinander um, beide bemüht, vor dem Besuch im Krankenhaus keinen Missklang aufkommen zu lassen.

Livs kurzer Anruf in der Klinik hatte gute Nachrichten gebracht: Thijs war bereits auf die normale Station verlegt worden, so zufriedenstellend war sein Zustand. Hendrik wollte im ersten freudigen Überschwang unbedingt unterwegs noch eine Überraschung für ihn besorgen, Liv aber wehrte ab.

»Seinen Vater zu sehen ist das größte Geschenk für ihn«, sagte sie. »Aber wenn du dich unbedingt spendabel zeigen willst, kannst du dich gern an dem neuen Laufrad beteiligen, das wir gerade angeschafft haben.«

Einen Moment zögerte er, dann aber drückte er ihr zwei Fünfzig-Euro-Scheine in die Hand. »Kauf noch einen guten Helm«, sagte er. »Soll ihm ja nichts passieren!«

»Längst geschehen«, erwiderte Liv knapp.

Nachdem sie in der Kita Bescheid gegeben und kurz Betty im Stockwerk drüber über den Stand der Dinge informiert hatte, fuhren sie los.

Unterwegs klingelte Livs Handy.

»Papa hier«, hörte sie seine vertraute Stimme. »Ich hab deine Nachricht leider gerade erst gelesen. Wie geht es meinem kleinen Sonnenschein?«

»Schon wieder ganz gut. Dein Enkel wird in der Klinik bestens versorgt. Ich bin gerade auf dem Weg zu ihm.«

»Ist das auch wirklich wahr? Sonst würde ich nämlich meine Zelte hier sofort abbrechen und ein Ticket nach Köln buchen. Sag, wenn ihr mich braucht!«

»Musst du nicht, Papa, wir kommen auch so klar. Erhol dich, und genieß die Exotik – bitte!«

Ganz so einfach ließ ihr Vater sich nicht beruhigen, aber nach einer weiteren Versicherung, dass alles in Ordnung sei, beendeten sie schließlich das Gespräch. Liv hatte ihm nicht erzählt, dass sie neben Hendrik im Auto saß, was dieser ganz sicher registriert hatte. Seit Hendriks Entscheidung für Fabienne war der Beinaheschwiegersohn für Livs Vater nur noch Luft. Die eigene Familie verließ man nicht einfach so; von dieser Maxime rückte er keinen Millimeter ab.

»Tut mir übrigens leid, was ich gestern gesagt habe«, erklärte Hendrik, als sie das Kinderkrankenhaus fast schon erreicht hatten. »War wohl alles ein bisschen viel auf einmal – dein Anruf, die rasante Autofahrt nach Köln, das Warten im Krankenhaus, deine Wohnung, die auch ohne mich so perfekt eingerichtet ist – und dazu auch noch dieser smarte Kerl mitten in der Nacht, der dich angehimmelt hat …«

»Jan«, sagte Liv mit stillem Vergnügen. »Er heißt Jan. Du warst also eifersüchtig?«

»Eifersüchtig – nein. Oder vielleicht ein wenig. Auf jeden Fall habe ich mich plötzlich vollkommen überflüssig in eurem Leben gefühlt, und das hat mir irgendwie zugesetzt. Ich meine, als Paar kann man sich trennen oder scheiden lassen, aber doch nicht von seinem Kind, oder?«

Liv sah ihren Ex überrascht an. Wenn Thijs' OP ihn zu dieser Einsicht gebracht hatte, war der gestrige Schrecken wenigstens nicht ganz umsonst gewesen.

»Dann mach es wieder gut, wenn du unseren Sohn gleich siehst«, lautete ihr trockener Kommentar. »Der Kleine braucht uns, gerade jetzt!«

Der Raum, in dem der kleine Patient lag, war auf der sonnigen Ostseite, und die Vormittagssonne malte helle

Kringel an die Wände. Auf der gegenüberliegenden Seite tanzten aufgemalte Janosch-Figuren einen fröhlichen Reigen: Frosch, Bär, Tiger mit kleiner Tigerente. Aber ein Krankenzimmer blieb es natürlich trotzdem. Außer Thijs, dessen Bett am Fenster stand, gab es noch zwei weitere Patienten – Jungs im Grundschulalter, die mit ihren Tablet-Computern beschäftigt waren.

»Der Kleine schläft schon wieder«, sagte der Rotschopf rechts von Thijs und sah von seinem Spiel auf. »Vorhin hat er ein bisschen geweint. Aber jetzt sind Mama und Papa ja da.«

Wie klein ihr Schatz unter der gelben Bettdecke aussah!

Schmaler im Gesicht kam er Liv auch vor.

Eine Welle von Liebe und Mitgefühl drohte sie wegzuspülen, und Hendrik schien es nicht viel anders zu gehen.

Unwillkürlich fanden sich ihre Hände.

Dann schlug Thijs die Augen auf. Als er seinen Vater erkannte, strahlte er über das ganze Gesicht.

»Pa!«, sagte er und streckte ihm die Ärmchen entgegen.

»Je zou dingen kunnen doen, mijn kleintje!« Hendrik setzte sich behutsam auf die Bettkante.

»Sprich Deutsch mit ihm«, bat Liv. »Thijs wird doch gerade ein echter Kölner.« Sie erhielt einen skeptischen Blick von Hendrik, der es hasste, korrigiert zu werden, besonders von ihr.

»Du machst ja vielleicht Sachen, mein Kleiner!«, wiederholte er. »So richtig knuddeln darf ich dich leider noch nicht, dafür bist du noch an zu viele Schläuche angestöpselt.« Er deutete auf die Drainage, und Thijs nickte so ernsthaft, als umreiße er die Lage ganz genau. »Tut es denn noch weh?«

»Bissi«, kam leise als Antwort.

»Der böse Blinddarm ist raus, aber du hast einen Schnitt am Bauch, Schätzchen«, erklärte Liv. »Den haben sie genäht, und die Haut muss erst wieder zusammenwachsen. Da kann es schon mal ziepen.«

»Pinki?«, lautete seine nächste Frage.

»Pinki – natürlich!« Das Schweinchen durfte mit unter die Bettdecke.

»Soll Papa dir was vorlesen?«, fragte Hendrik. Liv hatte zu Hause rasch noch zwei Bilderbücher eingesteckt.

Thijs schüttelte den Kopf. Dabei fielen ihm die Augen schon wieder halb zu.

»Du siehst doch, er braucht Ruhe«, sagte Liv. »Lass uns noch zum Arztzimmer gehen. Dort erfahren wir sicherlich mehr.«

»Du hast gut reden, so nah vor Ort.« Sichtlich widerstrebend stand Hendrik auf. »Aber was ist mit mir? Ich kann schließlich nicht so leicht wieder für eine halbe Stunde herkommen ...«

»Wenn du das wirklich willst, wird es sich schon einrichten lassen«, sagte Liv. »Die knapp hundertfünfzig Kilometer zwischen Maastricht und Köln sind mit deinem schnellen Auto doch eher ein Witz. Oder musst du Fabienne vorher um Erlaubnis fragen?«

Er funkelte sie wütend an, sparte sich aber eine Antwort.

Liv küsste Thijs, der schon wieder fest eingeschlafen war, auf den Kopf. Dann fasste sie den Rotschopf im Nebenbett scharf ins Auge.

»Du passt bitte ein bisschen auf ihn auf, okay?«, sagte sie. »Wie heißt du?«

»Leo«, sagte er.

»Schöner Name! Ich bin Liv, Thijs' Mama. Und das ist sein Papa Hendrik, aber der wohnt in Holland. Wenn er weint oder sich nicht gut fühlt, sagst du dann bitte einer Schwester Bescheid?«

»Kann ich machen«, erwiderte Leo lässig. »Der Junge ist ja noch ziemlich klein.«

»Und deshalb braucht er auch so eine Art großen Bruder, der auf ihn achtgibt. Übernimmst du das, Leo? Du würdest mir damit sehr helfen!«

Der schien bei ihren Worten ein Stück zu wachsen.

»Geht klar«, sagte er. »Die sind übrigens alle ziemlich nett hier. Machen Sie sich mal keine Sorgen!«

»Dann ist es ja gut.« Liv lächelte ihn dankbar an. »Ich komme heute Nachmittag wieder vorbei.«

»Jetzt spannst du schon fremde Kinder ein«, wollte Hendrik losmotzen, hielt aber inne, als er Livs genervten Blick sah. »Ich weiß, ich weiß, ich hab gut reden, weil ich ja bald wieder weg bin …«

»Dann rede nicht«, sagte sie knapp. »Schau lieber, dass wir einen Arzt finden.«

Chef- und Oberarzt waren am anderen Ende des Ganges mitten in der Visite, gefolgt von einem Schwalbenschwanz angehender Mediziner. Doch auch die junge Stationsärztin konnte ihnen Beruhigendes mitteilen.

»Ihr Kleiner ist ein Kämpfer mit einem hervorragenden Immunsystem«, sagte sie. »Zum Glück haben Sie ihn uns noch rechtzeitig gebracht. Der Blinddarm ist entfernt, der

Eiter im Bauchraum beseitigt. Er muss noch ein paar Tage Antibiotika nehmen, aber wenn es bei der Heilung zu keinen Komplikationen kommt, können Sie ihn in circa einer Woche wieder mit nach Hause nehmen.«

So lange waren sie noch nie voneinander getrennt gewesen!

Liv musste schlucken.

»Was genau könnte denn da passieren?«, erkundigte sich Hendrik.

»Nachblutungen im schlimmsten Fall«, erwiderte die Ärztin. »Kinder kann man eben nicht im Bett anbinden. Manchmal beginnen sie zu früh herumzutoben, und dann kann das schon mal vorkommen.«

»Ich werde natürlich ein wachsames Auge auf ihn haben«, versprach Liv. »Aber ich kann leider nicht immer da sein. Ich habe einen Laden …«

»Unsere Kinderkrankenschwestern sind bestens geschult. Die werden Ihren Sohn schon im Zaum halten!«

»Egal, wie viel man auch tut«, murmelte Liv beim Hinausgehen, »ein schlechtes Gewissen bleibt. Ich sollte eigentlich hier bei Thijs sein, aber das kann ich gerade nicht …«

»Ebenso wenig wie ich.« Hendrik räusperte sich. »Ich müsste dann auch langsam wieder nach Hause. Wo kann ich dich absetzen?«

Nach Hause. Das saß, trotz allem.

Hendrik war damals so schnell mit Fabienne zusammengezogen, dass Liv ganz schwindelig geworden war. Die Beziehung der beiden schien zu halten, egal, wie sehr sie ihre Nachfolgerin auch ablehnte. Jetzt fehlte eigentlich nur noch, dass Fabienne schwanger wurde …

»Wenn du magst, gern beim Laden«, sagte Liv. »Venloer Straße. Ich lotse dich dorthin.«

Nouria saß vor dem *Göttlichen Düftchen* Wache auf ihrem Klapphocker, als sie ankamen.

»Wie geht es Thijs?«, fragte sie als Erstes und schien sehr erleichtert, als Liv erklärte, dass er die OP gut überstanden habe. Hendrik war ebenfalls ausgestiegen und ließ es sich nicht nehmen, von außen kritisch in Augenschein zu nehmen, was drinnen gerade passierte.

»Was machen die denn da genau?«, fragte er Liv. »Ich sehe nur ein paar Kerle in Schutzanzügen und Atemmasken, die mit irgendwelchen Rohren herumfuchteln.«

»Keine Ahnung«, erwiderte sie. »Ich weiß nur, dass sie sich darauf spezialisiert haben.«

»Ich geh mal rein«, sagte er. »Kann sicherlich nicht schaden.«

»Aber du bist doch gar nicht vorbereitet …«

»Und wenn schon! So ein bisschen Gestank bringt mich nicht gleich um.« Er stellte sich breitbeinig in Position und klopfte. Kurz darauf ging die Tür auf, und er verschwand nach drinnen.

»Dein Ex?«, flüsterte Nouria.

Liv nickte.

»Der ist ja Thijs in groß – das reinste Abziehbild. Du hast gar nicht gesagt, dass er so gut aussieht …« Nouria wirkte beeindruckt.

»Davon hast du leider nicht viel, wenn er einen Wutanfall bekommt«, flüsterte Liv zurück. »Oder dich zur Minna macht, weil du mal wieder in seinen Augen nichts begriffen hast. Ich bin diese dominanten Kerle so leid, die außer sich selbst nichts gelten lassen. Der nächste Mann, auf den ich mich einlasse, muss sensibel und lernfähig sein, sonst läuft da gar nichts, das hab ich mir geschworen!«

»So wie Jan?«, ergänzte Nouria. »Allerdings mit dem klitzekleinen Manko, dass Jan zu *allen* Frauen so ist?«

Bevor Liv etwas darauf erwidern konnte, kam Hendrik wieder heraus.

»Puh!«, sagte er, beugte sich nach vorn und spuckte auf den Boden. »Dieses Dreckszeug geht einem ja ganz schön in Bronchien und Schleimhäute. Dabei ist es für jedermann frei zugänglich, wie ich gerade erfahren habe, im Baumarkt ebenso wie im Netz. Ich sage nur: Stichwort Maulwurfbekämpfung. Nicht zu fassen, wie einfach das ist!«

»Wann werden sie fertig?«, wollte Liv wissen. »Das interessiert mich gerade sehr viel mehr. Haben sie das auch gesagt?«

Hendrik reckte sich zu seiner ganzen Größe.

»Manchmal kann das Wörtchen ›Anwalt‹ ja doch etwas bewirken«, erwiderte er nicht ohne Stolz. »Kaum stand es im Raum, wurden sie auf einmal sehr viel mitteilsamer.« Er begann zu grinsen. »Stell dir vor, heute noch! Du kannst morgen früh mit dem Aufräumen beginnen und danach wieder aufmachen.« Jetzt erst schien ihm Nouria aufzufallen, die in ihrem weinroten Stufenrock und dem türkisfarbenen Shirt nun wahrlich nicht zu übersehen war. »Und Sie sind …«

»Nouria, Livs Mitarbeiterin. Ich war Zeugin, als der Anschlag passierte. Ein Schock, das kann ich Ihnen sagen!«

Er nickte zerstreut und schien mit den Gedanken schon wieder ganz woanders zu sein.

»Du hältst mich über Thijs' Fortschritte bitte telefonisch auf dem Laufenden«, sagte er zu Liv, die bei seinen Worten den Mund leicht verzog. »Und nein, Fabienne geht nur in Ausnahmefällen an mein Handy. Pass gut auf unseren Kleinen auf!« Er umarmte Liv ungelenk.

»Mach ich«, sagte sie. »Danke, dass du da warst. Und danke für das Laufrad. Thijs wird stolz sein, wenn ich ihm sage, dass sein Pa es ihm geschenkt hat.«

Er winkte, stieg in seinen Saab und fuhr los.

»Wer zum Teufel ist denn Fabienne?«, fragte Nouria neugierig.

»Mein ganz persönlicher Albtraum«, erwiderte Liv. »Komm, lass uns bei *Madame Tartine* einen Kaffee trinken gehen.«

In dem kleinen Bistro waren alle Plätze besetzt, so begehrt war es, aber wenn man nur kurz blieb, konnte man es auch draußen auf dem Gehweg aushalten.

»Thijs ist über den Berg«, sagte Liv, während Nouria nachdenklich in ihrer Tasse rührte. Ob sie wohl mitbekommen hatte, dass Jan noch so spät zu ihr gefahren war? »Ich möchte trotzdem in den nächsten Tagen möglichst viel bei ihm im Krankenhaus sein. Er ist noch so klein …«

»Ist doch selbstverständlich«, unterbrach Nouria sie. »Jede Mutter würde das wollen. Und schließlich hast du ja auch noch mich.«

»Das weiß ich, und darüber bin ich auch sehr froh«, sagte Liv. »Du hast so viel gelernt in so kurzer Zeit. Aber traust du dir das auch wirklich zu? Den Laden allein zu stemmen – über viele Stunden?«

Nouria sah sie voller Empörung an. »Natürlich! Und wenn ich etwas wirklich nicht weiß, dann rufe ich dich einfach an und frage, okay?«

»Okay.« Liv schwieg einen Augenblick. Als sie weitersprach, wägte sie jedes Wort mit Bedacht ab. »Allerdings wissen wir nicht, ob es bei dieser einen Attacke bleiben wird. Wer auch immer dafür verantwortlich war, könnte es erneut versuchen, dieses Mal vielleicht mit anderen Mitteln – Wasser, Feuer … Keine Ahnung, was in solch verdrehten Hirnen vor sich geht. Ich habe kein gutes Gefühl, dich allein im Laden zu wissen. Wenn dir etwas zustößt, während ich weg bin – das könnte ich mir niemals verzeihen!«

Nouria musterte sie aufmerksam.

»Zuerst war ich ja felsenfest davon überzeugt, der Anschlag sei gegen mich und meine Arbeit bei dir gerichtet«, sagte sie. »Aber meine Cousins scheinen ausnahmsweise mal die Wahrheit zu sagen. Dann richtet der Anschlag sich vermutlich doch gegen dich. Wer könnte das sein, Liv, der dich so hasst, dass er deine Existenz ruinieren will?«

Das Gleiche hatte Hendrik sie auch gefragt, aber sie hatte noch immer keine Antwort darauf.

»Keine Ahnung«, sagte sie. »Ich hab niemandem etwas zuleide getan. Ob es vielleicht etwas Politisches ist?«

»Wie meinst du das?«

»Na ja, eine Art Kapitalismuskritik oder so was in der Richtung. Wer braucht schon Parfüm, wenn er nicht weiß, wie er satt werden soll? Scheint hier ja genügend Leute zu geben, die solche Probleme haben, sonst wäre ›Dat schmeckt noch jood‹ wohl niemals ins Leben gerufen worden. Vielleicht ärgern sie sich darüber, dass wir Luxuswaren verkaufen, während sie darben. Könnte doch sein, oder nicht?«

»Ich weiß nicht«, erwiderte Nouria zweifelnd. »Sich ärgern und darüber ablästern ist eine Sache, aber hingehen und einen Laden kontaminieren eine andere. So sind die Kölner eigentlich nicht, und die Leute aus Ehrenfeld erst recht nicht …«

»Sagt die Spezialistin«, kommentierte Liv.

»Ganz genau! Wenn man von außen kommt, ist der Blick auf manche Dinge schärfer«, antwortete Nouria. »Weil man eben weniger voreingenommen …« Sie unterbrach sich. »Hallo Frau von Plettenberg! Was schleppen Sie denn da mit sich herum?«

»Hallo, die Damen!« Schnaufend ließ die Gräfin sich auf den dritten freien Stuhl fallen und stellte ihren Korb ab. »Was dagegen, wenn ich schnell einen Espresso mit Ihnen trinke, bevor ich weiterhaste?«

Lila, Orange, Apfelgrün – mit ihrem Kleid aus den Swinging Sixties hatte Maja von Plettenberg wieder einmal stilsicher in den Farbtopf gegriffen.

»Gerne«, erwiderte Liv. »Sind Sie heute als Rotkäppchen unterwegs?«

Maja von Plettenberg grinste. »Sie meinen von wegen Kuchen und Wein? Sind leider nicht dabei! Aber ich habe für ein paar Tage vorgekocht. Ist doch nicht gesund, wenn sich die alten Leute nur noch von Zwieback und Tütensuppen ernähren. Und dieses ›Essen auf Rädern‹ oder wie immer es sich nennt, ist schlichtweg ungenießbar. Liest sich auf der Speisekarte ganz vielversprechend, aber wenn man die Behälter dann öffnet, schwimmen undefinierbare Klümpchen in undefinierbarer Sauce – bäh. Dann schon lieber leichte, vitaminreiche Kost, und genau die hab ich gekocht.«

Mit einer lässigen Geste hob sie die Hand zum Bestellen.

»*Un espresso doppio.* Und jetzt möchte ich alles über den Anschlag auf meinem Lieblingsladen wissen. Die Kurzversion bitte!«

Liv fasste im Schnelldurchgang die Ereignisse zusammen, während ihre adelige Zuhörerin gespannt und mit wechselndem Mienenspiel zuhörte.

»*Shocking*, was manche Menschen so anrichten! Aber morgen ist wieder auf?«, fragte sie.

»Wie es aussieht, ja«, sagte Liv. »Spätestens ab mittags. Ich werde mir ein paar spannende Angebote ausdenken, damit ganz viele Kundinnen zu uns strömen.«

»Wir bringen alles wieder auf Hochglanz«, versicherte Nouria. »Es wird noch schöner als zuvor.«

»Gut zu wissen, denn ich brauche dringend anständige Geschenke für zwei liebe Freundinnen. Wo ist eigentlich Ihr Kleiner?«, fragte Maja von Plettenberg.

»In der Kinderklink«, erwiderte Liv mit einem leisen Seufzer. »Um einen Blinddarm ärmer. Und seine Mutter um viele Ängste reicher.«

»Auch das noch, Sie Ärmste! Da kam ja alles auf einmal zusammen. Aber so ist es leider manchmal im Leben. Hab ich selbst auch schon zur Genüge erlebt.« Sie leerte die winzige Tasse, legte einen Schein auf den Tisch und stand auf. »Leider muss ich weiter. Lilo kann ziemlich zickig werden, wenn man zu spät kommt.«

»Ich habe Ihre Freundin gestern im Stadtwald gesehen«, sagte Liv. »Bevor es Thijs so schlecht ging. Eine junge Frau mit einem interessanten Haarschnitt war bei ihr. Kaum hatten die beiden mich erblickt, haben sie auch schon das Weite gesucht. Inzwischen komme ich mir fast vor, als hätte ich den bösen Blick.«

»Das war bestimmt Maggie, so eine Art Adoptiv-Enkeltochter. Sie hatte es als Kind wohl ziemlich schwer zu Hause. Lilo hat sich sehr um sie gekümmert, das verbindet die beiden. Heute unternimmt sie ab und an etwas mit ihr. Am Herd allerdings ist Maggie eine Katastrophe. Wasser kann sie heiß machen, soviel ich weiß, aber das war es dann auch schon. Deshalb muss ich ja als Rotkäppchen unterwegs sein. Also, dann bis morgen!«

Sie griff nach ihrem Korb und stöckelte davon.

»Ein Phänomen«, sagte Nouria beeindruckt. »So viel Energie möchte ich auch noch haben, wenn ich einmal in ihrem Alter bin!«

Thijs lächelte sie kurz an, als sie wieder an seinem Bett stand.

»Pa?«, fragte er sofort und reckte sein Hälschen, als habe sich Hendrik irgendwo hinter Liv versteckt.

»Der schickt dir ganz viele Bussis«, sagte sie schnell.

»Pa?« Die Unterlippe begann verräterisch zu zittern.

»Papa ist zurück nach Maastricht gefahren.« Die Wahrheit war noch immer das Beste. »Du weißt doch, dass er ganz viel arbeiten muss. Er hat versprochen, uns wieder zu besuchen. Wenn er Zeit hat.«

Thijs weinte nicht, aber seine zutiefst enttäuschte Miene sprach Bände.

»Sie haben den Zwerg heute ein paarmal aufs Klo gefahren«, sagte Leo. »Morgen darf er schon die ersten Schritte machen. Ist ziemlich cool, der Kleine, und sein Schweinchen auch!«

Thijs sandte ihm einen dankbaren Blick. Das Lob des großen Jungen schien ihm viel zu bedeuten.

»Pinki ist ganz große Klasse«, sagte Liv. »Wenn Pinki dabei ist, kann einem nämlich nichts wirklich Schlimmes passieren.«

Thijs' Mundwinkel kräuselten sich leicht.

Wie tapfer er war!

»Wenn du wieder ganz gesund bist, fahren wir zusammen ans Meer«, versprach sie. »Dann kannst du die Wellen spüren und das Salz riechen. Du wirst es lieben, Thijs, das weiß ich …«

»Pa auch?«, fragte er.

Liv zögerte, aber sie hatte sich vorgenommen, ihr Kind niemals anzulügen. Verletzen jedoch wollte sie ihren kleinen Sohn natürlich auch nicht.

»Wohl eher nicht«, sagte sie. »Er muss doch immer so viel arbeiten. Außerdem schwimmt dein Papa nicht so gern.«

Thijs' Blick hing unverwandt an ihrem Gesicht. Er suchte Halt, jemanden zum Anklammern, das war ihr klar.

Jemanden, der nicht seine Mama war.

»Pinki?«, fragte er zaghaft, und es klang wie ein Hilferuf.

»Aber natürlich!«, versicherte Liv, zutiefst erleichtert über diesen Ausweg. »Eine Reise ohne Pinki? Absolut undenkbar!«

12

Köln, Spätherbst 1941

Frau Wolff aus dem überfüllten Judenhaus sitzt im *Halflang* und weint bitterlich. Familie Friedmann, die dort in der gleichen Wohnung mit ihnen untergebracht ist, bleibt lieber unter sich, aber mit Ida Wolff und ihren Kindern Selma und Paul haben wir uns schnell angefreundet.

Wir sind nur noch zu dritt im Lokal; Mamm hat bereits zugesperrt. Ansonsten hätte Frau Wolff sich auch nicht zu uns herübergewagt, denn Juden ist der Zutritt zu Kneipen verboten.

Einer unserer Gäste hat seine Zeitung liegen lassen. Der *Westdeutsche Beobachter*, auflagenstärkstes Blatt in Köln und von Anfang an stramm auf NSDAP-Kurs, hat die jüngste Brandrede von Gauleiter Grohé in voller Länge abgedruckt.

»Sie wissen, der Jude ist der Urheber dieses Krieges«, liest Ida Wolff mit bebender Stimme vor, »der Hexer in der ganzen Welt, und lebt hier in Deutschland noch in Massen und ist damit hier der Spion im eigenen Land. Wo Deutsche sonst in Feindstaaten wohnen, sind sie längst verhaftet und festgesetzt. Wir lassen unseren größten Feind in unserem eigenen Land herumgehen. Wir hätten sie doch einsperren können! Ja, wenn wir sie alle an die Wand gestellt hätten, hätten wir das vor der Geschichte rechtfertigen können und vor unserem eigenen Gewissen. Denn der Jude war noch niemals ein Nutzen für die Menschheit, sondern immer nur ein Schaden. Der Jude ist der geborene Verbrecher. Dieses Volk auszurotten wäre deshalb vor jedermann und zu jeder Zeit der Geschichte vertretbar…«

Sie weint zu sehr, um noch weiterlesen zu können, und ich schäme mich, dass ich mit diesem Widerling noch vor Kurzem Gretas Verlobung gefeiert habe. Aus einem Impuls heraus gehe ich zu ihr und lege ihr die Hand auf den Rücken, um sie zu beruhigen, aber Ida will sich nicht beruhigen lassen.

»Meinen Mann haben sie schon auf dem Gewissen«, schluchzt sie. »Salo war ein gefragter Anwalt, bevor sie ihm Berufsverbot erteilt haben. Danach musste er erst Patronenhülsen schrauben, dann als Totengräber arbeiten und schließlich am Schlachthof schwere Tierkadaver schleppen – ausgerechnet er, der von Kindheit an einen kaputten Rücken hatte! Ich bin vor Trauer selbst fast gestorben, als sein tapferes Herz im Frühling zu schlagen aufgehört hat. Inzwischen bin ich manchmal richtig froh, dass er das ganze Elend hier nicht mehr erleben muss. Ein Leben ohne ihn bedeutet mir nichts mehr, doch was soll aus unseren Kindern werden, aus Selma und Paul, die keine Telefonzelle und kein öffentliches Verkehrsmittel mehr benutzen, nicht mehr Fahrrad fahren und nicht einmal mehr Bücher kaufen dürfen? Die vom Schulbesuch ausgeschlossen sind, weil sie nun auch die jüdische Jawne-Schule geschlossen haben? Schreibmaschine, Kamera, Lupe – alles mussten wir abliefern. Wir besitzen so gut wie nichts mehr, aber das reicht ihnen noch immer nicht, Nellie, sehen Sie doch nur hier!«

Sie greift erneut nach der Zeitung und liest aufgewühlt weiter.

»Ich glaube, der Jude hat nun lange genug gelacht. Das Lachen wird ihm alsbald vergehen, wir werden ihn bald los sein, und eher fühlen wir uns nicht sauber hier! Wenn ich vom Juden spreche, dann habe ich das Gefühl, ich müsste mir die Hände waschen…«

Ich nehme ihr die Zeitung aus der Hand.

»Schluss damit«, sage ich energisch, und Mamm nickt zustimmend. »Die kommt jetzt in den Ofen. Denn genau da gehört sie auch hin. Wir müssen uns nicht die Hände waschen, nachdem wir Sie berührt haben, denn wir mögen Sie und Ihre Kinder, Frau Wolff, sehr sogar, und solange wir helfen können, tun wir das gern.«

»Das weiß ich doch.« Unter Tränen lächelt sie mich an. »Aber haben Sie denn noch nichts von diesen Listen gehört?«

»Welche Listen?« Mamm, die gerade den Tresen putzt, hält inne.

»Tausend jüdische Bürger aus Köln, ganze Familien, von der Großmutter bis zum Kleinkind, waren dort aufgeführt. Sie mussten sich in einer Halle auf der Deutzer Messe einfinden, eingekesselt von der SS, um in Richtung Polen abtransportiert zu werden. Und gleich noch einmal so viele nur eine Woche danach. Fünfzig Kilo Gepäck wurden jedem zugestanden, alles fein säuberlich mit Namen versehen, angeblich, um es ihnen bei der Ankunft im Osten wieder auszuhändigen. Unvorstellbar viele unserer Freunde und Bekannten waren darunter, die Mannheimers, die Schönenthals, die Cohns, die Hirschbergs, ach, so viele, so viele…«

Ihr Gesicht ist auf einmal so maskenhaft bleich, dass ich Angst bekomme.

»Und weiter?«, frage ich, obwohl ich mich vor der Antwort fürchte. »Was ist dann passiert?«

»All diese Gepäckstücke sind offenbar keineswegs eingeladen worden, sondern stattdessen bei der Strafsachenstelle der hiesigen Zollverwaltung am Apostelnkloster gelandet, das weiß ich aus sicherer Quelle. Freizugeben an arische Kölner. Die jüdischen Wohnungen wurden ebenfalls geplündert – mit amtlicher Genehmigung! Keine Spur soll mehr bleiben. Güter weg, Menschen weg, alles weg. Sie wollen uns auslöschen vom Antlitz dieser Erde, Nellie, nichts anderes haben sie vor!«

Ihre traurigen, zutiefst gequälten Züge verfolgen mich, wohin ich auch gehe. Dürfen wir einfach stillhalten und zusehen?

Die paar Lebensmittel, die wir den Wolffs zukommen lassen, stillen momentan vielleicht den allerschlimmsten Hunger, aber retten können sie sie nicht. Wo hatte ich in den vergangenen Wochen nur meine Augen? Heute kommt es mir so vor, als sei mir mit einem Mal ein Schleier weggerissen worden.

Ja, die Menschen mit dem gelben Stern an der Brust sind im Ehrenfelder Straßenbild deutlich weniger geworden. Wenn man ihnen begegnet, halten sie den Blick gesenkt, als hofften sie, sich dadurch unsichtbar zu machen. Die Angst ist ihnen deutlich anzusehen. Bei Bombenalarm sind ihnen Luftschutzkeller und Bunker verwehrt, weil »keinem Arier zugemutet werden kann, neben einem Juden zu sitzen«, so die offizielle Sprachart – als ob das eine Rolle spielen würde, wenn tödliches Feuer vom Himmel fällt!

Ich möchte mit jemandem darüber reden, aber das geht natürlich nicht. Das Thema ist tabu, niemand wagt es, darüber zu sprechen. Ein falsches Wort am falschen Ort, und man muss mit drakonischen Strafen rechnen. Das Heimtückegesetz wird ja sogar schon bei verbotenen Witzen wirksam, und die Rundfunk- und Volksschädlingsverordnungen untersagen nicht nur das Hören von Feindsendern, sondern auch die Verbreitung »unerwünschter« Nachrichten.

Ich muss das alles also ganz mit mir allein ausmachen, was mich manchmal innerlich schier zu zerreißen droht, so wütend und dann wieder verzweifelt bin ich. Nicht einmal Mamm spricht mit mir laut darüber, was sie den Juden antun, sondern steckt den Wolffs lieber weiterhin heimlich etwas zu. Und Martin ist noch zu jung und für meinen Geschmack ohnehin schon rebellisch genug; den will ich in solche Gedanken gar nicht erst mit hineinziehen.

Und Greta?

Ach, Greta!

Unmittelbar nach der kirchlichen Trauung hat sie sich wieder bei ihren Eltern einquartiert, anstatt wie von Viktor gefordert im Hotel zu wohnen und dessen Leitung zu übernehmen. Notgedrungen wurde ein Geschäftsführer bestellt, der seine Arbeit, wie Greta triumphierend erklärt, offenbar so schlecht gemacht hat, dass das Hotel nach drei Monaten geschlossen werden musste. Natürlich war es ein Parteigenosse, aber vielleicht kann er sogar gar nicht so viel für die Pleite – wem ist in diesen Tagen schon nach aufwendigen Übernachtungen und großen Feiern zumute, wo der Krieg gegen Russland tagtäglich Opfer kostet? Wenn jetzt geheiratet wird, dann im Standesamt, das sich auf Blitztrauungen spezialisiert hat, bevor es an die Front geht.

Doch auch von dort kommen keine guten Nachrichten.

Der anfängliche Siegeszug der deutschen Wehrmacht ist buchstäblich im Schlamm erstickt, bevor eisige Kälte Mannschaften und Transportmittel eingefroren hat. Der Proviant wird knapp; es fehlt an allem, sogar an Socken. Die Soldaten, die Moskau erobern sollen, haben zum Teil wohl nicht einmal Winterhandschuhe. Sogar Viktors Feldpost, aus der Greta mir manchmal vorliest, hat sich verändert. Jetzt schreibt er nicht mehr, wie glücklich er sei, bei diesem »größten Feldzug der Weltgeschichte« dabei sein zu können, sondern: »Der Feind ist ein erstaunlich aktiver und zäher Bursche. So werden wir hier wohl im Stellungskrieg auf einer riesigen Front überwintern müssen. Der Frost ist da, und es ist lausig kalt. Schick alles an warmen Sachen, das du auftreiben kannst. Ich hab noch nie im Leben so gefroren, und die Kameraden sagen, das sei erst der Anfang. Der russische Winter kennt keine Gnade. Wir müssen uns auf Temperaturen von bis zu minus 40 Grad einstellen. Meine Kameraden können auf ihre Frauen an der Heimatfront zählen. Ich kann nur hoffen, Greta, Gleiches trifft auch auf mich zu.«

»Und schickst du ihm etwas?«, frage ich.

»Die Firma Farina erfüllt mit erheblichen freiwilligen Zuwendungen an das Winterhilfswerk bereits seit 1933 ihre vaterländische Pflicht«, leiert sie herunter wie auswendig gelernt. »Heuer hat sie selbstredend ihre Spende verdoppelt. In solch harten Zeiten müssen alle den Gürtel enger schnallen und als Volksgemeinschaft zusammenhalten. Sagt ja auch der Führer.«

Sie greift hinter sich und hält mir etwas Graues auf fünf Stricknadeln entgegen, das mich fatal an einen verkrümmten Wurm erinnert.

»Was soll das werden?«, frage ich ratlos.

»Pulswärmer«, erwidert Greta mit verzerrtem Mund. »Falls sie noch rechtzeitig fertig werden, mein Weihnachtsgeschenk für meinen lieben Viktor.«

Der Hass auf ihren Mann erfüllt sie so sehr, dass gar kein Platz für andere Gefühle mehr in ihr zu sein scheint. Ich kann sie zwar verstehen, nach allem, was sie durchmachen musste, aber mir tut es auch unendlich leid um die weiche, fröhliche, die lebenslustige Greta, die ich früher als meine Freundin erleben durfte. Sie ist tief in ihrem eigenen Selbstmitleid versunken, dabei lebt sie trotz allem geborgen im Schoß ihrer Familie, während viele, viele andere Tag für Tag um ihr Morgen bangen müssen ...

Nein, auch Greta kann ich nicht anvertrauen, was in mir umgeht.

So flüchte ich mich denn nach der Arbeit zur Heiligen Jungfrau. Heute hat sie nicht einmal frischen Blumenschmuck. Lilien gibt es zu dieser Jahreszeit leider nicht mehr, daher beschließe ich, ein paar weiße Christrosen aufzutreiben, um ihr damit zu huldigen. Obwohl mir sehr wohl bewusst ist, dass es eine bemalte Holzstatue ist, vor der ich knie, fühle ich mich während meiner wortlosen Zwiesprache mit ihr dennoch getröstet und gestärkt. Maria hat Trauer und Schmerz im Übermaß durchlitten, weil sie ihren geliebten Sohn verloren hat; sie weiß wie keine andere Frau, wie es sich anfühlt, zu bangen und in Angst zu leben.

»Schütze Ida Wolff und ihre unschuldigen Kinder«, bete ich inbrünstig. »Behüte sie davor, dass sie ins Verderben geschickt werden. Bitte hab auch ein Auge auf meinen Bruder, der so verschlossen geworden ist. Martin verbirgt etwas vor uns, das spüre ich, aber leider weiß ich nicht, was es ist, und das macht mich ganz krank. Und mach bitte, bitte, dass die täglichen Sorgen unsere Mamm nicht ganz auffressen. Wenn das Halflang schließen muss, haben wir nur noch mein kleines Gehalt bei 4711, und wie lange dort die Produktion überhaupt noch laufen wird, kann niemand genau sagen. Meinen Herzenswunsch kann ich dir leider nicht anvertrauen, denn damit würde ich ja gegen eure heiligen Regeln verstoßen …«

»Nellie?«

Spielt mein Wunschdenken mir jetzt schon niederträchtige Streiche? Ist es wirklich jener wohlklingende Bariton aus meinen sehnsuchtsvollen Träumen?

Ich bleibe auf den Knien, die Augen unverwandt nach vorn gerichtet, aus Angst, sonst jäh aufzuwachen.

»Nellie, hörst du mich?«

Er ist es.

Er ist da.

Er spricht mit mir!

Langsam erhebe ich mich, drehe mich zu ihm um.

Wieder trifft mich seine physische Präsenz wie ein kurzer Schlag. Und ihm geht es ebenso, das spüre ich mit jeder Faser.

Wie kann der liebe Gott solch eine Anziehung zwischen zwei Menschen verbieten?

»Benedikt«, sage ich leise und lege all meine Liebe, alle meine Sehnsucht, all meine Hoffnungen in dieses eine Wort. »Ich muss dich so vieles fragen ...«

»Liesl wird gleich hier sein«, unterbricht er mich. »Meine Schwester hat heftige Probleme in der Schule. Einige Kinder eingefleischter Nationalsozialisten hänseln sie, weil ihr großer Bruder Kaplan ist. Aufgehetzt durch die Eltern, beschimpfen sie uns Geistliche als Sittenstrolche und behaupten, Kirchen und Klöster seien Orte perverser Ausschweifungen. Dabei ist sie doch so unbändig stolz auf mich, verteidigt mich glühend und riskiert dafür Ausgrenzung, ja sogar Prügel. Dieses Mädchen hat mehr Mumm als viele Jungen, aber darunter leiden soll sie natürlich nicht. Zusammen wollen wir nun überlegen, wie wir das ändern können.«

Ich nicke. Mir bleibt also nicht viel Zeit. Energisch schiebe ich meine Sehnsucht zur Seite, was alles andere als einfach ist, bevor es aus mir heraussprudelt: »Sie deportieren die Kölner Juden nach Osten, Tausende wurden schon verladen. Bei uns im Haus wohnt Familie Wolff, Ida, die Mutter, mit ihren Kindern Selma und Paul, gut möglich, dass sie schon zum nächsten Transport gehören werden.«

Er senkt den Kopf.

Weil meine Worte ihn so berühren? Oder weil er bereits Bescheid weiß?

»Wir müssen sie retten, Benedikt!«, flehe ich. »Zumindest die Kinder. Sie sind erst zehn und zwölf. Sie haben doch noch ihr ganzes Leben vor sich!«

»Wie stellst du dir das vor?« Jetzt sieht er mich leidvoll an.

»Könnte man sie nicht in einem Kloster verstecken? Wenigstens Selma? Die Nonnen könnten sagen, sie sei ein Waisenkind … oder ausgebombt … irgendetwas!«

»Wie jung du noch bist!« Er hat es liebevoll gesagt, aber ich ärgere mich trotzdem.

»Alt genug, um nicht tatenlos zusehen zu wollen«, erwidere ich spitz. »Und was ist mit dir? Mit euch? Seid ihr Gottesdiener nicht verpflichtet, Menschen in größter Not zu schützen, ganz egal, welchem Glauben sie anhängen?«

»›Klostersturm‹, so lautet die Bezeichnung für das, was sich seit diesem Frühjahr nicht nur im Erzbistum Köln, sondern im ganzen Rheinland abspielt«, antwortet er tonlos. »Zahlreiche Konvente wurden beschlagnahmt, Nonnen und Mönche innerhalb weniger Stunden daraus vertrieben. Die Gestapo kann sich in den verbliebenen Häusern jederzeit Einlass verschaffen, alles kontrollieren und beschlagnahmen. Rechtsmittel dagegen gibt es keine. Überall regiert die nackte Angst. Welches Kloster wird das nächste sein? Keiner der Schwestern und Brüder wird in dieser brenzligen Lage etwas riskieren, das die Nationalsozialisten noch mehr in Rage bringen könnte.«

»Also gibt es keine Hoffnung?« Alles in mir sträubt sich dagegen.

»Ich wünschte so sehr, es wäre anders, Nellie«, sagt er weich. »Ich wünschte so sehr, ich könnte …«

Er streckt die Hand aus und berührt meinen Arm, und selbst durch die doppelte Stofflage von Mantel und Kleid spüre ich seine Wärme.

Ich schließe die Augen.

Nur eine Minute, nur zwei, nur noch ...

»Beni?« Die Kinderstimme ist laut und schrill.

Benedikt zieht seine Hand zurück, als habe er sich verbrannt.

»Liesl«, sagt er. »Da bist du ja.«

Das Mädchen ist dünn und langbeinig. Hellblonde Zöpfe, ein blauer Mantel, aus dem sie schon herausgewachsen ist. Vielleicht wird sie ja später einmal hübsch. Im gegenwärtigen Zustand sieht ihr Gesicht noch aus wie verkehrt zusammengesetzt: die Stirn zu hoch, der Mund zu breit, die Nase zu spitz, die Augen unter hellen Brauen schmal. Alles, was bei Benedikt dunkel und markant ist, ist bei ihr blond und verwaschen; von einer Ähnlichkeit mit ihrem attraktiven Halbbruder kann ich nichts entdecken.

»Wer ist die?«, fragt sie barsch in meine Richtung.

»Nellie Voss«, antworte ich. »Die Schwester von Martin.«

Den scheint sie zu kennen, denn für einen Moment wirkt sie entspannter. Dann jedoch kehrt das Misstrauen in die kindlichen Züge zurück.

»Und was will sie hier?«

Offenbar ist sie entschlossen, mich nicht direkt anzusprechen.

»Das Gotteshaus steht allen offen, Liesl«, antwortet Benedikt, und ich staune, wie sanft er das tut. In mir weckt diese aufsässige Göre deutlich weniger freundliche Gefühle. Hätte sie nicht ein wenig später kommen können?

Jetzt hat sie mir die kostbaren Augenblicke mit ihm gestohlen.

Ungeniert starrt sie mich an.

»Gottesdienst für die Gläubigen der Gemeinde ist immer am Sonntag«, sagt sie. »Unter der Woche haben auch katholische Geistliche eine Familie. Schließlich bist du kein Mönch, der im Kloster lebt.«

»Jetzt reicht es, Liesl.« In Benedikts Bariton schwingt mehr als ein Hauch von Schärfe. »Ich mag es nicht, wenn du so pampig zu den Leuten bist, das weißt du ganz genau.«

Das Wort »Leute« trifft mich tief, aber wie sonst sollte er mich vor seiner Schwester nennen?

Herzallerliebste?

»Ich hab doch gar nichts Falsches gesagt«, setzt sie trotzig nach.

»Der Ton macht die Musik, wie oft soll ich dir das noch predigen? Ich kann dich auch sofort wieder nach Hause schicken, dann musst du zusehen, wie du mit deinen aufsässigen Klassenkameraden allein zurechtkommst.«

»Aber das darfst du nicht!« In ihren Augen schimmern Tränen. »Ich mach das alles doch nur für dich, allein für dich …«

»Meinetwegen brauchst du dich nicht zu prügeln«, sagt er und drückt ihr ein Taschentuch in die Hand. »Und hör bitte auf zu weinen! Wir beide gehen jetzt ins Pfarrhaus und entwickeln wie besprochen einen Plan.« Er wendet sich an mich. »Richten Sie Martin und Ihrer Mutter herzliche Grüße aus. Den Rest besprechen wir dann Sonntag beim Mittagessen …«

»Da also gehst du hin, anstatt bei Vater und mir zu sein!«, unterbricht ihn Liesl. Für mich hat sie nur noch offene Feindseligkeit übrig, das erkenne ich an ihren Blicken. »Aber dein Platz ist doch bei uns, Beni. Wir sind deine Familie!«

»Mein Platz ist bei Gott«, erwidert er ruhig. »So ist es, Liesl, und so wird es auch bleiben.«

Wie soll ich nach dieser Szene einen freien Kopf für mein Parfüm haben? Mit schwerem Herzen kehre ich am nächsten Morgen in die Gifthöhle zurück. Inzwischen habe ich eine Art Sonderstatus in der Firma, an den offenbar niemand zu rühren wagt, nicht einmal Fräulein Weber, meine permanent schlecht gelaunte Abteilungsleiterin. Dabei ist sie in Luuk van Geeren verliebt, und das nicht einmal besonders heimlich, so unverhohlen, wie sie ihn anschmachtet. Doch er begegnet ihr mit freundlicher Reserviertheit. Ich kann mir auch kaum vorstellen, dass er ihre Dackelbeine und die schlecht gefärbten dottergelben Flusenhaare jemals anziehend finden könnte. Aber eines ist sicher: Das kleine Hakenkreuz, das sie Tag für Tag am Jackenrevers trägt, stößt ihn als Niederländer besonders ab.

Und dann lobt mich auch noch der Chef.

»Sie hat die Nase«, hat Peter Mülhens höchstpersönlich geäußert, nachdem Luuk ihm ohne mein Wissen ein paar meiner Duft-Versuche präsentiert hatte. »Machen Sie weiter mit ihr, van Geeren. Wenn wieder Frieden herrscht, werden wir solche Leute wie die kleine Voss dringend brauchen.«

Was er allerdings nicht weiß: Schon seit Wochen trete ich auf der Stelle. War mein Anfang als Parfümeurin schwungvoll und fast schon elegant, so ist mir leider irgendwie der Elan ausgegangen. Rose sollte die Grundlage des neuen Parfüms sein, echter und rosiger noch als die Natur, mit einem Hauch von Honig, in dem Süße und Schärfe zugleich liegt, so mein Plan. Damit es nicht im Süßlichen ersäuft, musste unbedingt etwas Herbes dazu, wie zum Beispiel Schwarzer Tee. Dabei allerdings die richtige Dosierung zu treffen, hat mich halb um den Verstand gebracht. Einige Male bin ich zu mutlos gewesen, um dann wieder viel zu viel von diesem Extrakt zu verwenden. Kardamom und Vanille als zusätzliche Dreingabe brachten schließlich den Durchbruch – hoffte ich zumindest.

Doch als ich mir mein Gemisch, sorgsam von jedem Sonnenstrahl isoliert, zwei Wochen später wieder an die Nase halte, bin ich schwer enttäuscht. Rose – ja. Mit orientalischen Anklängen, die nicht zu schwer sind – auch das ist gelungen.

Doch wo ist das Geheimnis, wo der Esprit, der es aus der Masse herausragen lässt?

In fiebriger Aufregung schnuppere ich zum wiederholten Mal an Luuks letzten Kreationen, an *Shahi* von 1935, an *Sinfonie* von 1937, an *Frisco* und *Carat*, beide aus dem Jahr 1938, um mich inspirieren zu lassen. Alles feine, gut komponierte Düfte, keine Frage, aber sie stammen aus der Vorkriegszeit. Jetzt, wo unser aller Leben jederzeit auf der Kippe steht, weil nachts feindliche Brandbomben vom Himmel fallen und Häuser brennen, wo Soldaten fernab der Heimat in Eis und Schnee erfrieren, wo sich rund um uns herum entsetzliche Dinge vollziehen, gegen die wir machtlos scheinen, sind sie mir zu gefällig, zu glatt, mit zu wenig Tiefgang.

Ich suche vielmehr nach einem Duft, der nicht nur oberflächlich überdeckt. Pro fumo – so fing es an vor Abertausenden von Jahren: heilige Essenzen, um die Götter zu ehren. Und genau an diesem Punkt will ich anknüpfen.

Mein Parfüm soll die Seele berühren.

Ich erschrecke über meine eigenen Gedanken.

Wer bin ich, Nellie Voss, ein winziges Fischlein im unendlichen Ozean erfahrener Parfümeure, um mir solch ein hohes Ziel anzumaßen?

Und trotzdem gibt es da etwas in mir, das mich immer weiter antreibt und nicht zur Ruhe kommen lässt. Die Lösung ist ganz nah, das kann ich spüren.

Aber ich stehe vor ihr und sehe sie nicht …

Luuk, der heute viel später gekommen ist, scheint meinen Kummer zu spüren.

»Ich habe leider keine guten Nachrichten«, sagt er. »Die Duftproduktion muss noch einmal kräftig gedrosselt werden. Befehl von ganz oben.«

»Dann wird unser Werk geschlossen?«, frage ich erschrocken.

»Mitnichten. Wir machen Seife für die deutsche Wehrmacht. Und Zahnpasta.«

»Und wir? Und ich?«

»Wie weit bist du denn inzwischen? Ich wollte dich nicht drängen, aber du kommst mir in letzter Zeit so ernst und bedrückt vor …«

Was soll ich ihm antworten?

Dass ich kaum mitansehen kann, was mit unseren jüdischen Nachbarn passiert? Dass ich mich um Martin und

Mamm sorge? Und dass ich einen katholischen Geistlichen liebe, was niemand jemals erfahren darf?

Ich zucke die Achseln, weil nichts davon über meine Lippen kommen darf, und deute auf den Flakon mit meinem Gemisch.

»Riech mal«, sage ich lapidar.

Luuk folgt meiner Aufforderung, und ich sehe, wie seine Augen zu lächeln beginnen.

»Das ist schon ziemlich gut«, sagt er anerkennend. »Rose, Kardamom, Vanille …«

»Extrakt von Schwarzem Tee«, ergänze ich. »Den entsprechend zu dosieren, hat mich allerdings fast um den Verstand gebracht.«

Er lacht, und ich muss mitlachen.

Mit einem Mal ist die ganze Schwere verschwunden, die mir in letzter Zeit den Atem abgedrückt hat, und ich fühle mich wieder lebendig.

»Ziemlich gut ist aber leider nur ziemlich gut«, nehme ich seinen Ball spielerisch auf. »Irgendetwas fehlt …«

»Dir wird das fehlende Glied in der Kette sicherlich noch einfallen«, sagt er. »Oder möchtest du, dass ich mich einmische?«

»Ja«, will ich schon sagen, doch dann schüttele ich den Kopf.

Das soll mein Duft werden. Meiner ganz allein.

»Ich vertraue dir, Nellie«, sagt er, und mir wird bei seinen Worten ganz warm ums Herz.

Wie verschieden Benedikt und er doch sind! Mein Herzallerliebster, gefangen zwischen seinem Versprechen, das er Gott gegeben hat, und seiner Liebe zu mir, und Luuk, der *fest und sicher im Jetzt steht. Ihn zu lieben wäre so viel weniger kompliziert für mich, doch mein Herz ist leider schon besetzt …*

Der Gedanke an Benedikt bringt all mein Sehnen schlagartig zurück. Und noch etwas bringt er mir: die Erinnerung an einen Geruch, der für mich stets mit ihm verbunden ist.

»Entschuldige«, murmele ich, lasse Luuk stehen und gehe zur Parfüm-Orgel. »Ich muss mal etwas versuchen …«

Ich halte die Essenz kaum in der Hand, da weiß ich bereits, dass ich richtig liege: Weihrauch! Das ist er, der heilige Duft, nach dem ich so lange gesucht habe. Einige Stunden lang experimentiere ich mit der richtigen Dosierung. Luuk lässt mich währenddessen vollkommen in Ruhe, was ich ihm hoch anrechne.

Als ich glaube, fertig zu sein, gehe ich mit meinem Flakon zu ihm.

»Himmel oder Hölle«, sage ich. »Du bist mein Richter.«

Er schnuppert, schließt die Augen, besprüht einen Papierstreifen, schnuppert abermals. Seinem Gesichtsausdruck kann ich zunächst nichts entnehmen, was mein Herz noch aufgeregter schlagen lässt.

»Deinen Arm bitte«, verlangt er schließlich. »Kremple die Bluse ein Stückchen nach oben.«

Ich folge seiner Aufforderung.

»Ein Duft muss sich auf Frauenhaut entfalten«, sagt er. »Allein darauf kommt es an.«

Als er mich besprüht, erschaudere ich leicht, und als er meinen Arm nimmt und an seine Nase führt, bekomme ich Gänsehaut am ganzen Körper. Nach einem kurzen

Augenblick lässt er mich wieder los und tritt ein Stück zurück.

Hölle, denke ich sofort. Durchgefallen mit Pauken und Trompeten. Aus die Maus, Nellie Voss!

»Wunderbar«, sagt er nach mehrfachem Räuspern. »Eine Rose ohne Klischee, orientalisch leicht, aber mit Tiefgang und Geheimnis. Ich gratuliere herzlichst, Nellie! Herr Mülhens wird mehr als angetan sein.«

Wie ich an diesem Nachmittag nach Hause gekommen bin, weiß ich nicht mehr so genau. In meiner Erinnerung bin ich fast geflogen, so beschwingt war ich, voller Vorfreude, Mamm und Martin alles zu erzählen.

Doch der dunkle Wagen, der vor dem *Halflang* parkt, irritiert mich, und noch mehr, als zwei Männer im Trench aussteigen und mir in die Kneipe folgen. Mamm steht blass und stumm am Tresen.

»Kennen Sie einen gewissen Jupp Schmitz?«, fragt mich der Dünnere von beiden, kaum bin ich drinnen angelangt.

Gestapo, denke ich. Jetzt holen sie Martin!

»Ja«, erwidere ich wahrheitsgemäß und bemühe mich, ruhig zu bleiben, obwohl meine Knie zu zittern beginnen. »Der arbeitet als Geselle in dem Betrieb, in dem mein Bruder seine Schreinerlehre absolviert. Allerdings hab ich ihn schon lange nicht mehr gesehen.«

»Und das hier?« Der zweite Mann hält mir ein Blatt Papier unter die Nase. »Kennen Sie das auch?«

Freunde,

wir tanzen nicht länger nach Hitlers Pfeife! Leistet Widerstand, wo immer ihr könnt. Macht die HJ lächerlich, denn nichts anderes ist sie ja. Singt unsere Lieder, verbreitet unsere Losungen. Wir werden immer mehr, und bald schon wird der Tag kommen, an dem …

Er reißt es mir wieder aus der Hand. »Also?«, fragt er drohend.

»Nie zuvor gesehen«, sage ich.

»Im Spind Ihres Bruders sichergestellt«, bellt der Dünne. »Wenn Sie seine Lage nicht weiter verschlechtern wollen, dann reden Sie gefälligst!«

»Martin? Das kann ich mir beim besten Willen nicht vorstellen«, stottere ich. »Das muss ihm jemand ohne sein Wissen untergeschoben haben. Der ist doch noch ein halbes Kind …«

»Erwachsen genug, um sich regelmäßig im Volksgarten mit zwielichtigen Elementen rumzutreiben«, sagt der Korpulente. »Und eine ganze Liste von weiteren Verfehlungen geht ebenfalls auf sein Konto. Teilnahme an HJ-Abenden: mangelhaft. Ernennung zum Rottenführer: abgelehnt. Kameradschaftsgeist: ungenügend. Wäre er nur ein Jahr älter, hätte er seine Berufung zu einem Strafkommando an der Ostfront bereits in der Tasche. Und sein Kollege, dieser Schmitz, taugt nicht einmal dazu. Krüppel kann der Führer in seinem Heer nämlich nicht gebrauchen. Aber in unserer Spezialabteilung im Klingelpütz wird Schmitz reichlich

Gelegenheit erhalten, über seine Verfehlungen nachzudenken.«

Er grinst wölfisch, und eine eisige Hand greift nach meinem Herzen. Klingelpütz, so wird das von allen am meisten gefürchtete Gefängnis in der Altstadt-Nord genannt. Dort finden bis heute Hinrichtungen mit dem Fallbeil statt – welch grausliche Vorstellung! Doch so sehr mich Jupp auch dauert, kann ich doch nur an eines denken: Was werden sie mit Martin anstellen? Und wie konnte er nur so dumm sein, sich da mit hineinziehen zu lassen?

»Ich bürge für meinen Bruder«, sage ich, ohne zu wissen, ob das zu irgendetwas führen kann. »Martin ist ein durch und durch anständiger Junge. Wir beide sind Halbweisen ...«

»Ald d'r Bäbbel«, schnauzt mich der Dicke im breitesten Kölsch an, und ich verstumme. »Dein Geschwafel interessiert uns nicht. Er steckt mit diesem Schmitz unter einer Decke, so viel wissen wir bereits. Aber wer sind die anderen Verbrecher? Darum geht es jetzt. Was wir brauchen, sind Fakten. Wer wann mit wem und weshalb, kapiert? Diese Edelweißpiratenbande – wir kriegen sie alle!«

Unwillkürlich nicke ich, was ihm zu gefallen scheint.

»Siehst du. Und deshalb nehmen wir den Martin Voss jetzt auch mit in unsere Zentrale. Im EL-DE-Haus hat bisher noch jedes Vögelchen munter gesungen.«

Die Gestapo-Zentrale!

So mancher aus Ehrenfeld, den sie dort verhört haben, hat sie erst mit den Füßen voran wieder verlassen. Von anderen hat man nie mehr wieder etwas gehört.

Martin muss das erspart bleiben – aber wie nur?

Mein Hirn arbeitet fieberhaft, doch mir fällt nichts ein, was ich tun könnte.

Dann wird es plötzlich nebenan sehr laut. Die Wände bei uns im Haus sind dünn. Lärm im Treppenhaus ist auch im *Halflang* zu hören.

Verstärkung muss angerückt sein, ohne dass wir es bemerkt haben. Ich höre, wie sie Martin die Stufen hinunterzerren. Er wehrt sich offenbar, denn es gibt Geschrei und wüstes Gepolter, dann wird es plötzlich verdächtig still.

Mussten sie ihn zusammenschlagen, um ihn abführen zu können? Hat man ihm einen Knebel verpasst?

Oder was sonst haben sie ihm angetan?

Mamm sieht mich an wie erloschen.

»Mein Kleiner«, sagt sie verzweifelt und streckt die Arme aus, als könne sie ihn durch die Wand erreichen. »Rette ihn, Nellie! Du musst ihn retten ...«

13

Köln, Juli 2019

Wieder ihren Laden betreten zu dürfen fühlte sich richtig aufregend an, und Liv war froh, dass sie dabei allein war. Ganz spontan hatte sie unterwegs zur Feier des Tages im Blumenladen einen großen Strauß Feuerlilien gekauft, die sie sogleich in einer hohen Vase auf dem Tresen arrangierte. Das kräftige Orange der Blumen brachte den ganzen Raum zum Leuchten und passte hervorragend zu ihrer Stimmung. Thijs machte gute Fortschritte; davon hatte sie sich bei einem kurzen morgendlichen Besuch im Krankenhaus überzeugt. Natürlich hätte sie gern bei ihm übernachtet, aber die Kinderklinik war im Moment so überbelegt, dass dies leider nicht möglich war. So würde sie am Nachmittag wieder zu ihm fahren und eine ausgiebige Runde mit ihrem Kleinen spielen.

Jetzt ging es erst einmal um den Neustart hier.

Prüfend sah sie sich um.

Auf den ersten Blick wirkte alles unverändert. Die Firma *Airfresh* schien ihr Geschäft zu verstehen. Bei näherem Hinsehen allerdings entdeckte Liv, dass doch an vielen Stellen leicht herumgerückt werden musste, bis die Ware wieder so kundenfreundlich präsentiert war, wie sie es für richtig hielt. Etwas davon machte sie schon jetzt, der Rest ließ sich dann rasch zusammen mit Nouria erledigen, die jeden Moment da sein musste.

Das Allerwichtigste jedoch war der Geruch.

Mochte der Geschäftsführer von Airfresh auch noch so vehement behaupten, die von seiner Firma gereinigten Läden würden anschließend neutral riechen, Livs empfindliche Nase nahm sehr wohl chemische Restbestände wahr, deren Moleküle noch immer in der Luft schwangen.

Das musste sie schleunigst ändern.

Übliche Raumsprays kamen dafür nicht in Betracht. Zu süßlich, zu scharf, zu penetrant, so Livs vernichtendes Urteil, nichts jedenfalls, das auch nur in irgendeiner Weise in einen Laden gepasst hätte, der sich *Göttliches Düftchen* nannte. Nein, sie würde ihre Geheimwaffe einsetzen, eine Komposition, die noch aus den letzten Maastrichter Tagen stammte, als sie so dringend etwas zum Aufmuntern gebraucht hatte, um all die Veränderungen anzupacken, die sich wie der Himalaya vor ihr aufgetürmt hatten.

Liv holte den Flakon aus der Duftorgel und gab einen kleinen Stoß in die Luft. Sofort duftete es nach frischer Wäsche, die in der Sonne getrocknet war, ganz zart nach Birne und Jasmin, vor allem aber nach Rose, der Königin aller Blumen. Je mehr das Aroma sich entfaltete, desto feiner und eleganter wurde es. Eigentlich war es viel zu kostbar, um als schnöder Raumduft verwendet zu werden, heute jedoch heiligte der Zweck die Mittel.

Liv ging langsam durch den Laden, und mit jedem Pumpstoß, den sie setzte, eroberte sie sich ihr *Göttliches Düftchen* wieder zurück. Schließlich lehnte sie sich an den Tresen und lächelte zufrieden.

Die Kundinnen konnten kommen.

Kurz darauf kam erst einmal Nouria durch die Tür. Ihre Nasenflügel weiteten sich, kaum hatte sie einen Fuß in den Laden gesetzt.

»Was ist das denn?«, fragte sie neugierig schnuppernd, nachdem sie auf Livs Bitte hin noch einmal hinter sich abgeschlossen hatte, damit sie keine unliebsamen Überraschungen erleben mussten. »Riecht ja zum Niederknien! Aber das war doch garantiert nicht die Reinigungsfirma, oder?«

Liv schüttelte den Kopf.

»Meine Wenigkeit«, sagte sie nicht ohne Stolz. »Ich habe ein kleines Notfallreservoir entwickelt, und aus dem ist das hier meine Nummer eins.«

»Damit solltest du unbedingt in Produktion gehen«, sagte Nouria schwärmerisch. »Die Kundinnen würden es dir aus den Händen reißen.« Sie angelte nach ihrer Sandale und zog daran. »Da klebt mir irgendetwas an der Sohle … schau mal, sieht ja aus wie ein Brief!«

Liv nahm das zerknitterte kleine Blatt entgegen.

Sorry,

las sie halblaut vor.

Wussten nicht, dass so ein bisschen Säure solche Umstände macht. Sollte ein Schreckmoment sein, der zum Nachdenken anregt. Dass die Zeit alle Wunden heilen soll, halten wir für einen schlechten Witz. Manche mögen ihr Glück gefunden

haben, andere dagegen sind auf der Strecke geblieben, und das tut bis heute sehr weh.
Zorro grüßt

»Zorro grüßt«, wiederholte Nouria kopfschüttelnd. »Steht das wirklich da?«

»Der Rächer gegen Ungerechtigkeit. Er trägt eine schwarze Maske …«

»… der schwarze Hoodie!«, unterbrach Nouria sie.

»… und ist mit Mantel und Degen unterwegs«, vollendete Liv ihren Satz.

»Die hab ich beim Überfall allerdings nicht gesehen«, murmelte Nouria. »Du?«

»Ich auch nicht«, bekräftigte Liv. »Aber ich kapiere diese Botschaft nicht. Wer sollen die sein, die ihr Glück gefunden haben? Und wer jene, die auf der Strecke geblieben sind? Und was vor allem hat das alles mit mir und meinem Laden zu tun? Bisschen feige scheinen die Verfasser auch zu sein, sonst hätten sie mit der Hand geschrieben!«

Nouria nahm ein Staubtuch zur Hand und begann die Flakons in der Vitrine sorgsam abzutupfen.

»Beim Arbeiten kommen mir immer die besten Einfälle«, sagte sie. »Vielleicht sollten wir einfach mal ins Blaue hineindenken … Offensichtlich geht es ja nicht gegen mich. Was, wenn es eigentlich auch nicht gegen dich geht?«

»Aber es geht doch gegen meinen Laden …«

»Das schon, aber du stehst ja schließlich nicht mutterseelenallein auf der Welt. Was ist mit deiner Familie? Vielleicht sollte das Hühnchen ja mit der gerupft werden …«

»Ein holländischer Vater, der mit dem Rucksack in Südostasien unterwegs ist, und Großeltern aus Amsterdam, die seit Jahren friedlich ihren Ruhestand in Andalusien genießen? Ach ja, mein frisch operiertes Kleinkind im Krankenhaus gibt es ja auch noch. Vergiss es, Nouria, das bringt doch nichts.«

»Bei uns zu Hause sagt man: ›Kein Reiter ohne Knochenbrüche. Und keine Familie ohne Geheimnisse.‹ Hast du mit ihnen schon mal darüber geredet, ob es vielleicht jemanden gibt, der ihnen etwas schrecklich übel nimmt? Fragen könntest du sie zumindest.« Nouria hatte vor detektivischer Erregung ganz rosige Wangen bekommen. »Ich denke da zum Beispiel an deine Tante, von der ja die Erbschaft stammt. Vielleicht hat sie ja Dreck am Stecken.«

»Tante Wimmi? Kann ich mir beim besten Willen nicht vorstellen. Sie war die Güte und Herzlichkeit in Person. Alle mochten sie, allein schon wegen ihres herrlichen Humors.«

»Hat sie mal in Köln gelebt? Ich meine, weil sie unbedingt wollte, dass du ausgerechnet hier in Ehrenfeld dein Geschäft eröffnest.«

»Da fragst du mich was … Darüber haben wir nie gesprochen. Für mich war sie eigentlich unsterblich, so fit und lebendig kam sie mir immer vor, selbst, als sie die achtzig schon überschritten hatte. Dann aber wurde bei ihr Knochenkrebs diagnostiziert, und sie ist ganz schnell gestorben. Ich wusste, dass Wimmi einiges von ihrem Vater, also meinem Großvater väterlicherseits, geerbt hatte, aber ich dachte, das meiste davon hätte sie mit ihrem aufwendigen Lebensstil genüsslich verprasst. So war ich bei der Testamentseröffnung vollkommen baff, dass ich von ihr bedacht wurde. Auch mein Vater war überrascht.«

»Nicht einmal von dem hast du mehr erfahren? Die beiden sind schließlich Geschwister!«

»Ja, aber Tante Wimmi war viele Jahre älter als er, eine Art Zwitterwesen zwischen Schwester und Mama, damit hat er sie auch manchmal aufgezogen. Über Papas frühe Jahre weiß ich nur ganz wenig. Jedes Mal, wenn ich ihn danach gefragt habe, kamen schwammige Antworten, und irgendwann habe ich das akzeptiert. Seine Mutter war eine Deutsche. Sehr viel mehr weiß ich eigentlich nicht.«

»Du hast sie nie kennengelernt?«, fragte Nouria weiter.

»Sie war schon tot, als ich zur Welt kam. Ihr Mann, mein Großvater, leider auch. Ich kenne nur meine Großeltern von der mütterlichen Seite.«

Nouria war inzwischen mit dem Abstauben der Vitrine fertig.

»Wir brauchen noch einen neuen Eyecatcher für das Schaufenster«, sagte sie. »Sollen wir vielleicht diese sensationellen französischen Duftöle aus der Provence nehmen?«

»Gute Idee«, sagte Liv. »Garantiert aldehydfrei sind sie obendrein. Keine Spur von Glycerol und Glycerin, ebenso wie von chemischen Farb-, Duft- und Konservierungsstoffen. Dagegen kann nicht einmal der strengste Ökofreak etwas einzuwenden haben.«

Während Nouria die Deko arrangierte, starrte Liv nachdenklich auf den zerknitterten Zettel. *Sollte nur ein Schreckmoment sein, der zum Nachdenken anregt …*

Doch was nützte das, wenn sie keine Ahnung hatte, worüber sie nachdenken sollte?

»Schau mal.« Nouria riss sie aus ihren Gedanken. »Draußen scharren schon die ersten Damen mit den Füßen. Wir sollten sie reinlassen, bevor sie es sich anders überlegen.«

Liv wollte schon zur Tür gehen, da hielt Nouria sie noch einmal kurz zurück.

»Bei uns zu Hause sagt man: ›Die Mutigen werden erst dann gute Reiter, nachdem sie sich die Knochen gebrochen haben.‹ An deiner Stelle würde ich deinen Vater fragen. Sag ihm doch einfach, dass es für dich um alles geht. Und schließlich ist das ja auch die Wahrheit.«

Der Mittag verlief erfreulich gut, und am Nachmittag steigerte sich das Kundenaufkommen sogar noch. Mochten sie aus Neugierde gekommen sein oder aus Erleichterung, dass das *Göttliche Düftchen* weiterhin existierte – die Ehrenfelderinnen zeigten sich ausgesprochen konsumfreudig. Liv wie auch Nouria hatten alle Hände voll zu tun, berieten und verkauften, bis alle zufrieden waren.

Besonders viel kaufte wieder einmal Maja von Plettenberg, die sich selbst einen edlen französischen Körperpuder leistete und für ihre Freundinnen zwei hochpreisige Düfte erstand, bei denen Nouria ganz sehnsüchtige Augen bekam. Liv, der diese Reaktion nicht entgangen war, nahm sich vor, sie ganz bald mit einer speziellen Mischung zu überraschen.

»Ich muss zu Thijs«, sagte sie, als sie wieder auf die Uhr schaute. »Sonst denkt der noch, seine Mama hat ihn vergessen! Meinst du, du kommst allein zurecht, Nouria?«

»Klar«, lautete die selbstbewusste Antwort.

»Und wenn doch etwas sein sollte …«

»… dann ruf ich dich an. Sag deinem Kleinen, dass er ein großes Eis bei mir gut hat, sobald er wieder schlecken darf.«

Liv wollte gerade zur Tür hinaus, als sich von der anderen Seite her Nourias Onkel näherte. Er trug zu seinem dunklen Anzug einen dunkelroten Fez auf dem Kopf und hielt ein Gefäß in der Hand, von dem zarter Rauch aufstieg.

»Sie wollen doch nicht etwa schon weg?«, fragte er besorgt.

»Ich muss leider«, erwiderte Liv. »Mein Kleiner im Krankenhaus braucht seine Mama.«

»Aber nicht, bevor Sie nicht den Duft der smaragdgrünen Perle geschnuppert haben!« Er hielt ihr seine Räucherpfanne unter die Nase.

»Weihrauch«, sagte Liv überrascht, »aber gar nicht so penetrant, wie man ihn sonst aus katholischen Kirchen kennt …«

»Das will ich wohl meinen!« Inzwischen stand er im Laden. »Was ich Ihnen hier offeriere, ist die sagenumwobene Königin des Weihrauchs, einer der größten Schätze der Duftwelt. Extrem selten, extrem teuer und extrem schwierig aufzutreiben, besonders in größeren Mengen. Hunderte Kilo einer Weihraucheernte ergeben nicht einmal ein Kilo dieser Kostbarkeit.«

»Er riecht ganz hell«, sagte Liv, die noch einmal begeistert nachgeschnuppert hatte. »Klar, fast ein wenig eukalyptisch. Bei einem Klang würde man von den höchsten Tönen sprechen.«

»Richtig.« Er lächelte zufrieden. »Und bei einer Farbe vom reinsten Weiß. Dieser Weihrauch heilt und klärt. Er vertreibt alles Dunkle, Böse, räumt auf mit schlechten Gedanken und traurigen Gefühlen und macht Platz für eine strahlende Zukunft.«

Die Schale wechselte nun in seine linke Hand. Die freie rechte legte er auf sein Herz und sah ihr in die Augen.

»Mein Geschenk an Sie. Unser Start mag vielleicht ein wenig holprig gewesen sein, doch was vor uns liegt, macht mir großen Mut. Auf eine freundliche, ehrliche und vertrauensvolle Nachbarschaft!«

Selbst im Taxi zum Krankenhaus hatte Liv noch immer Nourias Onkel vor Augen. Und die zutiefst gerührte Miene seiner Nichte, die ganz still gewesen war und offensichtlich mit den Tränen zu kämpfen hatte. Alles, was Nouria über ihren Wunsch nach einem freien, selbstbestimmten Leben gesagt hatte, war sicherlich wahr – und auch wieder nicht. Natürlich war die Familie nach wie vor wichtig für sie, und auch, was sie über sie dachte. Die junge Frau konnte ihre Wurzeln nicht verleugnen. Niemand konnte das.

Auch Liv nicht.

Unsere Wurzeln prägen uns, dachte sie, das Offenkundige ebenso wie das Verborgene. Das vielleicht sogar noch stärker. Bislang war sie einfach zu bequem oder zu feige gewesen, in ihrer Familienhistorie zu graben, ja, sie hatte nicht einmal Tante Wimmis Bedingungen, an die sie ihre Erbschaft geknüpft hatte, näher hinterfragt. Doch damit war ab heute Schluss.

Onkel Muraz' Weihrauchduft hatte ihr die Augen geöffnet.

Liv bezahlte, stieg beschwingt aus und lief die Stufen zum Eingang der Klinik hoch. Dabei empfand sie große Vorfreude und spürte wieder einmal, wie stark die Verbindung zwischen Thijs und ihr war. Hätte sie es malen sollen, so hätte sie dicke, rote Stränge verwendet, die leuchteten und pulsierten. Diese Verbindung zwischen ihnen konnte niemand kappen.

Sie hatte schon einen lustigen Begrüßungssatz auf den Lippen, doch als sie die Tür zum Krankenzimmer öffnete, war Thijs' Bett leer.

Auch keine Spur von Pinki.

Was nur bedeuten konnte, dass ...

Liv angelte nach einem Halt.

»Der Zwerg geht im Gang spazieren«, erklärte Leo, der ihre Verwirrung mitbekommen hatte. »Hat Schwester Marie ausdrücklich erlaubt. Mit seinem neuen Freund. Und einem ...«

Doch Liv war schon losgerannt.

Ein Stück entfernt sah sie eine schlanke Männergestalt, die einen kleinen Jungen an der Hand hielt. Selbst von hier aus wirkten sie miteinander vertraut.

Als sie auf die beiden zuging, begann der Mann zu winken.

»Thijs hat gerade keine Hand frei«, erklärte Jan, während der Kleine mit ernstem Gesicht zu seinen Worten nickte. »Pinki muss seinem Tiger nämlich gerade die Klinik zeigen.«

»Tigi.« Thijs begann zu strahlen und streckte ihr einen Stofftiger entgegen. »Pinki und Tigi. Freunde!«

Der Tiger war in gutem Zustand, aber alles andere als neu, das erkannte Liv auf den ersten Blick. So sah Spielzeug aus, das oft benutzt und heiß geliebt worden war. Sie wusste sofort, woher er stammen musste, und dass Jan zu dieser Geste fähig war, berührte sie tief.

»Ich dachte, jemand, der so tapfer ist wie dieser kleine Mann hier, braucht unbedingt einen starken Freund«, sagte Jan. »Sascha konnte nie ohne seinen Tiger einschlafen. Ich wollte ihn ihm mitgeben auf seine letzte Reise, aber meine Mutter hat mich damals unter Tränen daran gehindert. ›Heb ihn auf! Vielleicht kann er ja eines Tages noch ein anderes Kind glücklich machen‹, hat sie gesagt. Und heute ist dieser Tag.«

Es klang so ehrlich, so wahrhaftig, dass Liv ihm am liebsten auf der Stelle um den Hals gefallen wäre, aber ein steriler Krankenhausflur war dafür nicht der richtige Ort.

»Wollen wir dich wieder zurück ins Bett bringen?«, schlug sie stattdessen Thijs vor, der noch immer sehr blass war, und zu ihrer Überraschung nickte er. »Kommst du auch noch mit?« Das war an Jan gerichtet.

»Klaro«, erwiderte er. »Heute ist mein freier Tag. Da wirst du mich nicht so schnell wieder los.«

Gemeinsam kehrten sie in das Krankenzimmer zurück. Die beiden älteren Jungs spielten am Tisch Mau-Mau; Thijs kuschelte sich ins Bett, rechts neben ihm Pinki, links der Tiger.

Liv nahm sein Lieblingsbuch *Weißt du eigentlich, wie lieb ich dich hab?* und begann ihm zum ungefähr hundertsten Mal die Geschichte vom kleinen und vom großen Hasen vorzulesen. Thijs hörte aufmerksam zu und murmelte manche Worte mit.

»›Ich hab dich lieb bis zum Mond‹, sagte der kleine Hase und machte die Augen zu«, las Liv gerade, da unterbrach er sie plötzlich.

»*Naar huis*«, sagte er.

»Bald darfst du wieder nach Hause, mein Schätzchen«, erwiderte Liv. »Vorher musst du aber erst ganz gesund werden.«

»Deine Mama hat recht«, sagte Jan. »Ein bisschen Geduld brauchst du noch.«

»Am liebsten würde ich für ein paar Tage mit ihm wegfahren, sobald er wieder draußen ist«, sagte Liv versonnen. »Aber das ist zurzeit leider nicht drin.«

»Wer oder was hindert dich daran?«

»Scherzbold! Mein Laden, wenn du dich vielleicht erinnerst. Wir haben erst heute wieder aufgemacht, da kann die Chefin nicht gleich wieder weg.«

»Ich kenne Nouria seit Jahren als sehr zuverlässig«, sagte Jan. »Auf sie könntest du dich guten Gewissens verlassen.«

»Das sehe ich auch so. Aber nach dieser üblen Geschichte … Schau doch nur!« Sie zog den zerknitterten Brief aus der Tasche. »Das hat uns jemand unter der Tür durchgeschoben. Wer weiß, ob alles schon ganz ausgestanden ist …«

Jan überflog die Zeilen. Dann sah er sie stirnrunzelnd an.

»Ganz schön dreist«, sagte er. »Der oder die trauen sich vielleicht was!«

»Ich finde auch, dass es sich nicht wie eine Entschuldigung anhört«, erwiderte Liv. »Und so ein mieser Zettel nach dieser sündteuren Aktion …«

»Das meine ich nicht«, unterbrach er sie. »Obwohl du natürlich recht hast. Das ist *keine* Entschuldigung.« Er schaute zu Thijs und schmunzelte. »Der kleine Hase ist tatsächlich eingeschlafen. Dann hat seine Mama jetzt eigentlich frei, oder?«

»Weshalb fragst du?«

»Weil ich dir etwas zeigen möchte. Wollte ich eigentlich schon länger tun, aber jetzt ist offenbar Eile geboten.«

Sie sah ihn fragend an.

»Lass dich überraschen, Liv. Meine Vespa parkt vor der Klinik.«

War sie bei der ersten Fahrt mit Jan auf dem italienischen Zweisitzer noch ein wenig schüchtern gewesen, so legte sie heute schon viel unbefangener ihre Arme um ihn. Es fühlte sich ebenso gut an wie vor wenigen Tagen, vielleicht sogar noch ein wenig besser.

Liv mochte seinen Körper, mochte, wie er roch, und seitdem er seine Trauer um Sascha mit ihr geteilt hatte, fühlte sie sich ihm viel näher. Jetzt konnte sie sogar verstehen, warum Jan sich zurückzog, sobald ihm etwas oder jemand zu nah zu kommen drohte.

Nur nicht noch einmal solch einen Schmerz erleben! Dann doch lieber den coolen Draufgänger geben …

Hab keine Angst, sagte sie wortlos zu seinem Rücken. Vor mir brauchst du dich nicht zu fürchten. Dein Umgang mit Thijs wärmt mein Herz. Und auch sonst bin ich gern in deiner Nähe …

»Fahre ich dir zu rasant?«, fragte er zwischendrin nach hinten. »Macht einfach Spaß, im Slalom durch die Blechlawinen zu kurven. Die mit ihren vielen PS regen sich dann immer so herrlich darüber auf. Nützen ihnen nämlich leider nichts, wenn die ganze Stadt ein einziger Stau ist.«

»Kein bisschen.« Liv lachte. »Ist schließlich Sommer, oder?«

Jetzt redete sie schon Unsinn!

Aber sie fühlte sich gerade so frei, so unbeschwert, dass sie am liebsten losgeträllert hätte, und ihn schien es nicht weiter zu stören.

Fast war Liv ein wenig enttäuscht, als schließlich der Ehrenfelder Bahnhof in Sicht kam. Irgendwie hatte sie sich bei Jans rätselhafter Ankündigung einen anderen Ort vorgestellt – fremder, romantischer, weit weg vom Alltag –, aber er stellte hier den Motor ab, stieg von der Vespa und löste seinen Helm.

Sie tat es ihm nach und reichte ihm ihren, den er im Topcase verstaute.

»Jetzt geht es zu Fuß weiter«, sagte er. »Ich hoffe, du hast halbwegs bequeme Schuhe an.«

»Hab ich«, versicherte sie. »Es sei denn, du hast eine Bergtour geplant.«

Jan grinste.

»Immer besser, man fragt noch einmal nach«, sagte er. »Ich weiß, du hast dich in der Gegend hier schon umgesehen, aber vielleicht erfährst du heute trotzdem ein paar Neuigkeiten. *Man sieht nur, was man weiß.* Kluger Spruch, wie ich finde. Sehen muss man tatsächlich lernen. Ich selbst übe mich schon seit Jahren in dieser Disziplin und bin damit noch längst nicht am Ende angelangt.«

Sie gingen los, nah nebeneinander, aber ohne sich zu berühren.

»Zu den Edelweißpiraten kommen wir später«, sagte Jan. »Wenn du magst, hab ich dazu noch eine Geschichte für dich. Jetzt zeig ich dir erst einmal ein paar andere Versionen von Street Art, nicht alles unbedingt mein persönlicher Geschmack, aber technisch gesehen und in der politischen Aussage durchaus interessant. Einige der Künstler stelle ich dir auch namentlich vor.«

Sie starteten gegenüber vom Discounterparkplatz am Bahndamm.

Ein riesiger US-Adler, der Kameras in den Schwingen hatte und über einer Herde von Schafen thronte.

»*Surveillance of the Fittest*, nennt sich dieses Bild. Ein Beitrag zum NSA-Skandal«, sagte Jan. »Gemalt von Captain Borderline, einem Künstlerkollektiv, das inzwischen weltweit tätig ist: B.Shanti und A.Signl.«

»Lauter Nicknames?«, fragte Liv.

»Macht man so in der Szene. Ging ja los mit Sprayen – durchaus nicht immer legal. Und jetzt behalten die Künstler das eben bei. Hat eine Weile gebraucht, bis die Jungs von Captain Borderline sich durchgesetzt haben, erst in Ehrenfeld, dann in Köln, schließlich auch in anderen Städten der Republik. Inzwischen sind sie international gefragt und müssen nicht länger um Aufträge kämpfen.« Es hörte sich so an, als würde Jan sie darum beneiden.

»Stark und sehr plakativ«, sagte Liv. »Ein Mural, das man im Gedächtnis behält.«

»Alle ihre Wandbilder sind so«, sagte Jan. »Komm, wir gehen ein paar Schritte weiter.«

Sie betraten die Bahnhofsunterführung.

»Noch einmal Captain Borderline«, sagte Jan, während Liv sich in die aufwendig gemalten Räderwerke vertiefte. »Ein großer Auftrag der Deutschen Bahn.«

Auf der anderen Seite des Bahnhofs war das Porträt eines alten Mannes in orientalischer Kleidung zu sehen.

»Das ist von Layla Xing und Huami«, sagte Jan. »Spannende Technik! Gesprayt und gemalt, mit Verlauf und Dripping.«

Hörte sich so an, als wüsste er genau, wovon er redete.

»Ich dachte, du hast ein Lokal, und nicht, dass du heimlicher Street-Art-Stadtführer bist«, sagte Liv.

Jan lachte. »Ich bin lediglich Mitteilhaber an einem Lokal, um ganz exakt zu sein. Lass uns weitergehen!«

Sie bogen in eine Seitenstraße ein, dann in noch eine, und die Murals, die ihnen begegneten, veränderten sich, wurden bunter, ethnischer, einige davon auf den ersten Blick fast romantisch – bis man genauer hinsah und die Botschaft verstand, die dahinterstand. Einzel- sowie Kollektivkünstlernamen, die sie sich so auf die Schnelle niemals merken konnte, flogen Liv nur so um die Ohren. Jan ging inzwischen rascher, als würde ihn eine innere Zeituhr antreiben.

Schließlich landeten sie auf einem Spielplatz – Wippe, Klettergerüst, Rutsche, das übliche einfallslose Equipment, wenn man sich nicht allzu viele Gedanken um die Bedürfnisse kleiner Kinder machte. Nach Süden hin war er offen, nach Norden begrenzten ihn zwei hohe Häuserwände. Liv nutzte die Gelegenheit, sich für einen Moment auf eine der Bänke zu setzen. Von dort aus konnte sie die beiden Wandbilder, die ganz unterschiedlich gemalt waren und doch eine Einheit bildeten, in Ruhe betrachten. Links sah sie eine blaugraue Stadt mit Hochhäusern und kleinen Fenstern, aus denen dünne Ärmchen ragten, die nichts und niemanden erreichen konnten. Rechts einen Garten Eden, üppig, bunt, voll exotischer Pflanzen und Tiere. Erst als sie genau hinsah, entdeckte sie die rote Wurzel, die sich aus dem rechten Bild herausschlängelte und den Weg in eines der Fenster auf dem linken Bild fand.

»Wir können, wenn wir wollen«, sagte Liv. »So lese ich dieses Bild. Aber wir müssen auch wollen.«

Jan nickte. Ihr Kommentar schien ihm zu gefallen.

»Geh mal näher hin«, forderte er sie auf. »Was siehst du?«

Sie stand auf und ging auf das Mural zu.

»Rechts unten«, gab er eine weitere Hilfestellung.

»Zorro …«, las Liv und fuhr zu ihm herum. »Heißt das …«

»Jemand hat unseren Künstlernamen geklaut«, sagte Jan. »Zorro, das sind nämlich wir: Jan Zoringer und David Rosenberg, mein Freund und Kumpel: Zor-Ro. Und ich kann dir hoch und heilig versichern, wir haben deinen Laden nicht vergiftet!«

»Natürlich nicht«, sagte Liv. »Aber wer macht denn so etwas?«

»Wüsste ich auch gern«, sagte Jan. »Und wenn ich den oder die zu fassen bekomme, können sie sich auf was gefasst machen!«

»Dann bist du also cigentlich Maler?«

»Allein von Street Art zu leben ist megaschwer. Das schaffen nur die allerwenigsten. David und ich sind beide aus Köln, aber kennengelernt haben wir uns an der Kunsthochschule in Düsseldorf. Wir waren beide völlig verloren und ratlos inmitten all der dort praktizierten unpolitischen Abstraktion. Zeichenlehrer wollten wir ebenso wenig werden wie lebenslange Hartz-IV-Empfänger, weil kein Galerist Bock auf unsere Bilder hat. In Köln sind wir dann mit der Street-Art-Szene in Kontakt gekommen und haben sofort gemerkt, wie sehr uns das liegt. Und dann kam die Chance, bei *Delirium* einzusteigen. Der Kredit, den wir dafür aufnehmen mussten, hat uns anfangs zwar schwindelig gemacht, aber wir zahlen ihn fleißig zurück, und inzwischen sieht es schon ganz gut aus, denn der Laden läuft. Was wir nicht verbrauchen, fällt für ›Dat schmeckt noch jood‹ ab, was uns ebenso am Herzen liegt.«

»Ein Multitalent also«, sagte Liv. »Ich bin wirklich beeindruckt.«

»Halb so wild.« Jan winkte ab. »Nur jemand, der ziemlich neugierig auf das Leben ist. Mit jeder Menge Schwächen allerdings. Was ich selbst koche, schmeckt zum Beispiel lausig.«

»Schade«, sagte Liv lächelnd. »Ich werde nämlich gerade ziemlich hungrig.«

»Kein Problem in Ehrenfeld«, erwiderte Jan. »Wirst dich schwertun, einen Ort mit größerer Restaurantdichte zu finden. Ich hab mir da schon etwas ausgedacht …«

Sie kehrten zur Vespa zurück.

»Ach ja, die Edelweißpiraten«, sagte Jan, als sie am Bahndamm mit dem Mural der Gehängten und den vielen

Namen in den aufgemalten Edelweißenblüten vorbeikamen. »Diese Geschichte bin ich dir ja noch schuldig. Was dagegen, wenn ich sie dir im Sitzen bei der Vorspeise erzähle? Das Loch in meinem Magen ist inzwischen nämlich auch ziemlich groß.«

Sie stiegen wieder auf, doch zu Livs Überraschung hieß das Lokal, vor dem sie nach kurzer Fahrt anhielten, nicht *Delirium*, sondern *Zedernpalast*.

»Ehrenfelds bester Libanese«, sagte Jan. »Einmal probiert, und du bist dieser Küche verfallen. Im *Delirium* haben wir uns ein wenig davon anregen lassen, was sehr gut bei den Gästen ankommt. Ganz festlegen wollten wir uns dann aber lieber doch nicht.«

Und warum sind wir dann jetzt nicht dort?, hätte Liv beinahe spontan gefragt. Weil Nouria nicht erfahren soll, dass wir beide den Abend gemeinsam verbringen? Doch sie ließ es bleiben, weil sie selbst die Konfrontation scheute. Ja, sie fühlte sich zu diesem Mann hingezogen, aber alles war noch so neu, so frisch, dass sie es beschützen wollte.

Stattdessen betrachtete sie neugierig die Speisekarte, doch vor der schier endlosen Auswahl an Gerichten musste sie kapitulieren.

»Mutabbal, Taboulé, Fatousch – keine Ahnung, was das alles sein soll!«

»Soll ich für uns bestellen?«, bot Jan an. »Das kann ich nämlich wiederum ziemlich gut.«

Liv nickte, und er ratterte die orientalischen Gerichte so fehlerfrei herunter, als habe er sein Leben lang nichts anderes getan.

»Wir bleiben erst einmal bei den Vorspeisen«, sagte Jan mit verschmitztem Grinsen. »Die sind nämlich so reichlich, dass man zum Hauptgang manchmal gar nicht mehr kommt.«

Er bekam ein alkoholfreies Bier gebracht, Liv einen trockenen Rosé, der herrlich kalt war.

Sie stießen an und sahen sich dabei in die Augen.

»Auf uns!«, sagte Jan.

»Danke noch einmal für den Tiger«, sagte Liv. »Jetzt muss Thijs ja ganz schnell gesund werden!«

Sie tranken und rissen große Stücke von dem ofenwarmen Fladenbrot ab, das an den Tisch gebracht wurde, so hungrig waren sie beide jetzt.

»Vor einer Weile hast du mich nach den Edelweißpiraten gefragt«, sagte Jan. »Damals hab ich dir gesagt, dass sie in Köln bis heute von manchen ambivalent beurteilt werden.«

»Im Internet hab ich gefunden, dass sie erst seit rund zwanzig Jahren als Widerstandskämpfer anerkannt werden«, sagte Liv. »Ich hätte mich gern noch mehr damit beschäftigt, aber mir hat die Zeit dafür gefehlt.«

»Kannst dich gern an mich wenden. Weißt du auch, warum? Weil einer meiner Vorfahren zu ihnen gehört hat. Allerdings ist meine Oma erst kürzlich damit herausgerückt.«

»Wieso das denn?«

»Na, weil einige Leute in Köln sich bis heute dafür schämen. Joseph Schmitz, genannt Jupp, war ihr älterer Bruder. Ein Schreiner, handwerklich sehr begabt, aber er hatte einen verkrümmten Rücken und war damit nicht ganz so proper und kraftstrotzend, wie Hitler seine Jugend haben wollte. Jahrelang war er ein Außenseiter und Einzelgänger, bis er sich im Krieg den Edelweißpiraten angeschlossen hat.«

»Dann hat er dir selbst davon erzählt?«, fragte Liv gespannt. »Er muss sie ja alle gekannt haben!«

»Das konnte er leider nicht mehr. Jupp flog auf und kam bereits 1941 in Gestapo-Haft. Da fing die zweite große Welle der Edelweißpiraten gerade erst an. Er war sozusagen eine Art Vorreiter.«

»Haben sie ihn …«

»So gut wie. Er wurde mehrmals gefoltert. Dabei hat man ihm die Hände zerquetscht. Ein Schreiner ohne Hände mitten im Krieg? Oma sagt, er sei schließlich an seinen inneren Blutungen verstorben. Verpfiffen hat er keinen. Darauf war er stolz bis zum letzten Atemzug.«

Jans Gesicht war ganz weich.

»Ich bin jedenfalls mächtig stolz auf Großonkel Jupp«, sagte er. »Und ich wünschte, es hätte mehr von seiner Sorte gegeben.«

Die Vorspeiseplatten kamen auf den Tisch. Anfangs fürchtete Liv, nach Jans anrührendem Bericht keinen Bissen hinunterzubekommen, doch es duftete so verführerisch, dass sie schließlich doch ihren Teller belud und zu kosten begann.

Und dann konnte sie kaum mehr aufhören zu essen.

»Diese pürierten Auberginen sind ja zum Sterben gut«, sagte sie. »Und erst der Krautsalat mit Minze und Knoblauch! Das Rezept für die gefüllten Weinblätter muss ich unbedingt haben …«

Jan betrachtete sie amüsiert.

»Ich mag Frauen, die gern essen«, sagte er. »›Wer gut isst, der liebt auch gut‹, sagt man im Orient, soviel ich weiß. Aber ich glaube, das trifft ebenso für Ehrenfeld zu.«

Liv spürte, wie sie rot wurde.

»Ich hab den ganzen Tag nur ein klitzekleines Brötchen …«

»Hör sofort auf, dich zu rechtfertigen.« Jan nahm ihre freie Hand. »Ich habe dich hierhergebracht, damit es dir gut geht. Also iss!«

Vom Nachtisch, in Rosenwasser getränktem Blätterteig mit Pistaziencreme, schafften sie beide dann nur noch eine Gabel. Aber den starken Kaffee mit Kardamom tranken sie gerne.

»Deine Oma ist also noch am Leben?«, fragte Liv plötzlich.

»Das will ich meinen! Sie ist mittlerweile neunzig, aber noch glasklar im Kopf, wenngleich es mit ihren Knien immer schwieriger wird.«

»Meinst du, ich könnte sie mal kennenlernen?« Der Satz war schon draußen, noch bevor sie richtig überlegt hatte. »Versteh mich bitte nicht falsch, ich habe nicht vor, mich in eure Familie zu drängen«, setzte sie deshalb rasch hinzu. »Ich meine nur als Zeitzeugin. Was hätte sie zu erzählen! Wo sie alles doch persönlich erlebt hat.«

»Können wir machen«, sagte er nach einer kleinen Weile. »Ich frag sie am besten mal, okay?«

Begeisterung klang anders. Womöglich hatte sie ihn doch auf dem falschen Fuß erwischt, denn Jan drängte auf einmal zum Aufbruch.

Raus aus dem intensiv nach Essen riechenden Lokal? Ja!

Sich auf dem Rücksitz den Sommerabend um die Nase wehen lassen? Ebenfalls ja!

Und danach?

Was Liv betraf, so war sie offen für alles, was heute noch geschehen würde …

Doch sie hatten ihr Wohnhaus in der Körnerstraße gerade erst erreicht, da spürte Liv bereits, dass der restliche Abend anders verlaufen würde als erhofft. Da war er wieder, jener unsichtbare Graben, den Jan so oft um sich zog. Er stieg zwar ab und umarmte sie, doch sein Körper hielt dabei Abstand. Und die beiden Küsse, die er ihr auf die Wangen drückte, waren die eines guten Freundes – nicht mehr. Die Frage, ob er nicht noch Lust auf einen kleinen Absacker auf der Terrasse habe, blieb ihr förmlich im Hals stecken.

Was hatte sie gesagt oder getan, dass er sich erneut so schützen musste?

Nachdenklich schloss Liv auf und betrat ihre leere Wohnung, die ihr noch nie so still vorgekommen war wie heute. Sie trug ihren Laptop auf die Terrasse und mühte sich eine Weile damit ab herauszufinden, wie spät es wohl gerade in Laos war.

Schließlich gab sie auf.

Bei Licht betrachtet, wusste sie nicht einmal genau, ob ihr Vater überhaupt noch dort war.

Aber eine WhatsApp würde ihn überall erreichen. Und so schrieb sie:

Gibt Erklärungsbedarf, Papa, und dieses Mal kommst du mir nicht wieder so einfach davon. Was hat es mit Tante Wimmi und Ehrenfeld auf sich? Und weshalb musste mein Laden ausgerechnet hier eröffnet werden? Trage ich eine Last auf dem Rücken, die eigentlich in die Vergangenheit gehört?
Erzähle, liebster Pa, erzähle!
P.S. Dein Enkelchen heilt bestens, hat einen kleinen neuen Tiger und einen großen neuen Freund. Wenigstens einer von uns ist also happy. Gruß und Kuss Liv & Thijs ☺

14

Köln, Spätherbst/Winter 1941

Natürlich war mein erster Impuls, zu Benedikt zu laufen – doch was könnte ein Kaplan gegen die Gestapo schon ausrichten? Außerdem bin ich selbst zu angsterfüllt, um mir von ihm erneut sagen zu lassen, dass man nichts dagegen tun könne, was mich nur noch verzweifelter machen würde.

Als einziger Rettungsanker bleibt also nur Greta.

Ich habe mir den Wecker auf fünf Uhr morgens gestellt – vollkommen unnötig, denn ich habe auch ohne Warnsirenen die ganze Nacht kein Auge zugetan. Martin, Martin, Martin hämmert es in mir, während ich auf mein Fahrrad steige und durch die kalte Dunkelheit nach Lindenthal fahre. Die Luft riecht heute zum ersten Mal nach Schnee, doch die glücklichen Kinderzeiten, in denen ich fasziniert dem Wirbel weißer Flocken zugeschaut habe, sind längst vorbei.

Jetzt haben wir Krieg – und mein einziger Bruder sitzt in Gestapo-Haft.

Obwohl ich schnell in die Pedale trete, fröstle ich noch immer. Die dünnen Wollhandschuhe bieten keinen guten Schutz gegen das nasskalte Wetter, und mein Mantel mit dem abgeschabten Samtkrägelchen stammt noch aus der Vorkriegszeit.

Vor der Villa der Farinas angelangt, verlässt mich kurz-

fristig der Mut. Gretas Eltern werden mich für verrückt halten, wenn ich sie zu dieser Zeit behellige.

Und doch muss, muss, *muss* ich mit ihr reden!

Da ich es nicht wage zu klingeln, klaube ich ein paar Kieselsteinchen vom Boden auf und versuche, damit Gretas Fenster im zweiten Geschoss zu treffen. Erst misslingt es, schließlich jedoch werfe ich gezielter und schaffe es tatsächlich zweimal nacheinander.

Ziemlich bald erscheint ihr dunkler Kopf am geöffneten Fenster.

»Lass mich rein!«, rufe ich nach oben. »Es geht um Leben und Tod!«

Es dauert, bis die Haustür aufgeht. Ich schlüpfe hinter Greta ins Haus und folge ihr auf der Treppe nach oben.

In ihrem dicken, weinroten Samtmorgenmantel mit den quadratischen Steppungen verschwindet sie fast; ich beneide sie um diese kuschlige Wärme, denn ich bin mittlerweile ein einziger Eiszapfen.

Sie wirft mir eine Decke zu, die ich dankbar über mich breite.

»So rede schon!«, fordert Greta mich auf. »Was ist passiert?«

Während ich von dem Fund in Martins Spind, Jupps Verhaftung und Martins Abtransport durch die Gestapo berichte, hört sie aufmerksam zu.

»So ein verrückter Kerl!«, sagt sie schließlich. »Wenn dein Bruder wirklich bei diesen verbotenen Edelweißpiraten mit drin hängt, werden sie das ganz schnell aus ihm herausprügeln. Und selbst wenn nicht …« Sie hält kurz inne. »Im EL-DE-Haus haben sie sehr spezielle Methoden. Martin wird über kurz oder lang alles gestehen, was sie von ihm hören wollen.«

»Aber er ist doch noch ein halbes Kind! Wenn ihm etwas passiert, wäre das auch Mamms Ende.« Ich sehe sie flehend an. »Kannst du nicht etwas für ihn tun? Du kennst doch diesen Gestapo-Chef!«

»Schäfer?« Ihre Stimme ist auf einmal ganz rau.

»Auf eurer Verlobungsfeier habe ich beobachtet, wie er sich lange mit Viktor unterhalten hat, fast freundschaftlich. Und mit dir hat er fünfmal getanzt. Ich glaube, du gefällst ihm. Wenn du nun zu ihm gehst und ihm sagst, dass das alles ein riesengroßer Irrtum sein muss, weil du Martin Voss kennst, seit er klein war …?«

Plötzlich habe ich wieder die fülligen, fast weichlich wirkenden Züge des Gestapo-Chefs vor mir, zu denen seine blitzschnell taxierenden Augen einen irritierenden Gegensatz bilden, und ich weiß nicht mehr weiter.

»Schäfer«, wiederholt Greta. »Ja, ich gefalle ihm, das weiß ich von Viktor. ›Sie sind ein echter Glückspilz, Lohse‹, hat er zu ihm gesagt. ›So ein Weib – Donnerwetter! Da fängt man als Mann glatt zu träumen an …‹ Und dem soll ich nun meine Strapse zeigen, und vielleicht sogar noch mehr, damit er euren Martin wieder freilässt?«

»So natürlich nicht!«

»Wie dann, Nellie?« Ihr Blick lässt mich nicht mehr los. »Viktor sagt, Schäfer sei ein ausgezeichneter Beamter. Was im Klartext bedeutet, dass er keinerlei Skrupel kennt. Ohne Gegenleistung rührt der keinen Finger. Und selbst mit …« Sie zuckt die Achseln. »Keine Ahnung, ob ich ihn überhaupt noch reizen würde.«

Mir wird immer mulmiger zumute. Ich habe die ganze Sache einfach nicht zu Ende gedacht. Aber Greta war doch meine einzige Hoffnung!

Rabenschwarze Verzweiflung droht mich zu überfluten.

Mein kleiner Bruder ist in Lebensgefahr, und niemand, niemand kann ihm helfen!

Und wenn ich selbst zu Schäfer gehe?

Mich hat er damals komplett übersehen.

Außerdem würden sie mich niemals zu ihm durchlassen, mich, Nellie Voss, ein Niemand in Köln …

Ich müsste ihm auflauern …

Aber wo? Und vor allem: was dann?

»Schäfer nimmt nahezu jeden Vormittag im Café Reichard ein ausgiebiges Gabelfrühstück zu sich«, sagt Greta mitten in meine wirren Gedanken hinein. »Früher hat er das am liebsten in Viktors noblem Speisesaal getan, aber sein Hotel ist ja nun zu. Man müsste ein Zusammentreffen mit ihm wie Zufall aussehen lassen …«

Ich mustere sie wortlos.

»Das würdest du tun?«, bringe ich irgendwann hervor. »Aber sei vorsichtig, Greta …«

»Vorsicht?«, wiederholt sie mit einem kurzen Lachen, das eigentlich todtraurig klingt. »Was soll das sein? Ich erinnere mich nicht mehr.«

Sie steht auf und reckt sich.

»Ich nehme an, es gilt, keine Zeit zu verlieren?«

»Jede Stunde zählt.«

»Gut.« Sie wirft den Kopf nach hinten. »Dann eben heute.«

Zäh wie Klebstoff vergehen die Stunden. Ich bin so unkonzentriert wie nie zuvor, mache Tippfehler um Tippfehler und werde von Fräulein Weber mehrmals angeraunzt, weil ich viele Briefe zweimal schreiben muss und somit in schweren Zeiten wertvolles Büromaterial verschwende. Nicht einmal zu Luuk kann ich mich heute flüchten. Seine Gifthöhle ist zu, weil er zu Mülhens aufs Gestüt gefahren ist, wo es jede Menge zu besprechen gibt.

Ob er meinen Duft mitgenommen hat?

Ich bin heute so mutlos und verwirrt, dass ich mich plötzlich kaum noch an mein Parfüm erinnern kann. Ohnehin kommt mir alles sinnlos vor, was ich da zusammenkomponiert habe, Tinnef angesichts der Gefahr, in der Martin schwebt. Am liebsten würde ich mich zu einer Kugel zusammenrollen, nichts mehr sehen, nichts mehr hören – aber da habe ich die Rechnung leider ohne Fräulein Weber gemacht.

Gnadenlos beschäftigt sie mich bis zum allerletzten Augenblick, obwohl sie sehr genau spürt, wie sehr ich neben der Spur bin. Zum Schluss versetzt sie mir noch einen wohlplatzierten Hieb.

»Manchmal kann es ziemlich leichtsinnig sein, nur auf ein einziges Pferd zu setzen«, sagt sie, und ich weiß sofort, dass sie von Luuk spricht. »Zumal, wenn das vielleicht schon bald aus dem Rennen sein wird. Van Geeren mag noch immer so etwas wie eine Zukunft haben. Allerdings bezweifle ich, dass diese sich im Hause Mülhens abspielen wird.«

Ich fahre nach Hause, so unsicher, dass ich beinahe vom Rad falle.

Mamm sitzt verweint im *Halflang*, das bis auf zwei alte Quartalsäufer gähnend leer ist.

»War Greta da?«, frage ich und bekomme nur ein mattes Kopfschütteln von ihr zur Antwort.

Verdammt! Ist der einzige Versuch zu Martins Rettung fehlgeschlagen?

Was dann?

So sehr ich auch grüble, mir fällt nichts ein.

Meine Verzweiflung verwandelt sich in Wut. Ja, er hat vermutlich eine große Dummheit begangen, aber sicherlich nicht, ohne von irgendjemandem dazu angestiftet worden zu sein!

Plötzlich kann ich die Enge unserer Kneipe nicht mehr ertragen. Und auch nicht Mamms hoffnungslose Traurigkeit.

Ich laufe hinaus in die Dunkelheit, renne so schnell, dass meine Lungen in der kalten Luft zu schmerzen beginnen. Schließlich bin ich in der Gutenbergstraße angekommen. Hausnummer 86 – eine Adresse, die ich mehrfach aus Martins Mund gehört habe.

Hier wohnt Jupp Schmitz.

Nach kurzem Zögern drücke ich auf den Klingelknopf der rechten Parterrewohnung. Mir ist bewusst, was ich damit riskiere. Wenn mich jemand beobachtet, könnte Martins Komplizentum erst recht bestätigt werden. Aber ich muss es trotzdem wagen.

Hektisch schaue ich mich um. Aber niemand ist mir gefolgt. Kein Mensch weit und breit.

Auch in der Wohnung bleibt alles ruhig.

Die Mutter und eine jüngere Schwester, das weiß ich von Martin – sie müssen um diese Zeit zu Hause sein!

Ich hämmere gegen die Scheibe.

Der Öffner geht; ich stürme ins Haus.

»Ich bin Nellie Voss«, sage ich barsch. »Martins Schwester. Ich muss mit Ihnen sprechen!«

In der halb angelehnten Wohnungstür steht eine schmale Frau mit grau melierten Haaren, die unendlich müde aussieht.

»Gehen Sie«, sagt Jupps Mutter. »Bitte! Ich weiß von nichts.«

»Erst nachdem wir geredet haben.« Ich dränge mich an ihr vorbei.

Es riecht nach Kohl und Bohnerwachs, aber die kleine Küche ist peinlich sauber. Ein Mädchen mit einem Dutt, so dunkel wie nasse Erde, sitzt auf der Eckbank und starrt mich an.

»Jupp ist unschuldig«, sagt Frau Schmitz. »Jemand muss ihm dieses Zeug untergeschoben haben!«

»Schreinermeister Wildung wird es ja wohl kaum gewesen sein«, erwidere ich gereizt. »Und mein Bruder Martin ebenso wenig. Aber er büßt schwer dafür. Was hat Ihr Jupp sich eigentlich dabei gedacht?«

Sie schweigt, starrt auf ihre Füße.

»Die Gestapo hat die beiden jetzt in der Mangel«, fahre ich mit erhobener Stimme fort. »Sie wissen, was das bedeuten kann, Frau Schmitz?«

»Das Ende«, murmelt sie.

»Nein!« Der Schrei kommt von der Eckbank.

Das Mädchen ist aufgesprungen und stellt sich jetzt breitbeinig vor mich hin. Sie ist größer, als ich zunächst vermutet habe, hat fast meine Länge, wenngleich ihre Züge noch recht kindlich wirken. Aber unter dem knappen

Pullover wölben sich kleine Brüste, und die Hüften lassen den späteren Schwung bereits ahnen.

Sie wird einmal hübsch, muss ich unwillkürlich denken, auch wenn sie es jetzt vielleicht noch nicht weiß.

»Jupp muss wiederkommen«, sagt sie weinend. »Wir brauchen ihn doch. Mein großer Bruder ist so klug und so geschickt.« Dicke Tränen kullern über ihre Wangen. »Und tapfer ist er auch. Das hat er sich von den Navajos ...«

»Nicht dieses Wort, Karin!«, schreit die Mutter. »Wenn sie uns auch noch hinhängt ...«

»Sie«, sage ich und deute auf mich, »hat noch nie im Leben jemanden verpfiffen. Allerdings frage ich mich, wie ein erwachsener Geselle einen Lehrling in solch große Gefahr bringen kann. Heranwachsende sind schwärmerisch und stets auf der Suche nach älteren Vorbildern. Jupp hätte Martin leiten und stützen müssen, anstatt ihm den Schädel mit gefährlichen Parolen zu vernebeln. Unsere Mamm stirbt halb vor Angst, und mir selbst geht es nicht anders.«

»Wir sind doch ebenso verzweifelt wie Sie«, erwidert die Mutter. »Ich dachte, er hätte dem Ganzen längst abgeschworen – diesen Liedern, diesen Fahrten, den Leuten von früher, die gegen die HJ und andere Organe aufbegehren, aber da habe ich mich offenbar getäuscht.« Sie schwieg und blickte auf ihre Hände. »Jupp macht viel mit sich selbst aus«, fuhr sie leise fort. »So war es schon immer. Vielleicht, weil er diesen speziellen ... Rücken hat. Ich habe ihn gewähren lassen, weil er doch von vielem ausgeschlossen war. Inzwischen ist er ohnehin zu alt, um noch von mir kontrolliert zu werden. Ich dachte, vielleicht hat er ja endlich ein Mädchen, weil er in letzter Zeit gar so heimlich getan hat, das hatte er nämlich noch nie. Ich hätte es ihm so sehr gewünscht ...«

»Ich ihm auch«, sage ich. »Aber das gibt ihm noch lange nicht das Recht, Jüngere mit in seinen Abwärtssog zu ziehen. Wenn es übel ausgeht, sterben die beiden vielleicht, ohne jemals ein Mädchen geküsst zu haben ...«

»Martin nicht«, sagt Karin plötzlich.

Frau Schmitz und ich starren sie an.

»Wir haben uns geküsst«, sprudelt sie weiter. »Martin und ich. Weil wir nämlich verliebt sind. Zwei Tage bevor sie Jupp und ihn geholt haben. Ich dachte, ich sterbe, als ich das hören musste!«

»Aber du bist erst dreizehn, Karin! Schämst du dich denn gar nicht?«, schimpft die Mutter.

Ihre dunklen Augen werden noch größer.

»Nein«, sagt sie einfach. »Außerdem bin ich in zwei Tagen vierzehn. Und ich würde es jederzeit wieder tun. Es war wie im Himmel.« Sie streckt ihre Hände aus. »Sie müssen wiederkommen – alle beide!«

Tief in Gedanken kehre ich wenig später ins *Halflang* zurück. Meine Wut bin ich nicht losgeworden. Sowohl Frau Schmitz wie auch Karin tun mir inzwischen leid, und sogar Jupp erscheint mir nicht länger nur wie ein Verbrecher, der meinen Bruder auf dem Gewissen hat, sondern ich sehe auch den einsamen jungen Mann, der froh war um ein wenig Kameradschaft.

Wir haben uns geküsst ... Karins klare Mädchenstimme klingt noch immer in meinem Ohr.

Martin mit all seinen Geheimnissen!

Nicht einmal ihren Namen hat er zu Hause jemals erwähnt. Hoffentlich muss er ihn jetzt nicht mit in sein Grab nehmen …

Jemand berührt mich am Arm, und ich schreie erschrocken auf.

»Leise!«, sagt Greta. »Gut, dass du endlich da bist. Viel länger hätte ich es in dieser Kälte nicht ausgehalten!«

»Warum bist du denn nicht reingegangen?«, frage ich.

»Darum!« Sie schlägt ihren Kamelhaarmantel auf, und im fahlen Mondlicht sehe ich ein wirres Fetzengestrüpp aus Stoff und Spitze.

»Das war doch nicht etwa …«

Sie presst ihre kleine Hand auf meinen Mund.

»Sag niemals wieder diesen Namen«, verlangt sie. »Und frag mich nichts über diesen Tag!«

Meinen Mund hat sie wieder freigegeben, doch ich kann trotzdem nicht sprechen.

»Du gehst jetzt zu euch hinauf in die Wohnung und holst eines der alten Kleider, die ich dir geschenkt habe«, fordert sie. »Ich werde mich im Keller umziehen. So kann ich nicht zurück zu meinen Eltern.«

Ich renne nach oben, suche mit fliegenden Fingern ein Kleid heraus und bringe es ihr.

Zusammen betreten wir den Luftschutzraum.

»Dreh dich um«, verlangt Greta, während sie sich aus dem Mantel schält. »Meine Blessuren gehen nur mich etwas an.«

Unfähig, mich zu bewegen, starre ich auf die blauen Flecke, die Bisswunden, die rötlichen Abschürfungen auf ihrer Haut.

»Schäfers sehr spezielle Vorlieben«, sagt sie. »Rede ich

darüber, bin ich tot. Das hat er mir auf sehr eindrückliche Weise klargemacht.«

»Aber das wollte ich nicht«, bricht es aus mir heraus. »Ich wollte doch niemals, dass du …«

»Ich auch nicht, Nellie«, unterbricht sie mich. Inzwischen hat sie das Kleid übergestreift, was es für den Moment etwas leichter für mich macht. »Willst du mich nicht endlich nach Martin fragen?«

»Ja, Martin … ist er …«

Ich bringe keinen weiteren Ton heraus.

»Sie haben ihn verschärft verhört, wie es im Gestapo-Jargon heißt«, sagt sie. »Mit anderen Worten: geschlagen, gefoltert, kurz unter Strom gesetzt. Inzwischen hat sein Kumpel Schmitz alle Schuld auf sich genommen. Ich denke, Martin könnte mit dem Schrecken davonkommen, vorausgesetzt, er hat diese Lektion kapiert.«

»Das hat Schäfer dir erzählt?« Ich kann nicht glauben, was ich da höre.

»Nicht alles«, erwidert Greta langsam. »Die Wände der Vernehmungsräume im EL-DE-Haus sind sehr dünn. Der Raum, in dem Schäfer mit mir zugange war, liegt unmittelbar unter dem, in dem sie Schmitz die Hände gebrochen haben. Zweimal je fünf Finger – einen nach dem anderen. Solche Schreie vergisst du dein ganzes Leben nicht mehr.«

Zwei Tage später kommt Martin abends nach Hause zurückgekrochen – und wenn ich das so ausdrücke, beschreibt es seine Fortbewegungsart ziemlich genau. Sein Gesicht ist aschfahl, er hat zwei gebrochene Rippen und ist von Blutergüssen übersät.

Ihm fehlen zwei Zähne.

Aber er lebt – und seine Hände sind unversehrt.

Er spricht kein Wort, zehn endlose Tage nicht, liegt nur im Bett und stiert an die Decke. Mamm geht an ihren Notgroschen und bittet unseren alten Hausarzt Dr. Klein, der eigentlich nicht mehr praktiziert, zu uns zu kommen. Weil die Ärzte in Köln so rar geworden sind, seitdem alle jüdischen Mediziner Berufsverbot erhalten haben, hilft er manchmal doch wieder aus.

Uns bleibt nichts anderes übrig, als ihm zu gestehen, woher Martins schlechter Zustand stammt. Der Arzt äußert sich nicht dazu; er gibt ihm ein paar Schmerztabletten und verabreicht ihm eine Aufbauspritze. Danach nimmt er uns in der Küche mit ernstem Gesicht zur Seite.

»Seine Seele muss heilen«, sagt er. »Nicht nur die gebrochenen Rippen, die von allein wieder zusammenwachsen. Frische Luft und Ablenkung könnten nützlich sein. Nimmt sein Lehrherr ihn zurück?«

»Schreinermeister Wildung hat gesagt, er kann jederzeit wieder zur Arbeit erscheinen«, lautet meine Antwort.

Dabei unterschlage ich allerdings, dass ich Meister und Meistersgattin lange anbetteln musste, bis sie dazu bereit gewesen waren.

»Das wird schon wieder«, versucht Dr. Klein uns Mut zuzusprechen. »Den Soldaten in Russland, denen die Füße abgefroren sind, bleibt diese Hoffnung verwehrt.«

An diesem Abend klingelt Karin bei uns.

Ausnahmsweise bin ich nicht unten im *Halflang*. Ob die Gäste uns meiden, weil die Kunde von Martins Verhaftung im Veedel die Runde gemacht hat oder weil sie Angst vor nächtlichen Bombenangriffen haben, wenn sie ihre Wohnungen verlassen – der Umsatz jedenfalls ist drastisch zurückgegangen. Ohnehin hat es Mamm lieber, wenn ich zurzeit oben in der Wohnung bei Martin bin, falls er mich brauchen sollte.

»Wie geht es ihm?«, fragt das Mädchen.

Heute trägt sie die dunklen Haare offen, nur mit einem Reif aus der Stirn genommen. Ihre Lippen beben ganz leicht. Sie ist so aufgeregt, dass ihre Stimme zittert. Karins jugendliche Schüchternheit rührt mich. Doch noch mehr rührt mich ihr Mut herzukommen.

»Schau selbst nach«, sage ich und lasse sie herein. »Zehn Minuten. Danach musst du wieder gehen.«

Karin hält die Zeit genau ein und kommt mit leicht geröteten Wangen wieder aus Martins Zimmer.

»Danke, dass du mich zu ihm gelassen hast«, sagt sie. »Ich bin ja so froh, dass er lebt! Und bitte verrate meiner Mutter nicht, dass ich bei euch war.«

Ich nicke.

»Und Jupp?«, frage ich nach kurzem Zögern.

Karin schüttelt den Kopf und läuft weinend aus der Wohnung.

Tags darauf steht Martin auf, wäscht sich, zieht die Arbeitskleidung an, erscheint zum Frühstück und stopft alles in sich hinein, was an Essbarem auf dem Tisch steht. Mit dem Fahrrad kann er wegen seiner lädierten Rippen noch nicht fahren, aber er macht sich zu Fuß auf den Weg zu Wildung. Mamms wortreiche Ermahnungen, sich bloß nichts mehr zuschulden kommen zu lassen, unterbricht er vor dem Weggehen mit einer ungeduldigen Geste.

»Meinst du, ich möchte denen jemals wieder in die Hände fallen? Hältst du mich tatsächlich für solch einen Idioten?«

Was sollen wir da noch sagen?

Ich möchte ihm so gern glauben; doch trotz seiner Beteuerung bin ich nicht vollkommen überzeugt.

Da ist etwas tief in ihm, das er vor uns verborgen hält, ich spüre es genau. Die Kapsel, die sein Geheimnis umschließt, ist sogar noch größer und fester geworden, seit sie ihn gequält haben.

Vielleicht erlaubt er ja Karin den Zutritt.

Mamm und mir bleibt er jedenfalls verwehrt.

Aber ich habe keine Zeit, länger darüber nachzugrübeln, denn ich muss in die Firma. Vor dem Nachbarhaus treffe ich auf Ida Wolff, die sich seit Tagen nicht mehr bei uns hat blicken lassen. Sie belädt gerade einen wackligen Bollerwagen mit ein paar Habseligkeiten, wobei Selma und Paul ihr helfen.

»Das ganze Haus wird geräumt. Wir sind beinahe die Letzten. Alle müssen ins Sammellager nach Müngersdorf«, sagt sie. »Fort V. Bis auf Weiteres unser neues Zuhause.«

»Das alte Militärgefängnis?«, frage ich erschrocken. »Aber da sind doch nur noch Ruinen!«

Als Kinder haben wir dort manchmal Cowboy und Indianer gespielt. Irgendwann sollte daraus eine Erholungsstätte mit Volkswiese entstehen – Pläne, die niemals umgesetzt wurden.

»Es gibt neue Baracken entlang der Bahnlinie. Gerade fertiggestellt. Ich hoffe nur, die Kinder werden dort nicht zu sehr frieren müssen, denn es soll kalt und feucht sein.«

Sie kämpft so tapfer gegen die Tränen an, dass ich mich auf der Stelle noch elender fühle. »Pro Person ein Bett, für vier Personen ein Schrank, für acht Personen ein Tisch. Es wird noch enger …« Ihre Stimme bricht.

»Warten Sie!« Ich renne zurück in die Wohnung und klaube an Decken zusammen, was ich finden kann.

Wir haben Kohleöfen in jedem Zimmer – sie haben nichts.

»Das dürfen Sie doch nicht, Nellie«, lächelt sie unter Tränen, während Paul die Decken in den Wagen stopft.

»Und ob ich das darf!«, sage ich entschlossen. »Ich komme euch besuchen. Mit Kissen und warmen Wollsachen. Und etwas zu essen bringe ich auch mit. Mit dem Rad sind es ja von hier keine zwanzig Minuten.«

Als ich sie umarme, spüre ich jeden Knochen unter ihrem dünnen Mantel. Die Kinder drücke ich nur ganz kurz, sonst hätte ich meine Tränen nicht länger zurückhalten können. Aus diesem Grund drehe ich mich auch nicht mehr um, sondern stiefle schnell los.

St. Joseph liegt auf meinem Weg, und obwohl mir nicht viel Zeit bleibt, betrete ich die Kirche. Benedikt kommt mir aus der Sakristei entgegen. Was Martin zugestoßen ist, hat ihm Mamm bereits im Beichtstuhl anvertraut; dass er überlebt hat, weiß Benedikt ebenfalls. Von Gretas großem Opfer hat keiner von beiden eine Ahnung, und das muss auch so bleiben. Jetzt könnte ich ihm eigentlich die gute Nachricht überbringen, dass sein Firmling auf dem Weg zur Arbeit ist – doch das Bild von Ida und ihren Kindern lässt mich nicht mehr los.

»Sammellager Müngersdorf«, sage ich. »Weißt du wirklich noch immer kein Kloster?«

»Vielleicht«, erwidert er leise.

»Was soll das heißen?«, frage ich.

»Besser, du machst dir keine allzu große Hoffnung.«

»Ich brauche aber Hoffnung! Bitte sag es mir!«

»Es kursieren da gewisse Gerüchte über die Franziskanerinnen in Waldbreitbach. Heute Abend kann ich unter Umständen mehr darüber sagen. Bei euch, gegen sieben? Meinem Patenkind einen Kondolenzbesuch abzustatten, kann mir ja wohl niemand verwehren. Wie geht es Martin? Besser?«

»Er ist heute zum ersten Mal wieder in die Schreinerei aufgebrochen. Mamm und ich hoffen, er hält durch.«

»Wie sehr mich das freut!«

Er geht auf mich zu, und ich denke schon, er nimmt mich gleich in den Arm, doch Benedikt bleibt dicht vor mir stehen, ohne mich zu berühren.

Nur sein warmer Atem streift meine Haut.

Karamell, denke ich. Mit einer Spur Pfefferminze.

Wie gern würde ich darin versinken!

»Was hast du mit mir nur angestellt, Nellie?«, höre ich ihn murmeln. »Es fühlt sich an wie eine Wunde, die sich nicht mehr schließen will.«

»Und du erst mit mir«, flüstere ich zurück.

Er sieht mich noch einmal an, dann geht er ein paar Schritte rückwärts, dreht sich um und verschwindet in der Sakristei.

Wie benommen verlasse ich St. Joseph.

Heilige Jungfrau, Mutter Gottes, bitte steh mir bei – wie soll ich diesen endlosen Tag überleben?!

Luuk spürt sofort, in welch fragilem Zustand ich bin, aber er dringt nicht mit Fragen in mich, was ich ihm hoch anrechne. Er weiß nichts von Martins Festnahme, und natürlich erst recht nichts von den Umständen seiner Entlassung.

»Schwierige Zeiten, Nellie«, sagt er nur. »Schwierig für uns alle – und sie werden leider noch schwieriger werden.«

»Mülhens hat mein Duft nicht gefallen?«, frage ich prompt. »Ich kann ihn noch verbessern. Ich wüsste sogar schon wie ...«

»Dein Duft?« Ich scheine ihn aus ganz anderen Regionen zu holen. »Nein, den fand er gut. Richtig gut sogar.«

»Aber wir werden nicht damit in Produktion gehen.«

»Richtig.« Auf einmal war Luuk wieder ganz bei mir. »Woher weißt du das? Hast du etwa gelauscht?«

»Geraten. Weshalb nicht?«

»Weil es ein Friedensduft ist, zu weich, zu sinnlich, zu gefährlich für eine Zeit, in der die Waffen regieren. Und ich muss sagen, Peter Mülhens hat recht damit. Wieder einmal.«

»Aber hast du nicht gesagt, dass der Krieg nicht mehr lange dauern wird ...«

»Gehofft, Nellie, *gehofft*«, unterbricht er mich. »Was ein großer Unterschied ist. Doch seit dem japanischen Überfall auf Pearl Harbour vor vier Tagen ist diese Hoffnung zerschellt. Die USA betrachten Deutschland und Italien nun als Gegnermächte. Und heute erfolgte prompt die Reaktion aus Berlin.«

»Was ist passiert?«, frage ich.

»Du hast es nicht im Radio gehört? Deutschland hat den USA den Krieg erklärt. Damit tritt ein vollkommen neuer Gegner ins Geschehen: waffenstark, unverbraucht, reich und vor allem satt. Sie sind in der Lage, Millionen gesunder junger Soldaten einzusetzen, sollte es nötig werden, und keine Bombe der deutschen Luftwaffe kann jemals ihre Städte treffen. Das Kämpfen wird also weitergehen, weiter und immer weiter …«

Er seufzt laut auf, und ich tue es ihm nach.

»Lass uns heute ganz weit reisen«, schlägt er schließlich vor.

»Wohin, Luuk?« Ich bin sofort dabei.

»In den Orient und zu dessen Düften. Heute bleiben deine Augen offen, denn du sollst sie zusätzlich zu Nase und Gaumen einsetzen. Wir beginnen hiermit.«

Er drückt mir ein vertrocknetes Etwas in die Hand.

Holz, will ich schon sagen, aber als ich es an meine Nase halte, riecht es zu scharf.

»Eine Wurzel?«, rate ich auf gut Glück.

»Richtig! Das ätherische Öl der Ingwerwurzel hat einen würzig balsamischen Geruch. Ist die Wurzel frisch, riecht sie weicher. Je älter sie wird, desto intensiver wird die Ausdünstung.«

Dann reicht er mir ein braunes Fläschchen.

»Eukalyptus«, vermute ich, nachdem ich daran geschnuppert habe.

»Gar nicht übel, aber es handelt sich um Kardamom – interessanterweise auch ein Ingwergewächs. Im Libanon würzt man damit den Kaffee. Kaum vorstellbar, aber es schmeckt sehr anregend.«

Ich bekomme ein neues Fläschchen.

»Muskat«, sage ich prompt. Unsere verstorbene Oma hat ihren Spinat nie ohne Muskatabrieb gegessen.

»Sehr gut«, lobt mich Luuk, »und die nächsten beiden orientalischen Düfte dürften dir erst recht vertraut sein.«

»Zimt«, sage ich sofort. »Und das zweite sind Nelken. Ersteren liebe ich, weil er mich an Weihnachten erinnert, Letztere kann ich nicht leiden, weil ich dabei immer an Zahnweh denken muss. Unsere Oma hat dann immer Nelken gekaut. Sie hatte schreckliche Angst vor dem Zahnarzt!«

Ich erhalte sein zustimmendes Nicken.

»Man hat sie gekaut, weil sie betäubend wirken«, erwidert er und hält mir schon die nächste Geruchsprobe hin. »Und das hier?«

Aus dem Fläschchen duftet es nach Zimt, aber es riecht auch balsamisch und dazu ganz leicht nach Anis. Ich meine sogar einen Hauch Honig wahrzunehmen.

»Keine Ahnung«, muss ich eingestehen.

»Man nennt es Ekangi- oder auch Sannaöl«, erklärt Luuk.

Unwillkürlich muss ich meine Nase reiben, die von so vielen starken Düften schon ganz gereizt ist.

»Eins habe ich noch. Seine Farbe erinnert mich immer an dein Haar«, sagt er lachend, und in der Tat ist das Öl in der kleinen Flasche von einem kräftigen Orangegelb.

»Würzig, aber auch fruchtig«, sage ich. »Und ein wenig holzig dazu …«

»Du wirst immer noch besser!« Luuk strahlt über das ganze Gesicht. »Das ist Kurkuma, gewonnen aus der gleichnamigen Wurzel, und was du riechst, erinnert dich vielleicht an Gelbwurz. Die Inder verwenden es bei vielen Speisen;

aber auch bei der asiatischen Duftproduktion wird es oft und gerne eingesetzt ...«

Er hat sich immer mehr in Rage geredet, und ich spüre wieder einmal, wie viel er weiß und wie innig er sein Metier liebt.

»Diese Gewürznoten bringen Tiefe und Gehalt in ein Parfüm. Besonders für Herrendüfte werden sie gezielt eingesetzt ...«

Herrendüfte - ein Wort wie aus einer anderen Welt ...

In meiner Vorstellung sehe ich ein Heer in zerlumpten Stiefeln, das hungrig vor Moskau liegt. Keiner von diesen Männern wäre im Moment in der Lage, an so etwas wie Düfte auch nur zu denken. Viktors letzte Briefe klingen zum Gotterbarmen. Ein Wunder, dass die Zensoren so etwas durchgelassen haben, aber vermutlich sind selbst die ausgehungert, erschöpft und bis aufs Mark durchgefroren.

Luuk hat mich verloren, und er spürt es nach einer Weile.

»Wo bist du gerade, Nellie? Hier bei mir jedenfalls nicht.«

»Im Krieg«, antworte ich. »Vor Moskau, und im Bombenhagel auf Köln. Bei den Juden in Müngersdorf und bei all denen, die irgendwo eingesperrt um ihr bisschen Leben bangen. Was machen wir hier eigentlich, Luuk? Kannst du mir das sagen? Sind wir keine gottverdammten Narren, dem Wahnsinn der Welt mit wohlriechenden Düften begegnen zu wollen?«

»Ja, das kann ich dir tatsächlich sagen.« Stark wie ein Baum steht er vor mir, und alle Müdigkeit ist mit einem Schlag aus seinem Gesicht gewichen. »Und Narren sind wir *keineswegs. Wir kreieren Hoffnung und Schönheit, Nellie. Und irgendwann wird auch die Welt da draußen wieder so weit sein, um uns zu verstehen.«*

Er hatte es tatsächlich gewagt, obwohl Nellie allein beim Gedanken daran beinahe gestorben wäre.

Wenn Selma etwas zustieß!

Wenn Ida die Nerven verlor und alles im Vorfeld abblies!

Wenn Benedikt dabei erwischt wurde!

Wenn jemand nicht dichthielt und doch zu reden begann …

Doch der Plan war ebenso simpel wie genial, und obwohl alle Beteiligten vor Angst zitterten, ging er am Ende tatsächlich auf.

Eine kleine Delegation, bestehend aus einem Nikolaus und zwei Weihnachtsengeln, die Almosen ins jüdische Sammellager brachte. Ein Engel, der sein weißes Gewand plus Perücke im Schatten einer Baracke ablegte, damit stattdessen ein kleines jüdisches Mädchen hineinschlüpfen konnte.

Ein Nikolaus, der mit zwei Engeln das Lager Müngersdorf wieder verließ, scheinbar genauso, wie er gekommen war.

Ein Mädchen, das unterwegs wieder zu ihnen stieß, begierig darauf, das fremde Kleid und die dünne Jacke so schnell wie möglich wieder abzulegen, die zudem nicht mehr besonders gut rochen …

Lauter heilige Schwüre, die untereinander mehrfach unter Tränen erneuert wurden.

Ein Kaplan, der am nächsten Morgen mit einem geborgten Lieferwagen zum Kloster Waldbreitbach aufbrach und dort ein Mädchen an der Pforte abgab.

»Das ist definitiv die Allerletzte, Benedikt.« Die junge Franziskanerin klang ernst. »So sehr wir es uns auch anders wünschen würden. Aber unsere Kapazitäten sind restlos erschöpft. Der Herr sei mir dir!«

»Und mit dir und deinem Geiste, Schwester Raffaela. In Ewigkeit, Amen«, antwortete er ihr. »Mein allerherzlichster Gruß an die verehrte Mutter Oberin. Sie ist eine Heilige mit dem Mut einer Löwin, das wissen wir alle.«

Ein Kaplan, der mit seinem geborgten Lieferwagen allein nach Köln zurückfuhr und dort sein übervolles Herz erst einmal im stummen Gebet vor der Marienstatue erleichterte.

Schon die ganze Zeit über war sie mit weißen Christrosen geschmückt. Er musste jedes Mal lächeln, wenn er sie ansah.

Eine Woche später, beim sonntäglichen Mittagessen, berichtete Benedikt Nellie flüsternd von der geglückten Aktion, während Mamm und Martin gemeinsam in der Küche mal wieder Arme Ritter zum Nachtisch brieten, weil die Lebensmittelknappheit keine Alternativen zuließ. Nellie war erleichtert, dass langsam wieder eine gewisse Normalität bei ihnen einkehrte, wenngleich es für sie nach wie vor ganz und gar nicht normal war, alleine am Tisch neben Benedikt zu sitzen.

Gestohlene Minuten, das mussten sie ausnutzen.

»Wenigstens Selma«, flüsterte Nellie zurück. »Ich bin ja so froh. Danke, Benedikt, danke! An Paul, ihren Bruder, darf ich allerdings gar nicht denken …«

Ein Kind retten und dabei wissen, dass dem anderen vermutlich Schreckliches drohte?, fragte ein Teil ihres Gewissens.

Zumindest *ein* Kind!, sagte der andere Teil. Ein Kind ist besser als gar keins …

»Die frommen Schwestern sind bisweilen beherzter als die frommen Brüder«, sagte Benedikt. »Mir ist bislang kein einziges Männerkloster im Raum Köln bekannt, das zu solch einem Risiko bereit gewesen wäre. Vielleicht sind Frauen ohnehin mutiger als Männer, auch wenn sich das noch nicht überall herumgesprochen hat.«

Ihre Blicke verhakten sich ineinander.

Nellie spürte, wie eine Hitzewelle sie erfasste.

Gerade noch rechtzeitig schauten sie wieder auf ihre Teller, denn Martin erschien mit der brutzelnden Pfanne im Wohnzimmer, gefolgt von Mamm, die eine Schale Birnenkompott mitbrachte.

Aber Martin hatte den Blick zwischen ihr und Benedikt trotzdem bemerkt. »Du kannst Beni nicht heiraten«, sagte er, als Nellie zur Abendschicht hinunter ins Halflang gehen wollte. Allmählich trudelten wieder mehr Gäste ein, was sie alle sehr erleichterte. »Schlag dir das aus dem Kopf.«

»Wer sagt denn, dass ich das überhaupt will?«, gab sie zurück.

»Dein Gesicht«, erwiderte er prompt. »Und dein Körper. Alles an dir strebt zu ihm, das ist ja wohl kaum zu übersehen. Du gurrst wie ein Täubchen, wenn du mit ihm redest, merkst du das nicht? Ich kann dich ja verstehen, aber Beni gehört nun einmal Gott. Das musst selbst du endlich einsehen.«

»Und was, wenn nicht?« Es war ihr einfach so herausgerutscht.

»Dann könnte es ein großes Unglück geben, Nellie. Willst du das wirklich riskieren?«

Sie starrte ihn an. Gerade noch war er ein zerschlagenes Häuflein Elend gewesen – und jetzt traute er sich schon wieder, ihr gegenüber solch altkluge Sprüche loszulassen!

Martin war wirklich anders als andere Jungs in seinem Alter.

»Und mein Bedarf an Unglück ist vorerst gedeckt«, setzte er nach einer kurzen Pause noch hinterher.

Um Nellie damit erst recht sprachlos zu machen.

15

Köln, Juli 2019

»Morgen nach der Visite bekommen Sie ihn wieder mit nach Hause.«

Die junge Stationsärztin mit dem blonden Pferdeschwanz hatte freundlich gelächelt, während Livs Reaktion eher verhalten ausfiel. Natürlich freute sie sich, dass ein gesunder Thijs die Klinik verlassen durfte. Doch das hieß auch, dass sie sich von nun an rund um die Uhr um ihn kümmern musste. Mindestens fünf Tage musste Thijs noch zu Hause bleiben, bevor er wieder in die Kita gehen konnte, auch wenn er schon sehr nach seinem Freund Fippi quengelte, den er offenbar sehr vermisste.

Eine ganze Woche also, in der Liv ihr *Göttliches Düftchen* Nouria überlassen musste. Nun würde sich erweisen, inwieweit diese allein im Laden zurechtkam.

Tausend Gedanken schwirrten auf dem Rückweg vom Kinderkrankenhaus durch Livs Kopf, und sie war froh, sich für eine Fahrt im Taxi entschieden zu haben, anstatt die volle Konzentration auf den hektischen Straßenverkehr richten zu müssen.

Wieso meldete sich ihr Vater nicht? Ihre letzten beiden WhatsApp-Nachrichten an ihn waren unbeantwortet geblieben. Auch fehlten die beiden blauen Haken, die angezeigt hätten, dass er ihre Nachricht gelesen hatte. Es war ihm doch hoffentlich nichts zugestoßen …

Dafür gab es eine neue Nachricht von Hendrik, die sie schon nach dem ersten Satz wütend machte.

Warum musste er wieder einmal die volle Blödseite auffahren?

»*Der Kleine kann bei uns am besten ganz gesund werden*«, schrieb er.

Inzwischen reichte es offenbar nicht einmal mehr für einen Anruf, obwohl er genau wusste, wie sehr Thijs ihm entgegenfieberte. Ein einziger Besuch in Köln, eine kleine Geldspritze, allerdings erst nach einem deutlichen Wink mit dem Zaunpfahl – und jetzt dieses Angebot!

Liv musste sich zwingen weiterzulesen.

> *Fabienne hat ein sicheres Händchen dafür. Außerdem wird es ohnehin Zeit, dass er sich an seine Stiefmutter gewöhnt. Bring ihn einfach bei uns in Maastricht vorbei! Er kann bleiben, solange er will. Dann hast du die Hände für deinen Laden frei …*

»Stiefmutter – sonst noch was?!« In ihrer Empörung hatte sie es laut vor sich hingesagt.

»Rädde Se met mir?«, fragte der Taxifahrer in breitem Kölsch.

»Nein, pardon! Ich habe mich gerade nur über eine Antwort sehr geärgert«, erwiderte Liv. »Männer können manchmal ja so blöd sein!«

»Wiever och«, gab er prompt zurück.

»Ja, Frauen auch – wo Sie recht haben, haben Sie recht.«

Seine Schlagfertigkeit hatte Liv zum Lächeln gebracht. Und fertigmachen lassen würde sie sich weder von Hendrik noch von seiner Tussi! Aber sie musste dringend nachdenken, wie alles zu stemmen war, bevor sie gleich im Laden mit Nouria sprach.

»Bitte halten Sie schon hier«, bat sie, als das kleine Café *Madame Tartine* am Straßenrand auftauchte.

Der Taxifahrer bremste, Liv bezahlte und stieg aus.

Gleich am Fenster war ein freier Tisch, den sie in Beschlag nahm. Sie bestellte sich einen Cappuccino mit Hafermilch sowie ein Schokocroissant. Dann zog sie ihr Notizbuch hervor und begann aufzuschreiben, woran sie unbedingt denken musste.

»Schön, dich hier zu sehen!« Plötzlich stand Jan lächelnd neben ihrem Stuhl. »David und ich sind gerade bei einem kleinen Arbeitsfrühstück.« Er deutete nach hinten. »Jetzt kannst du sie mal persönlich kennenlernen!«, rief er in den hinteren Teil des Cafés. »Die rotblonde Liv mit den göttlichen Düften, von der ich dir schon so viel erzählt habe.«

Ein schlanker, junger Mann kam langsam auf sie zu – halblange, sehr glatte Haare, schwarz wie polierter Onyx, schmales Gesicht, hohe Stirn, Adlernase. Selten zuvor hatte sie einen so geschmeidigen Gang gesehen.

»Du bewegst dich ja wie eine große Wildkatze«, entfuhr es Liv. »Bislang weiß ich von dir, dass du zusammen mit Jan Street Art machst und an einem Szenerestaurant beteiligt bist. Aber das ist offenbar noch längst nicht alles. Hast du mal professionell getanzt? Pardon, jetzt hab ich gleich du gesagt!«

David lachte. »Natürlich ist das Du okay. Und das mit dem Tanzen höre ich nicht zum ersten Mal. Liegt vielleicht daran, dass meine Ahnen oft weglaufen mussten. Und ja, ich war mal ziemlich gut im Tango. War mit Abstand der beste all meiner verrückten Studentenjobs.«

»Die Ladies sind nur so auf ihn geflogen.« Jan verdrehte schwärmerisch die Augen. »Kaum retten konnte er sich vor seinen weiblichen Fans.« Er grinste.

»Spinner!« David knuffte ihn freundschaftlich. »Magst du vielleicht zu uns nach hinten umziehen?«, bot er Liv an. »Mit dem Businesskram sind wir nämlich durch.«

»Ein anderes Mal gern, aber heute muss ich nachdenken.«

Jan warf ihr einen seltsamen Blick zu.

Unsicherheit lag darin, vielleicht sogar eine Spur Bedauern.

Tat es ihm inzwischen leid, dass er sich neulich so unrühmlich schnell aus dem Staub gemacht hatte?

»Dann lassen wir dich mal denken.« Er zog seinen Partner mit sich.

»Wartet!«, bat Liv, und die beiden kamen noch einmal zurück. »Jetzt hätte ich doch noch eine Frage, und zwar wegen Nouria: Ich bräuchte sie ab sofort mehr im Laden, weil mein Kleiner morgen aus der Klinik kommt.«

»Morgen – wie schön!« Jan begann zu strahlen. »Und wer unterstützt euch zwei beim Heimtransport?«

Niemand, wollte Liv schon sagen, hielt sich aber gerade noch zurück.

»Du vielleicht?«, erwiderte sie stattdessen. »Thijs würde sich sicherlich freuen. Er mag dich sehr.«

»Ich ihn auch. Können wir dein Auto nehmen?«

»Klar«, sagte Liv. »Holst du mich morgen gegen neun Uhr ab? Die Adresse kennst du ja.«

»Ich werde da sein. Und nun zu Nouria: Momentan sind wir im Service personalmäßig doch ganz gut aufgestellt, David, oder?«

»Sind wir. Allerdings nur, wenn sich nicht zu viele auf einmal krankmelden.«

»Selbst dann würden wir es schaffen«, sagte Jan. »Schließlich gibt es ja noch die alte Garde, die wir notfalls reaktivieren könnten. Ich predige Nouria schon eine ganze Weile, dass sie sich zu viel auf einmal aufgehalst hat.«

»Das ist zum Teil meine Schuld«, sagte Liv. »Ich habe gezögert, sie fest anzustellen, weil ich nicht wusste, ob der Laden läuft. Aber das tut er – trotz der fiesen Butansäureattacke. Für manche Kundinnen sind wir offenbar erst jetzt richtig interessant geworden. Ich werde Nouria einen ordentlichen Arbeitsvertrag anbieten.«

»Sie muss ja nicht gleich ganz bei uns aufhören, oder?« David klang auf einmal fast panisch. »So von einem Tag auf den anderen?«

»Das sagt genau der Richtige! Wenn du endlich einmal Klartext reden würdest, statt immer nur verdruckst um sie herumzuschwänzeln, wäre alles leichter«, konterte Jan. »Für alle Beteiligten!«

Irritiert schaute Liv von einem zum anderen.

»Ich verstehe kein Wort …«, sagte sie, obwohl sie durchaus eine Ahnung hatte.

»Musst du auch nicht.« Davids leicht gebräunter Teint hatte sich noch eine Nuance dunkler gefärbt. »Jan, du lässt sofort deine blöden Anspielungen bleiben, oder du erfährst nie wieder einen Ton von mir!«

»Okay, okay, okay!« Jan hob beschwichtigend die Arme. »Bin ja schon still. Dann schlage ich folgenden Kompromiss vor: Liv bietet Nouria einen Arbeitsvertrag an – und bei uns bedient sie bis auf Weiteres nur noch samstags. Einverstanden?«

»Ich schon«, sagte Liv. »Allerdings müssen wir wohl zuerst die Hauptbeteiligte fragen, ob sie das auch wirklich will.«

Nachdem sie noch eine Weile über ihren Notizen gebrütet hatte, verabschiedete sich Liv von den beiden und machte sich auf den Weg in ihren Laden.

Was für ein Duo!

Der eine voller Rätsel und Geheimnisse, der andere offen und exaltiert. Zu mögen schienen sich die beiden Freunde und Geschäftspartner sehr, obwohl es offenbar immer mal wieder zwischen ihnen knallte.

Wie sie wohl zusammen malten?

Der eine als Ideengeber, der andere als Ausführender?

Oder entstanden die Murals zwar aus verschiedenen Händen, aber sozusagen einer gemeinsamen Seele?

Die beiden hatten Liv zum Abschied noch darum gebeten, unbedingt für sich zu behalten, wer sich hinter dem Künstlernamen *Zorro* verbarg.

»Wollt ihr denn nicht der ganzen Welt zeigen, was ihr geschaffen habt?«, hatte sie verdutzt gefragt.

»Zeigen wir ja«, hatte Jans Antwort gelautet. »Wir *sind*

Zorro. Wer unbedingt mehr erfahren möchte, muss sich eben ein wenig Mühe geben.«

Nouria begann zu stottern, als sie Livs Angebot hörte. Heute war sie ganz in Lichtblau gekleidet, was Haare und Haut besonders gut zur Geltung brachte. Sie passte auch optisch gut in den Laden, von ihren anderen Qualitäten ganz zu schweigen.

»Und das ist wirklich dein Ernst?«, fragte sie. »Du wirst es ganz sicher später nicht bereuen?«

»Ich hoffe nicht, dass du mir jemals einen Grund dazu geben wirst«, erwiderte Liv ganz ernst, um dann zu lächeln. »Du hast starke Fürsprecher, Nouria. Jan und David meinen es wirklich gut mir dir. Deshalb sind sie auch der Ansicht, dass du die Arbeit im *Delirium* …«

»Nein!« Nourias Stimme stieg. »Ich kann da nicht aufhören. Verlang das bitte nicht von mir.«

»Das tut ja niemand. David hat allein der Gedanke schon ganz panisch gemacht«, sagte Liv. »Aber deinen Einsatz dort müsstest du schon reduzieren. Und zwar gründlich. Sonst brichst du uns irgendwann noch zusammen.«

»Wieso David? Was hat er denn gesagt?«

»Nicht sehr viel. Aber zutiefst erschrocken war er. Deine Anwesenheit im *Delirium* scheint ihm einiges zu bedeuten.«

Nouria wandte sich ab und murmelte irgendetwas Unverständliches vor sich hin. Dann straffte sie die Schultern, warf die Haare zurück und sah Liv entschlossen an.

»Bei uns zu Hause sagt man: ›Die Welt gehört dem, der handelt.‹ Und ja, ich handle. Ich nehme dein Angebot gerne an.«

»Freut mich sehr.« Liv verneigte sich leicht. »Das *Göttliche Düftchen* und meine Wenigkeit heißen dich nochmals herzlichst willkommen! Alles Schriftliche erledigen wir umgehend. Wie ich dich kenne, kannst du es kaum erwarten, unsere Unterschriften unter deinem Arbeitsvertrag zu sehen.«

»Das stimmt! Aber du wirst viel Freude an mir haben.« Nouria geriet ins Schwärmen. »Ich backe blechweise Ghriba, ich neble die Kundinnen ein, bis sie zwanzig Düfte auf einmal kaufen, ich …«

Livs erhobene Hand ließ sie innehalten.

»Nichts von alldem, wenn ich bitten darf!«, sagte Liv. »Ab und zu ein Mandelkeks – gerne. Aber wir sind ein Duftladen, keine Konditorei! Und ›eingenebelt‹ wird bei uns gar niemand. Du berätst jede Kundin, bis ihr gemeinsam das Richtige für sie gefunden habt. Wenn nicht bei diesem Besuch, dann eben beim nächsten oder übernächsten. Nicht drängen, sondern Geduld bewahren. Nur zufriedene Kunden kommen wieder, Nouria. Das ist unsere oberste Maxime. Du weißt doch eigentlich schon genau, wie es hier läuft!«

»Weiß ich, weiß ich«, nickte Nouria. »Und natürlich mache ich alles ganz in deinem Sinne. Mir ist vor Freude nur gerade kurz das Temperament durchgegangen. Wir Marokkaner können einfach nicht immer nur ruhig und vernünftig sein, wie ihr Europäer. Dazu haben wir alle zu viel Ras el Hanout im Hintern!«

Liv hob fragend die Schultern.

»Das beste Gewürz der Welt! Rot wie die Liebe und scharf wie Höllenfeuer.«

Maja von Plettenberg betrat den Laden.

»Jetzt kannst du deine bahnbrechenden Erkenntnisse gleich in ein erfolgreiches Verkaufsgespräch umsetzen«, sagte Liv leise. »Ausgesprochen kauffreudig, aber sehr anspruchsvoll. Wer mit ihr klarkommt, der schafft es spielend auch mit allen anderen!«

Wie gut es tat, die Füße hochzulegen und sich auf der Terrasse in den Nachthimmel zu träumen! Die Hauswände hatten den ganzen Tag Sonne getankt, deren Wärme sie noch immer abstrahlten. Es war so warm wie im Süden, tagsüber manchmal fast unerträglich, jetzt aber sehr angenehm für alle Sinne.

Liv hatte sich den Stress des Tages vom Leib geduscht und war danach in einen Slip und ihr ältestes Kleid geschlüpft, ein türkisblaues Hängerchen, das sie sich vor Urzeiten auf einem Rucksacktrip durch Kreta gekauft hatte. Neben ihr auf dem kleinen Holztisch standen neben zwei flackernden Windlichtern eine Karaffe mit Ingwerlimonade sowie ein Schälchen mit gesalzenen Pistazien, aus dem sie sich ab und zu bediente.

Morgen würde Thijs wieder bei ihr sein.

Die Woche, in der sie von ihm getrennt gewesen war, erschien ihr so viel länger als bloße sieben Tage.

Sie war von Vorfreude erfüllt, wenngleich es mit ihrem kleinen Wirbelwind so ganz einfach wohl nicht werden würde. Worte wie »langsam« oder »du musst dich noch schonen« existierten noch nicht in seinem Vokabular, und wenn sie ihn manchmal beobachtete, bezweifelte sie fast, dass er sie jemals aufnehmen würde. Thijs schien entschlossen, die Welt im Sauseschritt zu erobern – nicht die allerbesten Voraussetzungen für eine behutsame Genesung zu Hause.

Liv goss sich ein neues Glas Limonade ein.

Sie schmeckte gut, allerdings wäre ein kalter Rosé jetzt die Krönung des Abends gewesen. Doch sie hatte vergessen, Wein einzukaufen. Dafür war der Kühlschrank voll mit allem, was Thijs besonders liebte: Fischstäbchen, Joghurt, Erdbeeren, Hähnchenkeulen, Karotten, Lasagne, Schokopudding. Herrliches Kinderessen, von dem er ausnahmsweise so viel bekommen sollte, wie er wollte.

Ohnehin würde sie sich alle Mühe geben, diese gemeinsamen Tage so schön wie möglich zu gestalten …

Ein *Pling* ließ sie nach dem Handy greifen.

Papa!

Vor lauter Freude hätte sie sich beinahe verschluckt.

War eigentlich schon auf der Rückreise zu euch, weil es so viel zu erzählen gibt. Leider haben ein paar fiese Keime meinen Plan durchkreuzt. Diese Garnelen der fliegenden Garküche hätte ich wohl besser bleiben lassen sollen! Liege nun seit zwei Tagen in Bangkok im Hotel - einem sehr anständigen Hotel, wo ich alles bekomme, was ich brauche -, bin allerdings derzeit ziemlich ausgeknockt. Mein Darm spielt verrückt, damit ist nicht zu spaßen. Der thailändische Doc hat absolute Ruhe verordnet: schlafen, viel trinken, und mein Klo gleich nebenan

ist ganz unter uns auch mehr als hilfreich. Reden ist wahnsinnig anstrengend, deshalb belasse ich es vorerst bei diesem Gruß.
Bitte keine Sorgen machen! Das wird schon wieder …
Wie geht es Thijs? Denke so viel an dich und an unseren kleinen Engel.
Gruß & Kuss, Papa, besser genannt Doofkopp

»Papa!«, murmelte Liv kopfschüttelnd. »Was stellst du bloß an?«

»Kleine Selbstgespräche?« Plötzlich stand Jan vor ihr. Er musste ums Haus herum gekommen sein; offenbar hatte mal wieder jemand das kleine Tor nicht richtig geschlossen. »Oder hast du Besuch, und ich störe gerade ganz fürchterlich?«

»Mein alter Vater auf WhatsApp«, erwiderte sie verdattert. Was wollte er so spät noch hier? Liv schielte auf ihre luftige Bekleidung, aber da gab es nichts, was er nicht hätte sehen dürfen, also redete sie einfach weiter. »Er musste todesmutig eine thailändische Garküche ausprobieren, und nun liegt er flach.«

»Nach ein paar Tagen geht es ihm wieder gut, wenn er vernünftig ist«, erwiderte Jan. »Hatten David und ich auch, als wir vor ein paar Jahren in Mexiko waren.«

»Mit dem kleinen Unterschied, dass ihr damals Mitte zwanzig wart und er fast fünfundsiebzig ist. Da kann so ein Darmvirus ganz schön gefährlich sein.« Sie deutete auf den freien Stuhl neben sich. »Magst du dich setzen?«

»Gerne.« Er stellte die mitgebrachte Weinflasche auf den Tisch. »Dachte irgendwie, heute ist ein guter Abend für Rosé. Hast du Lust? Neulich scheint er dir geschmeckt zu haben …«

»Öffner ist in der Küche, zweite Schublade rechts. Darüber findest du Gläser.«

Er musste schon selbst gehen. Den Gefallen, ihm im Gegenlicht ihre gesamte Rückansicht darzubieten, tat sie ihm jetzt nicht.

Jan war schnell wieder zurück. Er entkorkte die Flasche und füllte ihre Gläser. Jede seiner Bewegungen verriet den Profi, aber auch einen Mann, der offensichtlich ein wenig nervös war, denn seine Hände zitterten leicht.

Sie prosteten sich zu und tranken.

»Mag ich«, sagte Liv. »Aber warum bist du wirklich da? Und keine Ausreden, Jan!«

»Weil ich dachte, dass dir heute vielleicht nach Gesellschaft zumute sein könnte …«

Ihre Brauen hoben sich indigniert.

»Okay«, sagte er rasch. »Weil ich mich neulich ziemlich blöd benommen habe, als wir über meine Großmutter gesprochen haben.«

»Du hast dich nicht blöd benommen«, sagte Liv. »Aber ich hatte das Gefühl, als wäre ich dir zu nahe getreten. Aber womit eigentlich? Ich hab doch nur gefragt, ob ich einmal über früher mit ihr sprechen könnte.«

»Ich kann es dir nicht einmal genau sagen. Vielleicht, weil über alles, was mit Omas Bruder zusammenhängt, stets ein Schleier des Schweigens gebreitet wurde, sogar innerhalb der Familie. ›Lass die Vergangenheit ruhen‹, haben sie meinem Vater schon eingetrichtert, als er noch ein Kind war. ›Die Toten werden davon nicht wieder lebendig, und die Lebenden kriegen womöglich neuen Ärger.‹ Weißt du, was das Verrückte daran ist? Er hat sich tatsächlich daran gehalten. Und in gewisser Weise ist dieser Bann weiter auf mich übergegangen.«

Er leerte sein Glas und schenkte sich neu ein.

»Erst als David sich auf die Suche nach seinen verschleppten und ermordeten Ahnen gemacht hat, konnte auch ich anfangen nachzufragen. Aber es ist ein sehr sensibles Thema, und wenn jemand anderer – zum Beispiel du – daran rührt, gehen die Schotten bei mir sofort wieder runter. Schweigen und verstecken, das sitzt ganz tief.«

»David Rosenberg – waren das jüdische Vorfahren?«, fragte Liv. »Der Name hört sich so an.«

»David stammt aus einer Sinti-Familie, die ebenfalls schwer unter den Nazis zu leiden hatte. In den KZs standen sie auf der Rangleiter ganz unten – ›dreckige Zigeuner‹ eben, die nichts Besseres verdient hatten.« Er strich seine Haare zurück. »Gibt ja bis heute genügend Leute, die noch immer oder schon wieder so denken. Er hat es echt schwer mit dieser Herkunft gehabt – der begabte Junge, der unbedingt aufs Gymnasium wollte und später dann auf die Kunstakademie! ›Zigeuner sind hier nicht vorgesehen, Herr Rosenberg‹ – das hat einer dieser Lackaffen-Professoren ihm direkt ins Gesicht gesagt.«

»Deshalb auch Zorro«, sagte Liv. »Um ihn zu schützen.«

Jan nickte.

»Mir gefällt er gut«, sagte sie. »Eine sympathische, faszinierende Erscheinung …«

»So denken die meisten Frauen«, sagte Jan. »Bis sie erfahren, woher er stammt. Dann ist plötzlich Schluss, egal ob Christen, Muslime oder sogar Atheisten. Sinto zu sein hat nach wie vor einen üblen Beigeschmack. Da hilft nicht einmal Davids berühmte Großkusine. *Er gehört zu mir* … sagt dir das was?«

»Marianne Rosenberg? Natürlich!«

»Die hatte auch zu kämpfen, bis sie berühmt werden durfte. Und dann hieß es jahrzehntelang: kein Wort über die Familie! Sonst wäre der Traum von der Schlagerkarriere schnell vorbei gewesen. In den Siebzigern war sie mit Ilja Richter liiert. Bis dessen jüdische Mutter die Verbindung hintertrieben hat.«

Für ein paar Augenblicke schwiegen sie beide.

»Echt verrückt«, sagte Liv. »Aber jetzt sind wir ganz vom Anfangsthema abgekommen. Deine Großmutter … Kann ich sie nun kennenlernen oder nicht?«

»Ja, du kannst«, erwiderte Jan. »Ich habe mit ihr gesprochen, und sie ist einverstanden. Dass du aus den Niederlanden kommst, hat ihr gefallen. Ich würde sogar sagen, es hat sie ziemlich neugierig gemacht. Wir müssen uns nur noch auf einen Termin einigen.«

»Freut mich!« Liv lächelte. »Sollte eigentlich kein Problem sein, sobald Thijs wieder in der Kita ist.«

»Warum nicht schon früher? Meine Großmutter liebt kleine Kinder. Was meinst du, wie sie mir ständig in den Ohren liegt …« Er verstummte.

Schon wieder zu viel preisgegeben?

Liv räkelte sich.

»Ich muss ins Bett«, sagte sie. »Und danke – für mich keinen Wein mehr.«

Täuschte sie sich, oder sah er sie gerade unverhohlen sehnsüchtig an?

Vielleicht hatte er gehofft, bei ihr zu übernachten, bevor der Kleine nach Hause kam. Aber dazu war sie heute nicht in der richtigen Stimmung.

Obwohl: Je länger sie ihn ansah, desto unsicherer wurde Liv in ihrer Meinung.

Der Kerzenschein zauberte Schatten auf seine Haut.

Dazu sein Geruch, den sie so sehr mochte.

Und dieser freche, sinnliche Mund …

Sie konnte nicht anders, stand auf und berührte kurz mit ihren Lippen die seinen. Mehr ein Versprechen als ein richtiger Kuss, aber schön war es trotzdem.

Jan wollte sie enger an sich ziehen, Liv aber entwand sich ihm.

»Irgendwann«, sagte sie leise. »Zur richtigen Zeit, am richtigen Ort. Schlaf gut, Jan. Und bis morgen!«

Tage und Nächte voller Glück und Nähe. Tage, die sich leichter abspulten, als Liv befürchtet hatte, Nächte, in denen Thijs in ihrem Bett schlafen durfte, was er besonders genoss, wenngleich Livs Schlaf viel leichter war als sonst. Aber der Kleine brauchte Wärme und Nähe, um ganz gesund zu werden, das war zu spüren, und genau das sollte er auch bekommen.

Jan war mehr als hilfreich beim Heimtransport, steuerte das Auto und trug Rucksack nebst Büchertasche von der

Klinik in die Wohnung, damit Liv sich ganz auf den kleinen Patienten konzentrieren konnte. Noch am selben Nachmittag füllte er das kleine Becken auf der Terrasse mit Sand, damit Thijs wenigstens Burgen bauen konnte, wenn er schon nicht plantschen durfte, und seitdem war kein Tag vergangen, an dem er nicht angerufen hätte oder kurz mit einer kleinen Aufmerksamkeit vorbeigekommen wäre. Die Rolle des großen Freundes verkörperte er so perfekt, dass Liv sich schon zu fragen begann, ob er seine Gefühle für sie für immer weggepackt hatte.

»Ich müsste mal kurz zu Nouria«, sagte sie am vierten Tag, »und nach dem Rechten schauen. Sie hat mich zwar brav angerufen, aber ich möchte mich selbst überzeugen, wie es läuft. Für Thijs ist mir der Laden heute noch zu wuselig. Ob du vielleicht so lange …«

»Mach ich«, sagte er. »Lass dir ruhig Zeit. Der tapfere Held und ich kommen schon klar. Wenn alle Stricke reißen, holen wir uns ein Eis. Eis hilft eigentlich immer.«

Thijs nickte wie ein Großer.

»Pinki auch«, sagte er. »Und Tigi!«

Mit einem Lächeln auf den Lippen lief Liv los. Und als sie beim Laden angekommen war, wurde es sogar noch breiter.

Das Göttliche Düftchen war trotz des stabilen Sommerwetters gut besucht. Besonders leichte Eau-de-Cologne-Sorten sowie *Sensud*, die geniale Deo-Linie aus Italien, garantiert ohne Aluminiumrückstände, fanden reißenden Absatz. Nouria hatte so viel zu tun, dass Liv spontan mit einsprang, und mit vereinten Kräften war der Ansturm der Kundinnen gut zu bewältigen.

Als es zwischendrin ein wenig ruhiger wurde, zeigte Nouria Liv voller Stolz die Verkaufszahlen der letzten Tage.

»Bin echt beeindruckt!«, staunte die. »Da könnte ich ja ohne Weiteres mit Thijs zu einer langen Ferienreise aufbrechen …«

»Untersteht euch! Was meinst du, wie oft ich am Tag schwimme, weil mir eine wichtige Info fehlt?«

»Und was machst du dann?«, wollte Liv wissen.

»Na, was wohl? Paddeln, um mich über Wasser zu halten! Zweimal hat mich schon Onkel Muraz gerettet, du wirst es nicht glauben! Der weiß nämlich auch eine ganze Menge über Düfte und Aromen.«

»Dann schließt du ab und gehst zu ihm rüber, um zu fragen?«

»Keineswegs!« Nouria grinste frech. »Ich rufe ihn an, und er kommt her. Jetzt staunst du, was? Ich hab mir schon überlegt, ob wir nicht mit ihm zusammen einen Aroma-Workshop anbieten sollten. Du ahnst ja gar nicht, wie gut mein Onkel bei unseren Kundinnen ankommt – der Hit, sage ich dir!«

Das konnte Liv sich tatsächlich sehr gut vorstellen, und Nourias Idee gefiel ihr. Schön, sie so entspannt zu sehen, versöhnt mit der Familie und glücklich in ihrem neuen Beruf. Liv wollte sie eigentlich auch noch nach dem *Delirium* fragen, aber das ließ sie dann doch lieber sein.

Nicht zu viel auf einmal.

Alles Schritt für Schritt.

»Ich geh dann mal wieder zurück zu meinem kleinen Patienten«, sagte Liv.

»Wer hütet ihn denn gerade?«, erkundigte sich Nouria.

»Ein lieber Freund«, erwiderte Liv vage. »Komm uns doch mal besuchen! Ich lade dich gern zum Abendessen ein – vorausgesetzt, du bist ganz scharf auf kulinarische Höhepunkte wie Fischstäbchen und Erdbeerquark …«

»Und ob!« Nouria lachte. »Gibt kaum etwas, das ich lieber mag. Ich ruf auf jeden Fall vorher an, okay? Vielleicht kann ich uns Großen den Abend dann ja mit Junkfood von unterwegs versüßen.«

»Prima Idee!«

Sie umarmten sich.

Liv trabte los und tauchte in das vorabendliche Aroma der Venloer Straße ein, das heute ganz besonders exotisch roch, als hätten sich alle anwesenden Ethnien zu einem sommerlichen Spezialcocktail verabredet. Scharf, süß, salzig, bitter, alles war vertreten. Sie presste den dünnen Seidenschal, den sie sich umgelegt hatte, fest gegen ihre Nasenlöcher, um sich ein wenig davor zu schützen, aber es half nicht viel.

Eine sensible Nase, wie Liv sie besaß, konnte eben Segen und Fluch zugleich sein, und im Moment überwog leider das Letztere.

Ein bisschen benommen erreichte sie die Körnerstraße und schloss erst die Haus- und schließlich die Wohnungstüre auf.

Von der Terrasse kamen Männerstimmen, die sich lebhaft miteinander unterhielten, hin und wieder unterbrochen von kindlichen Lauten. Liv ging durch die Küche und blieb in der Tür stehen, ganz gefangen von dem friedlichen

Bild, das sich ihr bot: ein älterer und ein junger Mann ins Gespräch vertieft, während ein kleiner Junge begeistert im Sand buddelte.

»Papa!«, rief sie und rannte auf ihn zu.

»Überraschung gelungen, oder?« Er hielt sie so fest, als wollte er sie gar nicht mehr loslassen. »Ich hab gedacht, bevor ich lange telefoniere, komm ich doch gleich selber vorbei …«

Liv schob ihn ein Stück von sich weg und musterte ihn eingehend.

»Bist du denn wieder ganz gesund? Dünn bist du geworden, Papa!«

»Ja, meine kleine Wampe ist Vergangenheit.« Er lachte. »Ich habe jetzt wieder mein Gewicht aus jungen Tagen, das fühlt sich richtig gut an. Und essen darf ich auch wieder, was ich will, außer …«

»Kokko«, fiel Thijs ein, der offenbar ganz genau zugehört hatte.

Sein Großvater beugte sich zu ihm hinunter.

»Kein Brokkoli, versprochen«, sagte er. »Aber auch keine Garnelen – mit denen bin ich nämlich durch!« Erstaunlich schnell kam er wieder nach oben. »Jan und ich haben uns sehr gut unterhalten«, sagte er. »Und er hat mir den Mund ordentlich wässrig gemacht. Wenn es unserem Sonnenschein wieder ganz gut geht, würde ich liebend gern einmal mit dir im *Delirium* dinieren.«

Livs staunender Blick war ihm nicht entgangen.

»Ja, wir zwei waren gleich bei Jakob und Jan«, sagte er. »Das hab ich so auf meiner Reise gelernt. Alle Backpacker duzen sich. Macht das Leben viel einfacher.«

»Einen tollen Vater hast du, Liv«, sagte Jan, als sie ihn zur Tür brachte.

»Find ich auch. Ich bin heilfroh, dass es ihm wieder gut geht.« Das kam Liv aus tiefster Seele.

»Wird er lange in Köln bleiben?«

»Ein wenig schon, hoffe ich«, erwiderte sie. »Weshalb fragst du?«

»Weil Oma uns für übermorgen zum Kaffeetrinken eingeladen hat. Wenn du magst, bring ihn doch einfach mit!«

»Bist du dir da wirklich sicher? Gleich die ganze Familie auf einmal? Nicht, dass dir das alles zu viel wird …«

»Ich habe mich entschlossen, meine alten Muster abzulegen, Liv«, erwiderte Jan. »Und wie sollte mir das gelingen, wenn ich nicht übe?«

Er drückte ihr eine Visitenkarte aus Büttenpapier in die Hand.

Karin Zoringer

Lukasstraße 12c, 50823 Köln

»Ist ja gleich bei uns um die Ecke«, staunte Liv.

»Oma hat lange in Lindenthal gewohnt«, sagte Jan. »Aber nach Opas Tod wollte sie nach Ehrenfeld zurück. Und was sie sich einmal in den Kopf gesetzt hat, das zieht sie auch durch.«

»Klingt nach einer spannenden Frau!«

»Das kann ich dir garantieren.« Er grinste. »Fünfzehn Uhr«, fuhr er fort, während seine Lippen ihre Wange streiften und sie dabei prompt eine Gänsehaut bekam. »Und bitte seid unbedingt pünktlich. Oma hasst Leute, die zu spät kommen.«

»Wir werden uns alle Mühe geben«, sagte Liv. »Grüß sie einstweilen schön von uns!«

16

Köln, Frühling 1942

Ein eisiger Winter liegt hinter uns, mit Temperaturen bis unter minus zwanzig Grad. Geschneit hat es noch bis Ende Februar, so stark, dass die städtischen Bahnen tagelang stillstehen mussten. Dazu wurde die Lebensmittelversorgung immer schwieriger; angesichts der großen Kälte konnten die Kartoffeln nicht aus den Speichern geholt und weitertransportiert werden. Ähnliches galt für die Kohlezufuhr. Öffentliche Wannen- und Brausebäder und sogar einige Schulen mussten geschlossen werden, und auch wir haben viele Abende im Mantel verbracht, um das kostbare Brennmaterial zu sparen. Am schlimmsten für Mamm aber war, dass mitten im Winter das Bier ausging. Zum ersten Mal in all den Jahren musste das Halflang für fast zwei Wochen schließen, weil von der Brauerei kein Nachschub mehr kam.

Das alles haben wir nun überstanden, wenngleich drei Pfund Kartoffeln pro Kopf als wöchentliche Ration nicht gerade üppig sind, wo es doch so gut wie kein Fleisch mehr gibt – aber wie schlimm muss es erst für die Juden im Sammellager in Müngersdorf sein, wo sie richtig hungern müssen! Bis zum Jahresende war der Zugang noch ungehindert, und ich bin viele Male mit dem Rad hingefahren, um Essen vorbeizubringen. Dabei war ich nicht immer allein;

auch manch andere Kölner hatten ihre jüdischen Nachbarn und Freunde nicht vergessen und ähnlich gehandelt – besonders viele allerdings waren wir nie.

Der Schnee hat meinen Besuchen in Müngersdorf dann eine längere Zwangspause verordnet. Als ich mich nach dem Tauwetter erstmals durch Schlamm und Dreck vorwärtskämpfe, finde ich den Zugang zum Lager für »Arier« eingeschränkt. Es gibt Wachen, die jeden und alles kontrollieren. So wird auch mein Rucksack gefilzt, und der halbe Käselaib, den Mamm auf dem Schwarzmarkt organisiert hat, verschwindet sang- und klanglos. Ich darf nur das alte Brot und zwei Gläser selbstgemachte Marmelade mit hineinnehmen, das ist alles.

Mir fällt auf, dass einige der Baracken leerstehen. Viele der Juden sind vor Kälte und Auszehrung bereits krank geworden, Woche für Woche wächst die Zahl der Toten.

Ida fragt mich als Erstes nach Selma. Ich kann ihr nur sagen, dass sie meines Wissens nach wie vor sicher im Kloster lebt; anderes hätte ich sicherlich von Benedikt erfahren. Paul steht schmal und von einem bellenden Husten gequält neben seiner Mutter. Sein Blick geht mir tief ins Herz.

Was können wir nur tun, um ihnen zu helfen?

Es macht mich ganz krank, dass mir nichts Schlaues einfällt.

Mamm gibt bereits, was sie kann, und Martin besitzt ja selbst nichts. Benedikt ist mehr denn je in der Pfarrei eingespannt, da Pfarrer Greven schwer erkrankt ist und für Wochen, wenn nicht sogar Monate ausfallen wird. Er liegt mit einer Lungenerkrankung in Koblenz im Krankenhaus und soll dort nach seiner Entlassung auch noch eine Weile von seiner Schwester betreut werden. Alles lastet nun auf Benedikts Schultern – Messen, Hochzeiten, Trauerfeiern, Kommunionsunterricht, Firmungsvorbereitung und noch so viel mehr. Er ist so eingespannt in seinen Dienst, dass er nicht einmal mehr seine Sonntagsbesuche bei uns absolvieren kann. Martin lässt den Kopf hängen, weil er ihm fehlt, und ich muss die Zähne ganz fest zusammenbeißen, um mir nicht anmerken zu lassen, wie sehr ich ihn vermisse.

Die meisten unserer Nachbarn sind ebenfalls mit ihren eigenen Tragödien beschäftigt. Beinahe täglich treffen am Hauptbahnhof von der Ostfront Verwundetenzüge ein, deren Insassen dann auf Lazarette und Krankenhäuser in Köln und Umgebung verteilt werden.

Im März ist auch Viktor dabei.

»Schwarze Bartstoppeln in einem grauen Gesicht, links eine Augenklappe wegen Granatsplittern«, so beschreibt ihn mir Greta, nachdem sie ihn im St.-Vinzenz-Hospital in Nippes besucht hat. »Er bekommt ein Glasauge – stell dir vor, Nellie, ein Glasauge! Jetzt wird er noch diabolischer dreinschauen …«

Seine anderen Verletzungen, Beckenschuss und Schuss durch das rechte Handgelenk, scheinen sie vor allem in Bezug auf seine baldige Genesung zu interessieren.

»Er muss so schnell wie möglich zurück an die Front. Mit ihm zusammen im Haus meiner Eltern – das halte ich doch keine Woche aus!«

Ihre eigenen Blessuren sind längst verheilt, zumindest die körperlichen, und nach den anderen darf ich sie ja nicht fragen. Schäfer ist nicht länger Gestapo-Chef, sondern irgendwo nach Südosteuropa versetzt worden. Der Name seines Nachfolgers – Franz Sprinz – geht bei uns in Köln nur im Flüsterton um, so sehr fürchten wir uns alle vor diesem Mann.

Schäfer stellt also momentan keine Gefahr mehr für Greta dar. Doch was wird geschehen, wenn Viktor wieder so weit hergestellt ist, dass er seine ehelichen Rechte einfordert?

Kommen Gretas hässliche Erinnerungen dann wieder zurück? Oder haben sie sie niemals verlassen – und sie spricht nur nicht mit mir darüber?

Manchmal bekommt ihr Gesicht jetzt einen so wilden Ausdruck, dass ich ihr alles zutraue.

Sie lacht bitter auf, als ich ihr das sage.

»Du meinst, es liegt Gewalt in der Luft? Nun, da liegst du vielleicht gar nicht so falsch, Nellie!«

Sie öffnet ihr Krokotäschchen, und ich sehe eine kleine Feuerwaffe mit schimmerndem Perlmuttgriff.

»Ein Erbstück meiner Tante Gemma«, sagt sie. »Vier Kugeln stecken noch im Lauf. Drei sind für ihn – da könnte ich es mir sogar leisten, zweimal danebenzuschießen. Die Letzte ist für mich. Und die sollte dann präzise treffen.« Ihr Lächeln wirkt maliziös.

»Mit solchen Sachen spaßt man nicht«, erwidere ich.

»Das ist kein Spaß, Nellie. Noch einmal lasse ich mich nicht erniedrigen. Von keinem Kerl dieser Welt. Und erst recht nicht von einem charakterlosen Mitgiftjäger.«

Sie zupft ein paar imaginäre Fussel von ihrem tannengrünen Kleid.

»Wieso geht es eigentlich nicht endlich voran zwischen dir und deinem Holländer?«, erkundigt sie sich und versucht so das Thema zu wechseln. »Kann er nicht oder will er nicht?«

»Er ist mein Lehrer, und ich bin seine Schülerin«, erwidere ich. »Mehr ist da nicht zwischen uns …«

»Papperlapp! Dass du schwer verknallt bist, sieht doch ein Blinder! Kaplan Weiss kann es ja nicht sein, dazu bist du viel zu klug. Und Bäcker Lemmle ist es doch wohl hoffentlich auch nicht.«

Ich schüttle entsetzt den Kopf.

»Wer bleibt dann noch übrig, jetzt, wo die Männer so rar werden? Diesen geheimnisvollen Unbekannten möchte ich gerne kennenlernen!«

»Es gibt ihn nicht. Ich werde wohl eine alte Jungfer bleiben müssen«, sage ich, um das gefährliche Thema zu beenden. »So sieht es aus.«

Lemmle entpuppt sich in der Tat mehr und mehr als Zeckenplage. Hatte er seine Avancen eine ganze Weile eingestellt, so wird er jetzt richtig zudringlich.

»Du findest keinen Besseren in ganz Köln als mich, Nellie Voss«, sagt er jedes Mal, wenn ich zum Brötchenholen komme, und rückt mir dabei immer näher auf die Pelle. Er riecht säuerlich wie viele Männer, die es mit der Körperhygiene nicht so genau nehmen – eigentlich ein Unding für einen Bäcker. Selbstredend wäre ich lieber zu einem anderen gegangen, aber wir haben leider keine Wahl, wenn unser kleines Schwarzmarktgeschäft nicht auffliegen soll. »Ich bin fleißig, ehrlich und von Grund auf anständig …«

… und ein Nazi vom Scheitel bis zur Sohle, ergänze ich stumm, weil ich an seine widerlichen Bemerkungen über

Adrianos Leute denken muss. Juden verachtet er nicht minder. Wenn er wüsste, dass ich Ida und Paul heimlich mit Essen versorge – nicht einen Krümel würde er mehr herausrücken!

»Allmählich wird es für dich höchste Zeit, Mutter zu werden. Zwei Kinder hättest du ja bereits zum Großziehen. Und die nächsten mache ich dir mit Vergnügen – natürlich erst nach der Hochzeit!«

Er spitzt seine feuchten Lippen, und mir wird ganz anders zumute. Niemals wird er seine mehligen Pranken auf mich legen – und wenn er der letzte Mann auf der Welt wäre!

»Hörst du denn nicht den Ruf des Führers?«, frage ich scheinheilig. »So viele tapfere Männer sind ihm schon zu den Waffen gefolgt. Weshalb eigentlich nicht auch du, jetzt, wo er höchstpersönlich der oberste Feldherr ist?«

Sein Mund verwandelt sich in eine harte Linie.

»Weil ich hier an der Heimatfront gebraucht werde«, sagt er, »wo ich Nacht für Nacht am Backtrog meine vaterländischen Pflichten erfülle. Anderenfalls könnten Menschen wie du nämlich längst kein Brot mehr essen.« Jetzt starrt er mich richtig feindselig an. »Sei klug, Nellie, das rate ich dir. Die Zeit der Extrawürste könnte sonst nämlich schneller vorbei sein, als du denkst.«

Um seine Worte zu unterstreichen, fällt die heutige Zuteilung an uns ungewohnt mickrig aus. Mamm wird unglücklich sein, das weiß ich, aber ich gräme mich noch mehr darüber, dass er mir auch das alte Brot vorenthält, mit dem Ida und Paul sicherlich schon gerechnet haben. Unsere eigene Lebensmittelmarken-Zuteilung ist so knapp, dass sich davon kaum noch etwas abzwacken lässt. Besonders Martin, der in der Schreinerei körperlich hart rangenommen wird, ist ständig hungrig. Ich zähle auf das Gemüse, das jetzt bald in Omas Beeten wachsen wird, sobald es endlich wieder wärmer ist, denn wir haben nur das alte Haus günstig vermietet, den Garten aber zur Eigennutzung behalten. Leider besitzen weder Mamm noch ich Omas grünen Daumen.

Ob überhaupt irgendetwas wachsen wird?

Und selbst wenn, wie sollen wir sicherstellen, dass sich die neuen Mieter nicht einfach daran bedienen?

Nachdenklich fahre ich mit dem Rad nach Hause, liefere Mamm meine magere Ausbeute ab, mache mich kurz frisch und gehe weiter in die Firma. Fräulein Weber ist an Gürtelrose erkrankt und muss sich auskurieren, was die Arbeit an der Schreibmaschine um einiges erträglicher macht. Trotzdem schwappt die bedrückte Stimmung aus den Produktionshallen auch zu uns ins Büro herüber. Es gibt neue Entlassungen, und dazu kommt noch der Schwund an männlichen Mitarbeitern, die eingezogen wurden. Inzwischen arbeiten hier fast nur noch Frauen, alle voller Angst um ihre Arbeitsstelle und dementsprechend dünnhäutig und gereizt. Manchmal komme ich mir vor wie in einem Schwarm aggressiver Stechmücken.

Luuk ist meine einzige Stütze, weil er fast immer ruhig bleibt, doch heute ist selbst seine Miene finster.

»Leni hält es in der Schule kaum noch aus«, sagt er, als ich nach dem Grund frage. »Und ja, es ist noch immer oder schon wieder dasselbe. Sie hänseln sie wegen ihres Gewichts und wegen mir, den sie verdächtigen, ihr auf dem Schwarzmarkt Delikatessen zu besorgen, von denen die anderen nur noch träumen können. Dann schlingt sie alles in sich hinein, was sie kriegen kann, um zu vergessen, dass ihr Vater Holländer ist. Ich habe sie sogar schon dabei ertappt, wie sie Mehl vermischt mit Wasser mampft, weil es sonst nichts anderes gibt! Mit normalem Hunger hat das nichts zu tun. Da ist ein Loch in ihrer Seele, das niemals satt wird. Ich weiß, es ist die Mama, die ihr seit Jahren fehlt. Aber leider kann ich meine Frau nicht wieder lebendig machen, so sehr ich mir das auch wünschen würde.«

Soll ich aussprechen, was mir dabei in den Sinn kommt?

Bei jedem anderen würde ich es nicht wagen, Luuk jedoch vertraue ich. Und möglicherweise würde dieser Kontakt ja beiden traurigen Mädchen zugutekommen …

»Vielleicht braucht sie eine Freundin außerhalb der Schule«, sage ich vorsichtig. »Ein Mädchen, das ebenso einen großen Verlust erlitten hat und ihre Gefühlslage versteht.«

»Klingt, als hättest du schon jemanden im Sinn«, sagt Luuk.

»Ja, habe ich tatsächlich. Sie heißt Karin Schmitz und ist vierzehn. Mein Bruder Martin findet sie hinreißend …«

»Dann ist sie also zwei Jahre älter als Leni.«

»Aber das ist nicht weiter schlimm, oder? Vielleicht kann sie Leni sogar ein Vorbild sein. Mumm hat sie jedenfalls, das weiß ich.«

»Klingt, als würdest du diese Karin mögen.« Er lächelt.

Ich nicke. »Wir könnten die beiden zusammenbringen«, füge ich hinzu. »Einen Versuch wäre es wert. Den Rest müssen sie dann unter sich ausmachen.«

Ich zögere kurz, dann spreche ich weiter.

»Karin hat gerade erst ihren großen Bruder verloren, eine politische Sache, sehr, sehr übel. Könnte sein, dass sie unter Beobachtung steht, obwohl sie selbst nichts damit zu tun hatte. Das muss ich euch im Vorfeld sagen. Willst du das Risiko trotzdem eingehen?«

»Wir laden sie zu uns ein«, sagt Luuk nach kurzer Überlegung. »Wir haben noch einen Rest von der belgischen Trinkschokolade, den würde ich bei diesem Anlass spendieren. Damit sind sogar Kriegskekse genießbar, die sonst wie Sand schmecken.« Er sieht mich warm an. »Ich fände es schön, wenn du auch mit dabei sein könntest, Nellie. Sozusagen, um das Eis zu brechen. Außerdem ist Leni schon länger neugierig auf dich. Sie möchte die junge Frau mit der feinen Nase kennenlernen.«

Am Freitagnachmittag darf ich das Büro schon mittags verlassen, weil die Arbeit bereits erledigt ist. Ich setze mich auf mein Fahrrad und strample zum Sammellager. Doch zum ersten Mal werde ich dort nicht hineingelassen. Es gibt einen neuen, offenbar in Eile hochgezogenen Zaun, der das Fort und die Baracken abschließt. In einiger Entfernung sehe ich Ida und Paul stehen, die mir traurig zuwinken.

Jetzt unverrichteter Dinge wieder nach Hause zurück?

Ich denke nicht daran!

Die Wachen sind vor allem am und neben dem Tor postiert, also lasse ich sie zurück, indem ich außen ein Stück am Zaun entlanggehe. Der schlaue Paul scheint zu verstehen, was ich vorhabe, und folgt mir von innen. Sobald ich mich unbeobachtet hoffe, hole ich weit aus und werfe meine Tasche mit den Lebensmitteln auf die andere Seite.

Er nimmt sie sofort auf.

Viel ist es nicht, aber immerhin habe ich kleine Vorräte an Keksen, Brot, Nudeln, Hirse und Reis eingepackt – lauter Dinge, die satt machen. Von Obst oder frischem Gemüse können wir alle nur noch träumen.

»Ich komme wieder!«, rufe ich, und er wirft mir eine Kusshand zu.

Etwas in mir wird ganz wund, als ich Paul mit der alten Tasche wegschlurfen sehe, und ich beeile mich, dass ich wegkomme.

Mitten in der anschließenden Nacht heulen dann nach Wochen wieder die Sirenen: Fliegeralarm! Mamm, Martin und ich fahren in die Kleider und laufen in den Keller. Flakschießen setzt ein, endlose Salven, die gar nicht mehr aufhören wollen. Nichts als Krach und Getöse, und dieses Mal ganz nah.

Was werden wir zu sehen bekommen, wenn wir wieder hinauskriechen? Werden wir überhaupt jemals wieder aus diesem Keller hinauskriechen können?

Einige unserer Nachbarn sind vor Angst ganz grau im Gesicht. Zwei Frauen weinen. Und dann geht auch noch die Notfunzel aus, und wir sitzen alle im Finstern. Auf einmal kommen mir unsere Atemgeräusche mindestens doppelt so laut vor wie sonst. Herr Braun aus dem dritten Stock hat Asthma und keucht wie ein alter D-Zug. So eng zusammengepfercht, breiten sich unliebsame Gerüche schnell aus; es stinkt nach Zwiebeln, Fürzen und Angst, und ich kann nur noch ganz flach atmen, damit mir nicht übel wird.

Nach über einer Stunde kommt endlich Entwarnung, und es wird wieder hell. Übermüdet taumeln wir zurück in unsere Wohnung, die zum Glück noch steht.

Die ganze Körnerstraße ist unversehrt geblieben, ein paar Ecken weiter aber, wie ich am nächsten Tag feststellen muss, sieht es anders aus.

Die gesamte Vorderseite der Häuser ist wie von einer Riesenhand weggerissen. Ein paar Jugendliche klettern in den versehrten Stockwerken herum, in denen einzelne Möbelstücke wie vergessenes Spielzeug stehen. Martin, der mich begleitet, scheint sie zu kennen, denn er pfeift ihnen kurz zu, und sie pfeifen zurück.

»Du weißt schon, was einem droht, wenn man beim Plündern erwischt wird?«, sage ich streng.

»Viele Jahre Haft«, erwidert er.

»Mindestens! Manchmal verhängen sie sogar die Todesstrafe, allein schon, um ein Exempel zu statuieren. Wer sind diese Jungs, Martin? In Ehrenfeld hab ich die noch nie gesehen.«

»Zwei davon sind mit mir in der Berufsschule und wohnen in Nippes.«

»Und das Mädchen?«

Er zuckt die Schultern.

»Martin!«, dränge ich. »Wer ist sie?«

»Keine Ahnung. Ich kenne sie wirklich nicht.« Er scheint durch mich hindurchzusehen.

Ist das die ganze Wahrheit?

Oder doch nur ein Teil davon?

Wieder einmal stoße ich an diese harte Kapsel, die Martin in seinem Innern hütet. Er wird mir jetzt ohnehin nichts mehr sagen, so sehr ich auch bohre, also lasse ich es für den Moment sein.

»Du weißt, dass ich heute mit Karin bei den van Geerens eingeladen bin«, wechsle ich das Thema.

»Wieso eigentlich ohne mich?« Er klingt verletzt.

»Leni braucht eine echte Freundin. Vielleicht kann Karin die ja werden.«

»Wenn sie mir meine Karin wegnimmt...«

Er ballt die Fäuste, lässt sie dann aber wieder sinken.

»Das wird sie nicht«, beruhige ich ihn. »Es geht doch nur darum, dass Leni sich nicht mehr ganz so einsam fühlt. Sie fällt aus der Reihe, und die anderen Mädchen in der Schule sind gemein zu ihr. Karin ist so stark und selbstbewusst. Sie könnte Leni zeigen, wie man besser damit umgeht.«

»Wir heiraten, sobald wir alt genug dazu sind, damit ihr es nur alle wisst!«, stößt er hervor. »Und niemand, niemand kann uns davon abhalten.«

In diesem Moment liebe ich Martin mehr denn je, in seinem Trotz, seiner Sturheit, seiner unbedingten Loyalität.

»Jupp hätte es so gewollt«, murmelt er. »Denn mit uns geht sein Werk ja weiter...«

Meine rührselige Blase platzt abrupt.

»Jupp ist tot«, sage ich scharf und zerre ihn in die nächste Hauseinfahrt, damit nicht gleich halb Ehrenfeld mitbekommt, was wir gerade reden. »Elend verreckt in Gestapo-Haft, weil er von diesen verdammten Edelweißpiraten nicht lassen wollte. Und genauso hättest auch du enden können: als graues Häuflein in einer schäbigen Blechurne. Wach endlich auf, Martin! Deine Karin kannst du gern weiterhin vergöttern, aber Jupp und dessen Fantastereien vergisst du gefälligst. Haben wir beide uns verstanden?«

Zuerst rührt er sich nicht, dann aber nickt er, wenngleich sichtlich widerwillig.

»Dann geht halt zu diesen – Holländern«, stößt er hervor. »Wenn es unbedingt sein muss …«

Er will davonlaufen.

»Moment!« Ich bekomme ihn gerade noch am Ärmel zu packen. »Leni ist in Köln zur Welt gekommen und damit ebenso ein Kind dieser Stadt wie du. Und ihr Vater Luuk der beste Lehrer, den man sich nur vorstellen kann. Dass er aus den Niederlanden stammt und schon halb Europa sowie ein paar weitere Länder bereist hat, macht die Ausbildung für mich nur noch interessanter. Kardamom und Pfeffer wachsen nämlich ganz zufällig nicht in Ehrenfeld!«

Karin wirkt ein wenig reserviert, als sie mich am Nachmittag abholen kommt. Aber sie hat sich fein gemacht und ihre Haare zu einem Pferdeschwanz gebunden, was sie mädchenhaft wirken lässt. Unter ihrem grauen Mantel sehe ich einen dunkelblauen Faltenrock hervorblitzen. Und die alten Schnürstiefel sind frisch gewienert.

»Seid ihr gestern glimpflich davongekommen?«, erkundige ich mich, um sie ein wenig aufzutauen.

»Bei uns ist zum Glück nichts passiert«, erwidert Karin. »Aber vier Häuser weiter sind alle im Luftschutzkeller erstickt, als die Bombe das Haus zerschmettert hat.« Sie senkt den Blick. »Manchmal glaube ich, meine Mutter hätte gar nichts dagegen, wenn es auch uns treffen würde. Dann wäre es endlich vorbei – und sie wieder mit Jupp zusammen. Daran glaubt sie nämlich.«

»Noch leben wir«, sage ich, weil mir nichts anderes dazu einfällt. »Die Sonne scheint, und die Vögel zwitschern. Viele Straßenbahnen können den Betrieb erst wiederaufnehmen, wenn alles geräumt ist. Also bleibt nur mein Rad. Setz dich auf den Gepäckträger.«

»Bin ich dafür nicht zu schwer?«

»Ein Leichtgewicht wie du?« Ich lächle sie an. »Die kurze Strecke bis zum Agnesviertel schaffen wir!«

Ich muss ordentlich in die Pedale treten, aber es geht voran. Je näher wir der Innenstadt kommen, desto gravierender werden die Schäden. Ganze Häuserzeilen sind abgebrannt und mehrere Straßen aufgrund von Bombenkratern unpassierbar geworden, was mich zu Umwegen zwingt. In der Luft hängt ein widerlicher Geruch, streng und süßlich zugleich. Überall treffen wir auf Trupps von Räumkommandos, aber sie tragen nicht die Uniform der Feuerwehrleute, sondern sind ärmlich gekleidet und wirken unterernährt.

Kriegsgefangene, denke ich. Oder Zwangsarbeiter. Als Nächstes werden sie Juden zum Bombenräumen einsetzen.

»Die Engländer werden nicht damit aufhören, bis wir alle tot sind«, sagt Karin mit kalkweißem Gesicht, als wir endlich in der Blumenthalstraße angelangt sind. »Dann gibt es kein Köln mehr, keine Kirchen und keine Geschäfte. Dann gibt es nur noch Ruinen.«

Sie wirkt so jung, so schutzbedürftig und verzweifelt, dass ich sie unwillkürlich in die Arme nehme. Eine ganze

Weile stehen wir so. Ich mag, wie sie riecht – ganz zart nach einem altmodischen Maiglöckchenparfüm, das sie garantiert von ihrer Mutter gemopst hat.

»Lass uns das Beste aus dem Besuch machen«, sage ich, als ich sie wieder loslasse. »Die van Geerens sind feine Menschen. Sonst hätte ich dich niemals hergebracht.«

Kaum hat sich die Haustür hinter uns geschlossen, sind wir in einer anderen Welt. Keine Spur von der Enge unserer Wohnung in der Körnerstraße – hier ist alles edel und weitläufig. Das mit Parkett ausgelegte Treppenhaus hat einen sauberen hellgrünen Läufer, und auf jeder der drei hohen Etagen liegen nur zwei Wohnungen.

Luuk begrüßt uns vor der Wohnungstür im ersten Stock; neben ihm steht ein pummeliges Mädchen mit blonden Haaren und einem hübschen Gesicht.

»Meine Tochter Leni«, sagt er voller Stolz. »Willkommen, Nellie und Karin! Die heiße Schokolade ist gerade fertig.«

Es geht gut, vom ersten Augenblick an.

Leni beäugt Karin mit unverhohlener Bewunderung, und auch Karin scheint das jüngere Mädchen zu mögen. Die Tassen mit der köstlichen dunklen Flüssigkeit, in der ich am liebsten gebadet hätte, so sehr mundet sie mir, sind kaum leer, da ziehen sich die beiden bereits in Lenis Zimmer zurück.

»Zum Ratschen«, wie sie sagen.

Jetzt erst habe ich Gelegenheit, mich richtig umzuschauen, und was ich sehe, gefällt mir. Die Einrichtung ist nicht übertrieben vornehm wie bei den Farinas, aber doch weit entfernt von unseren wild zusammengewürfelten Möbelstücken, die ihre besten Tage bereits hinter sich haben. Hier passt alles zueinander – der dicke, graue Teppich, die beiden blauen Sofas, der große Tisch mit den hochlehnigen grünen Stühlen, auf denen man so bequem sitzt. An den Wänden hängen holzgerahmte Landschaftsaquarelle.

»Das Steckenpferd meiner verstorbenen Frau«, erklärt Luuk, dem meine Blicke nicht entgangen sind. »Hedi hatte ein ganz besonderes Gespür für Farben.«

»Darf ich sie mir näher ansehen?«

»Gerne.«

Windmühlen. Kleine Dörfer und immer wieder Ansichten vom Meer.

»Sie hat meine Heimat geliebt.« Er ist hinter mich getreten. »Irgendwann wollten wir dort zusammen leben. Doch dann ist es leider anders gekommen. *Destiny heeft zijn eigen regels*«, setzt er leise hinzu. »Das Schicksal folgt seinen eigenen Regeln.«

»Ist sie das?« Ich deute auf ein Bild im Silberrahmen. »Leni sieht ihr sehr ähnlich.«

»Ja, das war meine Hedi«, antwortet er, und in seiner Stimme schwingen Liebe und Verlust. »Ich vermisse sie so sehr, doch sie würde nicht wollen, dass ich noch immer traurig bin. ›Du musst leben, Luuk, wenn ich nicht mehr da bin‹, hat sie gesagt, als es ihr schon sehr schlecht ging. ›Leben und wieder glücklich sein. Und unser Kind auch. Versprich mir das!‹«

Er fährt sich mit der Hand über die Augen.

»Wie ein Versager komme ich mir jedes Mal vor, wenn ich daran denke. Denn wie sieht es heute bei uns aus, mehr als fünf Jahre später? Unsere Tochter will aus Angst vor

Hänseleien am liebsten nicht mehr zur Schule gehen, und was mich betrifft …« Er bricht ab.

Ich drehe mich langsam zu ihm um.

»Du bist alles andere als ein Versager, Luuk«, sage ich. »Sondern ein großartiger Mann. Was für ein Glück für mich, dir begegnet zu sein!«

Sein Gesichtsausdruck verändert sich, wird weich, fast sehnsüchtig.

»Dass ausgerechnet du das sagst, Nellie!« Er räuspert sich. »Das bedeutet mir sehr, sehr viel. Ich hätte von mir aus nie gewagt, dir zu sagen, wie wichtig du mir geworden bist …«

Ich darf ihn nicht weiterreden lassen.

Nicht, wenn wir beide weiterhin halbwegs unbefangen miteinander umgehen wollen. Dabei hätte eine Frau an seiner Seite vermutlich den Himmel auf Erden.

Doch ich selbst kann diese Frau nicht sein.

»Du bist auch immens wichtig für mich, Luuk. Als Lehrer wie als Freund«, sage ich deshalb rasch.

»Mehr nicht?« Er klingt enttäuscht.

»Ist das nicht schon sehr viel?«, frage ich zurück. Doch schon während ich es ausspreche, weiß ich, dass er sich nicht damit zufriedengeben wird. »Mein Herz ist nicht mehr frei«, füge ich hinzu. »Ich fühle mich gebunden – und zwar für immer.«

»Du bist verlobt, Nellie? Du hast nie etwas davon erwähnt.«

»Gewissermaßen. Wenngleich nicht offiziell. Denn leider ist diese Liebe äußerst kompliziert. Deshalb rede ich auch nicht darüber.«

Sein Blick wird noch fragender.

»Weil er eine andere hat? Oder was sonst steht zwischen euch?«

»Bitte dring nicht weiter in mich. Die Wahrheit kann ich dir nicht sagen, und anlügen möchte ich dich nicht.«

Er hat seine Gesichtszüge wieder unter Kontrolle, doch ich spüre, wie tief ihn meine Worte getroffen haben.

»Ich habe ihn schon geliebt, bevor ich dich näher kennenlernen durfte«, sage ich leise. »Wäre das nicht so, könnte ich mir durchaus vorstellen, dass du und ich, ich meine, dass wir beide …«

Jetzt ist es Luuk, der mich nicht aussprechen lässt.

»Liebe folgt nicht der Vernunft«, sagt er. »Und herbeireden lässt sie sich erst recht nicht. Aber eines sollst du wissen, Nellie: Falls es dir einmal zu kompliziert werden sollte – ich bin hier.«

Ich möchte meine Arme um ihn legen und ihm ganz nah sein, so großartig und nobel finde ich ihn.

»Danke«, flüstere ich – und dann kommt Leni aufgeregt ins Wohnzimmer gelaufen.

»Ich kann jetzt Mühle spielen«, sagt sie mit rosigen Wangen. »Karin hat es mir gezeigt. Und Schach will sie mir auch beibringen. Sie meint, das lerne ich ebenfalls ganz schnell. Wir müssen sie wieder einladen, Papa! Bitte, ganz bald schon!«

»So oft du willst, *mijn kleine schat*«, sagt er zärtlich. »Wenn du nur glücklich bist!«

Ostern kann ich im Müngersdorf auch keine Lebensmittel mehr über den Zaun werfen. Sie haben ihn mit Stacheldraht erhöht und damit unpassierbar gemacht. SS-Männer mit scharfen Hunden patrouillieren vor dem Sammellager.

Wen wollen sie eigentlich an einer Flucht hindern? Die abgemagerten Insassen, von denen viele so kraftlos wirken, dass sie nur noch wanken? Die meisten von ihnen wären ohnehin nicht mehr in der Lage zu fliehen.

Und wohin auch?

Köln soll judenfrei werden, so lautet unser Ziel.

Dieser hässliche Satz von Gauleiter Grohé macht in allen Veedeln die Runde. Von neuen Transporten Richtung Osten – so lange, bis auch der letzte Jude die Stadt verlassen hat – ist die Rede.

Ich weiß also nicht einmal, ob Ida und Paul noch leben, wo sie sind, wohin sie kommen werden. Es gibt nur noch die Hoffnung, dass Selma das alles überstehen wird, vorausgesetzt, dieser Wahnsinn nimmt irgendwann ein Ende.

Aber wird er das?

Inzwischen legen wir uns jeden Abend nur noch komplett angezogen ins Bett, aus Angst, beim nächsten Sirenenalarm den Keller nicht schnell genug zu erreichen. Doch selbst als die Briten eine Bombenpause einlegen, sind unsere Nächte alles andere als erholsam.

Ein paar davon verbringe ich bei Greta in der Farina-Villa, weil sie mich so sehr darum gebeten hat. Viktor musste längst wieder zurück an die Front, und massakriert haben sich die beiden ganz offensichtlich nicht, obwohl es zu heftigen Streitigkeiten zwischen ihnen gekommen sein muss.

»Dieses Mal war er noch zu schwach, um mir Gewalt anzutun«, sagt sie. »Die Verletzungen haben ihm schwer zugesetzt. Und als es einmal trotzdem fast so weit war, habe ich ihn mit einer Bemerkung über sein Glasauge schachmatt gesetzt. Beim nächsten Heimaturlaub jedoch wird das anders sein. Ich bete, dass ich das nicht mehr erleben muss!«

»Wieso lässt du dich nicht einfach von ihm scheiden, wenn du ihn so sehr hasst?«, frage ich sie.

»Weil Viktor mich niemals freigeben würde«, erwidert sie, »geschieden oder nicht, das spielt für ihn keine Rolle. Das Einzige, was uns beide scheiden kann, ist der Tod. Und darauf baue ich.«

Ich mag es nicht mehr hören, so widerlich Viktor mir auch ist. Greta hat sich da in etwas hineingesteigert, aus dem es keinen Ausweg zu geben scheint. Wenn die Sirenen losheulen und ich nicht bei ihr bin, weigert sie sich, den Keller aufzusuchen, und bleibt in ihrem Zimmer, als würde sie den Tod geradezu herbeisehnen. Ihre Eltern sind verzweifelt, können sie aber nicht zur Vernunft bringen.

Gretas Seele ist krank, das weiß ich schon lange, und sie bräuchte eigentlich dringend ärztliche Hilfe, doch sich an einen Psychiater oder Nervenarzt zu wenden ist heutzutage sehr gefährlich. Jeder Fall muss den Behörden gemeldet werden. Dann verschwinden solche Patienten manchmal hinter dicken Anstaltsmauern, und man hört nie wieder etwas von ihnen.

Also versuche ich ihr freundschaftlichen Beistand zu leisten, höre mir geduldig ihre endlosen Litaneien an, rede ihr gut zu und bin jedes Mal erleichtert, wenn sie im Bett nebenan endlich friedlich eingeschlafen ist.

Und doch lässt ausgerechnet Greta jene Idee in meinem Kopf entstehen, die ich zunächst als absolut undurchführbar abgetan habe. Denn auch ich brauche Trost, brauche Arme, die mich schützen und halten. Ich möchte einmal ungestört mit meinem Herzallerliebsten zusammen sein – wenigstens ein einziges Mal! Danach kann ich wenigstens für den Rest meines Lebens davon träumen ...

Je öfter ich darüber nachdenke, desto konkreter wird dieser Wunsch. Es heißt, Pfarrer Greven werde im Juni wieder nach St. Joseph zurückkehren, es bleibt also nur noch der Mai. Ich könnte Mamm sagen, dass ich die Nacht erneut bei Greta verbringe, stattdessen jedoch zu Benedikt ins Pfarrhaus gehen. Den allerdings müsste ich überraschen, um ihm keine Gelegenheit zum Nachdenken zu geben.

Eine erwachsene Frau von Mitte zwanzig, die zu solchen Taschenspielertricks greifen muss, um ihre Liebe zu leben ...

Aber wir haben Krieg. Und ich liebe einen katholischen Geistlichen – das sind erschwerte Bedingungen! Benedikt dürstet ebenso danach wie ich, das spüre ich bei unseren seltenen Begegnungen. Hinter jedem Wort, das wir wechseln, stehen hundert ungesagte Sätze, und selbst die kleinste Berührung droht uns zu verglühen.

Wir müssen endlich zusammenkommen ...

Ganz kurz blitzt allerdings immer wieder Martins Satz durch meine sehnsuchtsvollen Fantasien.

Dann könnte es ein großes Unglück geben, Nellie. Willst du das wirklich riskieren?

Nein, kleiner Bruder, verlass dich nur auf mich; es wird kein Unglück geben, sondern nichts als Glück und absolute Seligkeit!

Und so bereite ich alles minutiös vor, damit in letzter Sekunde nicht doch noch etwas schiefgeht …

17

Köln, Mai 1942

Oma Hildegards Garten macht es uns leicht. Auf den eisigen Winter ist ein feuchtes Frühjahr mit vielen Sonnenstunden gefolgt, das alles schnell wachsen lässt. Einige unserer Anpflanzungen haben wir zwar an die Schnecken verloren, doch mit der bisherigen Ausbeute und dem, was noch bevorsteht, können wir durchaus zufrieden sein. Bei meinem Besuch in Bickendorf kann ich Kohlrabi, Lauch, Zwiebeln und den ersten Rhabarber ernten, aus dem Mamm das Kompott kocht, das Martin so liebt. Was für eine Abwechslung für unseren sonst so öden Speiseplan aus minderwertigen Materialien wie Erbswurst, Graupen, Kunsthonig und Muckefuck!

Am meisten jedoch erfreut der Anblick der Madonnenlilien mein Herz. Schlank und weiß stehen sie im Blumenbeet. Ich pflücke einige davon und lege sie behutsam in meinen Korb. Sie sollen mein Gastgeschenk für diesen besonderen Tag sein.

Dann fahre ich mit dem Rad nach Hause zurück.

Ein warmer Wind weht durch mein Haar; es riecht nach sattem Frühling. Blitzblauer Himmel, sonniges Wetter, Vogelzwitschern und Insektensummen könnten einen glatt zum Träumen verführen, wäre da nicht diese Angst, die keinen von uns mehr ganz verlässt. Deshalb fliegt mein Blick auch immer wieder prüfend nach oben, und meine Ohren sind gespitzt.

Sirenenalarm?

Nein, alles bleibt ruhig. Vielleicht lassen die Briten ja doch endlich von unserer geplagten Stadt ab, und Köln kann wieder aufatmen.

Zu Hause angelangt, wasche ich mir die Haare und lasse sie am offenen Fenster trocknen. Natürlich hätte ich mich gern beim Friseur verwöhnen lassen, aber dazu müsste ich ein Brikett mitbringen, und diese Ausgabe will ich mir lieber sparen. Außerdem sind meine Haare auch so schön – leicht gewellt und mit ihrer speziellen Farbgebung zwischen Blond und Rot, die im Sommer immer heller wird und so gut mit meinen Sommersprossen harmoniert.

Was ziehe ich nur an?

Meine Auswahl an Kleidern ist alles andere als üppig, und zudem sind die meisten mir mittlerweile zu weit geworden. Schließlich entscheide ich mich für das kornblumenblaue Kleid mit den weißen Litzen am Saum, das ich wie so vieles von Greta geerbt habe, und das Wäscheset, das ich schon seit Jahren für einen ganz speziellen Anlass aufbewahre: weiße Baumwolle mit zartem Spitzenbesatz.

Als ich es anziehe, bekomme ich eine Gänsehaut.

Doch dann überflutet mich Scham, und ich hülle mich schnell in das Kleid.

Was mache ich hier eigentlich? Takle mich auf wie eine Preiskuh, um einen Gottesdiener um den Verstand zu bringen!

Am liebsten würde ich mir alles wieder vom Leib reißen und in meine Alltagssachen schlüpfen.

Doch weil Mamm gerade hereinkommt, lasse ich es bleiben.

»Musst du wirklich ständig zu diesen Farinas rennen?«, raunzt sie mich an. »Greta ist schon lange kein guter Umgang mehr für dich.«

»Meinst du nicht, ich bin alt genug, um das selbst zu entscheiden?«

»Offenbar nicht. Jedes Mal kommst du ganz aufgelöst von dort zurück. Und auch wenn du dich noch so sehr mit ihren Almosen aufputzt – mehr als eine Art Maskottchen wirst du für diese reichen Leute niemals sein. Bist du dir dafür nicht eigentlich zu schade, Tochter?«

»Bin ich nicht«, erwidere ich, und mein Herz klopft so laut, dass ich Angst bekomme, Mamm könnte es hören. »Greta ist meine Freundin, und sie braucht mich. Außerdem hast du mir für heute freigegeben. Das ist mein erster freier Samstagabend seit Langem, und ein bisschen Abwechslung ...«

Mein schlechtes Gewissen bringt mich zum Verstummen. Ich lüge sie nicht gern an, aber heute bleibt mir keine andere Wahl.

»Dann geh halt, wenn du unbedingt willst.« Mamm hört sich schon wieder versöhnlicher an. »Ist schon wahr, ihr jungen Leute habt im Moment keine schöne Zeit. Der Krieg, die Bomben, das schlechte Essen – ich hätte euch wirklich eine unbeschwertere Jugend gewünscht! Aber ich lebe nun einmal in ständiger Sorge, dass Martin oder dir etwas zustoßen könnte. So sind Mütter, das wirst du auch noch erleben, wenn du einmal selbst Kinder hast. Nimm es mir bitte nicht krumm.«

»Tu ich nicht. Und ich pass schon auf mich auf. Versprochen.«

Ich umarme sie.

Zart und fast ein wenig brüchig fühlt sie sich an, zu schnell alt geworden, lange vor der Zeit. Wo ist die stattliche, stets strahlende Mutter meiner Kindertage geblieben, die ihre Gäste im *Halflang* immer mit einem flotten Spruch empfangen hat? *Ilka, unsere Sonne* hat Bap sie immer genannt, und in ganz Ehrenfeld war sie *die schöne Ilka*.

Aber das ist lange vorbei.

Ein wenig verlegen lösen wir uns wieder voneinander.

Wir fassen uns nicht mehr oft an, seit ich erwachsen bin, und dass wir es gerade getan haben, lässt Mamm noch einmal innehalten, bevor sie das Zimmer verlässt.

»Ist wirklich alles in Ordnung, Nellie?«, will sie wissen. »Du kannst mir immer anvertrauen, wenn dich etwas bedrückt. Ich hoffe, das weißt du.«

Ihr sechster Sinn! Vielleicht hat Martin seine weitsichtige Feinfühligkeit ja von ihr geerbt.

»Alles gut«, nicke ich. »Und danke.«

Ich atme erleichtert auf, als sie wieder draußen ist. Doch jetzt heißt es warten. Die lange Helligkeit der Maitage, die ich sonst so liebe, entpuppt sich heute als mein Feind. Aber ich muss ohnehin warten, bis die Maiandacht vorbei und Benedikt wieder zurück im Pfarrhaus ist.

Mittlerweile sind meine Hände nass vor Aufregung, und ich habe mich schon mehrmals mit meinem Lieblingsduft betupft, rieche aber für meinen Geschmack noch lange nicht gut genug.

Meine Zweifel wachsen.

Ich muss verrückt geworden sein, um an so etwas auch nur zu denken ...

Als die Dämmerung endlich einsetzt, werde ich ruhiger. Was immer dieser Abend auch bringen mag – ich werde es annehmen.

Ich hole die Lilien aus der Vase, nehme Tasche und Strickjäckchen und verlasse die Wohnung.

Trotz des milden Vorsommerabends sind die Straßen in Ehrenfeld gähnend leer. Die Menschen haben Angst vor dem tödlichen Feuer, das jederzeit vom Himmel fallen kann, und auch ich gehe unwillkürlich schneller. Dabei blicke ich mich immer wieder um.

Ich erreiche das Pfarrhaus und drücke rasch auf den Klingelknopf, bevor ich es mir noch einmal anders überlegen kann.

Benedikt macht auf.

»Nellie?«, fragt er erstaunt. »Du?«

»Ja, ich. Darf ich reinkommen?« Er sieht mich so unverwandt an, dass ich schnell weiterrede. »Keine Angst, niemand hat mich gesehen.«

»Du solltest trotzdem nicht hier sein, und das weißt du.«

Ich rühre mich nicht von der Stelle, bis er endlich zu lächeln beginnt.

»Also gut, dann komm rein. Allerdings habe ich viel zu tun. Meine Sonntagspredigt für morgen steht noch ganz am Anfang. Was soll man den Menschen in diesen Zeiten überhaupt noch sagen? Ich weiß es bald nicht mehr ...«

»Versorgst du bitte die Blumen?«, sage ich.

»Sind die für mich?«

»Du liebst doch Lilien, oder?«

Er schließt zuerst die Haustür von innen ab. Dann erst nimmt er mir den Strauß aus der Hand und geht mit ihm in die Küche.

Ich folge ihm.

»Frau Walter, unsere Köchin, kommt morgen ganz früh«, sagt er, während er die Stiele anschneidet, eine hohe Vase mit Wasser füllt und die weißen Lilien einstellt.

Soll das eine Warnung sein? Ich beschließe sie einfach zu ignorieren.

»Predige über die Liebe«, schlage ich vor. »Da gibt es doch diesen Brief an die Korinther, wenn ich mich nicht täusche ...«

»›Wenn ich mit Menschen- und Engelszungen redete und hätte der Liebe nicht, so wäre ich ein tönendes Erz oder eine klingende Schelle‹«, antwortet Benedikt. »Meinst du das?«

Ich nicke.

»Die Liebe erträgt alles, sie glaubt alles, sie hofft alles, sie duldet alles«, fährt er fort. »Ein wahrhaft weiser Mann hat das geschrieben – Paulus von Tarsus.«

»Manchmal erträgt sie sogar zu viel, Benedikt«, sage ich leise. »So viel, dass man nicht mehr schlafen kann, nicht mehr essen ...«

Ich weiß nicht, wer von uns die erste Bewegung macht, aber auf einmal liegen wir uns in den Armen.

Unser Kuss ist erst süß, dann wird er leidenschaftlich, und er dauert endlos. Das innere Feuer, das mich all die

Zeit fast verbrannt hätte, weicht nach und nach einem sanfteren Glühen, das meinen ganzen Körper erfasst. Ich könnte nicht mehr sagen, wo ich aufhöre und wo Benedikt anfängt, so innig nah fühle ich mich ihm.

Ihm scheint es nicht anders zu gehen, denn er hält mich so fest, als wolle er mich nie wieder loslassen.

»Ich habe nicht allzu viel Erfahrung«, murmelt er, während wir ineinander verschlungen hinauf in sein Zimmer stolpern.

»Ich auch nicht«, flüstere ich zurück.

Was danach geschieht, ist aufregender als alles, was ich jemals erlebt habe. Nur eine kleine Gasfunzel spendet ihr mickriges Licht, und trotzdem ist alles für die Ewigkeit auf meiner Netzhaut eingebrannt: mein beglücktes Staunen, während Benedikt sich nach und nach aus seinen priesterlichen Kleidern schält, dem weißen Collarhemd mit dem steifen Kragen und der schwarzen Hose; sein Entzücken, als er mir Kleid und Unterwäsche ausgezogen hat und ich schließlich nackt in seinem schmalen Bett liege. Ich Dummkopf habe so viel über das richtige Kleid und die Wäsche gedacht. Wie unwichtig ist das alles!

Nur wir zählen.

»Warte«, sagt er, nachdem er sich eine Weile an mir sattgesehen hat, und verlässt das Zimmer.

Eine Flucht im allerletzten Augenblick? Sofort beginne ich zu frösteln.

Doch Benedikt kehrt rasch wieder zurück, die Vase mit den Lilien in der Hand. Er stellt sie auf den Schreibtisch, wo auch die aufgeschlagene Bibel liegt.

»Siehst du, wie sie leuchten?«, sagt er. »So ist es jedes

Mal für mich, wenn du einen Raum betrittst. Für mich bist du wie eine Lilie, so anmutig und edel.«

Ich schäme mich nicht, als er sich zu mir legt. Mein Körper ist das weibliche Gegenstück zu seinem, und er ist schön, weil Benedikt ihn liebt. Als wir uns abermals küssen und seine Hände über meine nackte Haut streichen, fühlt es sich an, als müsse es genau so sein. Ich spüre Samt, als ich ihn berühre, darunter geballte Kraft.

Meine Gedanken lösen sich auf.

Ich bin nur noch Gefühl. Lust. Hingabe.

Unendlichkeit ...

»Ich wusste nicht, dass Liebe so schön sein kann«, murmelt er später an meinem Hals.

»Ich habe es immer geahnt«, flüstere ich zurück. »Schon als ich dich zum allerersten Mal gesehen habe. Ich liebe dich, Benedikt. Von ganzem Herzen. Und mit ganzer Seele.«

Benedikt steht auf, nimmt ein paar der Lilien aus der Vase und drapiert sie wie Juwelen auf meinem Körper.

»Ich liebe dich auch, Nellie«, erwidert er zärtlich. »Heute sollst du meine Braut sein – meine wunderschöne Lilienbraut!«

Sein »heute« reißt ein scharfes Loch in meine Seligkeit, doch ich lächle es tapfer weg. Am liebsten würde ich jetzt die Zeit anhalten, um diesen Augenblick zu konservieren. Aber ich weiß, dass ich ihn auch so auf ewig in meinem Herzen tragen werde.

Wir lieben uns noch einmal, langsam, noch zärtlicher, und ich fliege dabei so hoch, dass mir fast die Sinne schwinden. Benedikt ruft meinen Namen, während er sich in mir bewegt – nicht Nellie, sondern meinen Taufnamen, was aus seinem Mund so feierlich klingt, dass ich fast weinen muss.

Ja, es ist eine heilige Hochzeit, die wir hier inmitten von Lilien zelebrieren.

Ein Fest, das nur uns gehört.

Danach sind wir beide erschöpft.

Fliegeralarm!

Beim überlauten Ton der Sirenen schrecken Benedikt und ich hoch. Wir müssen eingenickt sein.

Fast noch im selben Moment setzt Flakfeuer ein. Die feindlichen Flugzeuge sind also schon ganz nah.

»Wir müssen in den Luftschutzkeller.« Benedikt springt aus dem Bett. »Nach nebenan. Das Pfarrhaus besitzt keinen eigenen. Beeil dich!«

»Wie stellst du dir das vor? Für meine Mutter bin ich bei Greta in Lindenthal. Wenn mich jemand sieht, fliegt meine Lüge auf.«

»Willst du etwa hier ausharren, bis die Bomben uns treffen? Das ist doch Wahnsinn, Nellie!«

Er hat recht mit jedem Wort, aber nicht zu Ende gedacht. Ich muss ihn provozieren, damit er es tut.

»Dann lass uns zusammen in den Luftschutzkeller gehen!«, sage ich bewusst forsch. »Von mir aus kann die ganze Welt sehen, dass wir seit heute Mann und Frau sind. Aber willst du das wirklich riskieren, Benedikt? Die Leute werden reden ...«

Er kann es nicht, das sehe ich an seinem Rücken, der sich mit einem Mal wie unter einer schweren Last beugt.

Mir wird schlagartig übel, und das nicht nur aus Angst vor dem Tod.

Unser süßer Liebestraum ist ausgeträumt. Die Bitternis des Alltags hat uns wieder.

Wir ziehen uns an und laufen ins Erdgeschoss. Der Keller des Pfarrhauses ist einsturzgefährdet und kann seit Jahren nicht mehr betreten werden. Bäuchlings legen wir uns also auf den gefliesten Küchenboden, hören die Flugmotoren, das Zischen und die Detonationen der Spreng- und Brandbomben. Durch einen Schlitz in der Fensterverdunklung kann ich nach draußen spähen. Zu erkennen ist allerdings nichts. Der Himmel ist schwarz vor Rauch, und es stinkt bestialisch.

Lautes Krachen ganz in der Nähe lässt uns zusammenfahren.

»So klingt ein Haus, das in die Knie geht«, murmelt Benedikt. »Heilige Maria, Mutter Gottes, beschütze unsere geliebte Kirche St. Joseph!«

Er hat für das Gotteshaus gebetet, nicht für uns, das wird mir erst nach ein paar Augenblicken bewusst. Ich presse mein Gesicht auf den Boden. Wenn Gott uns für unsere Sünden strafen will, dann soll er es jetzt tun, denke ich. Jetzt wäre die allerbeste Gelegenheit dazu.

Der Bombenhagel will und will nicht enden. Tränen drängen in meine Augen, passend zu dem Regen, der jetzt ebenfalls herunterprasselt. Vielleicht kann er ja die schlimmsten Brände löschen; vielleicht aber verwandelt er die Asche auch nur in stinkenden, widerlichen Schlamm.

Über Stunden geht der Feuersturm weiter. Es müssen Hunderte von Bombern sein, die ihre tödliche Last über uns abwerfen. Es ist der größte und längste Angriff, den Köln bisher erlebt hat. Mein Mund ist inzwischen staubtrocken, und meine Glieder sind stocksteif.

Da endlich ertönt das Signal der Entwarnung.

Langsam stehen wir auf, schwerfällig wie alte Leute.

Gott hat uns nicht bestraft. Wir haben überlebt, und das Pfarrhaus steht noch – immerhin.

»Wasser«, krächze ich.

Benedikt dreht den Wasserhahn auf, doch nur ein dünnes, rötliches Rinnsal tropft heraus.

»Sie brauchen alles zum Löschen«, sagt er. »Es müsste aber noch etwas von Frau Walters Limonade da sein.«

Ich setze den Krug an, den er aus der Speisekammer geholt hat, und trinke wie eine Verdurstende. Ich muss mich zwingen, noch etwas übrig zu lassen.

»Willst du auch?«, frage ich ihn.

»Später«, sagt Benedikt. »Ich möchte erst, dass du sicher nach Hause gelangst.«

Wie spät mag es sein, vier? Bald fünf?

Im Mai wird es früh hell, ich muss zusehen, dass ich wegkomme. Mein Kleid ist schmutzig und verknittert, und überall an mir entdecke ich Spuren des rötlichen Lilienstaubs. Je mehr ich herumwische, desto tiefer scheint er in Stoff und Haut zu kriechen, Flecken, die sich nur schwer wieder beseitigen lassen. Wenn ich an mir hinunterschaue, sehe ich aus wie gezeichnet, und genauso ist es ja auch.

Nach dieser Nacht ist nichts mehr wie zuvor.

Benedikt hat schon den Schlüssel ins Schloss gesteckt und ihn umgedreht. Die Tür öffnet sich leicht; gleich wird mein Fuß die Schwelle überschreiten, aber ich möchte noch ein letztes Mal seine Lippen auf meinen spüren.

Ich stelle mich mit dem Rücken gegen die Tür, um Benedikt am Hinausgehen zu hindern, lege den Kopf in den Nacken und hebe ihm noch einmal mein Gesicht entgegen. Wir küssen uns – und für einen Augenblick kehrt der ganze Zauber wieder zurück.

Plötzlich spüre ich einen heftigen Schlag.

Die Tür wird von außen aufgedrückt. Wir weichen zurück, lösen uns voneinander, aber wir stehen noch immer verdächtig nah zusammen.

Zu meinem Entsetzen erkenne ich, wer der frühe Eindringling ist.

Liesls schrille Mädchenstimme überschlägt sich beinahe.

»Beni!«, keift sie. »Du und dieses Weib, während ich vor Angst um dich fast gestorben bin – wie konntest du nur!«

Obwohl die Sonne schon aufgegangen war, wurde es an diesem Sonntag nicht hell in Köln. Die ganze Stadt war in Rauch und Staub gehüllt. Häuser und Kirchen standen in Flammen, riesige Wolkengebilde ragten über den Ruinen auf wie gewaltige Gebirgszüge.

Auf ihrem Nachhauseweg traf Nellie auf bekannte Gesichter, Nachbarn wie Gäste aus dem *Halflang*, die meisten schmutzig und übermüdet, manche mit rot geweinten Augen.

Schließlich kam ihr der alte Laurin entgegengehumpelt.

»Du lebst, Mädchen!«, rief er ihr zu. »Der arme Tünnes hat weniger Glück gehabt. Mausetot ist er.« Er fuhr sich mit der Hand über die Gurgel. »Und verkohlt wie ein Brikett. Wie dat stinkt!«

Nellie nickte ihm zu und lief weiter.

Mamm und Martin – wenn auch die …

Sie entdeckte die beiden vor dem Wohnhaus, das zum Glück ebenso unbeschädigt zu sein schien wie die Kneipe.

»Kind, da bist du ja!« Ilka riss ihre Tochter in die Arme. »Was bin ich glücklich, dich lebendig wiederzusehen! Du musst todmüde sein, den ganz Weg von Lilienthal bis hierher zu Fuß …«

Nellie nickte.

»Haben die Farinas wenigstens einen ordentlichen Luftschutzkeller?«, fragte ihre Mamm.

»Siehst du doch«, erwiderte Nellie, der immer unbehaglicher zumute wurde. »Aber müde bin ich wirklich. War verdammt wenig Schlaf letzte Nacht.«

»Und der denkbar schlechteste Zeitpunkt für einen Ausflug. Komm, mach dich schnell frisch! Wir wollen heute zusammen die Messe besuchen, um Gott zu danken, dass wir noch am Leben sind. Und danach helfen wir den Nachbarn beim Schuttschippen. Bei uns in Ehrenfeld wird schließlich keiner im Stich gelassen!«

Benedikt im Priesterornat, auf den Lippen die Predigt, die sie ihm ans Herz gelegt hatte, während sie die ganze Zeit über an ihre Liebesnacht denken musste – das war mehr, als Nellie sich für heute zutraute.

»Geht ausnahmsweise ohne mich«, sagte sie.

»Du willst nicht mit?«, fragte Martin sofort. »Weshalb?«

»Mir ist leider gar nicht gut …«

»Was sind das eigentlich für komische Flecken?«, bohrte er weiter. »Sieht ja fast so aus, als hättest du dich in Farbe gewälzt. Oder in Blütenstaub.«

Dieser kleine Fuchs! Die vielen Sommer in Omas Garten hatten ihn offenbar einiges gelehrt.

Nellie linste an sich hinunter und tat, als bemerke sie die Flecken erst jetzt.

»Keine Ahnung! Das muss auf dem Weg hierher passiert sein. Habt ihr überhaupt eine Ahnung, wie es überall aussieht? Die halbe Altstadt steht in Flammen!«

»Ruh dich aus, Kind«, sagte ihre Mutter. »Aber spätestens heute Abend brauch ich dich wieder im *Halflang*. Die Überlebenden werden jede Menge zu erzählen haben.«

Im Laufe der Zeit wurde immer mehr über die *Tausend-Bomber-Nacht* bekannt, wie es nun offiziell hieß: über zwölftausend Brände, darunter mehr als zweitausendfünfhundert große Brandherde, gegen die die Feuerwehr schwer oder gar nicht ankam. Als besonderes Problem erwiesen sich schon bald die vielen total und teilweise zerstörten Wohnungen. Fast sechzigtausend Kölner waren obdachlos oder »fliegergeschädigt«, mussten in Notunterkünften hausen, die in Schulen und Turnhallen provisorisch eingerichtet wurden, und mit Massenspeisungen versorgt werden. Aus ganz Deutschland wurden Lebensmittel nach Köln gekarrt, doch trotz aller Bemühungen reichte es hinten und vorne nicht. Es kam zu Diebstählen, Einbrüchen, Plünderungen; jeden Tag wurden mehr Leute festgenommen und weggesperrt.

Die Gäste im *Halflang* redeten von nichts anderem mehr; beinahe in allen Familien hatte es jemanden getroffen, und selbst wenn nicht, so fürchtete jeder, beim nächsten Angriff an der Reihe zu sein. Wie gut hatte da den verängstigten Seelen die mittlerweile berühmt gewordene Sonntagspredigt von Kaplan Weiss in St. Joseph getan!

»Mit Engelszungen hat er gesprochen«, schwärmte Mamm. »Als ob ihm der liebe Gott persönlich die Worte in den Mund gelegt hätte. Da hast du wirklich was versäumt, Nellie! Das zu hören hätte auch dir gutgetan …«

»Stimmt«, bekräftigten einige der Stammgäste. »Und was er über die Himmelskraft der Liebe erzählt hat – wunderschön!«

Nellie nickte, senkte den Kopf und versuchte nicht hinzuhören, was ihr leider nicht ganz gelang.

Wie sollte sie nach jener Nacht jemals wieder St. Joseph betreten? Nie wieder würde sie der Heiligen Jungfrau von ihren Sorgen berichten können, doch genau das hätte sie jetzt besonders dringend gebraucht. Seit Tagen wartete sie nämlich vergeblich auf ihre Monatsblutung, die zwar nicht immer ganz pünktlich war, doch so lange hatte sie sich bisher noch nie verspätet.

Ein Kind von Benedikt?

Ansatzlos schwankte Nellie zwischen Entzücken und Entsetzen, wobei das Letztere deutlich überwog.

Sie *konnte* einfach nicht schwanger sein – aber was, wenn doch?

Ihre Gedanken drehten sich wie ein rasendes Karussell im Kreis.

Dann würde Benedikt nicht länger Priester sein können.

Und alle würden mit dem Finger auf Nellie zeigen, auf das geile Weibsstück, das einen Gottesmann verführt hatte.

Das Kleine würde in Schimpf und Schande aufwachsen …

Nein, das durfte nicht passieren!

Aber ein Kind im Mutterleib töten? Sie könnte Greta fragen, die sich dieser scheußlichen Prozedur unterzogen hatte …

Alles in Nellie sträubte sich dagegen. Zudem war Abtreibung strengstens verboten und wurde mit drakonischen Strafen geahndet.

Zutiefst geängstigt taumelte sie durch die Tage. Sie war so offensichtlich gedanklich abwesend, dass Luuk sie schließlich darauf ansprach.

»Seit der Tausend-Bomber-Nacht bin ich irgendwie nicht mehr ganz bei mir«, erwiderte sie ausweichend. »St. Aposteln, St. Gereon, St. Martin, die ganzen Kirchen und sämtliche Warenhäuser wie Kaufhof, Jacobi, Peters, van Norden – alles nur noch Trümmerhaufen! Und erst die vielen Toten … Tausende, Luuk, Tausende …«

»Es ist furchtbar und entsetzlich, was passiert ist, da gebe ich dir recht, aber wir sind noch am Leben, Nellie! Versuch an etwas Schönes zu denken und wieder Mut zu fassen …« Sein Blick wurde zwingend. »Oder gibt es da noch etwas anderes, das dir die Seele so schwer macht? Wenn ja – dann heraus damit! Danach wirst du dich besser fühlen.«

Nellie schüttelte den Kopf und rannte aus der Gifthöhle. Sie konnte ihm doch nicht anvertrauen, was sie peinigte.

Niemand durfte es erfahren.

Wenn alle Stricke rissen, blieb ihr ja immer noch der Rhein. Sie würde es wie einen Badeunfall aussehen lassen, um ihre Familie vor übler Nachrede zu schützen …

Als Nellie es vor Angst schon kaum noch aushielt, entdeckte sie morgens in der Unterhose einen kleinen roten Fleck. Die Erleichterung war so übermächtig, dass sie beinahe aufgeschrien hätte.

Davongekommen!

Erst jetzt fühlte sie sich in der Lage, nach der Arbeit wieder mit dem Rad nach Müngersdorf zu fahren, um wenigstens von außen einen Blick auf das Sammellager zu werfen. Seit dem britischen Bomberangriff machten hässliche Gerüchte in Köln die Runde. Als Reaktion auf den englischen Angriff habe Gestapo-Leiter Sprinz angeordnet, die Deportation der Kölner Juden mit eiserner Hand zu beschleunigen.

Nellie hatte nicht wirklich daran geglaubt, weil doch noch immer so viele Menschen in dem Lager lebten. Doch je näher sie kam, desto deutlicher erkannte sie, dass es verlassen war.

Nirgendwo mehr uniformierte Wachen oder scharfe Hunde.

Das Tor stand offen.

Nach einiger Überwindung ging sie hinein.

Alles wirkte wie nach einem Aufbruch in größter Eile. Auf dem Boden lagen einzelne Schuhe, eine kaputte Puppe, Kleidungsstücke, zerbeultes Geschirr, ein zerfetzter Judenstern. Hatte man die Menschen hier im Schutz der Nacht zusammengetrieben, um sie auf Laster zu verladen, wie damals Adrianos Leute?

Und wenn ja, wo waren sie hingebracht worden?

Nellie versuchte, wenigstens die Baracke wiederzufinden, in der Ida und Paul gelebt hatten. Doch auf einmal war sie sich nicht mehr ganz sicher. Alles hier wirkte gleich trostlos und verlassen, dem Tod näher als dem Leben.

Sie ließ sich auf den Boden sinken und begann bitterlich zu weinen. Was hatten diese Menschen verbrochen?

Nichts – außer, von jüdischen Vorfahren abzustammen.

Vermutlich würde sie ihre Freunde niemals wiedersehen.

Langsam erhob sie sich. Sie musste wenigstens erfahren, wie es Selma ging.

Dazu war sie sogar bereit, über ihren Schatten zu springen, so schwer ihr dieser Entschluss auch fiel. Das Pfarrhaus würde sie freiwillig nicht wieder betreten; aber mit einigem Glück würde sie in der Kirche auf Benedikt treffen, wie schon viele Male zuvor.

Die nächsten Madonnenlilien, die sie auf dem Rückweg vom Lager in Oma Hildegards Garten schnitt, waren also für die Marienstatue von St. Joseph bestimmt.

Doch der Platz zu Füßen der Gottesmutter war bereits besetzt.

Zwei blonde Zöpfe fuhren zu ihr herum, als sie langsam näher kam.

»Er ist weg«, sagte Liesl und schien jedes einzelne Wort zu genießen. »Du wirst meinen Bruder niemals wiedersehen.«

»Wo …«

Liesl ließ Nellie nicht weiter zu Wort kommen.

»Versuch erst gar nicht, ihn zu finden! Sonst erzähle ich Pfarrer Greven nämlich von deinem nächtlichen Besuch im Pfarrhaus. Bin mir ziemlich sicher, das wird ihn mächtig interessieren …«

»Was hab ich dir eigentlich getan, dass du mich so sehr hasst?«, fragte Nellie.

»Du bist die Sünde in Person«, zischte Liesl zurück. »Die giftige Schlange aus dem Paradies, die eine reine Seele vergiftet hat. Und dafür wirst du büßen!«

18

Köln, August 2019

»Hier muss es sein«, sagte Liv, als sie in den begrünten Innenhof traten. »Und wir sind pünktlich wie die Müller!«

»Maurer«, korrigierte ihr Vater schmunzelnd und wechselte den Rosenstrauß in die andere Hand. »Man sagt im Deutschen ›pünktlich wie die Maurer‹.«

»Schon irgendwie eine seltsame Sprache«, sagte Liv. »Aber inzwischen ist sie mir ganz vertraut.«

»Das will ich aber auch meinen, mit einer deutschen Großmutter sowie einem Vater und einer Tante, die hier zur Welt gekommen sind«, sagte er. »Die alte Feindschaft zwischen Deutschen und Niederländern gehört zum Glück inzwischen der Vergangenheit an. Heute sind wir alle Europäer und gute Nachbarn.«

Thijs hatte ihre kleine Unterhaltung genutzt, um zu dem flachen Wasserbecken zu flitzen, das die Anlage schmückte. Liv rannte hinterher, allerdings einen Moment zu spät. Pinki und Tigi waren bereits patschnass, weil er sie kurzerhand untergetaucht hatte. Als er sie jetzt wieder herausfischte und gegen seine Brust presste, damit sie ihm das Spielzeug bloß nicht wegnahm, färbte sich auch sein blauweißes Ringelshirt dunkel.

»Gerade hast du noch ausgesehen wie ein schicker Jungbretone«, schimpfte Liv, während sie ihn zum Hauseingang zurückbrachte. »Und jetzt? Alles versaut, du kleines Schweinchen! Dabei wollten wir doch bei Jans Oma einen besonders guten Eindruck machen …«

Der Kleine zog eine so drollige Grimasse, dass sie schon wieder grinsen musste.

»*Pinki* Schweinchen«, erklärte er treuherzig. Dann deutete er auf sich selbst. »*Thijs* Junge!«

Jetzt lachten sie alle drei.

»Irgendwie fühle ich mich wie vor einer Prüfung«, kommentierte Liv, die sich tatsächlich dreimal umgezogen hatte, bis sie mit ihrem Outfit zufrieden gewesen war. Jetzt trug sie zu silbernen Sandalen ein blaues Vintagekleid mit weißen Punkten und breitem Gürtel, das sie vor Thijs' Geburt gekauft hatte. Eine ganze Weile hatte sie den Reißverschluss nicht mehr richtig zubekommen. Jetzt passte es wieder wie angegossen. »Dabei trinken wir doch bloß Kaffee mit einer alten Dame.«

»Und ihrem charmanten Enkel«, fügte ihr Vater schelmisch blinzelnd hinzu. »Mir gefällt, dass er dir gefällt, Liv. Mir gefällt er nämlich auch!«

Jan empfing sie oben an der Wohnungstür, auch er mit weißem Hemd und dunkelblauer Leinenhose nicht ganz so lässig angezogen wie sonst.

»Schön, dass ihr da seid!«, sagte er lächelnd, schüttelte Livs Vater die Hand, begrüßte sie mit einem zarten Kuss auf die Wange und hob schließlich den Kleinen hoch, der sofort in ein begeistertes Quietschen ausbrach.

»Du bist ja schon wieder ganz schön fit«, sagte Jan. »Und so herrlich nass!« Er ließ ihn wieder runter und nahm ihm das eingeweichte Spielzeug ab. »Die bekommen jetzt auf dem Balkon ein kleines Sonnenbad«, erklärte er. »Einverstanden?«

Erst Nicken, dann Kopfschütteln.

Nass oder nicht – Pinki und Tigi mussten wieder zurück in die energischen kleinen Hände.

»Du wolltest, dass wir alle kommen«, sagte Liv augenzwinkernd. »Aber wenn wir euch zu viel werden, sagt bitte Bescheid!«

»Ich liebe kleine Kinder«, kam eine kräftige Frauenstimme aus dem Wohnzimmer. »Je mehr, desto besser!«

Vor ihnen öffnete sich ein heller, sonniger Raum mit großem Balkon. Vor der linken Wand stand eine liebevoll eingedeckte Kaffeetafel, rechts ein gemütliches graues Sofa mit drei Sesseln und einem Lehnstuhl. Die Frau, die darauf saß, war das, was man eine Erscheinung nannte: weißes Haar, das sich in weichen Wellen um ihr Gesicht legte, dunkle Augen und Brauen, energisches Kinn. Sie trug eine helle Hose und einen Pullover in kräftigem Orange, den eine dicke Bernsteinkette zierte. Man sah ihr Alter, aber man sah auch, wie gut sie es lebte. Neben ihr thronte ein majestätischer grauer Kater, der die Besucher aus gelben Augen musterte.

»Das sind meine Freunde Jakob, Liv und Thijs«, sagte Jan. »Und das ist meine wunderbare Großmutter Karin mit seiner Majestät King Louis.«

»Oh, so schöne Blumen!«, gurrte sie. »Ich liebe Rosen! Jan, wenn du bitte …«

»Zu Befehl«, grinste dieser und verschwand in der Küche, um die Blumen zu versorgen.

»Katzi!« Thijs ließ sein Spielzeug fallen und wollte sich auf den Kater stürzen, doch der entzog sich der kindlichen Attacke durch einen geschmeidigen Sprung auf das Bücherregal. Mit peitschendem Schwanz behielt er von dort aus das weitere Geschehen im Auge.

»Sie sind also diese junge Frau mit dem Duftlädchen«, sagte Karin. »Ganz schön mutig, sich das hier in Ehrenfeld zu trauen!«

»Da haben Sie recht«, erwiderte Liv. »Aber ich hatte keine andere Wahl.«

Karin Zoringers Brauen hoben sich erstaunt.

»Ein Vermächtnis meiner Tante, die mich als Erbin eingesetzt hat – allerdings unter der Bedingung, dass ich mich hier in Ehrenfeld niederlasse.«

»Und Ihr Mann? War der denn auch mit einem Umzug nach Köln einverstanden?«, wollte die Gastgeberin weiter wissen. »Ich nehme an, er ist ebenfalls Niederländer?«

»Oma, bitte …«

»Fragen wird man ja wohl noch dürfen, Jan!«

»Ja, Thijs' Vater ist Niederländer«, erwiderte Liv. »Wir waren nicht verheiratet. Nur beinahe. Und er wohnt noch immer in Maastricht.«

Ihre ehrliche Antwort schien der alten Dame zu gefallen, denn sie nickte wohlwollend.

»Dann wollen wir uns mal rüber setzen«, sagte sie. »Ich hoffe, Sie mögen Obstkuchen und heiße Schokolade mit Schlagsahne. Eine lieb gewordene Tradition. Dafür lasse ich jeden Kaffee stehen.« Sie erhob sich ohne Hilfe und trat an den gedeckten Tisch. Ihr Gang war aufrecht, wenn auch altersbedingt nicht ganz sicher.

»Gab es bei uns zu Hause auch ab und zu«, sagte Livs Vater, während sie Platz nahmen. »Allerdings nur zu ganz besonderen Anlässen.«

»Ich durfte es mitten im Krieg zum ersten Mal kosten«, sagte Karin. »Natürlich ohne Sahne, die gab es damals schon seit Jahren nicht mehr. Ein Tag, an den ich mich bis heute genau erinnere. In der Vornacht hatte es einen heftigen britischen Bombenangriff gegeben. Die Straßen waren voller Trümmer; überall brannte und rauchte es.«

»Die legendäre Tausend-Bomber-Nacht«, fiel Jan ein, der den Kuchen auf die Teller verteilte. »Steht in fast jedem Geschichtsbuch.«

»Nein, du Schlaumeier«, korrigierte seine Großmutter. »Die war erst ein paar Wochen später und noch weitaus schlimmer. Halb Köln lag danach in Schutt und Asche. Sieht man ja noch heute an dieser grässlichen Nachkriegsarchitektur. Unser schönes Vorkriegsköln hatte deutlich mehr Flair.«

»Eis?«, drang Thijs' laute Kinderstimme in die kurze Pause, die gerade entstanden war. Mit dem erfolgreich zermatschten Obstkuchen auf seinem Teller konnte er offenbar nur wenig anfangen.

»Gibt es auch – kleinen Moment!« Jan sauste abermals in die Küche.

»Ich hatte damals gerade erst meinen großen Bruder verloren«, nahm Karin den Faden wieder auf. »Die Nazis hatten ihn verhaftet, weil er nicht nach der Pfeife des Führers tanzen wollte. Jupp hatte sich mit ein paar anderen jungen Leuten zusammengetan, die ebenso wie er gegen den Krieg waren, nach eigenen Regeln lebten und kritische

Fragen stellten. Edelweißpiraten, oder manchmal auch Navajos, nannten sie sich, nach diesem Indianerstamm, den sie verehrt haben.« Sie trank einen Schluck Schokolade. »Ist das eigentlich typisch holländisch?«, fragte sie plötzlich. »In meiner Erinnerung gehören Holland und Schokolade nämlich untrennbar zusammen.«

»In Belgien ist es noch stärker verbreitet«, erwiderte Liv. »Die gelten doch als die europäischen Schokoladenmeister.«

»Jupps Tod war so ein Schock für mich, dass ich dachte, ich würde es nicht überleben.« Karin war wieder ganz in ihre Reminiszenzen versunken, und alle am Tisch lauschten ihr. Sogar Thijs war ruhig. Er löffelte inzwischen friedlich sein Eis, wobei allerdings jede Menge danebenging. »Dabei hatte ich mich gerade zum ersten Mal unsterblich verliebt – in einen jüngeren Arbeitskollegen meines Bruders aus derselben Werkstatt.«

»Mein Großonkel war Schreiner«, fügte Jan erklärend hinzu.

»Mein Liebster, kaum älter als ich, war noch in der Lehre. Die Gestapo hatte auch ihn verhaftet. Es ging um ein Flugblatt in seinem Spind. ›Aufruf zu zivilem Ungehorsam‹, so würde man das heute wohl nennen. Damals jedoch konnte man dafür mit dem Tod bestraft werden. Er wurde zwar gefoltert, durfte aber am Leben bleiben – zumindest noch für ein Weilchen.«

»Ich interessiere mich sehr für diese Edelweißpiraten«, sagte Liv. »Bevor ich nach Köln kam, wusste ich praktisch nichts über sie. Dabei waren sie mutig und frei, das imponiert mir. Die Weiße Rose aus München kennt jeder, und das ist auch wichtig und gut. Aber die Welt sollte auch von den Edelweißpiraten erfahren.«

»Selbst in Köln müssen sie in manchen Kreisen bis heute um ihren Ruf kämpfen.« Karins Stimme klang bitter. »Einige der hier Ansässigen würden die Wandbilder, die sie ehren, am liebsten eigenhändig von den Häusern kratzen. Sogar wir Zeitzeugen haben viel zu lange nicht den Mut gehabt, öffentlich für sie einzustehen. Der brutale Krieg, der eilige Wiederaufbau, als plötzlich alles nur noch glatt und bunt sein sollte …«

Sie spielte nachdenklich mit den Perlen ihrer Kette.

»Kein Mensch wollte auf einmal Nazi gewesen sein – ein ganzes Volk, das nur damit beschäftigt war, seine Vergangenheit zu verleugnen und zu verdrängen. Wer hat sich damals schon für ein paar junge Kerle aus einfachen Verhältnissen interessiert, die in Köln und Umgebung verbotene Lieder gesungen und Schlaghosen getragen haben? Die ihr Leben opferten, weil sie wollten, dass dieser Wahnsinn endlich endete? Na gut, vielleicht hat der eine oder andere von ihnen auch mal über die Stränge geschlagen, aber das waren eben auch schlimme Zeiten voller Angst, Brutalität und Not. Jupp hat das Ende dieses Wahnsinns ja nicht mehr erlebt, dafür haben die Nazis gesorgt. Aber wir anderen waren dabei. Wir wissen, wie es damals war …«

Die Adern an ihrem Hals traten mit einem Mal deutlich hervor, und sie wirkte angestrengt.

»Du sollst dich nicht so aufregen, Oma, und das weißt du«, mahnte Jan liebevoll. »Sollen wir das Thema für heute …«

»Unsinn!«, unterbrach sie ihn scharf. »Wir haben alle viel zu lange geschwiegen, mich selbst eingeschlossen. Denkst du vielleicht, ich wäre stolz darauf, meinen eigenen Sohn angelogen zu haben – deinen Vater? Aber Zivilcourage musste ich erst mühsam lernen. Jupp dagegen hat sie von Anfang an gehabt – und einen hohen Preis dafür bezahlt!«

Jan griff nach einer Flasche mit Mineralwasser und goss jedem ein Glas davon voll.

Alle griffen danach.

»Bei uns van Geerens war immer Wimmi die Mutigste«, meinte Jakob, nachdem er getrunken hatte. »Sie …«

»Was haben Sie da gerade gesagt?«, unterbrach ihn Karin.

»Dass Wimmi stets am mutigsten war«, wiederholte er verdutzt.

»Das meine ich nicht! Sie heißen van Geeren?« Ihr Blick flog zu Jan. »Davon hast du mir nichts erzählt!«

Der zuckte die Achseln. »Wusste nicht, dass das eine Rolle spielt«, sagte er.

»Ja, so heißen wir.« Jakob nickte. »Meine jüngst verstorbene Schwester Wimmi, Tess, meine Frau, die leider schon seit einigen Jahren nicht mehr am Leben ist, meine Tochter Liv und Thijs, mein kleiner Enkelsohn.«

»Sie haben Luuk van Geeren in Ihrer Aufzählung vergessen«, sagte Karin mit bebender Stimme. »Lenis Vater.«

»Leni?« Jakob lachte. »Ja, ich glaube, so wurde sie gerufen, als sie noch in Deutschland lebten. Später dann in den Niederlanden kehrte sie zu ihrem altmodischen ersten Vornamen zurück: Wilhelmina. Oder Wimmi, wie alle sie nannten, die sie liebten. Genau genommen war sie meine Halbschwester, denn unser Vater Luuk hat nach dem Tod seiner ersten Frau ein zweites Mal geheiratet – meine Mutter.«

»Und deren Vorname?«, krächzte Karin. »Wie lautet er?«

»Leonore«, erwiderte Jakob. »Mich hat sie wohl nach ihrem Vater benannt, der auch ein Jakob war.«

Karin griff sich an die Brust.

»Ich hätte es sehen müssen«, flüsterte sie. »Diese Ähnlichkeit …«

»Was hast du, Oma?«, rief Jan erschrocken. »Willst du dich hinlegen? Soll ich deine Tabletten holen?«

»Unsinn!«, antwortete sie, schon wieder ein wenig kräftiger. »Es ist nur so, dass ich nicht mehr daran geglaubt habe … nach so langer Zeit …« Sie verstummte.

»Ich glaube, wir brechen an dieser Stelle doch besser ab«, schlug Jan vor. »Meine Großmutter muss sich ein wenig beruhigen …«

»Rede gefälligst nicht in der dritten Person über mich wie über ein ungezogenes Kind«, wehrte sich Karin. »Ich sitze mit euch am Tisch und höre für mein Alter erstaunlich gut. Geh lieber nach nebenan in mein Schlafzimmer. Dort findest du im Sekretär ein Buch mit schwarzem Wachseinband. Das bringst du bitte hierher.«

»Zu Befehl, Mylady!« Jan salutierte spielerisch und verließ den Raum.

Wenig später war er wieder zurück.

»Meinst du das hier?«, fragte er.

Karin nickte, nahm ihm das Buch ab und schlug es auf.

»Der Brief ist noch da«, sagte sie mit einem Seufzer der

Erleichterung. »Und alles andere auch. Vierundsiebzig Jahre haben die Aufzeichnungen auf diesen Augenblick gewartet. Jetzt ist er gekommen.« Zwischen ihren Brauen stand auf einmal eine strenge Falte. »Aber zuerst muss ich Ihren Ausweis kontrollieren. Ich muss wissen, ob Sie wirklich Jakob van Geeren sind!«

Jakob zog gehorsam, wenn auch ein wenig verwirrt, seinen Geldbeutel heraus und zeigte ihr den Ausweis.

»Gut.« Sie klang zufrieden. »Dann können wir beginnen.«

Sie reichte Liv ein brüchiges Blatt Papier mit einer geschwungenen Handschrift.

»Lesen Sie vor«, bat sie.

»Ich?«, fragte Liv. »Wieso ich?«

»Lesen Sie, Liv. Bitte.«

Liv räusperte sich und begann:

Diese Zeilen sind für dich, geliebtes Herz, und ich habe sie in mein Tagebuch gelegt, damit du später einmal erfährst, warum alles so geschehen musste. Bitte sei nicht schockiert, wenn du das liest. Und lass dir vor allem keine Schuld einreden.

Du bist ein Geschenk Gottes – mein Geschenk.

Dabei dürfte es dich eigentlich gar nicht geben, hätten wir auf jene zornigen alten Männer gehört, die das Verbot schon vor langer Zeit festgelegt haben.

Ein Verbot gegen die Liebe.

Ein Verbot gegen die menschliche Natur.

Ein Verbot, das wir gebrochen haben, weil wir es brechen mussten.

Eine andere Zeit, eine andere Epoche wird uns vielleicht einmal verstehen …

Ich bringe dich weg von hier, damit du sicher aufwachsen kannst, bei einem Menschen, der mein Lehrer war, in so vielen Dingen. Er hat Erfahrung damit, ein Vater zu sein, und liebt dich von Herzen wie sein eigenes Kind. Und er ist so nobel, uns beiden seinen Namen zu schenken.

Kann die Zeit Wunden wirklich heilen?

Der Volksmund behauptet es, doch ich spüre, eine tiefe Wunde wird für immer in mir zurückbleiben. Deinen wahren Vater werde ich bis zum Ende meiner Tage im Herzen tragen. Zu stark war das Band zwischen zu uns, zu groß die Gefahr, die wir gemeinsam meistern mussten, zu bitter der Schmerz, als ich ihn für immer verloren habe. Dieser Verlust hat sich für mich angefühlt, als würde ich sterben, und hätte ich dich nicht schon als zartes Flattern in mir gespürt, wäre ich daran wohl zugrunde gegangen.

So aber musste ich weiterleben, um dir das Leben zu schenken, und jedes Mal, wenn ich dich ansehe oder berühre, weiß ich, dass es keine andere Entscheidung geben konnte. Ganz einfach ist es dennoch nicht, denn du bist so sehr sein Ebenbild, dass es mich manchmal wie ein Schlag trifft. Dann kehrt alles wieder zurück, mein Sehnen, mein Bangen, und ich durchlebe erneut jene aufreibenden letzten Monate zwischen Hoffen und Verzweiflung.

Ich bete, dass du niemals erleben musst, was uns beinahe zerbrochen hätte – deinen Onkel, deine Großmutter, meine beste Freundin, die niemals deine Patin werden konnte, und auch mich, deine Mutter. Deinen Vater hat der Krieg dir genommen, just in jenem Moment, in dem er bereit gewesen wäre, sich zu uns zu bekennen, und dafür hasse ich das sinnlose Töten umso mehr, das so viele Leben gekostet hat.

Aber nun ist das Schlimmste überstanden. Wir haben Frieden, und ich hoffe auf einen Neuanfang jenseits der Grenze. Mögest du glücklich aufwachsen in diesem Land; unser neuer Name soll dir dabei helfen. Meine Aufzeichnungen werden dir eines Tages beweisen, dass es im Land deiner Mutter nicht nur Fanatiker und Mitläufer gab, sondern auch Menschen, die tapferen Widerstand gegen ein unmenschliches Regime geleistet haben.

Dieses Erbe schlummert in dir, und das zu wissen macht mich froh. Wenn du alt genug bist, um es zu verstehen, sollst du alles erfahren. Einstweilen verbleibt das Tagebuch in sicherer Obhut.

Gott sei mit dir.

Kinder wie du stehen unter seinem ganz besonderen Schutz, das weiß ich, auch wenn die Kirche anderes behauptet. Möge er dich führen und behüten. Möge er dich glücklich machen und

zu einem so tapferen Menschen heranwachsen lassen, wie deine beiden Väter es waren.
Köln, im Frühling 1945

Liv ließ den Brief sinken.

Es war so still im Wohnzimmer, dass das Vogelzwitschern draußen fast überlaut klang.

»Opa weint«, sagte Thijs. »Opa, nicht weinen!« Er sprang auf, lief zu Jakob und umarmte ihn.

»Der Brief stammt von deiner Mutter, Jakob«, sagte Karin und ließ jetzt alle Förmlichkeiten hinter sich. »Du warst damals gerade erst geboren, und Nellie hatte hier alles verloren. Holland schien ihre einzige Hoffnung, aber sie wusste ja nicht, was sie dort erwartete. So hat sie mich gebeten, den Brief und ihr Tagebuch zu treuen Händen aufzubewahren, und nichts anderes habe ich getan. Bis zum heutigen Tag.«

»Das ist wirklich von deiner Mutter, Pa?«, fragte Liv. »Meiner toten Großmutter?«

»Meine Mutter umgab immer ein Geheimnis«, sagte Jakob unter Tränen. »Sie war zwar anwesend, aber man konnte sie nie ganz erreichen. So jedenfalls hat es sich für mich als Kind angefühlt. Mein Vater muss es ähnlich empfunden haben, da bin ich mir sogar ziemlich sicher, obwohl ich niemals mit ihm darüber geredet habe, weil ich nicht wusste, wie ich es hätte anfangen sollen. Die Einzige, die immer zu ihr durchdrang, war Wimmi. Die beiden haben sich sehr gemocht …«

»Ich habe Leni geliebt«, sagte Karin. »Sie war so echt, so offen, so ganz ohne Falsch. Ihre blöden Klassenkameradinnen haben sie nicht verstanden und böse gehänselt – heute würde man es mobben nennen –, dabei war sie ein Goldstück. Ich war zu Tode betrübt, als sie Köln verlassen hat. Wir wollten in Kontakt bleiben, aber dann kam alles anders …«

Sie sah Liv an.

»Du ähnelst Nellie sehr. Du hast ihre Farben und ihre Statur.«

»Das hat diese seltsame Lilo auch gesagt«, erwiderte Liv. »Sie hat mich sogar mit Nellie angesprochen. Kennst du diese Frau? Ich begegne ihr immer wieder, seitdem ich in Ehrenfeld lebe, und sie reagiert ausgesprochen heftig auf mich. Was hatte sie mit meiner Oma zu tun?«

Karin machte eine unbestimmte Geste. Unverkennbar, dass sie sich nicht dazu äußern wollte, zumindest nicht jetzt.

»Aber was soll das mit den zwei Vätern?«, fragte Jakob. »Was meint meine Mutter damit? Ich habe nur einen Vater – und der heißt Luuk!«

Karins Blick glitt von Jakob zu Liv und wieder zurück.

»Ich weiß jetzt, wer ihr seid«, sagte sie. »Und trotzdem widerstrebt es mir, euch das Tagebuch schon heute auszuhändigen. Ich war so lange seine Hüterin – beinahe achtzig Jahre. Es hat mich fast durch mein ganzes Leben begleitet. Ich kann es nicht so abrupt aus den Händen geben, versteht ihr das?«

Jakob nickte. Liv dagegen wirkte nicht so ganz damit einverstanden.

»Vorschlag zur Güte«, sagte Jan schnell. »Ich lasse zwei Fotokopien davon anfertigen – heute noch. Dann könnt ihr sofort zu lesen beginnen, und wenn ihr damit fertig seid, treffen wir uns wieder hier zur feierlichen Übergabe des Originals. Einverstanden?«

»Sehr gern«, sagte Jakob, der gerade von Thijs wie wild gekitzelt wurde, damit er wieder lachte.

Liv nickte.

»Neunzig Jahre alt zu sein ist manchmal umständlich«, sagte Karin. »Und ziemlich müde macht es gelegentlich auch, wenn ich ehrlich sein soll. Besonders nach solchen emotionalen Stürmen. Ich würde mich jetzt gern mit King Louis eine Runde auf dem Sofa ausruhen, wenn ihr nichts dagegen habt. Jan, du bringst mir das Tagebuch dann gewissenhaft wieder zurück?«

»Zu Befehl, Mylady!«

»Musst mich nicht aufwecken. Leg es einfach auf den Tisch.«

»Wird erledigt!«

Alle erhoben sich, und Jakob, Liv und Thijs verabschiedeten sich von Karin Zoringer.

Als Jan seiner Oma Adieu sagte, flüsterte sie ihm noch etwas ins Ohr, und er nickte.

Was das wohl gewesen war?

Liv hätte es zu gern gewusst.

»Der Hammer, Papa, oder?«, sagte sie, während sie auf den Lift warteten. »Das gibt es doch gar nicht! Jans Oma hat das Tagebuch deiner Mutter, der Oma, die ich nie kennenlernen konnte, weil sie schon tot war, als ich zur Welt kam! Bin mal gespannt, was uns da erwartet. Jan hat versprochen, es gleich vorbeizubringen, wenn er mit dem Kopieren durch ist. Ich fange noch heute damit an, sobald Thijs schläft.«

»Thijs nicht müde«, erfolgte prompt der Protest. »Thijs will Laufrad fahren …«

»Damit warten wir aber noch bis nächste Woche, mein Held«, sagte Liv. »Wenn du wieder in die Kita gehst. Du kannst zu Hause noch ein bisschen buddeln. Und dann nichts wie ab in die Badewanne!«

Jakob hatte sich mit seiner Kopie ins Wohnzimmer verzogen.

Liv lag bäuchlings auf ihrem Bett, auf dem Beistelltischchen neben sich ein Glas Rosé. Sie hatte sich leise Musik angemacht, drehte sie aber bald wieder aus.

All ihre Konzentration war nun auf die Seiten mit dieser geschwungenen Handschrift gerichtet, die zu lesen gar nicht so einfach war. Ein paar davon hatte sie schon überflogen, um zu sehen, ob sie überhaupt damit zurechtkam. Dann aber kehrte sie wieder zum Anfang zurück. Sie wollte ganz sorgfältig vorgehen, um nichts zu überlesen.

Liv trank einen Schluck Wein.

Dann begann sie mit der ersten Seite:

Köln, Mai 1940

Wann hat eigentlich alles angefangen?

Bereits im Februar, als die Kinder der Pfarrei St. Joseph so traurig waren, weil der Karnevalsumzug verboten war und der neue Kaplan heimlich für sie eine kleine kostümierte Feier im Pfarrsaal veranstaltet hat? Damals habe ich ihn zum ersten Mal gesehen, und gefallen hat er mir auf Anhieb: groß, athletisch, von der Figur her eher einem Sportler als einem Geistlichen ähnelnd, mit dunkelgrünen Augen und braunen Haaren, die lockig wären, würde er sie nur eine Spur länger tragen.

Oder war es, als wir mit unseren Körbchen die Ostermesse besucht haben, um traditionsgemäß Brot, Eier und Schinken weihen zu lassen?

Beim Hinausgehen hat er an der Kirchentür jedem die Hand geschüttelt und frohe Ostern gewünscht. Plötzlich hat mein ganzer Körper gekribbelt, und als er mich dann auch noch so verschmitzt mit seinen Grübchen angelächelt hat, war ich verloren.

Greta schien es ähnlich zu ergehen.

»Was für ein Mann!«, hat sie gestöhnt, kaum dass St. Joseph hinter uns lag. »Und welch abgrundtiefe Verschwendung ...«

Muss ich betonen, dass Greta und ich seitdem keine Sonntagsmesse mehr versäumen? Wir, die bislang nicht gerade die regelmäßigsten Kirchgängerinnen waren?

Zum Glück sind es von unserer Wohnung in der Körnerstraße bis zur Kirche in der Venloer Straße nur wenige Schritte. Greta aber, eine begeisterte Langschläferin, nimmt dafür sogar die Anreise aus Lindenthal in Kauf. Dabei ist sie so gut wie verlobt. Aber das scheint sie manchmal zu vergessen. Vor allem, wenn sie Kaplan Benedikt Maria Weiss zu Gesicht bekommt.

Ich lasse sie bei ihren Schwärmereien. Greta hat viel Temperament, das muss an dem italienischen Blut in ihren Adern liegen. Bei ihr fällt alles immer eine Nummer größer *aus: Freude, Enttäuschung, Begeisterung, Trauer. Allerdings kann sie sich das auch leisten, denn sie stammt aus einer der angesehensten Familien der Stadt. Hätten wir beide nicht im gleichen Jahrgang die weiterführende Schulbank gedrückt, wären wir uns sicherlich niemals begegnet. So aber hat die Handelsschule für Frauen uns zu besten Freundinnen gemacht: Greta Farina, deren berühmte Vorfahren jene Parfümmarke ins Leben gerufen haben, die an allen europäischen Höfen Triumphe feiern konnte, und ich, die Halbwaise Nellie Voss, deren Mamm Ilka jeden Tag in der kleinen Eckkneipe Halflang Kölsch ausschenkt …*

Nebenan hörte sie Thijs schnarchen. Aus dem Wohnzimmer drang kein Laut, so gebannt war ihr Vater offenbar.

Liv selbst wusste noch nicht genau, was sie mit den Aufzeichnungen anfangen sollte. Vieles daran kam ihr fremd und steif vor – dieses ganze Katholische, zu dem sie keinerlei Bezug hatte, da sie frei und ohne religiöse Zwänge aufgewachsen war.

Und doch spürte sie in diesen Zeilen etwas, das sie stark anzog. Sie hatte Blut geleckt, wollte wissen, was diese Nellie Voss, die ihre Großmutter war, sich da vom Leib geschrieben hatte.

Was war mit ihr, mit Greta und diesem gutaussehenden Kaplan namens Benedikt Maria Weiss?

Es gab nur eine Möglichkeit, mehr darüber zu erfahren: weiterlesen.

19

Köln, Winter 1942/1943

Seit Monaten habe ich keine Zeile mehr geschrieben. Wieso sollte ich auch – wo doch die Sonne aus meinem Leben verschwunden ist.

Aber heute muss ich wieder zur Feder greifen, sonst quillt mir noch das Herz über.

Ach, Benedikt, ich vermisse dich so sehr!

Statt deiner ist Kaplan Kurt Ranner nach St. Joseph beordert worden, ein nervöser Mann mit Geheimratsecken, der beim Reden spuckt und angeblich ein großer Verehrer von Dr. Goebbels ist. Keiner mag ihn, weder die Kinder noch die alten Leutchen, weil sie alle ihn mit dir, seinem strahlenden Vorgänger, vergleichen.

Was für ein Gegensatz!

Du hattest im Nu alle Sympathien auf deiner Seite, mit deiner klugen Freundlichkeit und deiner offenen Art. Jeder hat dich von Herzen gemocht und das Wort Gottes gern aus deinem Mund gehört. Wenn er dagegen die Messe liest, bleiben viele der Kirchenbänke leer, und in seinen Beichtstuhl drängt es niemanden. Er predigt so sensibel wie ein altes Walross, eifert und schimpft, anstatt Worte zu finden, die die Herzen der Menschen erreichen, und nicht einmal Pfarrer Greven scheint glücklich über diesen

Neuzugang zu sein, der so gar nicht in unsere Gemeinde passt.

Weil ich den ganzen Sommer über die Madonnenstatue mit frischen Blumen versorgt habe, blickt der Pfarrer inzwischen ausgesprochen wohlwollend auf mich. Er kann ja nicht ahnen, dass jede Lilie, die ich ihr zu Füßen stelle, für mich eine ganz andere Bedeutung besitzt und an etwas erinnert, das nach den Regeln der Kirche niemals hätte passieren dürfen.

Beischlaf vor der Ehe? Sünde!

Beischlaf mit einem Priester? Kommt fast einer Todsünde nah, und doch war es das Schönste, das ich jemals erleben durfte.

Irgendwie bin ich fast froh, als die Blütezeit der Lilien vorüber ist und ich zu Herbstgewächsen übergehen muss, und schließlich zu Christrosen.

Meine Sehnsucht jedoch bleibt.

Manchmal bin ich fast so weit, Pfarrer Greven doch nach Benedikts Verbleib zu fragen. Die verrücktesten Ideen fliegen durch meinen Kopf, und einmal spiele ich sogar mit der Idee, seine Eminenz Kardinal Josef Frings aufzusuchen, der seit diesem Sommer unser neuer Erzbischof ist. Immerhin hat er darauf verzichtet, Gauleiter Grohé seine Aufwartung zu machen, was in Köln aufmerksam registriert wurde. Er als oberster Kirchenherr der Stadt müsste schließlich wissen, wohin Benedikt versetzt wurde.

Dann aber denke ich an Liesls verbissene Züge und lasse es lieber bleiben.

Wir sind uns seitdem nur noch ein paarmal vor oder nach der Messfeier in St. Joseph begegnet; sie stets schnaubend vor Verachtung, ich dagegen äußerlich ganz gelassen, obwohl meine Hände immer feucht werden, sobald ich sie sehe. Ihre Drohung, uns auffliegen zu lassen, hat sie jedoch bislang offenbar nicht wahrgemacht. Vielleicht genügt es ihr, sich daran zu weiden, wie ich leide.

Denn das tue ich, und offenbar sieht man es mir auch an.

Schmächtiger sind wir allesamt geworden, nicht weil wir richtig hungern müssten, sondern weil das Kriegsessen nährstoffarm ist und so unendlich fad schmeckt. Auch Luuks Tochter Leni hat einiges an Gewicht verloren, was ihren missmutigen Klassenkameradinnen gar nicht zu gefallen scheint, denn nun fällt schon einmal ein Grund weg, über sie herzuziehen. Zudem hat ihr die Freundschaft mit Karin neues Selbstbewusstsein geschenkt. Immer öfter lacht sie den anderen Mädchen jetzt einfach ins Gesicht, wenn die wieder Gemeinheiten gegen sie loslassen. Hübsch sieht sie aus, richtig strahlend, weil sie endlich lernt, sich selbst zu mögen.

Ich dagegen habe jeden Glanz verloren.

Meine Haut ist fahl, die Haare liegen nicht mehr richtig, und aus meinen Augen ist das Leuchten verschwunden. Sogar meine feine Nase, auf die ich mich stets verlassen konnte, funktioniert manchmal nicht mehr ganz so präzise wie bisher.

Vielleicht, weil meine Seele zur Wüste geworden ist?

Manchmal fühle ich mich morgens so kraftlos, dass ich am liebsten nicht mehr aufstehen würde.

Wieso überhaupt weiterleben?

Ohne Liebe? Ohne Hoffnung?

Luuk spricht mich direkt darauf an.

»Du hast mein Kind glücklich gemacht, liebe Nellie. Aber du selbst schleichst schon länger herum wie ein Häuflein Elend. Gibt es etwas, das auch dich wieder froh machen könnte? Irgendein Wunsch? Dann verrate ihn mir!«

Er sagt es so zart, so einfühlsam, dass mir sofort Tränen in die Augen schießen.

»Nur einen Einzigen«, erwidere ich schließlich. »Doch der ist leider unerfüllbar.«

»Jene komplizierte Liebe?«

Ich nicke.

»Er hat dich verlassen?«

»Das würde er niemals tun«, widerspreche ich. »Aber er musste fort. Und ich weiß nicht, ob er jemals wiederkommen wird.«

»Kein Brief? Keine Nachricht von ihm?«

Ich schüttle den Kopf.

»Das muss schwer für dich sein. Aber was ich nicht verstehe: Wie kann dein Liebster dich in solcher Ungewissheit lassen? Das macht man doch nicht mit Menschen, die einem viel bedeuten!«

Luuks Satz geht mir nicht mehr aus dem Kopf, und je länger ich darüber nachdenke, desto richtiger erscheint er mir.

Sogar die Soldaten an der Ostfront schreiben ihren Angehörigen inmitten von Schnee und Blut, auch wenn es zum Teil schreckliche Nachrichten sind, die von ihnen kommen. Die 6. Armee, in der auch Viktor dient, ist seit November vollständig von sowjetischen Truppen eingekesselt und kann nur noch aus der Luft versorgt werden. Doch wegen des schlechten Wetters müssen viele Flüge gestrichen werden. Daher leiden die Soldaten an Kälte und Unterernährung. Tag für Tag wächst die Zahl der Todesopfer. Manche werden schneeblind, andere schrecken nicht einmal mehr vor dem Verzehr von Ratten zurück. Doch selbst die werden in Stalingrad offenbar zur Mangelware …

»Essen, essen, essen«, schreibt er an Greta. »Das ist das Einzige, woran man hier noch denken kann. Wenn ich nicht mehr zurückkomme, holdes Weib, dann lass dir eine Gans braten, aus der das Fett trieft, und verzehr sie in meinem Namen! Gott sei mit dir! Uns hier hat er längst verlassen …«

Es war der letzte Brief von Viktor.

Doch auch kein offizielles Schreiben mit schwarzem Rand erreicht Greta, ebenso wenig wie ich Post von Benedikt erhalte.

Vielleicht hat er mich ja wirklich vergessen. Vielleicht sieht er unsere Liebesnacht inzwischen nur noch als eine Sünde, für die er nun irgendwo strenge Buße tut. Vielleicht …

Ach, ich weiß es nicht!

Gar nichts weiß ich mehr …

Nur, dass nach wie vor Bomben auf Köln fallen. Ein Angriff folgt auf den anderen, und die ganze Stadt leidet darunter. Farina hat die Produktion ins Bergische Land verlegt, und auch Peter Mülhens spielt offenbar mit ähnlichen Überlegungen, wie man bei uns in der Firma munkelt. Aber so einfach lässt sich die ganze Technik eines großen Betriebs nicht transferieren. Wir stellen kaum noch Düfte her; alles ist auf die Seifenproduktion ausgerichtet, an der jetzt auch Zwangsarbeiterinnen beteiligt sind.

Wie jung sie mir vorkommen, diese Frauen aus der Ukraine – fast noch Mädchen sind sie in meinen Augen, die kaum Deutsch können und immer unter sich bleiben. Es heißt, in ihren Lagern bekämen sie nur mangelhafte Verpflegung. In unserer Kantine jedoch wird kein Unterschied gemacht. Wer bei 4711 arbeitet, der bekommt hier auch zu essen, und ich beobachte, wie sich ihre Wangen beim Löffeln des kräftigen Eintopfs rosig färben. Am liebsten hätte ich der einen oder anderen zusätzlich etwas zugesteckt, weil ich an Ida und Paul denken muss, die sicherlich noch mehr hungern müssen – falls sie überhaupt noch am Leben sind. Doch wenn man dabei beobachtet und angezeigt wird, drohen drakonische Strafen.

Aus diesem Grund verweigere ich jetzt auch weitere Besuche bei Lemmle. Nach der »Volksschädlingsverordnung« kann jeder, der bei Schwarzmarktgeschäften erwischt wird, innerhalb von vierundzwanzig Stunden abgeurteilt werden. Unsere Gäste müssen jetzt eben auf ihren Halven Hahn zum Kölsch verzichten und sich stattdessen an Soleier halten. Es gibt kurzes, heftiges Gemecker, dann haben sich alle damit abgefunden.

Nur Mamm scheint es leidzutun, dass ich beim Bäcker nun alle Chancen vergeigt habe. Vor allem, als er schließlich in der grauen Wehrmachtsuniform unsere Kneipe betritt, den Marschbefehl bereits in der Tasche.

»Es gibt Blitztrauungen am Ehrenfelder Standesamt, Nellie«, raunt er mir zu. »Du könntest während meiner Abwesenheit zusammen mit meiner Schwester Trude die Bäckerei führen. Ihr würdet nicht hungern müssen, selbst wenn es für uns Deutsche noch härter kommen sollte.

Morgen früh im Rathaus, wenn du magst. In fünf Minuten ist alles erledigt.« Er hat sogar den Ehering seiner toten Frau dabei, mit dem er vor mir herumfuchtelt. »Na, ist das ein verlockendes Angebot?«

Seine feuchten Lippen, die säuerliche Ausdünstung – ich muss mich rasch abwenden, um meinen Abscheu zu verbergen.

Natürlich lehne ich ab, freundlich, aber bestimmt, und nun hasst er mich garantiert bis in alle Ewigkeit, so viel ist gewiss.

»Jetzt hast du die Aussicht auf eine Witwenrente in den Wind geschlagen«, sagt Mamm resigniert. »Wie lange, meinst du, wird dein Betrieb noch durchhalten? Beim nächsten Angriff könnte unser Haus dran sein, und das Halflang mit dazu. Und wovon sollen wir dann leben? Von Martins Hunger-Lehrlingslohn gewiss nicht!«

»Es findet sich doch immer irgendwas«, sage ich um einiges zuversichtlicher, als mir zumute ist. »Am wichtigsten ist, dass uns dreien nichts passiert. Ab Februar können wir im neuen Hochbunker an der Körnerstraße übernachten. Von unserer Wohnung aus sind das nur wenige Schritte. Dort sind wir viel sicherer aufgehoben als in unserem maroden Keller.«

»Früher stand daneben die Synagoge, bis sie 1938 in Flammen aufgegangen ist«, sagt Mamm, und wir müssen beide an unsere jüdischen Freunde denken. »Sicher sind diese Bunker ja bestimmt, aber eine Massenunterkunft für mehr als tausend Leute? Da liegen dann alle kreuz und quer durcheinander, nicht nur Nachbarn, die man wenigstens ein bisschen kennt, sondern lauter Fremde. Darunter auch

Menschen, mit denen man vielleicht lieber nichts zu tun hätte. Ich weiß nicht, ob ich das aushalte ...«

»Das wirst du, Mamm«, versuche ich sie zu trösten. »Alles ist besser, als tot zu sein.«

Aber ist das auch wirklich wahr?

Meine Seele schreit vor Sehnsucht nach Benedikt immer lauter; mein Körper nicht minder. Nur Martin scheint guter Dinge zu sein. Er beklagt sich nicht einmal über die schwere Arbeit als Ruinentischler, die er jetzt immer öfter zusammen mit Wildung leisten muss, und freut sich wie ein Schneekönig über den etwas schief gestrickten Schal aus Wollresten, den Karin ihm geschenkt hat.

Die beiden so süß verliebt zu sehen vertreibt kurz meine eigene Betrübnis. Doch dann kommen neue Sorgen auf.

Die Edelweißpiraten sind keineswegs so tot und begraben, wie Gestapo und HJ-Streifendienst es gern gehabt hätten. Inschriften an den Ehrenfelder Hauswänden künden seit Wochen von ihrer Wiederauferstehung. HEIL NAVAJOS lese ich gleich dreimal hintereinander; ein paar Tage später entdecke ich an einer Wand PX NAVAJOS, das Zeichen der inzwischen verbotenen katholischen Jugendbewegung. Und ein paar Ecken weiter: AUF EWIG EDELWEISSPIRATEN!

Alles wird hastig überstrichen, aber gesehen haben es dennoch viele.

Und es geht noch weiter. In der Innenstadt liegen haufenweise Flugblätter, auf denen von einer »Leistungswoche der bündischen Jugend« die Rede ist. Luuk bringt eines davon in die Firma mit und zeigt es mir, als wir beide allein sind.

»Leni hatte es im Schulranzen«, sagt er. »Sie hat es einfach vom Boden aufgehoben.«

Bei mir läuten sofort alle Alarmglocken. *Komm zurück – Jugend erwache*, lese ich und zerfetze das Blatt vor seinen Augen in winzige Schnipsel.

»Sag ihr, das darf sie niemals wieder tun«, antworte ich, und dann vertraue ich ihm endlich an, was damals mit Martin passiert ist. Auch Jupps trauriges Schicksal, das ich bislang nur angedeutet habe, spare ich nicht aus. Ich weiß, bei Luuk ist alles gut aufgehoben. Und es wird ihn dazu bringen, noch besser auf seine Tochter aufzupassen.

Kaum bin ich nach der Arbeit zu Hause angelangt, knüpfe ich mir Martin vor.

Mein Bruder schwört Stein und Bein, von nichts zu wissen und niemanden zu kennen, der etwas damit zu tun hat. Aber wieso kräuseln sich Martins Lippen dabei so verräterisch? Und wohin verschwinden Karin und er jedes Mal so eilig nach dem Sonntagsmuckefuck?

Um mich davon zu überzeugen, dass er die Wahrheit gesagt hat, fahre ich trotz des schlechten Wetters mit dem Rad zum Leipziger Platz, von dem es heißt, er sei einer der Treffpunkte dieser verbotenen Bewegung. Und da sind sie auch: Jugendliche in Schlaghosen und Zimmermannsjacken, die Haare länger, als es die HJ erlaubt. Ein paar halten Zigaretten in der Hand, andere haben sich ihre Klampfen umgehängt. Plötzlich erinnere ich mich, dass auch mein Bruder seit einiger Zeit wieder fleißig Gitarre übt.

Erst beim Näherkommen entdecke ich auch einige Mädchen, die mich beinahe noch feindseliger anstarren als die Jungs.

Wie alt mögen sie alle sein?

Sechzehn, siebzehn höchstens, sonst wären die Jungs ja bereits eingezogen.

»Kennt ihr einen Martin?«, frage ich den Erstbesten.

»Martin?«, wiederholt er gedehnt, als höre er dieses Wort zum ersten Mal.

»Spreche ich vielleicht chinesisch?« Mein Ton wird jetzt schärfer. »Er ist mein Bruder, und ich suche ihn.«

Ein Haufen Fahrräder liegt wüst auf dem Boden, aber auf Anhieb sehe ich keins, das Martins Rad ähnelt.

»Wir haben unsere eigenen Namen«, sagt eines der Mädchen. »Ich bin die Hexi, und die da drüben heißt Puck.«

»Ich bin der Captain«, sagt ein Junge. »Wir hätten noch einen Flynn im Angebot. Oder einen Nemo. Einen Martin führen wir leider nicht.«

Allgemeines Gelächter.

Sie kennen ihn sehr wohl, plötzlich bin ich mir fast sicher. Wahrscheinlich unter einem dieser Spitznamen, mit denen sie sich so stark fühlen. Und obwohl sie eigentlich harmlos auf mich wirken, bekomme ich am ganzen Körper Gänsehaut.

Ist diesen großen Kindern eigentlich bewusst, dass sie mit ihrem Leben spielen?

»Er war schon mal tagelang in den Verhörräumen des EL-DE-Hauses«, sage ich. »Und wenn einer von euch auch Lust darauf verspürt, dann lasst es euch am besten genau von ihm erzählen. Es war damals ziemlich knapp, dass er überhaupt davongekommen ist. Sein bester Freund hat es übrigens nicht geschafft. Jupp Schmitz, falls euch dieser Name etwas sagt.«

Sie kennen ihn. Alle. So gefesselt, wie sie mich jetzt anstieren.

»Vorher haben sie Jupp allerdings noch die Finger gebrochen, und zwar jeden einzeln. Und das gleich mehrfach. Dauert eine ganze Weile, denn es gibt ja fünf an jeder Hand. Seine verzweifelten Schmerzensschreie müssen bis auf die Straße zu hören gewesen sein.«

Das sollte für heute reichen.

Schon halb im Gehen drehe ich mich noch einmal um.

»Richtet Martin aus, er soll bald nach Hause kommen«, sage ich scheinbar lässig. »Abends wird es jetzt schon früh kalt.«

Kurz darauf berichtet *Der Westdeutsche Beobachter* in schreienden Lettern: EDELWEISSPIRATEN VERHAFTET!

Vierzig Jugendliche werden offenbar im EL-DE-Haus verhört, und Köln ist nicht die einzige Stadt, in der die Razzien gegriffen haben. Auch in Düsseldorf, Essen und Wuppertal war die Gestapo aktiv. Im gesamten Rheinland kam es zu rund siebenhundert Festnahmen. Harte Urteile sind zu erwarten.

Ein Martin Voss ist dieses Mal nicht darunter.

Am 30. Januar 1943 kündigt Reichsmarschall Hermann Göring im Rundfunk eine Rede an, die am Ende jedoch um eine Stunde verschoben werden muss, da die Briten Berlin mit Schnellbombern attackieren. Wir hören sie in der Kantine von 4711. Die gesamte Belegschaft ist mucksmäuschenstill und lauscht.

»Wir kennen ein gewaltiges, heroisches Lied von einem Kampf ohnegleichen, das hieß ›Der Kampf der Nibelungen‹.

Auch sie standen in einer Halle aus Feuer und Brand, löschten den Durst mit eigenem Blut, aber kämpften und kämpften bis zum Letzten. Ein solcher Kampf tobt heute dort, denn ein Volk, das so kämpfen kann, muss siegen ...«

Manche denken bei diesen Worten an ihre Männer, an ihre Söhne und Brüder, die alle vor Stalingrad liegen. Ich aber denke an Martin, der noch einmal davongekommen ist.

Görings theatralische Stimme fährt fort:

»... ihr denkt, Jahrtausende sind vergangen; und vor diesen Jahrtausenden da stand in einem kleinen Engpass in Griechenland ein unendlich tapferer und kühner Mann mit dreihundert seiner Männer, stand Leonidas mit dreihundert Spartiaten – aus einem Stamm, der wegen seiner Tapferkeit und Kühnheit bekannt war. Und eine überwältigende Mehrheit griff und griff immer wieder aufs Neue an ... Auch damals war es ein Ansturm aus dem asiatischen Osten, der sich hier, am nordischen Menschen, brach. Gewaltige Mengen von Männern standen Xerxes zur Verfügung, aber die dreihundert Männer wichen und wankten nicht, kämpften einen aussichtslosen Kampf – aussichtslos aber nicht in seiner Bedeutung. Und dann fiel der letzte Mann. Und in diesem Engpass, da steht nun ein Satz: Wanderer, kommst du nach Sparta, so berichte, du hättest uns hier liegen sehen, wie das Gesetz es befahl. Es waren dreihundert Männer, meine Kameraden, Jahrtausende sind vergangen, und heute gilt dieser Kampf dort, dieses Opfer dort, so heroisch, so als Beispiel höchsten Soldatentums. Und es wird auch einmal heißen: Kommst du nach Deutschland, so berichte, du habest uns in Stalingrad liegen sehen, wie das Gesetz, das heißt, das Gesetz der Sicherheit unseres Volkes es befohlen ...«

»Das ist der Anfang vom *Ende.*« Eine helle Frauenstimme hat es gesagt, klar und deutlich, und jeder in der Kantine weiß, dass es wahr ist, obwohl sie es eigentlich niemals hätte aussprechen dürfen.

Wir zerstreuen uns so schnell, dass keiner auf die Idee kommen kann, sie doch noch ausfindig zu machen.

Am 3. Februar, also nur wenige Tage später, lässt das Oberkommando der Wehrmacht im Großdeutschen Rundfunk folgende Sondermeldung verlesen: Die 6. Armee habe unter General Paulus bis zum letzten Atemzug gekämpft, sei aber einer Übermacht und ungünstigen Verhältnissen erlegen. Alle Soldaten seien im heldenhaften Kampf gefallen.

Drei Tage des »nationalen Gedenkens« werden angeordnet. Alle Lokale und Kneipen müssen ebenso wie die Kinos geschlossen bleiben; der Rundfunk sendet nur ernste Musik. Trauerbeflaggung ist zwar strengstens untersagt, aber ganz Köln liegt auch so wie unter einer dicken schwarzen Wolke.

Martin, der trotz meiner Mahnung heimlich BBC hört, obwohl die Todesstrafe darauf steht, klärt uns auf: Die deutschen Soldaten sind keineswegs alle tot. Mehr als neunzigtausend von ihnen befinden sich in russischer Kriegsgefangenschaft.

Als das *Halflang* wieder aufmachen darf, ist das das Thema Nummer eins – was beweist, dass andere sich ebenso wenig an das Verbot mit den Feindsendern halten wie Martin. Im Flüsterton teilen unsere Gäste untereinander ihre Sorgen. Es gibt kaum eine Familie, in der kein Sohn, Mann oder Bruder an der Ostfront stationiert ist; inzwischen sind Soldaten so knapp geworden, dass immer ältere und immer noch jüngere Jahrgänge eingezogen werden.

»Das überlebt er nicht lange«, sagt Greta, als sie uns besuchen kommt, und ihre Augen glänzen fiebrig. »Viktor in einem russischen Lager? Mit seiner Arroganz übersteht er dort nicht einmal die ersten Wochen!«

Jetzt wird sie sich wenigstens nichts antun, denke ich erleichtert. Doch dann werde ich traurig, denn sie ist gekommen, um uns Adieu zu sagen.

Ihr Vater bringt sie und ihre Mutter nach Engelsdorf, in einen hübschen kleinen Ort im Bergischen Land, auf den bisher noch keine einzige Bombe gefallen ist.

»Am liebsten würde ich dich mitnehmen, Nellie«, sagt sie. »Ohne dich sterbe ich doch vor Langeweile! Was soll ich dort denn den ganzen Tag lang tun? Socken stricken? Spitze klöppeln? Rehe fotografieren? Du weißt, dafür bin ich einfach nicht der Typ! Kannst du mich nicht wenigstens für ein paar Tage begleiten?«

»Wie stellst du dir das vor? Bei uns im Betrieb herrscht absolute Urlaubssperre, und Mamm braucht mich doch hier in der Kneipe. Sie und Martin allein lassen, ausgerechnet jetzt, wo ständig mit neuen Bomben zu rechnen ist? Ganz und gar unmöglich!«

Greta bettelt und schmollt, aber schließlich scheint sie es doch einzusehen und verabschiedet sich unter Tränen.

Gerührt sehe ich ihr nach.

Verrücktes Huhn, denke ich. Wie lieb ich dich doch habe mit all deinen kleinen Macken!

Joseph Goebbels' Rede wurde live aus dem Berliner Sportpalast übertragen. Seit über einer Stunde sprach er nun schon im Großdeutschen Rundfunk vor einer riesigen Zuhörermenge. Zunächst hatte er ausführlich den sowjetischen Bolschewismus gegeißelt, dessen Ziel die Weltrevolution der Juden sei.

»Eine infektiöse Erscheinung«, so nannte er das Judentum, die »ansteckend« wirke. Deutschland habe nicht die Absicht, sich dieser Bedrohung zu beugen, sondern vielmehr, ihr rechtzeitig und wenn nötig mit den radikalsten Gegenmaßnamen entgegenzutreten.

Nellie musste bei diesen Worten an das verlassene Sammellager und die verwehten Spuren von Ida und Paul denken und begann leise zu weinen.

»Sie kommen nicht mehr zurück«, sagte Martin, der neben ihr saß und mit kalkweißem Gesicht lauschte. »Keiner von ihnen. Weder Adriano und seine Leute, noch die Juden.«

Dann kam der Reichspropagandaminister darauf zu sprechen, was der nationalsozialistische Staat ab sofort von seinen Bürgern forderte: Opfer. Und zwar Opfer, die freiwillig zu erbringen seien. Dazu gehörte unter anderem die Schließung von Bars, Nachtlokalen und Luxusrestaurants sowie von Luxusgeschäften und Modesalons, die in dieser Zeit nationaler Bewährung keinerlei Berechtigung mehr hätten.

»Und unser *Halflang*?«, fragte Mamm aufgeregt.

»Hast du bei uns schon mal was von Luxus gesehen?«, erwiderte Nellie forsch. »Also, ich nicht! Wenn sie unseren Ehrenfeldern auch noch ihr Kölsch verbieten, dann bricht die Revolution aus. Das werden sie nicht riskieren!«

Innerlich allerdings war ihr ganz anders zumute.

Und 4711? Was, wenn der ganze Betrieb als »kriegsunwichtig« geschlossen wurde?

Sie sprach ihre Gedanken nicht laut aus, um Mamms Gesicht nicht noch sorgenvoller zu machen.

Goebbels war längst bei weiteren Maßnahmen angelangt.

Die Eisenbahn habe ab jetzt ausschließlich kriegsnotwendigen Transporten und ebensolchen Geschäftsreisen zu dienen. Urlaub nur noch für jene, die sonst in ihrer Arbeits- oder Kampfkraft gefährdet wären. Hunderttausende von Zurückstellungen sollten aufgehoben, die Männer rasch eingezogen und deren Positionen von Frauen besetzt werden, auch und gerade in der Rüstungsproduktion. Die deutsche Frau sei aufgerufen, dem Vaterland bedingungslos zu dienen.

Immer wieder wurde seine Rede vom frenetischen Gebrüll der Anwesenden im Sportpalast unterbrochen. Die Menge schien wie entfesselt.

»Mach aus.« Mamms Stimme klang müde. »Was verlangen sie denn noch alles von uns? Das Leben ist doch auch so schon schwer genug.«

»Gleich«, sagte Martin. »Ich will noch weiterhören.« Er drehte die Lautstärke sogar weiter auf.

»Die Engländer behaupten, das deutsche Volk habe den Glauben an den Sieg verloren.

Ich frage euch: Glaubt ihr mit dem Führer und mit uns an den endgültigen totalen Sieg des deutschen Volkes?«

Ohrenbetäubendes Ja-Gebrüll war die Antwort.

»Ich frage euch: Seid ihr entschlossen, dem Führer in der Erkämpfung des Sieges durch dick und dünn und unter Aufnahme auch der schwersten persönlichen Belastungen zu folgen?«

»Ja, ja – Sieg-Heil!«

»Zweitens: Die Engländer behaupten, das deutsche Volk ist des Kampfes müde.

Ich frage euch: Seid ihr bereit, mit dem Führer als Phalanx der Heimat hinter der kämpfenden Wehrmacht stehend diesen Kampf mit wilder Entschlossenheit und unbeirrt durch alle Schicksalsfügungen fortzusetzen, bis der Sieg in unseren Händen ist?«

Das Ja der Menge war diesmal sogar noch lauter.

»Drittens: Die Engländer behaupten, das deutsche Volk hat keine Lust mehr, sich der überhand nehmenden Kriegsarbeit, die die Regierung von ihm fordert, zu unterziehen.«

»Nein, Lüge!« Allgemeiner Tumult.

»Ich frage euch: Seid ihr und ist das deutsche Volk entschlossen, wenn der Führer es befiehlt, zehn, zwölf, und wenn nötig vierzehn und sechzehn Stunden täglich zu arbeiten und das Letzte herzugeben für den Sieg?«

»Ja, ja, ja …«, brüllten die Leute.

»Ich frage euch: Wollt ihr den totalen Krieg? Wollt ihr ihn, wenn nötig, totaler und radikaler, als wir ihn uns heute überhaupt noch vorstellen können? …«

Nellie stand auf und schaltete den Volksempfänger ab.

»Das reicht. *Der Westdeutsche Beobachter* druckt garantiert jede Zeile ab.«

Sechzehn Fliegeralarme allein im Februar, darunter ein Großangriff mit Bündeln von Leuchtbomben, der vor allem die Stadtteile Sülz, Klettenberg und Lindenthal zerstört. Die Farina-Villa wird dabei getroffen und brennt bis auf die Grundmauern ab.

Mir wird ganz anders zumute, als ich davon erfahre, und ich schicke der Heiligen Jungfrau Maria ein spezielles Dankgebet, zutiefst erleichtert darüber, dass meine Freundin und deren Familie an einem sicheren Ort sind.

Inzwischen ist endlich der Hochbunker in der Körnerstraße fertiggestellt. Doch man darf ihn keineswegs einfach so aufsuchen, wie wir anfangs geglaubt hatten, sondern braucht dafür eigens ausgestellte Berechtigungskarten. Zweimal habe ich schon vergebens bei der Ortsgruppe in dieser Angelegenheit vorgesprochen.

»Ihr Wohnhaus besitzt einen Keller, der als Luftschutzraum durchaus ausreichend ist«, lautet stets die Antwort.

»Alt und morsch ist der, und durch die Detonationen in der Nachbarschaft längst nicht mehr sicher«, widerspreche ich heftig. »Von der Decke beginnt es ja schon zu rieseln, wenn man nur scharf genug hinschaut! Wir werden noch alle jämmerlich dort unten ersticken.«

Aber meine Argumente finden leider kein Gehör.

Den dritten Versuch gehe ich anders an, krame eines von Gretas besser erhaltenen Kleidern aus dem Schrank, hänge mir den Mantel nur lässig über die Schultern und beiße mir so lange auf die Lippen, bis sie schön rosig sind.

Dieses Mal steuere ich das Polizeirevier in der Venloer Straße an, das ebenfalls Berechtigungsscheine ausstellen darf, wie ich mittlerweile in Erfahrung bringen konnte.

Der ältere Beamte, der allein in der Dienststelle sitzt, lächelt bei meinem Anblick; das stimmt mich zuversichtlich. Und nachdem ich mit weicher Stimme und reichlich Augenaufschlägen meine Bitte vorgebracht habe, gehe ich dieses Mal mit drei der heiß begehrten Scheine nach Hause.

Einfach sind die Nächte im Bunker trotzdem nicht.

Tatsächlich sind sie sogar noch schlimmer, als Mamm es im Vorfeld bereits befürchtet hat. Viel zu viele Menschen ballen sich auf zu engem Raum; es gibt Gehuste, Geschnaufe, Geschimpfe, Gejammere, Geheule und jede mögliche Art weiterer menschlicher Lautäußerungen. Bei Alarmhöchststufe verschließen sich die Lüftungsklappen, um den Schutz zu maximieren, was verheerende Auswirkungen auf das Raumklima hat.

Meine sensible Nase bringt mich jedes Mal halb um den Verstand, und ich muss mich schwer zusammenreißen, um durchzuhalten. Doch die Vorstellung, sonst möglicherweise direkt ins Feuer zu laufen, hält mich dann doch im Bunker. Ich versuche, möglichst flach zu atmen, und lasse meine Augen die meiste Zeit geschlossen, um möglichst wenig von den anderen mitzubekommen.

Eine Taktik, die ein wenig hilft.

Martin scheint sie mir abzuschauen, denn auch er bleibt erstaunlich ruhig.

Plötzlich aber springt er neben mir auf.

»Beni!«, schreit er in voller Lautstärke, ohne sich um die anderen Leute ringsherum zu scheren. »Du bist ja wieder da – endlich …«

20

Köln, August 2019

Irgendwann hatte der Schlaf Liv dann doch übermannt. Doch viel mehr als zwei Stunden konnten es nicht gewesen sein – sie hatte bis tief in die Nacht gelesen, so spannend war Nellies Tagebuch. Mittlerweile war sie sogar beinahe damit durch, obwohl sie sich zuerst an den langen deutschen Text hatte gewöhnen müssen, nur ein schmaler Rest ungelesener Seiten blieb noch übrig.

Liv rekelte sich im Bett und fand nicht auf Anhieb zurück in die Gegenwart.

Was für eine harte Zeit – und so im Detail beschrieben ganz anders, als sie es bislang aus den Geschichtsbüchern kannte. Aber das Aufregendste daran war die Tatsache, dass die junge Frau, die das zu Papier gebracht hatte, ihre eigene Großmutter war, von der sie offenbar die feine Nase geerbt hatte. Liv hätte sich nicht gewundert, wenn jetzt die Tür aufgegangen und Nellie hereingekommen wäre, so nah fühlte sie sich ihr.

Wie es wohl ihrem Vater mit dieser Lektüre ging?

Sie musste ihn unbedingt sofort fragen.

Als sie vorsichtig ins Wohnzimmer lugte, bot sich ihr ein rührendes Bild: Thijs in seinem himmelblauen Pyjama, in der rechten Hand Pinki, in der linken Tigi, thronte hellwach auf Opas Bauch und brabbelte auf ihn ein.

»Guten Morgen, Tochter«, begrüßte ihr Vater sie fröhlich, aber sichtlich übermüdet. »Was für eine kurze, aber aufregende Nacht!«

»Für mich auch, Papa«, sagte Liv. »Ich habe Dinge erfahren, von denen ich keine Ahnung hatte.«

»Frag mich mal«, gab er zurück. »Ich wusste ja nicht einmal, dass meine Mutter Katholikin war. Geschweige denn, dass sie unsterblich in einen Priester verliebt war. Was für eine Geschichte! In ihrer Sterbeurkunde steht *konfessionslos*. Und das bin ich ja auch.«

»Ich dachte immer, Opa Luuk und sie waren ein Traumpaar. Für mich hat sich das so angehört, wenn er über sie geredet hat«, sagte Liv. »Ihn durfte ich ja noch erleben, wenngleich nicht mehr sehr lange.«

»Das waren sie auch. Immerhin hat sie ihn geheiratet und ist mit ihm und Wimmi in die Niederlande gegangen. Der Priester hätte dazu erst sein Amt quittieren müssen. Mit dem Zölibat ist die katholische Kirche sehr streng, sogar bis heute. Und offenbar wollte dieser Benedikt sich davon auch gar nicht lösen.«

»Oder er konnte es nicht«, sagte Liv. »Vielleicht erfahren wir das alles ja noch. Ich bin noch nicht ganz mit der Lektüre durch. Du?«

»Ungefähr bei der Hälfte. Diese Frauenhandschrift ist ganz schön anstrengend für meine alten Augen. Irgendwann hatte ich nur noch Flimmern vor der Linse. Ich wollte unbedingt weiterlesen, aber ich konnte es nicht.«

Thijs war während ihres Gesprächs damit beschäftigt, seine Fersen in Opas Flanken zu stoßen, aber allmählich wurde ihm das offenbar zu langweilig.

»Hunger«, krähte er. »Und Kacka machen!«

»Dann komm, mein Schätzchen.« Liv hob ihn hoch. »Erst aufs Töpfchen, dann waschen und Zähne putzen, und anschließend gibt es Frühstück.«

Es dauerte eine Weile, bis sich schließlich alle am Frühstückstisch in der Küche einfanden. Neben Jakobs Teller lagen schon wieder die kopierten Seiten, und er vergaß zwischendrin zu kauen, so fasziniert war er von dem Geschriebenen.

»Ich kann dich gut verstehen, Papa«, sagte Liv. »Und am liebsten würde ich auch sofort wieder darin versinken, aber ausgerechnet heute muss ich dich um einen Gefallen bitten: Könntest du für ein paar Stunden den Kleinen hüten? Ich muss nämlich in den Laden. Nouria hat heute eine aufwendige Zahnbehandlung und fällt leider aus.«

Jakob nickte zwar, doch Begeisterung sah anders aus. Es war unverkennbar, wie stark es ihn zu dem Tagebuch zog.

»Eventuell könnte ich auch meine liebe Nachbarin Betty fragen«, sagte Liv. »Wenn du gar nicht warten kannst …«

»Nein! Opa!« Thijs sprang auf und klammerte sich an ihn. »Mein Opa!«, schrie er.

»Das war wohl eindeutig.« Jakob löste sich aus der Umklammerung und nahm den kleinen Wildfang auf den Schoß, der seine Wange mit einer Flut feuchter Küsschen bedeckte. »Natürlich passe ich auf ihn auf. Wir beide machen uns einen schönen Tag, was, Thijs?«

Der Kleine begann über das ganze Gesicht zu strahlen, und Liv wurde ganz warm ums Herz.

Wie sehr er an seinem Großvater hing!

Sie mussten es unbedingt so einrichten, dass die beiden sich öfter sehen konnten.

»Ich muss auch schon los«, sagte sie. »Ruft mich an, wenn etwas Dringendes sein sollte. Dann sperre ich zu und komme.«

»Wird wohl hoffentlich nicht nötig sein«, erwiderte ihr Vater lächelnd. »Wo mein Enkel und ich doch so blendend miteinander auskommen.«

»Pinki und Tigi auch«, fügte Thijs mit großer Ernsthaftigkeit hinzu.

»Wie konnte ich die nur vergessen?«, lächelte Jakob. »Und jetzt ab mit dir, Tochterherz, hab es schön!«

Nach der nächtlichen Lektüre sah Liv das ganze Veedel plötzlich mit anderen Augen. Wie mochte es hier in den Vierzigerjahren ausgesehen haben? Viel weniger Autos, dafür Fahrräder und Handkarren, einfache Geschäfte, die Menschen in geflickter Kleidung, den Blick immer wieder prüfend zum Himmel gerichtet, ob nicht gleich der nächste Angriff drohte …

Wie viel Angst mussten sie gehabt haben!

Und wie viel erst jene, die als »nicht zugehörig zur Volksgemeinschaft« abgestempelt worden waren und denen so Schreckliches angetan wurde!

Sie konnte nicht anders; sie musste St. Joseph einen Blitzbesuch abstatten, jener Kirche, die in Nellies Leben eine entscheidende Rolle gespielt hatte.

Liv erschnupperte Weihrauch, als sie das Gotteshaus betrat, eine helle, leichte Mischung, die sie sehr mochte. Offenbar gab es hier jemanden, der sich mit Aromen auskannte; das gefiel ihr. Anderenfalls hätte sich Onkel Muraz sicherlich gern als Sachverständiger angeboten.

Mit einem Lächeln auf den Lippen ging sie weiter.

Da stand sie, jene Marienstatue mit dem Jesuskind, vor der Nellie so oft gebetet hatte. Wenn Liv die Augen schloss, konnte sie die junge Frau dort knien sehen …

Und den schönen jungen Kaplan …

Das Kirchenportal öffnete sich.

Liv hörte schlurfende Schritte und das Geräusch von Gummirädern. Sie öffnete die Augen und drehte sich um. Die weißhaarige Frau, die sich schwer auf ihren Rollator stützte, starrte sie feindselig an.

»Guten Morgen, Lilo«, sagte Liv. »Oder sollte ich lieber sagen: Guten Morgen, Liesl? Denn das sind Sie doch, die Schwester von Kaplan Benedikt Maria Weiss, nicht wahr?«

Ihr Gegenüber blieb stumm, doch ihre Augen sprühten Blitze.

»Ich bin nicht Nellie Voss«, fuhr Liv langsam fort. »Aber ich ähnle ihr, was nicht weiter verwunderlich ist, denn sie war meine Großmutter. Leider lebt sie schon lange nicht mehr.«

Liesl schien sie gar nicht zu hören. »Eine Bombe hat St. Joseph getroffen«, murmelte sie. »Das war 1943, beim großen Peter-und Paul-Angriff: das schöne Giebeldach zerstört, die Mauern eingefallen, die Madonna halb verbrannt. Benedikt hat damals seine Heimat verloren. Und wir anderen auch …«

»Was ist dann geschehen?«, fragte Liv.

»Er hat der Kirche gehört – nicht ihr!«

»Zum Lieben gehören immer zwei«, sagte Liv. »Und was Nellie und Benedikt verbunden hat, war groß und stark. Mein Vater und ich lesen gerade Nellies Tagebuch. Mein Vater ist übrigens ganz knapp vor Kriegsende zur Welt gekommen. Hier in …«

»Das Kind lebt?« Liesls Augen waren auf einmal riesengroß.

»Welches Kind?«, fragte Liv.

Doch sie bekam keine Antwort, denn Liesl wendete den Rollator und verließ die Kirche. Zuerst wollte Liv ihr nachlaufen, doch dann entschloss sie sich dagegen und wandte sich wieder der Madonna mit dem Jesuskind zu.

»Nächstes Mal bringe ich wieder meinen kleinen Sohn mit«, sagte sie. »Und weiße Lilien. Die mag ich nämlich auch am liebsten.«

Sie verließ die Kirche und ging weiter zum Laden. Kunden waren noch keine da, aber Nouria hatte bereits zwei große Karaffen mit Wasser, Zitronenscheiben und Ingwerstreifen gefüllt, falls jemand Durst bekam, und staubte gerade die Flakons in der Vitrine mit einem bunten Federwedel ab.

»Wie geht es dir?«, fragte sie Liv, ohne in ihrer Arbeit innezuhalten. »Und was macht der Kleine?«

»Thijs geht es prima. Seitdem sein Opa bei uns zu Besuch ist, erholt er sich noch schneller. Ich allerdings bin todmüde. Zwei Stunden Schlaf sind eben doch ein bisschen wenig.«

»Habt ihr so lange gefeiert?«

»Papa und ich?« Liv lachte. »In gewisser Weise … ja.«

Sie zögerte kurz, ob sie Nouria einweihen sollte oder nicht, fasste dann aber die ganze Geschichte für sie zusammen. Sie erzählte von ihrem Besuch bei Karin Zoringer, und von Nellies Tagebuch, das sie beide um einen großen Teil der Nachtruhe gebracht hatte. Nouria lauschte ihr aufmerksam. Zum ersten Mal schien der Name Jan keine der üblichen Reaktionen bei ihr hervorzurufen, was Liv mit einem gewissen Erstaunen registrierte.

Hatten sich Nourias Gefühle für ihn geändert?

Oder hatte sie sich getäuscht und einfach zu viel hineininterpretiert?

»Krass«, lautete Nourias abschließender Kommentar. »Deine Oma also! Stelle ich mir aufregend vor, aber auch ein wenig verstörend.«

»Wie meinst du das?«, fragte Liv.

»Na, so ein Tagebuch ist doch etwas sehr Intimes. Ist es nicht irgendwie seltsam, ganz persönliche Dinge über die eigene Großmutter zu erfahren? Ich meine, wie es mit Opa war und so weiter …«

»Bislang kannte ich meine Großmutter nur aus Erzählungen, denn sie war schon tot, als ich zur Welt kam. Ich finde es gar nicht seltsam mitzuerleben, was sie gefühlt hat. Ganz im Gegenteil, wenn ich mich durch ihr Leben lese, ist sie mir auf einmal ganz nah. Das genieße ich. Für meinen Vater ist es sicherlich seltsam.«

Inzwischen war nirgendwo mehr ein Staubkörnchen zu sehen.

»Musst du nicht allmählich los?«, fragte Liv.

»Du kommst auch wirklich ohne mich klar?«, fragte Nouria augenzwinkernd zurück.

»Muss ich doch.« Liv zwinkerte ebenfalls. »Ruh dich bitte unbedingt aus. So eine Wurzelbehandlung ist nicht zu unterschätzen.«

»Bei uns zu Hause sagt man: ›Sieh der Gefahr scharf ins Auge, dann geht sie in die Knie.‹ Passt beim Zahnarzt doch besonders gut, oder?« Nouria grinste. »Genau das werde ich jetzt tun!«

Sie war kaum draußen, als sich der Laden auch schon nach und nach füllte. Im Gespräch mit den Kundinnen merkte Liv, wie sehr ihr dieser lebendige Kontakt gefehlt hatte. Ja, sie liebte es, Zeit mit Thijs zu verbringen, aber sie liebte auch ihr *Göttliches Düftchen.*

Es kam eben auf die richtige Mischung aus beidem an.

Kurz vor Mittag wurde es ruhig im Laden. Liv sortierte gerade die Flakons und Duftproben, als David hereinkam. Wieder fiel ihr auf, wie geschmeidig, scheinbar mühelos er sich bewegte. Das blaue Hemd und die Jeans saßen an ihm wie eine zweite Haut.

Überrascht und erfreut zugleich begrüßte ihn Liv.

»Magst du dich erst einmal umschauen, oder suchst du etwas Spezielles?«, fragte sie ihn.

»Letzteres«, erwiderte er. »Und zwar einen Duft, der aus der Masse ragt.«

»Für dich?«

»Nein, für eine Frau. Eine sehr besondere Frau«, fügte er hinzu.

»Erzähl mir von ihr«, forderte Liv ihn auf. »Wie ist sie?«

»Das ist gar nicht so einfach.« Seine Stirn legte sich in Falten. »Weil sie nämlich aus lauter Gegensätzen besteht, die sich erstaunlicherweise dann doch wieder zu einem harmonischen Ganzen fügen.« Ein kurzes verlegenes Lachen. »Ich rede ziemlichen Stuss, oder?«

»Finde ich gar nicht«, sagte Liv und hätte fast hinzugefügt: So ist es, wenn man verliebt ist. »Also?«

»Impulsiv. Herzlich. Überschwänglich. Hilfsbereit. Neugierig. Traditionsbewusst. Plappert für ihr Leben gern. Behält aber für sich, was wirklich wichtig ist. Empfindsam. Nachtragend. Sehr, sehr nachtragend. Und manchmal leider zu ängstlich.« Er seufzte. »Mehr fällt mir gerade nicht ein.«

»Das ist doch schon eine ganze Menge«, sagte Liv lächelnd. »Kommst du mal mit?«

Sie führte ihn zu ihrer Duftorgel.

»Sie ist nicht zufällig blond, oder?«, sagte sie im Gehen.

»Blond? Nein. Obwohl: Viele Frauen färben sich ja die Haare. Aber bei ihr bin ich mir ganz sicher. Wieso fragst du?«

»Reines Ausschlussverfahren. Manche Parfümeure sagen, Hautbeschaffenheit und Haarfarbe spielen bei der Entscheidung für einen Duft keine Rolle, aber ich bin da anderer Meinung. Gewisse Aromen wirken zum Beispiel auf der zarten Haut einer Rothaarigen ganz anders …«

»Rote Haare hat sie auch nicht«, unterbrach David sie. »Obwohl die natürlich sehr reizvoll sein können.«

Ein rascher Blick zu ihr.

»Schmeichler!«, Liv schmunzelte. »Aber bemüh dich

nicht – ich bin nicht bestechlich. Zumindest nicht bei meiner Arbeit.«

Sie nahm einen Flakon aus dem Regal und besprühte einen der weißen Teststreifen, den sie danach an David weiterreichte.

»Trifft sie das?«, fragte sie.

Er begann zu schnuppern.

»Ziemlich gut«, sagte er. »Was ist das?«

»Was dich als Erstes anfliegt, ist die Kopfnote, in diesem Fall Bergamotte und Orange, frisch und belebend.«

»Ja, genau so ist sie!«, sagte David.

»Länger hält sich die Herznote, sozusagen das Kernstück eines Dufts. Hier sind es Rose, Fresie und Ylang-Ylang.«

»Mag ich«, sagte er. »Der Duft wird langsam irgendwie breiter, oder nein: eher tiefer.«

»Gut gesagt«, lobte Liv. »Aber all das fügt sich nur harmonisch zusammen, wenn auch die Basis stimmt, und die ist hier leicht orientalisch angelegt: Amber und Sandelholz. Fülle und Kraft.«

»Du bist ja wirklich eine echte Spezialistin.« David wirkte ehrlich beeindruckt. »Jan hat nicht übertrieben.«

»Hat er das gesagt?« Liv musste abermals schmunzeln.

»Ja, das sagt er. Und zwar auffallend oft.« Jetzt schmunzelte auch David.

»Dann haben wir also den richtigen Duft gefunden?«

»Haben wir.« Er folgte ihr zur Kasse.

»Nouria wird ihn lieben«, sagte Liv ganz nebenbei, während sie den Flakon als Geschenk verpackte. »Ich habe ihn nämlich speziell für sie komponiert.«

David gelang es tatsächlich, seine Überraschung zu verbergen. Nur sein Teint färbte sich wie neulich eine Spur dunkler.

»Wieso ist das eigentlich so schwierig mit euch beiden?«, fragte Liv.

»Eine Muslima und ein Sinto?«, antwortete er. »Da sind die Vorurteile tiefer als das Meer. Nourias Cousins würden total ausflippen, wenn sie das zu hören bekämen. Und erst ihr Onkel Muraz …«

»Eine junge Frau voller Neugierde auf Aromen und ein talentierter Street-Art-Künstler mit Sinn für Kulinarisches – ich finde, das passt ganz wunderbar«, sagte Liv. »Mut gehört natürlich dazu. Aber den habt ihr beide doch, oder? Schließlich leben wir in Ehrenfeld, im 21. Jahrhundert …«

David wirkte nachdenklich. Dann berührte er das kleine Päckchen.

»Vielleicht ist das ja ein Anfang«, sagte er. »Nach dem Motto: Ein Duft sagt mehr als tausend Worte. Jedenfalls hoffe ich darauf.«

»Das wünsche ich euch«, erwiderte Liv. »Allerdings ist Reden auch nicht schlecht. Nur als kleiner Tipp von mir: Frauen mögen Männer, die reden. Das macht vieles einfacher.«

David warf ihr eine Kusshand zu und verließ den Laden.

Keine Viertelstunde später war Nouria wieder zurück.

»Du solltest dich doch ausruhen …«

»War alles halb so schlimm.« Sie machte eine wegwerfende Handbewegung. »Bei uns zu Hause sagt man: ›Auf jede Not folgt Freude.‹ Deshalb bin ich auch schon wieder hier. Weil das *Göttliche Düftchen* nämlich meine Freude ist.« Sie schaute sich um. »War viel los? Hab ich was verpasst?«

Allerdings, dachte Liv und bemühte sich, ein gelassenes Gesicht zu machen, als sie antwortete: »Nur das Übliche.« Dann lächelte sie. »Ich überzeuge mich jetzt noch ein Weilchen davon, dass es dir wirklich so gut geht, wie du behauptest, dann gehe ich nach Hause und erlöse meinen Vater. Der brennt nämlich darauf, endlich weiterzulesen.«

»Bin wieder da!«, rief Liv, kaum dass sie die Wohnung betreten hatte. »Papa, Thijs, wo steckt ihr beiden denn?«

»Der kleine Held ist absolut k.o.-gespielt und pennt«, sagte Jan von der Terrasse aus. »Und dein Vater liest im Wohnzimmer. Er schien ziemlich erleichtert, als ich geklingelt habe. Offenbar konnte er es kaum erwarten, an die Lektüre zurückzukehren.«

»Ich bin fast durch«, sagte Liv. »Aber mir geht es auch nicht anders.«

»Ich bin schon wieder weg …«

»Nein, warte!« Sie nahm seine Hand. »Danke, dass du gekommen bist und dich so lieb um Thijs gekümmert hast. Weißt du, Jan, mir kommt das alles immer noch vor wie ein Traum. Deine Großmutter Karin und mein Großonkel Martin! Stell dir nur mal vor, sie hätten zusammenbleiben können …«

»Lieber nicht«, sagte Jan und zog sie an sich. »Dann wären wir beide nämlich so eng verwandt, dass wir das hier auf keinen Fall tun dürften.«

Seine Lippen fanden ihren Mund, zärtlich und fordernd zugleich. Liv spürte, wie alles in ihr weich wurde, sogar ihre Knie, und sie war froh, dass seine Arme sie so fest hielten.

Dieser Mann konnte küssen!

»Das sollten wir wiederholen«, murmelte er an ihrem Hals. »Sehr bald. Und sehr, sehr ausführlich. Was meinst du dazu, Liv?«

»Unbedingt«, murmelte sie zurück.

»Ich hätte da vielleicht schon eine Idee …« Jan löste sich sanft von ihr.

»Wenn wir zu Ende gelesen haben«, erklärte Liv.

»Darf ich das als Versprechen werten?«

»Darfst du.«

»Dann verlässt dich jetzt ein sehr glücklicher Mann. Ruf mich an, Liv. Ich warte!«

Ihr Herz schlug noch immer zu schnell, als sie ins Kinderzimmer schaute, doch das Kinderbett war leer.

Liv öffnete die Tür zum Wohnzimmer.

Ihr Vater saß lesend auf der Couch, tief über die gebundenen Kopien gebeugt. Auf seinen Wangen entdeckte sie Tränenspuren. Den Sessel gegenüber belegte Thijs, eingekringelt wie ein Kätzchen.

»Er wollte unbedingt bei mir sein«, sagte Jakob. »Und ich bin gerade sehr froh über seine Nähe. Meine arme Mutter – was sie alles aushalten musste!«

»Ich geh jetzt auch weiterlesen«, sagte sie. »Und wenn der Kleine wach wird …«

»… bekommen wir das Kind schon geschaukelt. Bis später!«

Liv holte sich eine Flasche Mineralwasser aus dem Kühlschrank. Auf der Terrasse war es ihr noch immer zu warm, doch die kühlere Ostseite, nach der das Schlafzimmer ausgerichtet war, lud zum Lesen ein.

Sie legte sich auf das Bett und schlug ihre Kopien auf:

Es hätte unser Sommer werden sollen, doch die Umstände sind gegen uns …

21

Köln, Sommer 1943

Es hätte unser Sommer werden sollen, doch die Umstände sind gegen uns. Martin wird als Luftwaffenhelfer verpflichtet, was er von ganzem Herzen hasst, denn wenn er Pech hat, kann er nun ohne Weiteres in eine andere Stadt versetzt werden. Die Männer an der Flak sind raue Kerle, die Zoten reißen und die unmündigen Jungs, die ihnen als Hilfsarbeiter zur Seite stehen müssen, nur zu gern über alle Details des Geschlechtslebens aufklären. Mamm gerät außer sich, als sie in Martins Tasche eine Packung Kondome findet, und beschwört ihn bei allen Heiligen, sich bei Karin zurückzuhalten, weil sie noch viel zu jung für die körperliche Liebe seien.

Ich bin mir sicher, dass die beiden in der gegenseitigen Erkundung ihrer Körper bereits recht weit fortgeschritten sind, und begrüße die Idee, sich vor einer ungewollten Schwangerschaft zu schützen.

Denn ich stehe vor dem gleichen Problem – allerdings mit dem Unterschied, dass mir kein feixender Flakhelfer Pariser zusteckt. Mit einer durchsichtigen Geschichte über eine Freundin in Not, deren Verlobter auf Heimaturlaub kommt, luchse ich Martin ein paar davon ab und fühle mich ganz elend dabei. Und trotzdem ist es besser als diese Angst, die mich nach dem ersten Beisammensein mit meinem Geliebten gelähmt hat.

Denn Benedikt ist wieder zurück, und ich will ihm ganz nah sein, seelisch wie auch körperlich. Doch viele Hindernisse liegen uns im Weg, und manchmal kommt es mir so vor, als würde der Himmel höchstpersönlich dafür sorgen, dass wir den Pfad der Tugend nicht verlassen können.

Mein Liebster ist stark verändert. Sein Einsatz als Militärgeistlicher in der Ukraine hat sichtbare und unsichtbare Narben hinterlassen, die immer noch schmerzen. Ja, er wollte nach jener Nacht so weit weg von mir wie nur irgend möglich, das hat er mir gestanden. Doch dann hat er alsbald feststellen müssen, dass er unsere Trennung kaum ertrug.

Außerdem hatte er sich den Einsatz im Feindesland ganz anders vorgestellt. Denn anstatt für Soldaten die heilige Messe zu lesen und ihnen in intensiven Gesprächen Zuversicht und Kraft zu schenken, war er von Anfang an in den gnadenlosen Frontalltag eingebunden, musste mit den anderen durch den Dreck robben und erleben, wie links und rechts von ihm Kameraden im Geschützfeuer umkamen. Bei der Verteidigung von Charkow gegen die Rote Armee, die auf Befehl des Führers mit äußerster Härte geführt wurde, erlitt er schließlich eine Schussverletzung im linken Oberarm mit starkem Blutverlust, die zu spät und vor allem nicht steril operiert wurde.

Seitdem ist Benedikts Arm lahm, eine große Belastung für den sportlichen Mann, der jetzt bei allem eingeschränkt ist. Nicht einmal richtig umarmen kann er mich noch, das muss nun ich übernehmen – wenn wir überhaupt Gelegenheit dazu finden.

Unsere einzige Zuflucht ist der Stadtwald, und selbst dort ist es gefährlich, weil wir jederzeit aufgespürt werden könnten. Doch zum Glück ist die Bereitschaft, sich im Grünen zu verlustieren, angesichts der Bombergefahr stark geschwunden. Geht man nur weit genug, ist man in diesem Sommer zwischen Hasen und Rehen fast immer allein. Es müsste schon mit dem Teufel zugehen, sollte uns dort im Unterholz ein verirrter Ehrenfelder begegnen ...

Allerdings lässt sich so ein Zusammensein natürlich nicht mit der Sicherheit eines geschützten Zimmers vergleichen. Wir schrecken bei jedem Geräusch zusammen, wagen nicht, uns ganz zu entkleiden, und berühren uns manchmal so ungeschickt unter den Schichten verrutschter Kleidung, dass wir eher in Lachen ausbrechen anstatt Lust zu empfinden. Zumindest sind wir in diesen raren gestohlenen Stunden zusammen, können reden, uns spüren, den Geruch des anderen genießen.

Es gelingt mir nicht, mich in meiner Liebe zu Benedikt zu verlieren, dazu sind die Sorgen und Ängste zu groß, aber ich gewinne tatsächlich einen Teil meiner verlorenen Lebensfreude zurück, als sei ein zu enger Panzer von mir abgefallen.

Und das fällt offenbar auch meiner Umgebung auf.

Mamm noch am wenigsten; die ist zu sehr mit den Problemen des Kriegsalltags beschäftigt. Martin jedoch schaut mich jetzt oft mit diesem halb prüfenden, halb wissenden Blick an, den er schon als kleiner Junge hatte. Seitdem Benedikts Arm gelähmt ist, sagt mein Bruder kein Wort mehr darüber, dass ich ihn nicht lieben dürfe, weil er ja der Kirche gehört. Aber wer weiß, vielleicht hat ihn auch die eigene Verliebtheit milder gestimmt.

»Die schwierige Liebe ist zurück?«, fragt Luuk eines Morgens und bringt damit den Grund meiner Veränderung zielgenau auf den Punkt. »Und wie geht es nun weiter? Hochzeitsglocken in Sicht?«

Ich schüttele den Kopf.

»Es bleibt kompliziert«, seufze ich. »Leider.«

Was er wohl insgeheim denkt?

Wahrscheinlich an eine Liaison mit einem verheirateten Mann, und damit läge Luuk ja gar nicht so verkehrt, denn mein Liebster hat der katholischen Kirche lebenslange Treue geschworen. Wie ein Blitzschlag bin ich in diese Beziehung eingebrochen und habe Benedikt in Gewissensnöte gebracht, mit denen er nun ständig zu kämpfen hat.

Er liebt mich, und er will mich, das spüre ich bei jedem Beisammensein. Ich bin die Frau seines Lebens, so wie er der Mann meines Lebens ist. Aber die Kirche besitzt die älteren Rechte, auch das bekomme ich immer wieder deutlich vor Augen geführt. Benedikt kann auf Dauer nicht Priester bleiben *und* mich lieben, daran wird er zerbrechen – und ich mit dazu.

In den endlosen Bunkernächten habe ich reichlich Gelegenheit, darüber nachzugrübeln. Ich weiß, irgendwo hier im Halbdämmer atmet und bangt auch er, lauscht auf das Donnern der Bomber, das dumpf durch die dicken Mauern dringt – aber was nützt mir das schon? Wie sehr beneide ich Martin, der seine Hand ganz offen mit Karins verschränken und ihr Trostworte ins Ohr flüstern kann, wenn sie vor Angst zu weinen beginnt.

Ich dagegen sitze einsam und stumm neben Mamm, die leise den Rosenkranz betet, bis endlich Entwarnung ertönt.

Ich bin gebunden und doch allein.

Bin ledig, aber nicht frei.

Ich liebe einen Mann, der mir nicht gehört – vermutlich niemals gehören wird –, und kann doch nicht von ihm lassen.

Und er nicht von mir …

Und dann bricht sie an, jene Nacht, vor der ganz Köln seit dem Tausend-Bomber-Angriff vor einem guten Jahr gezittert hat.

Morgen ist ein Feiertag, und in allen Kirchen, die noch stehen, soll das Hochfest der beiden Apostel Petrus und Paulus begangen werden. Traditionell findet zur gleichen Zeit die Priesterweihe im Dom statt. In jüngeren Jahren hat unsere kleine Familie gern dabei zugeschaut; seitdem ich jedoch selbst einen Priester liebe, mag ich es mir nicht mehr ansehen.

Als nach Mitternacht der Alarm losgeht, rennen wir mit vielen anderen Nachbarn in Panik zum Bunker. Heute ist der Andrang so groß wie noch nie, die Menschen stürmen den Schutzraum geradezu.

Und dann fällt eine endlose Stunde lang der Tod vom Himmel – Luftminen, Spreng- und Brandbomben, kombiniert mit vielen Phosphorbomben, die besonders schlimme Verwüstungen anrichten.

Wir alle, die wir hier zusammengekauert in Todesangst hocken, ahnen, dass dieser Angriff noch weit verheerender ausfallen wird als alle zuvor. Viele weinen und wimmern, andere beten, wieder andere klammern sich an ihre Angehörigen.

Ich selbst bin wie erstarrt, unfähig, zu denken oder zu fühlen. Mamm hat auf einmal die Züge einer uralten Frau. Martin und Karin haben sich eine alte Decke über den Kopf gezogen wie kleine Kinder, die glauben, sie wären unsichtbar, wenn sie selbst nichts mehr sehen.

Irgendwann ertönt Entwarnung, und die Bunkertür geht wieder auf. Links und rechts brennen Häuser, Trümmer und Schutthaufen überall. Wir können nicht viel sehen, so verqualmt ist die Luft. Schon nach wenigen Metern sind unsere Augen rot und verquollen. Es fühlt sich an, als würden wir durch einen glühenden Backofen laufen. Aus den Kellern wabert süßlicher Gestank.

Verkohlte Leichen, denke ich und ziehe Mamm schneller mit mir. Martin, der sich kaum von Karin trennen mag, folgt uns in kurzem Abstand.

Doch das Unglück hat uns noch einmal verschont: Das Nachbarhaus links gibt es nicht mehr; unser Haus aber steht noch. Allerdings sind durch die Detonation alle Scheiben zerborsten.

Mamm geht auf die Knie und spricht ein Vaterunser.

Für St. Joseph kommt ihr Gebet zu spät. Das Giebeldach ist zerborsten, das Mauerwerk so stark in Mitleidenschaft gezogen, dass die Kirche als einsturzgefährdet gilt. Ich habe meinen Zufluchtsort vor der Madonna mit ihrem Kind verloren. Für Benedikt wiegt der Verlust sicherlich noch schwerer. Pfarrer Greven und er müssen ab jetzt in der kleinen Marktkapelle die Messe lesen, weil St. Mechtern, unsere Schwesterkirche in Ehrenfeld, bei dem Angriff ebenfalls zerstört wurde. Zudem ist das Pfarrhaus so schwer getroffen, dass sie neue Unterkünfte brauchen.

Doch das sind bei allem Schmerz nur Gebäude – wie viel tragischer wiegen all die menschlichen Verluste!

Viertausend Tote sind zu beklagen, mehr als zehntausend Menschen verletzt. Die wenigen Krankenhäuser, die es noch gibt, quellen über vor Patienten. Dabei fehlt es an so gut wie allem, an Betten, Verbandszeug, Medikamenten, besonders aber an Personal.

Und wo sollen all die Ausgebombten unterkommen?

Rund fünfunddreißigtausend Wohnungen sind vollkommen zerstört; nahezu zwanzigtausend weitere schwer und fast fünfzigtausend leicht beschädigt.

Die Innenstadt ist nur noch ein einziges Trümmerfeld, das Stammhaus von 4711 in der Glockengasse abgebrannt. Sogar der Dom wurde dieses Mal nicht verschont.

Doch es gibt keine Ruhe; lediglich ein kurzes Durchatmen ist uns vergönnt. Schon am 4. Juli erfolgt der nächste britische Angriff auf das rechtsrheinische Köln, der neben Deutz auch die Stadtteile Porz, Rodenkirchen und Bayenthal in Teilen verwüstet.

Fünf Tage später, am 9. Juli, geht es dann gezielt gegen Nippes und Ehrenfeld. Wieder kauern wir im Bunker; wieder lähmt uns Todesangst.

Nachdem es hell geworden ist und wir wieder nach draußen strömen, trifft mich der wohl schwerste Schlag bisher: Mein Arbeitsplatz ist weg! Bürogebäude wie auch Produktionshallen von 4711 sind nur noch rauchende Trümmer. Und für mich ist damit noch sehr viel mehr unwiederbringlich verloren – meine kostbare Dufthöhle, in der ich mit Luuk in die aufregende Welt der Aromen reisen durfte.

Schlagartig macht sich die so lange angesammelte Anspannung Luft, und meine Tränen fließen ungehemmt. Viele Kolleginnen weinen ebenfalls.

Was soll nun aus uns allen werden?

Luuk, den mein Elend rührt, nimmt mich schließlich in die Arme. Ohne sich um die Gaffer zu kümmern, die uns neugierig anstarren, hält er mich so lange wortlos fest, bis ich langsam wieder ruhiger werde. In seiner warmen Umarmung spüre ich den Freund, den Vater, den Forscher und Weitgereisten – und zum ersten Mal lasse ich in diesem Moment abgrundtiefer Verzweiflung zu, auch den Mann zu spüren, dem ich sehr viel bedeute.

Und er mir.

Er scheint es ebenfalls zu fühlen, so sensibel, wie er ist.

»Es wird ein Morgen für uns geben, Nellie«, flüstert Luuk mir schließlich zu. »Du musst nur ganz fest daran glauben.«

Das ist der Satz, an den ich mich klammere, obwohl die Realität deprimierender kaum sein könnte. Unser Haus steht, aber es gibt so gut wie kein öffentliches Leben mehr. Jeder Weg dauert bis zu viermal so lange wie bisher. Dauernd fallen Gas und Strom aus, die meisten Kinos sind zerstört, Theatervorstellungen abgesagt.

Natürlich ist nirgendwo Fensterglas zu beschaffen. Schließlich organisiert Martin über Wildung zwei Scheiben, die er einsetzt; die restlichen Fenster müssen wir mit Brettern vernageln, wollen wir keine Plünderungen riskieren, die trotz Androhung von Todesstrafe inzwischen an der Tagesordnung sind.

Wieso schreibe ich eigentlich noch immer in dieses Tagebuch, inzwischen nicht mehr mit Tinte, die es so gut wie gar nicht mehr gibt, sondern nur noch mit Bleistiftstummeln?

Weil ich sonst vermutlich längst verrückt geworden wäre …

Köln, Herbst 1943

Da Mülhens nur einen Bruchteil der Belegschaft mit nach Rodenkirchen mitnimmt, wo eine Notfabrikation eingerichtet wird, und ich leider nicht mit dazugehöre, droht mir nun die Arbeit in einer der zahlreichen Rüstungsfabriken.

Zehn Stunden und mehr am Fließband Sprengköpfe zusammenschrauben? Alles in mir widerstrebt dieser Vorstellung.

Benedikt bringt mich auf eine andere Idee, und so bewerbe ich mich stattdessen als Hilfsschwester im St.-Vinzenz-Krankenhaus. Sie nehmen mich sofort. Tatsächlich hätten sie wohl jede genommen, so dünn ist dort die Personaldecke. Der Lohn ist lächerlich, aber wir können jeden Pfennig gebrauchen, denn natürlich läuft auch das Halflang lausig.

Ich erhalte eine graue Uniform, Armbinde, zwei Satz Schürzen, ein weißes Häubchen. Meine Ausstattung habe ich selbst peinlich sauber zu halten, was angesichts des Mangels an Waschmittel immer schwieriger wird. Bei Licht betrachtet, bin ich nichts anderes als eine Putzfrau – eine Putzfrau allerdings mit extrem empfindlicher Nase, der die diversen Ausdünstungen in der Klinik anfangs so schwer zusetzen, dass ich befürchte, auf der Stelle wieder kündigen zu müssen.

Doch der Mensch gewöhnt sich an alles, so sagt man doch, und das gilt auch für mich.

Nach und nach stumpfe ich ab, lerne Nachttöpfe zu leeren, ohne mich übergeben müssen, den Gestank von Eiter und Brandwunden wegzuatmen und blutige Fußböden zu schrubben, bis meine Finger wund sind. Am liebsten halte ich mich in der Wäschekammer auf, wo ich stundenlang mit Mangeln und Zusammenlegen beschäftigt bin, bis der nächste verknitterte Berg hereingefahren wird.

Meine einzige Freude sind die heimlichen Treffen mit Benedikt. Aufgrund des Wohnungsmangels ist er bei einer alten, nahezu blinden Frau einquartiert worden, und als diese kurz darauf stirbt, wird ihm erlaubt, weiterhin in der bescheidenen Unterkunft zu bleiben. Er wohnt jetzt in der Werkstattstraße in Nippes. Das Haus ist ein Klinkerbau, und ich muss auf meinem Weg von und zur Klinik nur einen winzigen Umweg machen, um bei ihm zu sein. Noch verrichtet mein Fahrrad seinen Dienst, und ich bete insgeheim, dass es möglichst lange so bleibt.

An die heiß ersehnte Übernachtung ist natürlich nicht zu denken. Das Risiko, das wir eingehen, ist schon bei stundenweisen Besuchen hoch genug. Da die Wohnung jedoch im Parterre liegt, könnte ich sie im Notfall über die kleine Terrasse, die nach hinten rausgeht, unbemerkt wieder verlassen. Zudem ist Benedikt hier in Nippes unbekannt, und *da er jetzt so gut wie nie mehr eine Soutane trägt, sondern weltliche Kleidung in gedeckten Tönen, fällt er als Geistlicher nicht auf.*

Allerdings wohnt er nun zu weit entfernt vom Bunker in der Körnerstraße. Heulen die Sirenen, bleibt ihm nur der Luftschutzkeller im Nachbarhaus, das alles andere als solide gebaut zu sein scheint. Doch Benedikt wehrt meine Sorgen ab und sagt jedes Mal, wenn ich es zur Sprache bringe, dass er auf Gott vertraue.

»Man kann nie tiefer fallen als in Seine Hand.«

Was könnte ich dagegen einwenden?

Vielleicht ist ja doch endlich bald Frieden. An einen Sieg der Deutschen glaube ich allerdings schon lange nicht mehr, obwohl ich das natürlich nirgendwo laut äußern würde.

Seit Stalingrad hat das Kriegsglück sich gewendet, und die Niederlage in Tunis verschärft die Lage weiter. Bereits im Juli sind alliierte Truppen auf Sizilien gelandet; kurz darauf folgt der Sturz Mussolinis, und schließlich gibt die neue italienische Regierung Anfang September den Waffenstillstand mit den Alliierten bekannt.

Was bedeutet das für meine Farinas, die zwar alle die deutsche Staatsbürgerschaft besitzen, aber doch stets als Italiener betrachtet wurden?

Die Firma wird geschlossen – vorübergehend, wie Greta schreibt, die mit ihren Eltern noch immer in Engelskirchen lebt und mich in jedem Brief beschwört, zu ihnen zu kommen und mich dort bei ihnen in Sicherheit zu bringen. Mit dem bequemen Leben scheint es allerdings nun auch für sie vorbei zu sein. Ihren Vater hat ein Einberufungsbefehl erreicht, und Greta selbst und ihre Mutter müssen sich in der örtlichen Fabrik zum Arbeitseinsatz melden, wenn sie weiterhin Lebensmittelmarken erhalten wollen. Dort werden sie an eine riesige Maschine gestellt, die Baumwollgarn spinnt. Die Fabrik gehört seit Generationen der schwerreichen Familie Engels. Einer ihrer Vorfahren hat im letzten Jahrhundert zusammen mit Karl Marx revolutionäre Schriften verfasst, die schließlich in Russland zum Sturz der Zarenfamilie und zur Machtübernahme durch die Kommunisten geführt haben.

Wie passt das zusammen, Fabrikantensohn und Revolution?

Greta und harte Arbeit?

Mir all das auszumalen fällt schwer …

Ich bin nach meinen Diensten im Krankenhaus so müde, dass mir meistens die Kraft zum Tagebuchschreiben fehlt. Doch unser Weihnachtsfest will ich noch kurz erwähnen.

Wir haben Karin und ihre Mutter am Heiligen Abend eingeladen. Mamm hat irgendwo einen vermoosten Karpfen aufgetan, auf dem wir alle ziemlich herumkauen müssen. Dafür schmeckt der Kartoffelsalat umso besser. Jeder bekommt dazu ein Glas Kölsch kredenzt, auch Martin und Karin, die schon bald ganz rosige Wangen haben. Es gibt nur kleine Geschenke – Taschentücher, Selbstgestricktes und ein paar Lebkuchen, die beinhart sind und selbst bei langer Lagerung wohl nicht mehr weich werden.

Luuk hat mir schon vor Tagen ein kleines Päckchen vorbeigebracht.

»Für dich, Nellie, es duftet wie du.«

Lilie, Neroli und Sandelholz.

Seit Monaten habe ich nichts so Gutes mehr in der Nase gehabt. Ich weine, als ich es mir auftupfe, weil ich ihn so sehr vermisse. Leni und er sind nach Rodenkirchen gezogen, wo sie sich sicherer fühlen. Das Mädchen besucht eine andere Schule, und er hat es von dort nicht weit zu seiner alten neuen Arbeitsstätte.

Luuk will so schnell wie möglich in seine Heimat zurück, das hat er mir ins Ohr geflüstert.

»Im italienischen Stiefel sind die Alliierten bereits. Dann kann es nicht mehr allzu lange dauern, bis sie im Westen landen und Holland befreien. Am liebsten würde ich dich dann mitnehmen. Leni und ich sind dazu bereit. Es liegt einzig und allein an dir.«

Nicht einmal meine Liebsten dürfen von diesem Gespräch erfahren. Also verschließe ich es tief in meinem Herzen.

Unsere Stimmung am Heiligen Abend ist besinnlich, obwohl es keinen Christbaum gibt, nur ein paar Fichtenzweige, auf die Mamm Kerzlein geklemmt hat. Martin spielt auf der Gitarre Weihnachtslieder, und wir singen gemeinsam dazu. Inzwischen ist er an der Klampfe wieder richtig gut.

Als es Zeit für die vorgezogene Christmette wird, laufen wir durch den Nieselregen zur Marktkapelle. Das Gotteshaus ist viel zu klein, um all die Gläubigen aufzunehmen, aber Benedikt, der für den erneut erkrankten Pfarrer die Predigt hält, wärmt mit seiner Stimme und mit seinen Worten auch die, die draußen stehen müssen. Ich spüre, wie alle Herzen ihm entgegenschlagen, und schäme mich.

Darf ich diesen Mann, der so vielen Menschen Trost schenken kann, wirklich für mich allein reklamieren?

Ach, Benedikt Maria Weiss, warum nur bist du kein evangelischer Pastor?

Dann könnte ich deine Frau sein, dir Kinder schenken und dich in Ruhe und ganz ohne dieses unwürdige Versteckspiel lieben …

Köln, August 2019

»Mama?« Thijs' Stimmchen klang ungewohnt zart. »Mama!«

Er stand an der Zimmertür und rieb sich die Augen.

»Hunger!«, piepste er.

»Natürlich, mein Schätzchen!« Liv sprang auf, hob ihn hoch und rieb ihre Nase zärtlich an seiner. »Ist ja schon Stunden her, dass du etwas zu essen bekommen hast. Das müssen wir schleunigst ändern. Weißt du, deine Mama hat sich vollkommen festgelesen. Da kann man schon mal kurz die Welt um sich herum vergessen. Aber einen Thijs natürlich niemals!«

Sie ließ ihn wieder runter.

»Was macht denn Opa? Liest er auch noch?«

Die Tür zum Wohnzimmer stand angelehnt. Jakob sah seine Tochter gequält an, die Haare zerzaust, als hätte er sie sich gerauft.

»Das kann sie doch nicht machen«, sagte er. »Einfach mittendrin aufhören! Jetzt werden wir vielleicht nie erfahren, was passiert ist.«

»Wovon sprichst du, Papa?«, fragte Liv. »Ich versteh kein Wort!«

»Dann bist du noch nicht am Ende des Tagebuchs angelangt? Aber es gibt ja gar kein richtiges Ende. Da fehlt nämlich etwas …«

»Noch nicht ganz«, sagte Liv. »Dieser kleine Mann hier hat mich nämlich gerade sehr nachdrücklich unterbrochen. Hast du keinen Hunger, Papa? Ich könnte jetzt was Deftiges vertragen.«

»Pizza«, krähte Thijs.

»Ja, warum eigentlich nicht?«, sagte Liv. »Dann verlieren wir nicht viel Zeit mit Kochen. In der Küche hängt ein Zettel vom Lieferdienst. Wenn ich mich recht erinnere, ist die vom *Isola Capri* ganz ordentlich.«

»Ich kann jetzt gar nicht an essen denken«, sagte Jakob. »Am liebsten würde ich auf der Stelle zu Karin fahren und sie nach Strich und Faden ausfragen. Vielleicht weiß sie ja mehr. Schließlich war sie ja als Zeitzeugin mit dabei. Auch wenn es sie womöglich bis heute aufregt, über Martins Tod …«

»Stopp!«, sagte Liv. »Martin ist tot? Bei mir lebt er noch.«

»Wie weit bist du denn?«

»Weihnachten 1943. Und ich will alles selbst lesen – und nicht irgendwelche hingeworfenen Brocken von dir zu hören bekommen, die mich vollkommen durcheinanderbringen.«

»Einverstanden.« Er schien langsam ruhiger zu werden. »Ich kann Pizza bestellen, und du …«

»Eine Pause tut uns jetzt allen gut. Ich bestelle Pizza,

wir essen, dann spielst du noch ein bisschen mit Thijs und machst ihn bettfertig. Und ich gebe Vollgas im Tagebuch. Okay?«

Jakob nickte. »Ich mag die mit Sardellen am liebsten«, sagte er.

»Thijs Schinken!«, kam als klare Ansage.

»Und ich Mozzarella und Oliven. Dann eile ich mal zum Telefon.«

Ganz so schnell funktionierte es dann nicht, weil der Kleine ja schließlich auch noch Pinki und Tigi zu füttern hatte, was natürlich seine Zeit dauerte. Danach sah der Küchentisch aus wie nach einer Schlacht, und es erforderte gemeinschaftliche Anstrengungen, um ihn wieder sauber zu bekommen. Zur Verblüffung aller Anwesenden kam dann auch noch ein Anruf von Hendrik, der mit Fabienne in Lissabon weilte und sich offenbar gerade daran erinnert hatte, dass er einen Sohn hatte.

Thijs nahm das Handy zunächst fröhlich entgegen, gab es aber nach ein paar Sätzen kommentarlos wieder an seine Mutter zurück, als sei damit für ihn alles erledigt.

»Was hat er denn?«, wunderte sich Hendrik am anderen Ende. »Ich hab ihm gerade verkündet, dass er ein Schwesterchen bekommt – und er freut sich nicht mal richtig. Wir sind nämlich schwanger, stell dir vor!«

»Ach, du auch?«, kommentierte Liv trocken und wunderte sich, wie wenig ihr diese Nachricht ausmachte. »Glückwunsch! Dauert ja wohl noch, bis die Kleine schlüpft …«

Am Ende musste sie Thijs ins Bett bringen, nicht Opa, und ihm noch drei schöne Lieder vorsingen, bis er endlich einschlafen konnte.

»Puh«, stöhnte sie, als es endlich ruhig im Kinderzimmer geworden war. »Eigentlich könnte ich mich jetzt danebenlegen und sofort mitschlafen.«

»Nix da«, sagte Jakob. »Weiterlesen! Und dann beratschlagen wir gemeinsam, was wir am besten tun …«

22

Köln, Sommer 1944

Noch leben wir – aber wie?

Es ist mehr ein Vegetieren von Tag zu Tag. Alles ist nun knapp – Lebensmittel, Kleider, Schuhe, Garn, Bettwäsche, Laken, Handtücher –, was wir im Krankenhaus natürlich besonders zu spüren bekommen. Ich bin noch nie gut im Nähen gewesen. Doch selbst die geschickteste Schneiderin könnte aus den Lumpen keine Laken mehr machen, auf die wir die Kranken und Verletzten legen könnten.

Die Bombenangriffe auf Köln nehmen kein Ende. Die Alliierten wollen den Krieg offenbar mit aller Macht zu Ende bringen. Wer kann, flieht aus der Stadt. Inzwischen bin ich für Gretas Lockrufe aus dem Bergischen Land viel empfänglicher geworden. Ich könnte sofort in der Spinnfabrik anfangen, Mamm ebenso, und bei ihnen in der Wohnung würden sie zwei Zimmer für uns frei machen.

Doch was soll dann aus Martin werden?

Die Schulen sind geschlossen, auch seine Berufsschule hat zugemacht, und Meister Wildung hat vorgeschlagen, die Lehre fortzusetzen, sobald der Krieg zu Ende ist. Er selbst zieht sich zu seiner Schwester in die Eifel zurück. Damit steht Martin auf der Straße und wird jetzt umso stärker bei der Flak gefordert.

Er hasst es, dort zu sein; er hasst die ungehobelten Männer dort, hasst die ganze Welt. Und wenn er den Mund zu weit aufmacht, riskiert er noch, auf der Stelle eingezogen zu werden, was ohnehin nicht mehr lange auf sich warten lassen wird.

Er flüchtet sich in eine Fantasiewelt, zu der nur noch Karin Zugang hat. Und er flüchtet sich zu den Edelweißpiraten, die wieder von sich reden machen.

Mittlerweile leugnet er nicht einmal mehr, sich ihnen zugehörig zu fühlen.

»Sie sind gegen Krieg und Naziterror«, entgegnet er mir. »Sie stehen auf für das, woran sie glauben!«

»Das hört sich fast für mich an, als hättest du Sehnsucht nach dem EL-DE-Haus. Wach auf, Junge! Hast du vergessen, wie schlimm es dort war?«

Inzwischen ist er einen ganzen Kopf größer als ich, was er genießt, besonders in Augenblicken wie diesem.

»Damals war ich noch ein Kind«, sagt er. »Heute bin ich ein Mann.«

»Einige von ihnen stehlen Lebensmittel und Brennmaterial«, versuche ich ihn mit einem anderen Argument bei der Ehre zu packen. »In meinen Augen sind das ganz normale Kriminelle!«

»Weil du keine Ahnung hast! Oder war Robin Hood vielleicht ein Krimineller? Er nahm von den Reichen und gab den Armen, und nichts anderes tun wir auch!«

Das ist sein Spitzname, mit dem Karin ihn jetzt anredet: Robin. Sie selbst nennt sich Mary, und ich weiß, die beiden riskieren jeden Tag ihr junges Leben.

Seit Luuk und Leni umgezogen sind, ist der Kontakt

zwischen Karin und ihr lockerer geworden. Bis nach Rodenkirchen sind es einige Kilometer, und niemand hält sich jetzt gern noch auf den Straßen auf, wenn er nicht unbedingt muss. Ich denke, die beiden vermissen sich gegenseitig, und seit die Freundin weg ist, sind Martin und Karin noch unzertrennlicher geworden.

Ob meine Argumente wenigstens bei ihr fruchten?

Sie hört mich erst geduldig an, dann aber verschließt sich ihr Gesicht. »Robin weiß, was er tut«, antwortet sie mir. »Und ich bewundere ihn dafür. Unsere Kinder werden später einen Vater haben, zu dem sie aufsehen können.«

Oder es wird sie niemals geben, weil die Gestapo Martin vorher umbringt, denke ich, bringe es aber nicht übers Herz, es laut auszusprechen. Die beiden hängen aneinander in zärtlicher Liebe – und ich weiß aus eigener Erfahrung, wie verletzlich das macht.

Als ich an einem warmen Juniabend Benedikt besuche, empfängt er mich voller Aufregung.

»Die Alliierten sind in der Normandie gelandet«, sagt er. »Als Erstes werden sie nun Frankreich zurückerobern – und dann kommen sie über den Rhein nach Deutschland. Nicht mehr lange, mein Herz – nicht mehr lange!«

»Aber was wird dann aus uns?«, frage ich ängstlich, obwohl ich mich so sehr nach Frieden sehne. »Werden sie uns nicht alle einsperren, weil wir für Hitler waren?«

»Ein ganzes Volk?« Er lacht. »Wohl kaum! Denjenigen, die Verbrechen gegen die Menschlichkeit begangen haben, geht es an den Kragen, aber doch nicht dir und mir. Wir haben versucht, zu helfen, als es nötig war, obwohl ich wünschte, wir hätten Hunderte retten können!«

»Selma«, sage ich leise und habe sofort das kleine Mädchen mit dem nussbraunen Haar und den großen Augen vor mir.

»Schwester Raffaela hat sie bei einer Bauersfamilie untergebracht. Keine Angst, dort ist sie sicherer als im Kloster, das inzwischen ständig gefilzt wird. Sie hat neue Papiere und ist jetzt Maria, die Cousine aus Aachen, die bei einem Bombenangriff ihre Eltern verloren hat.«

Und Ida und Paul?, will ich fragen, bringe aber ihre Namen nicht über die Lippen.

Benedikt zieht mich an sich. Inzwischen geht das auch mit einem Arm ganz gut.

»Ich brauche dich jetzt«, murmelt er und fängt an, meinen Hals zu küssen. Er kennt genau die Stelle, an der ich am empfindsamsten bin.

»Ich dich auch«, flüstere ich zurück.

Ja, ich will ihn, und ich will ihn jetzt. Und dass ich auch sein Begehren spüre, heizt mich nur noch weiter an. Hastig streifen wir uns die Kleider vom Leib, dann fallen wir auf sein Bett. Normalerweise ist unser Liebesakt sanft und zärtlich, heute ist er ungestüm und wild. Ich schreie auf vor Lust und beiße mir gleich danach auf die Lippen, da die Nachbarn ja nichts mitbekommen dürfen, aber wenn ich ehrlich bin, ist es mir in diesem Moment eigentlich egal.

So will ich mit meinem Liebsten zusammen sein, lustvoll, ohne Scham oder Angst, denke ich.

»Willst du meine Frau werden?«, höre ich ihn sagen.

»Das bin ich doch schon«, erwidere ich. »Ich bin deine Lilienbraut!«

»Das bist du. Aber ich meine vor Gott und der ganzen Welt. Auf dem Standesamt und vor dem Altar.«

»Davon träume ich. Aber wie soll das gehen? Du bist doch Priester …«

»Ich werde zu Kardinal Frings gehen und mein Priesteramt niederlegen«, sagt Benedikt. »Ich kann den Zölibat nicht länger leben. Ich will mein Leben aufrichtig führen – zusammen mit dir, Nellie. Falls du mich noch willst.«

»Ob ich dich noch will?« Ich bedecke sein Gesicht mit Küssen. »Natürlich will ich – ich liebe dich, Benedikt! Vom ersten Moment an habe ich gespürt, dass wir beide zusammengehören.«

»Du warst mutiger als ich. Und offener«, sagt er. »Wie ihr Frauen eben seid. Ich glaube, ich muss noch viel lernen. Aber ich bin ein sehr williger Schüler, wirst schon sehen!«

Ich lache, dann muss ich weinen und gleich danach wieder lachen. Alles in mir geht durcheinander.

»Und Liesl?« Meine Euphorie bekommt einen plötzlichen Dämpfer. »Sie wird sich eine Waffe besorgen und mich erschießen, wenn sie davon erfährt. Oder uns beide zusammen.«

Ich meine jedes Wort, das ich sage.

»Liesl, ja …« Benedikt wird ganz nachdenklich. »Schießen wird sie nicht, aber zutiefst bestürzt sein. Gib mir noch ein bisschen Zeit, damit ich sie langsam darauf vorbereiten kann. Und das wäre noch ein wichtiges Anliegen, Nellie: Pfarrer Greven hat Lungenkrebs und wird nicht mehr lange leben. Er geht fest davon aus, dass ich sein Nachfolger werde. Ich möchte ihn nicht noch in seinen letzten Lebenstagen enttäuschen müssen.«

Klingt so ein freundlich verpackter Rückzieher?

Für einen Moment steigt Misstrauen in mir auf.

Doch als Benedikt mich küsst, verschwinden diese düsteren Gedanken wieder.

Er liebt mich, und er ist bereit, alles zu opfern, um für immer bei mir zu sein. Was bedeutet da schon ein kleiner Aufschub?

Es gab ein Sprengstoffattentat auf den Führer, doch er hat wie durch ein Wunder nur leicht verletzt überlebt. Im *Halflang* geht es nur noch um dieses Thema: Besitzt er vielleicht doch magische Kräfte, die ihn unverwundbar machen? Oder war unter den Verschwörern jemand, der ihn gewarnt hat?

»Alles Verräter!«, schreit Laurin. »Das wollen Offiziere sein?« Er spuckt auf den Boden, was Mamm hasst, doch heute hält sie den Mund. »Einen Kopf kürzer, das macht man mit solchem vaterlandslosen Geschmeiß!«

Die meisten pflichten ihm bei, jenes Häuflein aus Alten, Versehrten, Ausgemusterten, das noch immer ihr Kölsch bei uns trinkt, doch ihre Gesichter sprechen eine andere Sprache. Unendliche Müdigkeit lese ich aus ihnen, Resignation, Aufgabe. Offiziell müssen noch immer alle an den Endsieg glauben.

Hier, in unserer kleinen Kölschkneipe an der Körnerstraße, kann das schon lange keiner mehr.

Ich gebe eine Runde Soleier aus, die dankend angenommen werden.

Da geht plötzlich die Türe auf und Karin stürzt herein.

»Martin«, flüstert sie und greift blindlings nach einem Halt. »Martin!«

Dann fällt sie wie ein Stück Holz zu Boden.

Wieso geht die Sonne noch auf?

Wieso steht der Mond noch immer am Himmel, und die Sterne leuchten?

Martin ist tot. Ich kann meinen kleinen Bruder nicht mehr beschützen.

Mamm fällt in eine Agonie, spricht nicht mehr, isst nicht mehr, bewegt sich nicht mehr, sodass ich bald auch um ihr Leben fürchte. Erst als Dr. Klein kommt und ihr eine Spritze gibt, kehrt ein Hauch von Leben in sie zurück.

Dafür trifft es nun mich umso härter.

Ich höre Martins Stimme, sehe ihn plötzlich überall – in der Wohnung, im *Halflang*, draußen auf der Straße. Mein Schmerz ist wie ein scharfes Messer. Diese Hände haben ihn gewickelt und gebadet – nun können sie ihn nie wieder berühren.

Eine Panzerfaust hat sein Leben ausgelöscht. Die Flakhelfer sollten mit neuen Nahkampfwaffen vertraut gemacht werden. Martin, wie immer schnell und vorwitzig, hat den falschen Hebel betätigt. Oder unglücklicherweise ein defektes Modell erhalten.

Jedenfalls ist nicht mehr viel von ihm übrig geblieben. Wir können keinen Abschied von seinem Leichnam nehmen.

Er bekommt den schönsten Sarg, der sich in dieser Notzeit noch auftreiben lässt: Fichte, vergoldete Beschläge, etwas anderes gibt es nicht mehr. Benedikt liest ihm unter Tränen eine Totenmesse, so warm und anrührend, dass sie auch alle anderen zum Weinen bringt.

»Du warst wie ein heller Stern«, sagt er. »Voller Mut, voller Liebe zum Leben. Ich mochte alles an dir und bin unendlich stolz, dass ich dein Pate sein durfte. Wie gern hätte ich dich weiterhin begleitet, miterlebt, wie du deine Lehre abschließt, heiratest, eine Familie gründest. Gleiches gilt für deine Mutter und deine Schwester, denen du alles bist. Wir alle vermissen dich, Martin! Ohne dich ist unsere Welt viel dunkler geworden ...«

Mamm ist nicht in der Lage, mit zum Melaten-Friedhof zu kommen. Karins Mutter ist bei ihr, sorgt dafür, dass sie wenigstens trinkt, versucht, ihr ein wenig Trost zu spenden.

Ich weine so sehr, dass Luuk mich auf dem Weg zum Grab stützen muss. Er ist mit Leni gekommen, obwohl mit neuen Bombenangriffen zu rechnen ist, und ich bin ihm unendlich dankbar dafür. Er ist immer da, wenn man ihn braucht.

Ein Retter in der Not, ein wahrer Freund.

Ein sehr kluger Freund.

Ich sehe, wie seine Augen immer wieder prüfend zwischen Benedikt und mir hin- und herwandern – zwischen der Schwester des Toten und dem Priester.

Luuk weiß es.

Aber er kann noch nicht wissen, was sich zwischen uns geändert hat. Ich muss es ihm sagen ...

Ich werfe Martin eine Lilie ins Grab, weil die Lilien meine Blumen geworden sind. Karin, kalkweiß im Gesicht, aber *unendlich tapfer, lässt einen ganzen Arm voll roter Rosen folgen.*

»Grüß mir Jupp«, sagt sie mit bebender Stimme. »Ich werde euch niemals vergessen – die beiden großen Lieben meines Lebens!«

Köln, Herbst 1944

Seit heute weiß ich es definitiv, und das Lächeln will nicht mehr von meinen Lippen weichen.

Du wirst Onkel, Martin, denke ich, auch wenn du deinen Neffen oder deine Nichte nun vom Himmel aus begleiten wirst.

Mit Mamm lasse ich mir noch ein wenig Zeit. Bald wird man es ohnehin sehen. Vielleicht schaffen wir es mit der Hochzeit ja noch rechtzeitig.

Das Maul heftig über uns zerreißen werden sich die Leute ohnehin …

Aber was kümmert uns das?

Solange unsere Liebe so stark ist, kann niemand uns etwas anhaben! Und schon in fünf Monaten werden wir Gelegenheit haben, sie zu dritt zu leben …

Ich weiß, dass Benedikt Pfarrer Greven heute die Heilige Ölung spenden wird. Vielleicht seine letzte Handlung als geweihter Priester, denn um einen Termin beim Kardinal angesucht hat er bereits.

Zweimal wurde dieser bislang verschoben. Seine Eminenz sei kränklich, hatte es gelautet.

Oder haben sie geahnt, was Benedikt ihnen vortragen wird?

Ich habe mir frei genommen, weil ich ja zum Frauenarzt musste. Deshalb bin ich zu Hause, als die Sirenen losgehen.

Tagesalarm!

»Komm, Mamm, wir müssen zum Bunker!«

Seit ein paar Tagen wirkt sie wieder ein wenig munterer, aber das Halflang wieder aufmachen können wir noch nicht.

Wenigstens weiß ich jetzt, warum ich in letzter Zeit immer so müde war. Das kleine Zauberwesen, das in mir wächst, braucht meine ganze Kraft. Ich werde dich Jakob nennen, wenn du ein Junge bist, denke ich, während wir zum Bunker hetzen.

Die Sirenen heulen wieder, die Flugzeuge müssen schon ganz nah sein.

Nach unserem Bap, setze ich meine Gedanken fort. Und wenn du ein Mädchen bist …

Es geht los, kaum hat sich die Tür hinter uns geschlossen. Heute gibt es im Hochbunker erstaunlich viel Platz, vermutlich weil die Warnung so spät kam.

Trotz der Betonwände meine ich massive Erschütterungen zu spüren. Jetzt solltest auch du bei uns sein, Benedikt, denke ich. Gott behüte dich, wo auch immer du gerade bist!

Unwillkürlich gehen meine Hände schützend zu meinem Bauch, und Mamm, die zweimal schwanger war, begreift sofort.

»Luuk van Geeren?«, fragt sie. »Weiß er es schon?«

Ich schüttle den Kopf, will ihr alles erklären, doch es ist zu kompliziert für diesen Ort, für diese angespannte Stunde.

»Später«, sage ich. »Wenn wir wieder draußen sind.«

Doch als wir den Bunker verlassen und zu unserem Haus laufen, steht es nicht mehr …

Köln, August 2019

Das konnte doch nicht sein! Jetzt verstand Liv, warum ihr Vater so fassungslos gewesen war.

»Es bricht tatsächlich mittendrin ab«, sagte sie, als sie mit der Kopie in der Hand zu ihm ins Wohnzimmer lief. »Wie geht es weiter? Wir wissen gar nichts …«

»Sag ich doch.« Jakob rieb sich die Augen. »Wir müssen Karin anrufen. Die weiß sicherlich mehr.«

»Es ist nach zehn, Papa. Wir kennen sie kaum. Und sie ist neunzig Jahre alt!«

»Wir versuchen es trotzdem. Wie soll ich sonst ein Auge zumachen? Schließlich geht es ja um mich! Die Nummer hab ich schon eingespeichert. Aber bitte mach du es. Ich bin viel zu aufgeregt …«

Liv nahm sein Handy und drückte augenrollend die Taste. Dann stellte sie auf Lautsprecher, damit er alles mithören konnte.

»Guten Abend, liebe Karin«, sagte sie. »Papa und ich sind mit der Lektüre durch. Und vollkommen außer uns. Deshalb stören wir dich auch noch spät …«

»Ihr stört kein bisschen«, kam als Antwort. »Hab mir fast schon gedacht, dass ich heute noch von euch hören werde. Jan ist gerade bei mir. Wir haben ein paar Runden gepokert, um uns die Zeit zu vertreiben. Wie kann ich euch helfen?«

»Das Tagebuch hört mittendrin auf. Ganz abrupt. Könnten da vielleicht ein paar Seiten fehlen?«

Ein Laut, der wie ein Glucksen klang.

»Das sollten wir am besten gemeinsam besprechen«, sagte Karin. »Passt es euch morgen? Ich könnte es einrichten.«

Jakob nickte heftig.

»Wir auch«, sagte Liv. »Wann sollen wir bei dir sein?«

»Bei mir? Gar nicht!«

»Aber du hast doch gesagt …«

»Wir treffen uns in deinem Laden. Sagen wir gegen elf? Bis dahin kann ich meine alten Knochen halbwegs mobilisieren.«

»Im *Göttlichen Düftchen*?«, fragte Liv verblüfft.

»Exakt. Wollte ich mir schon lange mal ansehen.«

»Meinetwegen. Aber dort werden wir vermutlich nicht ungestört sein …«

»Du hast doch einen Schlüssel, oder?« Wieder dieser undefinierbare Laut. »Du schließt einfach zu, und gut ist es. Thijs sollte übrigens auch mit dabei sein. Die ganze Familie van Geeren!«

»Was hat sie wohl vor?«, fragte Jakob, nachdem das Gespräch beendet war. »Irgendetwas führt sie doch im Schilde.«

»Wir werden es morgen erfahren, Papa«, sagte Liv. »Und jetzt versuche zu schlafen. Ich tu es auch.«

Liv war schon im *Göttlichen Düftchen*, als Nouria eintraf, heute ganz in Weiß, mit Türkisen geschmückt, umhüllt von einer zarten Duftnote.

»Steht dir.« Liv schnupperte anerkennend. »Wie für dich gemacht.«

»Du bist mir vielleicht eine!« Nouria kicherte. »David hat mir alles gestanden …«

»*Alles?*«

»Alles! Ich hatte ja keine Ahnung, dass er schon so lange … weil er immer so auf cool getan hat. Dabei war er einfach nur verlegen …« Nouria kicherte. »Ich hab ihn von Anfang an gemocht, mir aber nie eine Chance bei ihm ausgerechnet. Hast du mal gesehen, wie er aussieht? Aus Versehen hätte ich mich beinahe in Jan verliebt! Allerdings weiß ich noch nicht, wie ich das meiner Familie beibringen soll: eine Muslima und ein Sinto …«

»Impulsiv«, sagte Liv. »Herzlich. Überschwänglich. Hilfsbereit. Neugierig. Traditionsbewusst. Plappert für ihr Leben gern. Behält aber für sich, was wirklich wichtig ist. Empfindsam. Nachtragend. Sehr, sehr nachtragend. Und manchmal leider zu ängstlich.«

»Was soll das sein?« Nouria starrte sie an.

»So hat David dich beschrieben, um den richtigen Duft für dich zu finden. Das Letztere könntest du ändern.«

Nouria lächelte. »Kann ich gern mal versuchen.«

Liv lächelte zurück. »Heute Vormittag muss ich dich ausnahmsweise bitten, mir den Laden zu überlassen.«

»Warum?«, fragte Nouria und fügte dann hastig hinzu: »Sorry, das geht mich eigentlich nichts an. Aber du hast es ja eben selbst gesagt: Ich plappere gern.«

»Jans Großmutter hat darum gebeten.«

»Die kommt auch? Hierher?«

»Wollte sie unbedingt. Nachmittags wäre ich dann allerdings um deine Hilfe sehr froh, Nouria.«

»Ich bin schon weg. Und du rufst an, wenn ich wiederkommen soll, okay?«

»So machen wir es!«

Inzwischen fühlte Liv sich richtig zittrig. Ihrem Vater war es nicht anders gegangen. Keinen Bissen hatte er beim Frühstück hinuntergebracht, nur zwei große Tassen Kaffee getrunken.

»Mein ganzes Leben lang war ich Jakob van Geeren«, hatte er gemurmelt. »Und mein Vater hieß Luuk. Und nun …«

Thijs und er mussten gleich da sein.

Aber noch vor ihnen erschien Karin, auf Jans Arm gestützt, ganz ohne Gehhilfe.

Liv und sie gaben sich die Hand, während Jan Liv umarmte und ihr einen kleinen Kuss gab.

»Verlass dich auf sie«, sagte er. »In der Regel weiß sie genau, was sie tut.«

Jetzt trafen Jakob und Thijs ein, der Kleine natürlich wie immer mit Pinki und Tigi.

Karins Blick wurde weich.

»Das ist ja Saschas Lieblingstiger!«, sagte sie.

»Nein.« Thijs schüttelte energisch den Kopf. »Mein Tigi!«

»Du hast vollkommen recht«, bekräftigte Jan. »Ich hab ihn dir geschenkt, und jetzt gehört er dir.«

»Sollen wir dann zusperren?«, schlug Liv vor. »Vollzählig wären wir ja jetzt.«

»Noch nicht ganz«, sagte Karin. »Ich hoffe, sie kommt. Maja hat Stein und Bein geschworen, dass sie dafür sorgen wird.«

»Du kennst Maja von Plettenberg?«, wunderte sich Liv.

»Die alten Ehrenfelder kennen sich alle. Geben wir ihnen noch ein paar Minuten, die beiden sind ja nun auch nicht mehr die Jüngsten.«

Schließlich öffnete sich die Tür erneut. Auf ihren Rollator gestützt, erschien Lilo alias Liesl, begleitet von Maja von Plettenberg und einer mürrisch dreinschauenden Maggie.

»War ein hartes Stück Arbeit, diese beiden Damen zum Kommen zu bewegen«, erklärte Maja, und das Dutzend bunter Armreifen an ihren Handgelenken klimperte dazu. »Was mich betrifft, so bin ich gleich wieder weg. Aber erst, nachdem Maggie ihr Sprüchlein aufgesagt hat. Also?«

»Tut mir leid«, murmelte die.

»Bitte lauter und ein bisschen ausführlicher«, forderte Maja.

Maggies blasses Gesicht färbte sich dunkelrot.

»Das mit der Buttersäure war eine Scheißidee«, sagte sie. »Im Internet stand bloß, dass es ein bisschen stinkt …«

»Bisschen ist gut«, sagte Liz. »Eine Laden-Total-Sanierung war fällig. Du hast Riesenglück, dass die Versicherung das übernommen hat, sonst wäre diese Scheißidee ziemlich teuer geworden. Aber wieso hast du das denn überhaupt gemacht?«

Maggie deutete auf Lilo.

»Wegen ihr. Sie war völlig von der Rolle, als sie Sie

gesehen hat. ›Nellie ist wiederauferstanden‹, hat sie immer wieder gesagt. ›Wir müssen sie bannen. Sonst verfolgt sie mich.‹«

»Mit Buttersäure?« Jan grinste. »Von diesem Voodoozauber hab ich noch nie was gehört.«

»Es hat mir ja leidgetan, und ich hab mich entschuldigt …«

»Mit unserem Künstlernamen! Und wieso hast du den geklaut?«

Wieder deutete Maggie auf Lilo.

»Ihre Idee. ›Schreib Zorro darunter‹, hat sie gesagt. Und das hab ich dann auch gemacht.«

»Und das tust du niemals wieder, kapiert?« Jan baute sich in ganzer Größe vor ihr auf. »Weder Buttersäure ausschütten noch fremde Namen klauen. Sonst geht die Sache nämlich ganz anders für dich aus!«

Maggie war nur noch ein reumütiges Elend.

»Versprochen«, flüsterte sie mit feuchten Augen. »Versprochen!«

Thijs, der fasziniert gelauscht hatte, lief zu ihr. Dass sie ihn im Stadtpark angefaucht hatte, schien er längst vergessen zu haben.

»Nicht weinen«, sagte er. »Kein Aua!«

»Dann gehen wir beide jetzt«, erklärte Maja von Plettenberg, der deutlich anzumerken war, dass sie das Feld nur äußerst ungern räumte. »Man sieht sich dieser Tage, liebe Liv!«

»Jetzt kannst du zusperren«, sagte Karin, als die beiden gegangen waren. »Und dann bräuchten wir noch zwei Sitzgelegenheiten, eine für Liesl, die andere für mich. Schön hast du es übrigens hier, sehr schön sogar!«

»Wir gehen nach nebenan«, schlug Liv vor. »Am großen Tisch redet es sich besser.«

Als alle saßen, sah Karin von einem zum anderen. »Ich wollte unbedingt, dass du dabei bist, Liesl«, begann sie schließlich. »Damit dein jahrzehntelanger Hass sich endlich auflösen kann. Sonst verfolgst du am Ende noch die nächste Generation.« Sie legte Nellies Tagebuch auf den Tisch. »Ich habe euch ein paar Seiten vorenthalten, das ist richtig«, sagte sie. »Die hören wir uns jetzt gemeinsam an. Wenn ich dich bitten dürfte, Liv?«

»Ich will von diesem Weibsstück nichts wissen«, knurrte Liesl.

»Doch, das willst du, Liesl«, sagte Karin mit fester Stimme. »Du weißt es nur noch nicht. Also, Liv.«

Diese schlug das Tagebuch an der markierten Stelle auf und begann zu lesen:

Engelskirchen, Februar 1945

Wie viel kann der Mensch ertragen?

Ich staune jeden Tag.

Da wächst ein Wunder in mir heran, das seinen Vater niemals kennenlernen wird. Würde es dich nicht geben, mein Kind, auch ich wäre nicht mehr am Leben.

Benedikt starb, während er ein Sakrament spendete.

Wie hätte er seinen Freund Winfried Greven im Stich

lassen können? Natürlich ist er geblieben, hat Sirenen und Warnungen überhört und ganz in Ruhe weiter ausgeführt, wozu er geweiht worden war.

Die Sprengbombe hat das Wohnhaus, in dem der Todkranke lag, in der Mitte auseinandergerissen. Karin hat es mir beschrieben, weil ich sie darum gebeten habe. Sie weiß jetzt, dass das Kind in meinem Bauch von Benedikt ist, ebenso wie Greta, die das offenbar ungeheuer aufregend findet.

»Dann hast du ihn also doch der Kirche gestohlen«, sagt sie immer wieder mit einer gewissen Bewunderung. »Hätte ich dir gar nicht zugetraut, Nellie Voss! Aber die hat dann leider doch das letzte Wort behalten ...«

Benedikt ist als Priester gestorben.

Nichts wird seinen Ruf beflecken, denn meine beiden Freundinnen halten dicht, das haben sie mir geschworen. Wenn andere mich nach dem Vater fragen, werde ich einfach sagen, er sei verstorben, wie so viele andere Männer in diesem mörderischen Krieg, der noch immer nicht zu Ende ist ...

»Ich wusste es!« Liesls spröde Stimme unterbrach Livs Lesung. »Ich habe Nellie in der Kirche gesehen. Und ihren kleinen Bauch. Ich war nicht so dumm, wie sie immer geglaubt hat. Sie war schwanger, und ich wusste, dass das Kind nur von meinem Bruder sein konnte.« Sie begann zu weinen. »Doch dann ist er ja zusammen mit Pfarrer Greven gestorben, und ich dachte ...«

»... Nellie würde ihr Ungeborenes vor Kummer verlieren?«, fragte Karin. »Da hast du dich getäuscht, Liesl.

Sie war verzweifelt, vollkommen am Boden zerstört, aber noch immer ungebrochen. Dieses Kind war ihr Leben. Bitte lies weiter, Liv. Wir sind noch nicht am Ende angelangt.«

… Manchmal wundere ich mich, dass ich noch atme, dass ich rede, dass ich laufe, wobei das immer beschwerlicher wird – wo du doch nicht mehr da bist, mein Liebster!

Ich kann es nur, weil ein Teil von dir in mir weiterlebt. Ein äußerst munterer Teil übrigens, der strampelt und sich bemerkbar macht, wenn ich schlafen will. Musik scheint er zu mögen. Zarte Streicheleinheiten auch.

Ich schreibe immer »er«.

Weil ich inzwischen überzeugt bin, dass es ein kleiner Junge ist, der ungeduldig bald hinaus ins Licht drängen wird, ein Jakob, so wie unser Vater …

Jetzt hat er schon ein ganzes Quintett, das vom Himmel aus auf ihn aufpasst: Opa Köbes und unseren Bap, Oma Hildegard, Onkel Martin, und am wichtigsten: seinen Vater, dich, mein Herzallerliebster. Was soll ihm da noch passieren …

Als Unterstützer auf Erden gibt es zudem noch Luuk.

Wiederholt hat er mich gebeten, seine Frau zu werden, aber wie könnte ich das, mit dem Kind eines anderen Mannes im Bauch?

Er kennt das Geheimnis meiner »komplizierten« Liebe, die schon fast vor der Erfüllung stand – aber eben nur fast.

»So wie ihn wirst du mich niemals lieben«, sagt er auf seine ruhige, wohltuende Art. »Das weiß ich wohl. Aber anders. Zusammen mit Leni sind wir eine richtige Familie.

Wir nehmen deine Mutter mit, gehen zusammen in meine Heimat und fangen ganz von vorne an.«

Es klingt verlockend, was er sagt. Mamm liebt ihn, und für sie ist er der Kindsvater; etwas anderes will sie gar nicht hören. Ich mag Leni sehr und bin unendlich gern in Luuks Nähe. Aber zuerst muss das Kind geboren werden. Greta und Mamm haben schon alles dafür vorbereitet. Danach werden wir weitersehen.

Draußen wird es laut …

Liv hatte aufgehört zu lesen.

»Mehr steht hier nicht«, sagte sie. »Das scheint wirklich das Ende zu sein.«

»Nicht ganz«, sagte Karin. »Den Rest füge ich hinzu.« Sie machte eine kleine Pause und richtete ihren Blick dann auf Jakob. »Nellie hatte sich einen guten Ort ausgesucht, um dich auszutragen«, sagte sie. »Den ganzen Krieg über blieb Engelskirchen nämlich von Bomben verschont. Das änderte sich allerdings im Februar 1945, kurz vor deiner Geburt. Alliierte Kampfflugzeuge unterbrachen den Bahnverkehr der Strecke, die vom Ruhrgebiet nach Köln führte. Darunter waren auch ein paar Tiefflieger, die gezielt auf bewegliche Ziele schossen. Ilka Voss, Sofia und Greta Farina, alle drei auf dem Heimweg von der Fabrik, wurden dabei getroffen. Alle drei waren sofort tot.«

»O nein, das wusste ich nicht …«, flüsterte Liesl.

»Jetzt weißt du es«, sagte Karin. »Danach hat Nellie es irgendwie geschafft, sich hochschwanger bis zu uns nach Köln durchzuschlagen. Noch in derselben Nacht kamst du auf die Welt, Jakob, mitten in unserer Wohnküche, winzig und verschrumpelt, weil du ein wenig zu früh dran warst, aber gesund und quicklebendig. Ich bin am anderen Morgen sofort zu Luuk in die Firma gefahren. Schule hatten wir ja keine mehr, und das widerliche Pflichtjahr hab ich gern geschwänzt. Luuk hat ein Auto organisiert, eine echte Meisterleistung in diesen Tagen, und Mutter und Kind zu sich geholt. Zuvor hatte sie mir noch ihr Tagebuch zu treuen Händen übergeben. Geheiratet haben die beiden dann sofort nach Kriegsende. Seitdem seid ihr alle van Geerens.«

Thijs, der auf dem Schoß seines Opas ein wenig eingenickt war, schreckte auf.

»Thijs auch«, sagte er.

»Du ganz besonders«, sagte Jakob. »Ich bin also der Mann mit den zwei Vätern. Ich glaube, Tochter, ich könnte jetzt einen Schnaps vertragen.«

Epilog

»Ist es immer so dunkel bei euch?«, fragte Liv, nachdem Jan sie zum Tisch geführt hatte.

»Nur für gewisse Gäste. Und nur zu gewissen Anlässen«, sagte Jan. »Die Einrichtung spielt heute übrigens keine Rolle. Was magst du trinken?«

»Rosé«, sagte Liv. »Trocken und schön kalt.«

»Herr Ober – wenn ich bitten dürfte!«

David kam in einer schwarzen Kellnerschürze an den Tisch, stellte einen Kühler mit Eis ab, nahm die Weinflasche raus, öffnete sie sachgemäß, roch an dem Korken und goss dann ein wenig zum Probieren in Livs Glas.

»Ich hoffe, er mundet«, sagte er. »Wasser bringe ich gleich. Mit oder ohne Kohlensäure?«

»Wollt ihr beide mich veräppeln?« Liv schaute von ihm zu Jan und wieder zurück.

»Keineswegs.« In der gleichen Aufmachung wie David trat nun auch Nouria an den Tisch. »Nur verwöhnen.« Sie schmunzelte. »Eigentlich darf ich hier ja nur noch samstags arbeiten, hat meine Chefin gesagt. Aber ich denke, heute wird sie eine Ausnahme genehmigen. Gibt übrigens keine Karte heute. Dieser Herr hier«, sie deutet auf Jan, »hat das so verfügt.«

Beide verschwanden in Richtung Küche. Kurz danach brachte David zwei Wasserflaschen und zog sich erneut zurück.

»Gar nicht so leicht, oder?«, sagte Jan. »Einfach mal ganz die Kontrolle abgeben und geschehen lassen. Ich jedenfalls arbeite hart daran.«

»Machst du das oft so?«, wollte Liv wissen. »Alle wegschicken und nur mit einer Frau hier essen?«

»Zum ersten Mal.« Er sah ihr tief in die Augen. »Schön, dass wir beide heute nur zu zweit sind.«

»Was genau hast du mit mir vor?«, fragte Liv, der der erste Teil seiner Antwort sehr gefiel. Beim zweiten musste sie noch einmal nachhaken.

»Zuerst ein traumhaftes Essen hier im *Delirium*. Habe ich dir eigentlich schon erzählt, dass ich genau über dem Lokal wohne?«

»Jetzt weiß ich es.« Liv trank einen Schluck. »Der ist ja gut!«

»Sancerre Rosé«, sagte Jan. »Mag ich selbst auch am liebsten. Mit oder ohne?«

»Mit«, sagte Liv. »Thijs gehört übrigens zu meinem Leben, und zwar untrennbar. Uns gibt es nur zusammen. Habe ich dir das schon erzählt?«

»Weiß ich«, sagte Jan und goss ihr Wasser ein, während Nouria zwei Teller servierte.

»Kleiner Gruß aus der Küche: Wallnussflan auf Minzpesto. Und schon bin ich wieder weg.«

Sie kosteten, und es schmeckte, aber bei beiden blieb etwas übrig.

»Und weil ich das weiß, habe ich hier einen Vorschlag.«

Er schob sein Handy über den Tisch zu Liv.

»Das sieht ja herrlich aus«, sagte sie. »Ein Holzhaus, direkt am Strand. Wo ist das?«

»Katwijk«, sagte Jan. »Und am Ende der Hochsaison ziemlich begehrt. Deshalb habe ich auch gleich für vier Tage gebucht. Nächstes Wochenende. Hättest du Zeit?«

»Aber Thijs …«

»Für *drei* Personen«, sagte Jan und steckte sein Smartphone wieder ein. »Pinki und Tigi dürfen ausnahmsweise in seinem Bett schlafen, hoffe ich?«

»Ausnahmsweise.« Liv lächelte.

»Oma möchte garantiert Fotos davon haben.«

»Mein Vater sicherlich auch. Übrigens passt er heute auf Thijs auf. Und ich bin ehrlich gesagt gar nicht sooo furchtbar hungrig …«

»Worauf warten wir dann noch?« Jan stand auf und zog sie vom Stuhl, direkt in seine Arme. »Lass uns gehen, Liv.«

Historisches Nachwort

Köln ist für mich nicht nur eine Stadt, sondern auch ein Zustand – und das liegt an seinen Bewohnern. Selten bin ich auf meinen Reisen einem Menschenschlag begegnet, der das Leben so entspannt und gelassen nimmt wie die Kölner. Das hat nichts mit Trägheit oder Wurstigkeit zu tun, sondern entspringt einer tief sitzenden Liebe zum Leben und zum geselligen Miteinander, die ansteckend wirkt.

Köln ist auf den ersten Blick keine schöne Stadt.

Dafür haben die schrecklichen Bombardierungen der Jahre 1940–1945 gesorgt, die bis zu achtzig Prozent der damaligen Bausubstanz in Schutt und Asche gelegt haben, allen voran der »Tausend-Bomber-Angriff« vom 31. Mai 1942 und der sogenannte »Peter-und-Paul-Angriff« vom 29. Juni nur ein Jahr später. Nach dem Krieg wurde emsig wieder aufgebaut, an manchen Stellen vielleicht sogar zu emsig, sodass ein wenig jenes einheitliche Innenstadtbild abhandengekommen ist, das andere Städte auszeichnet.

Für mich ist Köln trotzdem schön, wegen der Menschen, die hier leben, und so ist dieser Roman in gewisser Weise auch eine Liebeserklärung an sie.

Ganz bewusst habe ich meine Protagonistin Nellie Voss in einfachem Milieu angesiedelt. Ihre Mamm betreibt eine kleine Kölschkneipe, der Bruder Martin fängt eine Schreinerlehre an. Sie selbst ist im Büro der Duftfirma 4711 angestellt – bis eines Tages der holländische Chef-Parfümeur Luuk van Geeren auf die junge Frau mit der feinen Nase aufmerksam wird und ihr eine ganz spezielle Schulung angedeihen lässt …

Eau de Cologne

Nicht umsonst wurde das weltberühmte Eau de Cologne in Köln erfunden. Allerdings nicht im Hause Mülhens, sondern von seinem italienischen Vorreiter.

> *Mein Duft ist wie ein italienischer Frühlingsmorgen nach dem Regen, Orangen, Pampelmusen, Citronen, Bergamotte, Cedrat, Limone und die Blüten und Kräuter meiner Heimat. Er erfrischt mich, stärkt meine Sinne und Phantasie.*

Das schreibt Giovanni Maria Farina – der erste einer langen Reihe von Farinas – im 18. Jahrhundert an seinen Bruder. Er trat 1714 in das 1709 gegründete Handelsunternehmen seines Bruders Johann Baptist in Köln ein und war maßgeblich an der Entwicklung der Firma Johann Maria Farina gegenüber dem Jülichs-Platz beteiligt. Das von ihm entwickelte Aqua Mirabilis (Wunder- und Duftwasser) nannte er zu Ehren seiner neuen Heimatstadt »Eau de Cologne« – Kölnisch Wasser. Sein Duft war der

Duft der Königs- und Fürstenhöfe des 18. Jahrhunderts. Sagte man damals Eau de Cologne, so meinte man den Duft von Farina.

Nach der Französischen Revolution versuchten viele den Duft und den Namen *Eau de Cologne* zu kopieren, und da es damals noch keinen Markenschutz gab, wurde aus *Eau de Cologne* bald der Name einer ganzen Duftklasse.

Nellies beste Freundin Greta lasse ich von dieser berühmten Linie abstammen; sie ist eine fiktive Person und entspringt allein meiner Fantasie. Der Duft *Farina* riecht übrigens noch genauso wie vor dreihundert Jahren …

Die Firma 4711, die ihren Produktnamen von der Durchnummerierung Kölns durch die napoleonischen Truppen ableitet, hatte ihre Produktionsstätte im Kölner Stadtviertel Ehrenfeld, bis Bombenschäden dieser im Jahr 1943 vorläufig ein Ende setzten. Nach dem Krieg wurde das Firmengebäude 1945 in Ehrenfeld neu aufgebaut und ist noch heute als typisches Architekturdenkmal der Fünfzigerjahre in den berühmten Firmenfarben Blau-Gold zu bewundern. Inzwischen hat das Unternehmen verschiedene Besitzer durchlaufen. Seit einigen Jahren hat ein weiteres Familienunternehmen mit der alten Marke einen interessanten Neustart gewagt.

Zölibat

Köln ist eine katholische Stadt, stolz auf ihren prachtvollen Dom, eine der größten Touristenattraktionen, die Menschen aus aller Welt anzieht. Nellie Voss schenkt ihr Herz dem smarten Kaplan Benedikt Maria Weiss, wohl wissend, dass diese Liebe aussichtslos ist, da ihn der Zölibat bindet. Bis heute beharrt die katholische Kirche auf dieser Lebensform für Priester. Wer eine Familie gründen will, muss sein Amt niederlegen.

Aber ließ sich Liebe jemals knebeln oder verbieten?

Auch Benedikt verliebt sich in Nellie, ausgerechnet in einer Zeit, in der die britischen Bombenangriffe für die Kölner zur ständigen Bedrohung werden. Lange quält er sich zwischen Berufung und Gefühl, zwischen Pflicht und Neigung, bis er schließlich eine folgenschwere Entscheidung fällt …

Edelweißpiraten

Wer heute durch Ehrenfeld schlendert, trifft auf Schritt und Tritt auf Street Art, jene junge Kunstform des urbanen Raums, deren Aussage in der Regel politisch ist. Am Damm des Ehrenfelder Bahnhofs gibt es eine verstörende Szene, die einen Erhängten zeigt, und daneben einen roten Grund mit weißen Edelweißblüten, in denen Namen stehen.

Eine steinerne Gedenktafel erklärt:

Hier wurden am 25.10.1944 elf vom NS-Regime zur Zwangsarbeit nach Deutschland verschleppte Bürger Polens und der UdSSR und am 10.11.1944 dreizehn Deutsche – unter ihnen jugendliche Edelweißpiraten aus Ehrenfeld, sowie andere Kämpfer gegen Krieg und Terror – ohne Gerichtsurteil öffentlich durch Gestapo und SS gehenkt.

Wir alle kennen die tapferen jungen Menschen Hans und Sophie Scholl und deren Freunde, die sich »Weiße Rose« nannten und mit Flugblättern gegen den Naziterror kämpften.

Wer aber waren die Edelweißpiraten?

Darunter versteht man verschiedene Gruppen deutscher Jugendlicher mit unangepasstem, teilweise oppositionellem Verhalten, die sich zwischen 1939 und 1945 im Rheinland bildeten. Die Namensgebung entstammt einer Verballhornung durch Gestapo-Beamte um 1939. Das Edelweiß war eines unter vielen Kennzeichen der nach 1936 verbotenen Bündischen Jugend. »Piraten« leitet sich von den Kittelbachpiraten ab, einer offiziell bis 1933 bestehenden rechtsradikalen Gruppe in Düsseldorf, die danach größtenteils in die Hitlerjugend abwanderte.

Von den Einheitsuniformen der Hitler-Jugend hoben sich die als Edelweißpiraten bezeichneten Jugendlichen durch einen eigenen Stil – oft Skihemden, Wanderschuhe, Halstuch und kurze Lederhosen oder Schlaghosen – ab. Teilweise war ihr Erkennungszeichen ein Edelweiß unter dem linken Rockaufschlag. Oft wurden Fantasiekluften, Totenkopfringe, mit Nägeln beschlagene Gürtel und Jungenschaftsjacken getragen. Im Gegensatz zur HJ nahmen sie zum Teil auch weibliche Jugendliche und Heranwachsende auf.

Martin, Nellies kleiner Bruder, fühlt sich von diesen jungen Menschen mit ihren eigenen Sitten und Liedern stark angezogen und möchte einer von ihnen werden. Konflikte mit der totalitären Staatsmacht sind vorprogrammiert …

Von alldem ahnt die junge Holländerin Liv van Geeren zunächst noch nichts, als sie 2019 das Vermächtnis ihrer Tante Wimmi erfüllt und in Köln-Ehrenfeld ihren Laden *Göttliches Düftchen* eröffnet. Sie bringt ihren kleinen Sohn Thijs mit, den sie allein erzieht, da ihr Lebensgefährte Hendrik sie wegen einer anderen Frau verlassen hat. Im faszinierenden Kulturgemisch dieses Szeneviertels begegnet sie nicht nur dem zunächst rätselhaften Jan, der vergessen geglaubte Gefühle in ihr weckt, sondern auch der Vergangenheit ihrer eigenen Familie, die sie bald nicht mehr loslässt …

Ich wünsche Ihnen allen spannende, unterhaltsame Lesestunden!

Teresa Simon, im Februar 2020

Göttlich speisen in Köln

Herzhaftes

Soorbrode/Surbrode (Rheinischer Sauerbraten)

Ein Sauerbraten steht zwar in allen Rezeptbüchern, doch wer den »Soorbrode« noch nicht probiert hat, weiß nicht, wie Sauerbraten wirklich schmeckt. Hier kommt es vor allem auf die Zutaten an; die Gewürze, auch für die Marinade, sollten frisch sein. Die Dosierung sollte möglichst genau sein, sie bestimmt letzten Endes den Geschmack. Übrigens: Wenn Sie Ihren Gästen nicht verraten, dass Sie Ihren Sauerbraten beim Pädsmetzger (Pferdemetzger) gekauft haben, dann wird Ihr Ruf als Meister des Sauerbratens sich in Windeseile verbreiten. So geht das traditionelle Rezept:

Sie brauchen:
1 kg Pferde- oder Rindfleisch (Schulter, Nuss oder Oberschale)
100 ml Sonnenblumenöl zum Anbraten

Für die Marinade:
½ l Wasser
250 ml guter roter Weinessig
1 Teelöffel Salz
3 Zwiebeln
1 Möhre
5 Nelken
10 Wacholderbeeren
10 Pfefferkörner
½ Teelöffel Senfkörner
2 Lorbeerblätter
1 Messerspitze Koriander
1 Messerspitze Majoran
1 Teelöffel Rosmarinblätter (getrocknet)

Für die Soße:
200 g Rosinen
50 g Korinthen
2 Zwiebeln
1 Esslöffel Apfelkraut (Apfelsirup)
1-2 Sauerbraten-Printen
Salz
Schwarzer Pfeffer
125 ml saure Sahne

Wasser und Essig werden mit den Marinadezutaten aufgekocht, und die abgekühlte Marinade wird über das Fleisch gegossen. Den Braten mindestens drei Tage an einem kühlen Ort unter mehrfachem Wenden marinieren. Das Fleisch dann herausnehmen, gut abtrocknen und im eisernen Schmortopf in möglichst heißem Fett von allen Seiten anbraten. Rosinen, Korinthen und zwei kleingehackte Zwiebeln ca. fünfzehn Minuten mitschmoren, dann von der Marinade (gut schmeckt auch ein Schuss nicht zu trockener Rotwein) zufügen und garen. Später das Apfelkraut dazugeben und zum Schluss so viele Printen, dass eine sämige Soße daraus entsteht, schließlich noch salzen, pfeffern und mit der Sahne verfeinern. Dazu isst man am Rhein entweder Kartoffelklöße oder auch Rievkoche (Reibekuchen), auf jeden Fall gehört als Beilage Apfelmus dazu.

Himmel un Ääd (Himmel und Erde)

Mit Himmel un Ääd ist es so wie mit allen wahrhaft volkstümlichen Gerichten: Jede Familie hat ihr ganz eigenes Rezept. Und schmeckt es nicht wie früher bei der Öhm, dann ist es eben kein richtiges Himmel un Ääd. Mancherorts werden Kartoffeln und Äpfel zusammen gekocht und zum Schluss vermengt, andere nehmen nur »Kölsch Kaviar«, die dicke Blutwurst, dazu oder erwarten noch bestimmte Kräuterbeigaben. Ein klassisches Rezept:

Sie brauchen:
1 kg mehlig kochende Kartoffeln
1 kg säuerliche Äpfel (z. B. Boskop)
75 g Butter
Salz
1–2 Esslöffel Zucker
Je vier kleine Blut- und Leberwürstchen (etwa daumendick und gut mit Kräutern gewürzt)
50 g Räucherspeck
50 g Schmalz

Die geschälten Kartoffeln und Äpfel werden klein geschnitten und getrennt in wenig Wasser gar gedünstet, dann zerstampft, miteinander vermischt und mit der Butter schaumig geschlagen, dabei wird gewürzt. In heißem Schmalz kleine Speckwürfelchen auslassen, die Würste darin kross braten. (Bekommt man nur die dicke Blutwurst, sollte diese der Länge nach aufgeschnitten und in Portionsstücke zerteilt werden.) Der heiße Brei kommt in eine Schüssel, die Würste darauf und das Bratfett am Ende darüber.

Rievkoche (Reibekuchen)

»Mamm, Mamm, hol ens de Pann, mir wolle Rievkoche han« (Mutter, hol die Bratpfanne heraus, wir möchten Reibekuchen haben) – so besingen die Bläck Fööß, eine weit über Köln hinaus bekannte Popgruppe, schon seit Jahren die Leib- und Magenspeise der Kölner. Als »Rievkocheallee« ist die Schlemmergasse im Griechenmarktviertel in die Kölner Lokalgeschichte eingegangen, und trotz Schaschlik, Pommes frites und Currywurst behauptet sich der Rievkoche vom Büdchen noch immer als des Kölners liebste Zwischenmahlzeit, wenn er in der Stadt ist. Dann werden die Rievkoche »op die Hän jenomme« und im Weitergehen verzehrt. Und so geht das Rezept:

Sie brauchen:
1 ½ kg festkochende Kartoffeln
1 große Zwiebel
2 Eier
1 Teelöffel Salz
3 Strich Muskat
etwas Mehl (möglichst Buchweizenmehl) oder Haferflocken
Öl zum Ausbacken

Die Kartoffelsorte ist entscheidend für die Qualität der Rievkoche. Das verriet mir einmal der »Strohhut«, ein vor Jahren schon verstorbenes kölsches Original, an dessen Rievkochebüdche im Stadtteil Ehrenfeld die Kölner ständig Schlange standen. Während die meisten Hausfrauen mehlige Kartoffeln für den Teig nehmen, bevorzugte er die festkochenden, die Ribbelchen bleiben dann fester, und der Rievkoche wird krosser. Die

Kartoffeln werden über ein Sieb gerieben, damit das überschüssige Wasser ablaufen kann. Eine nicht zu feine Reibe nehmen; es soll kein Püree entstehen. Den Teig noch etwas ausdrücken, dann die Zwiebel ganz fein darunterreiben, die übrigen Zutaten dazugeben und gut verrühren. Je nach Feuchtigkeitsgehalt noch etwas Mehl oder Haferflocken zufügen, sodass ein nicht zu fester Teig entsteht. In einer Eisenpfanne das Öl erhitzen. (Am besten geeignet ist reines Sonnenblumenöl.) Beginnt das Öl zu rauchen, mit dem Löffel den Teig in die Pfanne geben und zu Fladen flachdrücken. In eine mittlere Pfanne passen drei Rievkoche. Sie werden von beiden Seiten goldgelb gebacken; die Ränder müssen dabei richtig knusprig werden. Die Rievkoche werden heiß aus der Pfanne gegessen, auf einer Scheibe Schwarzbrot oder Vollkornbrot, die mit Butter bestrichen wurde. Das Ganze wird gekrönt von einer nicht zu dünnen Schicht Rübenkraut oder Appelkruck, auch Wagenschmier genannt, das ist das süß-sauer-bitterlich schmeckende Apfelkraut. Hinterher gibt's – natürlich nur der Verdauung wegen – einen klaren Korn.

Rheinsalm

Der Lachs oder Salm, wie er in und bei Köln früher gefangen wurde, war von besonders erlesener Qualität. Nicht nur Lokalpatrioten schwärmten davon, sondern mindestens ebenso sehr die prominenten Touristen, die im vorletzten Jahrhundert in die Rheinmetropole kamen. Er wurde von Mai bis November gefangen, wenn er ca. 1 kg schwer wieder aus dem Meer an seine Laichplätze am Oberrhein zurückkehrte. Frisch oder gesalzen wurde er schon seit dem 12. Jahrhundert auf der Südseite des Fischmarktes auf besonderen Salmbänken feilgeboten. Heute gibt es keinen Salm mehr im Rhein; Staustufen und Abwässer haben ihm den Garaus gemacht. Aber auch wenn man heute im Fischgeschäft nur noch frischen Salm aus nordischen Gewässern findet, sollte man ihn trotzdem nach altkölnischem Rezept zubereiten:

Sie brauchen:

1 Lachs (ca. 1 kg)
1 ½ l Salzwasser
250 ml Weinessig
½ l säuerlichen Weißwein
5 Zwiebeln
1 Möhre
¼ Sellerieknolle
½ Stange Lauch
1 Petersilienwurzel mit Kraut
2 Lorbeerblätter
4 Gewürznelken
10 Körner schwarzer Pfeffer
10 Körner Senf
1 Spirale Zitronenschale
1 Messerspitze Majoran
1 Messerspitze Thymian
1 Messerspitze Muskatblüte
1 Zweiglein Estragon

Das Suppengemüse kleinschneiden und mit allen übrigen Gewürzen im Salzwasser ca. eine Stunde kochen. Währenddessen wird der Lachs geschuppt, gewaschen und in ca. zwei Finger dicke Scheiben geschnitten. Die Fischportionen werden hintereinander in einen länglichen Fischkochtopf gelegt, der fertige Sud dann durch ein Sieb darübergegossen. Der Fisch muss etwa 15 Minuten auf ganz leichter Flamme garen. Dann wird er auf eine lange Platte gelegt, auf der eine Stoffserviette zum Aufsaugen des restlichen Suds ausgebreitet ist. Dazu reicht man zerlassene Butter oder Holländische Soße und möglichst junge Pellkartoffeln.

Schnibbelbohnentop

Rezept meiner Leserin Sabine Weiß

Rheinische Bohneneintöpfe sind gesund, günstig, lecker und vielfältig. Sie funktionieren je nach Variante als Vorspeise genauso wie als sättigende Hauptspeise für die ganze Familie – mit oder ohne Kartoffeln, mit Speck oder Mettwürstchen, mit frischen oder sauer eingelegten Bohnen. Meine Leserin Sabine Weiß empfiehlt folgendes Rezept:

Sie brauchen:

750 g frische Buschbohnen
100 g fetter Speck
1 Zwiebel
½ Bund Bohnenkraut
250 ml Gemüsebrühe
1 Esslöffel Mehl
Salz
Pfeffer
200 ml Sahne

Bohnen waschen, putzen und in feine, lange Streifen schneiden. Den Speck fein würfeln, Zwiebeln fein hacken. Speck in einem Topf auslassen und die Zwiebel darin glasig dünsten. Dann Bohnen und Bohnenkraut zugeben. Mit Brühe auffüllen und etwa 45 Minuten garen. Nach Ende der Garzeit das Mehl unter die Bohnen rühren und weitere zehn Minuten garen. Mit Salz und Pfeffer abschmecken. Zuletzt die Sahne unterrühren.

Für den kleinen Hunger zwischendurch im *Halflang*

Halve Hahn

Wenn man als Imi (Nichtkölner) in den typischen Kölner Kneipen einen Halven Hahn bestellt und ein halbes Hähnchen erwartet, erlebt man eine Überraschung. Der Geschichte nach entstand der Name für dieses Gericht so: Ein Gast bestellte in einem Kölner Brauhaus ein Käsebrötchen und bekam daraufhin ein ganzes Röggelchen (doppeltes Roggenbrötchen). Da ihm dies aber zu viel war, sagte er: »Ich will ääver nur ne halve han.«

Sie brauchen (für 4 Personen):
4 Röggelchen
4 x 20 g Butter
4 Scheiben mittelalten Holländer (ca. 1 cm dick geschnitten)
Mostert (Senf)

Die Röggelchen aufschneiden, mit der Butter bestreichen und mit jeweils eine Scheibe Käse belegen. Die belegten Röggelchen auf Tellern anrichten und mit Senf servieren.

Soleier

Als gute »Grundlage« für einen geselligen Kölschabend gehören Soleier in vielen kölschen Kneipen zum Standardangebot. Darüber, wie lange Soleier haltbar sind, herrscht übrigens keine Einigkeit – offenbar ist es eher eine Frage des Geschmacks als der Gesundheit. Auch nach einigen Monaten sollen sie noch genießbar sein, allerdings ist dann das Eidotter schon etwas verfärbt.

Sie brauchen (für 4 Personen):

12 Eier	*125 ml Weißweinessig*
3 Esslöffel Salz	*3 Esslöffel Zucker*
2 gehäufte Esslöffel Senfkörner	*Essig*
	Öl
1 Teelöffel weiße Pfefferkörner	*Pfeffer*
	Salz
1 Lorbeerblatt	*Senf*

Die Eier wie gewohnt in einem Topf mit reichlich Wasser hartkochen, dann abschrecken und die Eierschale etwas aufschlagen, aber nicht abpellen. In der Zwischenzeit 500 ml Wasser mit den Gewürzen zum Kochen bringen und etwa zehn Minuten bei mittlerer Hitze köcheln. Die Marinade abkühlen lassen und in ein großes, verschließbares Glas füllen. Die Eier in der Schale in die Marinade legen und gekühlt mindestens zwei Tage ziehen lassen.

Süßes

Ballebäuschchen (Krapfen)

Ballebäuschchen, Ballbäuskes, Bommböösjen, Bollenbeische, Bonebösche – diese Süßspeise hat viele Namensvarianten im Rheinland. Auch Rezepte gibt es viele, aber das Ergebnis ist immer ähnlich: eine Art Krapfen – beziehungsweise Berliner, Pfannkuchen, Förtchen, Prilleken oder was auch immer deutsche Dialekte an Namen für die süßen, in Fett gebackenen Hefeteigklöße so hergeben. Ballebäuschchen sind allerdings kleiner als das bekannte Faschingsgebäck und zudem ohne Füllung. Traditionell wird der Teig löffelweise in besonderen Ballebäuschchenpfannen gebacken, das klappt aber auch in einem ganz normalen Topf.

Sie brauchen:

20 g Hefe	*100 g Butter*
250 ml Milch	*½ kg Mehl*
125 g Zucker	*Fett zum Frittieren*
5 Eier	*Puderzucker zum Bestreuen*

Die Hefe mit etwas warmer Milch und zwei Esslöffeln Zucker verrühren und aufgehen lassen. Mehl, Eier, Butter und restlichen Zucker verrühren und mit dem Hefevorteig mischen. Den Teig gut verkneten, danach die restliche lauwarme Milch un-

terarbeiten. Den Teig etwa eine Stunde an einem warmen Ort gehen lassen. Das Frittierfett in einem großen Topf erhitzen. Aus dem Hefeteig kleine Klöße abstechen und im Fett goldbraun ausbacken. Dann auf Küchenpapier abtropfen lassen und mit Puderzucker bestreut servieren.

Varianten: mit Rosinen im Teig oder gefüllt.

Appeltaat (Apfelkuchen)

Für einen gut gemachten Apfelkuchen lässt der Kölner jede andere Süßspeise stehen, denn seine »Appeltaat« ist ihm das Liebste. Es gibt viele verschiedene Zubereitungen, wobei der schlichte Apfelpfannkuchen sicher das populärste Gericht ist. Etwas aufwendiger, dafür aber unvergleichlich besser ist das folgende Rezept für sechs Personen:

Sie brauchen:

1 kg Äpfel (Reinetten, Boskop, Delicious)	*250 g Mehl*
350 g Butter	*1 Ei*
100 g Zucker	*Salz*

Eine große Bisquitkuchen-Form (Pizzaform) mit 100 Gramm Butterflöckchen besetzen und 50 Gramm Zucker darüberstreuen. Die Äpfel schälen, entkernen, vierteln und in lange Scheiben schneiden. In der Form eng, aber hübsch anrichten und mit dem restlichen Zucker bestreuen. 100 Gramm zerlassene Butter darübergießen und etwa 20 Minuten bei guter Hitze im Ofen karamellisieren lassen. Die Oberfläche sollte hellbraun sein. Für den Teig das Mehl, die restliche Butter und das Ei mit einer Prise Salz vermengen, eventuell etwas Wasser zugeben. Den weichen Teig mit einer Rolle dünn ausrollen. Es soll eine Platte entstehen, die etwas größer ist als die Kuchenform. Den Teig auf die Äpfel legen, am Rand nach innen andrücken und im Ofen bei mittlerer Hitze in etwa 30 Minuten fertigbacken. Stürzen und lauwarm servieren. Dazu gibt es Vanilleeis, Crème fraîche oder mit Calvados aromatisierte Schlagsahne.

Arme Ritter

Über die Zeit hinweg war dieses Arme-Leute-Gericht die Lieblingssüßspeise der Kölner Kinder. Ihr großer Vorteil: Man kann sie auch dann zubereiten, wenn man weiter keine Zutaten im Haus hat. »Verwenntschnittcher« hießen sie im alten Köln, und heute kommen sie wegen ihrer nostalgischen Schlichtheit wieder zu Ehren. Wer es weniger bescheiden mag, nimmt statt Zimt und Zucker eine klassische Sabayone. Das Rezept für sechs Personen:

Sie brauchen:
6 Scheiben altes Weißbrot oder Zwieback
250 ml Milch
2 Eier
Paniermehl
Fett zum Braten
Zimt
Zucker
Salz

Für die Sabayone:
3 Eigelb
100 g Zucker
125 ml Weißwein

Die Brotscheiben zu Dreiecken schneiden. Milch und Eier miteinander verquirlen, eine Prise Salz und Zucker hinzugeben. Damit die Brotscheiben übergießen und einweichen. Die eingeweichten Brotscheiben vorsichtig in Paniermehl wenden und in heißem Fett von beiden Seiten goldbraun backen. Mit Zimt und Zucker bestreuen und heiß servieren.

Verfeinerung: Statt Zimt und Zucker kann man auch eine

Sabayone machen. Hierzu werden die Eigelbe mit dem Zucker schaumig geschlagen. Den Wein dazugeben und im Wasserbad luftig-schaumig warm aufschlagen. Die ausgebackenen Brotstückchen damit überziehen.

Nourias Mandel-Ghriba (marokkanisches Gebäck)

Sie erinnern ein bisschen an Weihnachten, aber sie schmecken das ganze Jahr über, diese marokkanischen Mandelkekse. »Ghriba« ist als eigenes Wort schwer zu übersetzen, aber es bedeutet so viel wie »exotisch«, »fremd« oder »merkwürdig«. Des Merkens würdig ist auf jeden Fall dieses Rezept, das in Nourias Familie zu schönen und schlimmen Anlässen kredenzt wird:

Sie brauchen:

500 g Mandeln (blanchiert)
80 g Butter (geschmolzen)
200 g Zucker
3 Eigelbe
1 Ei
8 g Backpulver
9 g Vanillezucker
Abrieb von 1 Bio-Zitrone
Puderzucker

Zunächst die blanchierten Mandeln mit dem Zucker sehr fein mahlen, so kann sich der Zucker besser auflösen, und anschließend mit den restlichen Zutaten zu einem glatten Teig kneten. Aus dem weichen Mandelteig ca. 20 bis 30 Gramm schwere Kügelchen formen und sofort in Puderzucker wälzen. Die Mandelkugeln noch mal mit den Händen formen und den Puderzucker etwas einarbeiten, so bleibt er nach dem Backen besser haften. Die Mandelkugeln auf ein Backblech legen, das mit Backpapier ausgelegt ist, und im vorgeheizten Ofen bei 150 °C Umluft 20 bis 25 Minuten backen. Sobald die typischen Risse auf der Oberfläche entstehen, weitere 5 bis 7 Minuten backen. Mandel-Ghriba sollen nicht zu braun werden, sondern eher eine goldgelbe Farbe bekommen. Nach dem Backen die Ghriba auf einem Kuchengitter abkühlen lassen. Traditionell wird dieses Gebäck zum marokkanischen Minztee serviert.

Variante: Vor dem Backen noch eine ganze Mandel in die Teigkügelchen drücken.